Liliane Fontaine

Die Richterin und das Erbe der Toten

PIPER

Zu diesem Buch

»Sein Weg führte vorbei an den Resten des antiken Castellum Aquae, von wo das Wasser, das über den Pont du Gard hergeleitet wurde, in die einzelnen Quartiere des römischen Nîmes gelangte. Sein Ziel war der Jardin Mont Margarot, eine nicht sehr große Parkanlage in der Form eines Dreiecks schräg gegenüber des Forts. Der kleine Park auf dem Hügel lag mittlerweile im Dunkeln. Die Beleuchtung der umgebenden Straßen spendete noch etwas Licht. Er hatte die Parkanlage idyllischer in Erinnerung. Schritte näherten sich. Er nahm sein Smartphone zur Hand und aktivierte die Taschenlampenfunktion. ›So ein Dreck.‹ Die Stimme klang ein wenig tiefer als durchs Telefon, war aber unverkennbar. Statt einer Begrüßung musterte ihn ein dunkles Augenpaar von oben bis unten. ›Du hast auch schon mal besser ausgesehen. Irgendwie passt du zu dieser Umgebung.‹ Er hatte nicht mit so viel Verachtung gerechnet.«

Liliane Fontaine ist der Geburtsname der Krimiautorin und Kunsthistorikerin Liliane Skalecki, die in Saarlouis nahe der französischen Grenze geboren wurde. Sie promovierte an der Universität des Saarlandes in den Fächern Kunstgeschichte und Klassische und Vorderasiatische Archäologie und wohnt heute mit ihrer Familie in Bremen. Die Autorin besitzt französische Wurzeln und lebt viele Wochen des Jahres in der Nähe von Nîmes, wo sie Kultur, Land und Leute und das Savoir-vivre Südfrankreichs genießt.

Liliane Fontaine

DIE RICHTERIN

UND DAS ERBE DER TOTEN

Ein Südfrankreich-Krimi

PIPER

Mehr über unsere Autorinnen, Autoren und Bücher:
www.piper.de

Wenn Ihnen dieser Südfrankreich-Krimi gefallen hat, schreiben Sie uns unter Nennung des Titels »Die Richterin und das Erbe der Toten« an *empfehlungen@piper.de*, und wir empfehlen Ihnen gerne vergleichbare Bücher.

Von Liliane Fontaine liegen im Piper Verlag vor:
Ein Fall für Mathilde de Boncourt:
Band 1: Die Richterin und die Tote vom Pont du Gard
Band 2: Die Richterin und die tote Archäologin
Band 3: Die Richterin und der Kreis der Toten
Band 4: Die Richterin und das Ritual des Todes
Band 5: Die Richterin und der Tanz des Todes
Band 6: Die Richterin und das Erbe der Toten

Unser Versprechen für mehr Nachhaltigkeit
• Klimaneutrales Produkt
• FSC®-zertifiziertes Papier
• Hergestellt in Europa

FSC www.fsc.org MIX Papier | Fördert gute Waldnutzung FSC® C021394

Originalausgabe
ISBN 978-3-492-31936-2
1. Auflage April 2023
2. Auflage Mai 2023

Redaktion: Sandra Lode
Umschlaggestaltung: FAVORITBUERO, München
Umschlagabbildung: Bilder unter Lizenzierung von Shutterstock.com genutzt
Satz: psb, Berlin
Gesetzt aus der Adobe Garamond
Gedruckt von ScandBook in Litauen
Printed in the EU

Prolog

Zweiundzwanzig Jahre zuvor

Die beiden Hunde rochen es zuerst. Der beißende Geruch drang in ihre empfindlichen Nasen. Doch mehr, als laut zu bellen und an dem Gitter des großen Zwingers hochzuspringen, konnten sie nicht tun.

Am nächsten Tag füllte die Schlagzeile eine halbe Seite in der Tageszeitung *Midi Libre*.

Drama um fünfköpfige Familie

In den späten Abendstunden starben vier Menschen bei einem Brand ihres Hauses in der Nähe von Beauvoisin. Bei den Opfern handelt es sich um Mitglieder der über die Grenzen des Languedoc hinaus bekannten Familie Savigny. Ernest Savigny, der die Olivenölproduktion der Familie in der vierten Generation fortführte, wurde zusammen mit seiner Frau und zwei der drei Kinder Opfer der Flammen, die auch einen Teil des alten Herrenhauses zerstörten. Der Brand brach wahrscheinlich gegen halb acht Uhr am Abend aus, als die Familie bei Tisch saß. Die jüngste Tochter konnte sich aus den Flammen retten und liegt schwer verletzt in einem Krankenhaus in Nîmes. Bemerkt wurde die Katastrophe vom Hausmeisterehepaar der Familie Savigny und einem Bruder der verstorbenen Madame Savigny, die zur gleichen Zeit am Ort des furchtbaren Unglücks eintrafen. Noch ist nicht geklärt, wo und aus welchem Grund das Feuer ausbrach. Die Brandursachenermittler der *Recherche des Causes et des Circonstances de l'Incendies*, RCCI, haben ihre Arbeit aufgenommen.

Zwei Tage später fesselten ein Foto des rußgeschwärzten Hauses und eine Portraitaufnahme von Ernest Savigny die Leser des *Midi Libre*.

Noch immer tappen die Brandursachenermittler des RCCI im Dunkeln. Capitaine Georges Gerard von der *Gendarmerie nationale* ließ verlauten, alles deute darauf hin, dass ein Kurzschluss in der Elektrik zur Katastrophe geführt haben könnte. Genaueres könne man zu diesem Zeitpunkt jedoch noch nicht sagen. Derweil wurde bekannt, dass die dreizehnjährige Tochter Valerie im Koma liegt. Wie bereits berichtet, hat sonst niemand der Familie Savigny den Brand überlebt.

Nach einer Woche hatten die Brandursachenermittler ihre Arbeit beendet. Der *Midi Libre* schrieb dazu:

Capitaine Georges Gerard von der *Gendarmerie nationale* und sein Team haben die Suche nach der Brandursache im Hause der Familie Savigny beendet. Als Auslöser für die Katastrophe hat die Untersuchung ein Dohlennest im Abzug des Kamins im Salon ergeben, das den Kamin massiv verstopft hat. Die Mitglieder der Familie Savigny haben eine Rauchgasintoxikation erlitten, an der sie laut Bericht der Gerichtsmedizin verstorben sind. Die Flammen, die aus dem Kamin schlugen, haben sich offenbar sehr schnell über die Gardinen der Fenster im gesamten Raum ausgebreitet. Hier sind die größten Brandschäden zu verzeichnen. Es ist ein Wunder, dass sich die jüngere Tochter retten konnte. Sie liegt immer noch im Koma in einem Krankenhaus in Nîmes. Wann und ob die Ärzte sie aus diesem wieder erlösen können und welcher Gesundheitszustand sich dann abzeichnen wird, bleibt abzuwarten, ließ die behandelnde Ärzteschaft verlauten.

Am übernächsten Tag berichtete der *Midi Libre*:

> Unter großer Anteilnahme der Bevölkerung wurden Ernest Savigny, seine Ehefrau Marie-Laurence und die beiden Kinder Chantal und Eric gestern Nachmittag zu Grabe getragen. Über eine Hoffnung auf Genesung der jüngeren Tochter Valerie ist noch nichts bekannt.

Drei Monate später erschien der letzte Beitrag im *Midi Libre* zur Brandkatastrophe im Hause der Familie Savigny.

> Dominic Roubais übernimmt vorerst das Olivenölimperium Savigny. Huiles d'Olives Savigny bleibt in der Familie. Dominic Roubais, ein Cousin des verstorbenen Olivenölproduzenten Ernest Savigny, übernimmt das Unternehmen, dem er bereits seit vielen Jahren als stellvertretender Geschäftsführer angehörte. Der Name Huiles d'Olives Savigny bleibt erhalten. Neben der Produktion hochwertigen Olivenöls bietet das Unternehmen auch eine breite Palette von Olivenspezialitäten an, von der eingelegten Olive bis hin zu delikaten Aufstrichen.
> Nach der Fertigstellung der Renovierungsarbeiten, Monsieur Roubais schätzt, dass das Herrenhaus in zwei Monaten wieder bewohnbar ist, wird der neue Chef des Hauses mit seiner Familie einziehen. Isabelle Roubais wird ihren Mann tatkräftig in der Unternehmensführung unterstützen, die beiden Kinder Firmin und Diane freuen sich bereits auf den Umzug in das altehrwürdige Haus. »Sobald Valerie wieder bei Bewusstsein und genesen ist, wird sie natürlich mit Beginn ihrer Volljährigkeit das Unternehmen leiten, wenn sie es wünscht«, so Dominic Roubais beim Pressetermin. Noch aber liegt Mademoiselle Valerie Savigny im Koma. Über ihren gegenwärtigen Zustand und die Aussichten auf Heilung ist nach wie vor nichts Neues bekannt.

Kapitel 1

Es war Odile nicht leichtgefallen, überhaupt nichts zu tun, die Hände in den Schoß zu legen und abzuwarten. Der gute Geist im Château de Boncourt und Ziehmutter von Mathilde de Boncourt sah ihrem Geburtstag jedes Jahr mit gemischten Gefühlen entgegen. Sie freute sich über die große Aufmerksamkeit, die man ihr widmete, aber ihre Küche kampflos Mathilde, Vivienne und Lucette zu überlassen, fiel ihr schwer.

»Nichts da, du versorgst uns tagaus und tagein, kochst, lässt dir die besten Leckereien einfallen, da wirst du dich doch mal einen Tag von uns verwöhnen lassen«, hatte Mathilde gescholten, und Odile hatte sich in ihr Schicksal ergeben. Da Rémy de Boncourt, Besitzer des Weingutes und graue Eminenz im Hintergrund, und sein Neffe Philippe, der die Geschäfte leitete, am Freitag nach Lyon zur Weinmesse aufbrechen wollten und so das Wochenende für die geplante Feier nicht infrage kam, war beschlossen worden, Odile am Tag ihres Wiegenfestes hochleben zu lassen.

Neugierig war sie alle paar Minuten an der Küchentür erschienen, doch immer wieder mit dem Wedeln eines Geschirrtuchs hinauskomplimentiert worden. Und so saß sie mit einem Buch in der Hand im Salon, als Mathilde hereinkam, um nach ihren Zigaretten zu suchen, die sie auf dem Couchtisch abgelegt hatte.

»Was liest du denn da?«, fragte sie und steckte die Packung ein. Geraucht wurde draußen, ein Gesetz Odiles, dem sie nicht zu widersprechen wagte, es sei denn, sie befand sich in ihrem eigenen Appartement im ersten Geschoss des Schlosses. Dort rauchte sie heimlich, pustete den Rauch ihrer *Gauloises blondes* aus dem bodentiefen Fenster und wurde doch immer irgendwie von Odile dabei erwischt.

»Die Kindheitserinnerungen von Marcel Pagnol. Bestimmt schon zum hundertsten Mal, aber ich liebe diese Geschichten. Allerdings lese ich jede Seite zweimal. Ich kann mich überhaupt nicht konzentrieren. Was hat denn vorhin in der Küche so gescheppert?« Odile klappte das Buch zu und legte es weg.

»Nichts Schlimmes passiert. Sébastien hat sich über seine Mutter geärgert, weil die ihn das Eiweiß nicht schlagen ließ. Sie hat an der Schüssel gezerrt, und Sebastien hat plötzlich losgelassen.« Mathilde lachte. »Fast hätte sie sich auf ihren Allerwertesten gesetzt. Die Schüssel ist auf den Boden geplumpst. Gott sei Dank waren noch keine Eiweiße drin.«

»Aha, was macht ihr mit dem Eiweiß? Baisers?«

»Meine liebste Odile, wie kann man nur so neugierig sein.« Mathilde umarmte die ältere Frau und drückte ihr einen Kuss aufs Haar. »Lass dich doch einfach überraschen.«

»Und die Jungs, was planen die?«

Die Jungs waren die vier Söhne von Philippe und Lucette, die zum Ehrentag von Odile zusammen mit Sébastien ein kleines Theaterstück aufführen wollten. Seitdem Viviennes Sohn, der mit dem Downsyndrom zu Welt gekommen war, im Sommer bei einer Aufführung in der Arena von Nîmes mitgewirkt hatte, stand sein Berufswunsch fest: Er wollte Schauspieler werden. Gar nicht so leicht für einen jungen Mann mit diesem Handicap, hatte die ganze Familie vermutet. Doch Sébastien war hartnäckig geblieben, hatte mit Mathildes Hilfe eine Bewerbung und ein Foto an eine Casting-Agentur geschickt, und tatsächlich hatte er eine winzige Nebenrolle in einem Film bekommen. Die Dreharbeiten würden im nächsten Frühjahr beginnen.

»Odile, das wirst du noch früh genug erfahren. Jetzt halt einfach mal die Füße still, und genieße es, nichts zu tun«, sagte Mathilde streng.

»Gut. Aber, was rieche ich denn da? Da brennt doch hoffentlich nichts an.« Odile hob den Kopf und schnupperte.

»Nein, da kann noch nichts angebrannt sein. Die …, sag mal, willst du mich aufs Glatteis führen? Jetzt hätte ich doch fast verraten, was wir in den Ofen schieben. Versuch das bloß nicht noch mal, du weißt, was auf zu große Neugierde steht.«

»Na, das möchte ich sehen, eine Richterin kriegt mich wegen Neugierde dran«, schnaubte Odile. Ihre Augen blitzten amüsiert. »Mathilde …« Sie wurde plötzlich ernst. »… ich weiß eigentlich gar nicht, was ich sagen soll. Ich bin so gerührt. Du nimmst dir für mich den ganzen Tag frei, wo du doch in Arbeit geradezu ertrinkst.«

»Ach, was, Odile, ich liebe dich. Du bist wie eine Mutter für mich. Es ist selbstverständlich.« Sie setzte sich neben Odile und nahm ihre Hand. »Was wäre ich denn ohne dich und *grand-père*? Hm?«

Mathildes Eltern waren bei einem Flugzeugabsturz ums Leben gekommen, als sie gerade einmal drei Jahre alt gewesen war. Ihr Großvater Rémy und Odile hatten sie großgezogen, ihr die Werte vermittelt, die letztendlich zur Wahl ihres Berufs geführt hatten. Mathilde war Untersuchungsrichterin, *juge d'instruction*, am Gericht von Nîmes.

Die Tür wurde ein Stück aufgeschoben, und ein brauner Hundekopf äugte herein. Schwanzwedelnd marschierte der Labrador zum Sofa und sprang auf das weiche Kissen, keine zehn Sekunden später folgte ein schwarzer Labrador, der es sich auf dem Teppich vor dem Kamin bequem machte.

»Babou, willst du wohl da runter.« Mathilde wedelte halbherzig mit den Händen, der Hund sah in eine andere Richtung und blieb liegen.

»Wie die kleinen Kinder, wenn er nichts sieht, denkt er, wir sehen ihn nicht«, sagte Odile lachend. »Lassen wir ihn, er ist ein alter Mann geworden, er darf es bequem haben.«

Vom Kamin her war ein Schnarchen zu hören. »*Grand-père* war mit den Hunden unterwegs. Jetzt hör dir mal an, welches Schnarchkonzert Henri gibt.« Auch vom Sofa ertönte nun ein satter schnaufender Ton. Babou war ebenfalls eingenickt.

Mathilde erhob sich. »So, weiter geht's, wenn die fünf Gänge fertig werden wollen, muss ich wieder ran.« Mathilde hatte zusammen mit Lucette alte Kochbücher mit Rezepten aus der Region durchforstet, um Odile etwas ganz Besonderes an ihrem Geburtstag auf den Tisch zu zaubern.

»*Mon Dieu*, fünf Gänge. Auch wenn ich das Gefühl habe, ich müsste selbst in der Küche stehen, so bin ich doch ein wenig stolz darauf, dass ihr euch alle so viel Mühe wegen meines Geburtstags gebt. Aber weißt du, was das schönste Geschenk für mich ist, meine kleine Mathilde?«

Mathilde konnte es sich denken. »Das habe ich nur für dich getan«, neckte sie Odile und schlang mit einer eleganten Bewegung ihre lockigen rotblonden Haare, das Erbe ihrer Urahnin aus der Normandie, mit einem Haargummi, den sie aus der Hosentasche zog, zu einem Pferdeschwanz zusammen.

»Nein, im Ernst, ich freue mich so. Rachid ist zum ersten Mal an meinem Geburtstag Gast an unserer Familientafel. Weißt du, ich habe eine Zeit lang gedacht, du und Martin … Das hätte mir auch gefallen. Aber ihr beide, du und Rachid, ihr seid so ein schönes Paar.«

Es hatte geraume Zeit gedauert, bis sich Mathilde über ihre Gefühle für Commandant Rachid Bouraada klar geworden war. Und seit dem Hitzesommer diesen Jahres wussten sie, dass sie zusammengehörten. Martin Endress, der Reiseschriftsteller aus Deutschland, der jetzt in Saint-Fons in direkter Nachbarschaft zum Weingut lebte, war ihr engster und bester Freund, und er gönnte Mathilde ihr Glück von ganzem Herzen, auch wenn er zugeben musste, dass er sehr verliebt in sie gewesen war. Rachid war Mathildes vertrautester Mitarbeiter, und sie hatten in den Jahren ihrer Zusammenarbeit so manchen kniffeligen Fall zusammen gelöst. Er war ihr Fels in der Brandung, sowohl was die berufliche Seite wie nun auch ihr Privatleben anbelangte. Mathilde war glücklich.

Als Rachid sich von Mathilde verabschiedete, war es weit nach Mitternacht.

»Und ich kann dich wirklich nicht überreden, mit in die Stadt zu kommen?« Er hielt ihre Hände und musterte sie zärtlich.

»Ich kann Vivienne und Lucette nicht mit dem ganzen Durcheinander alleine lassen. Wir sehen uns morgen.« Sie küsste ihn und stemmte dann die Arme in die Seiten. »Mir tut alles weh vom Lachen.«

Odile war komplett aus dem Häuschen geraten. Fünf Gänge, nur für sie, und einer köstlicher als der andere. *Croquettes de brandade* als Entrée, dazu ein Glas Champagner, *Terrine de lapin à la farigoule, Soupe de courge et de châtaignes aux truffes,* als Hauptgang *Cailles aux raisins* und zum krönenden Abschluss eine *Charlotte à la châtaigne.* Ein festliches und formidables herbstliches Geburtstagsmenü.

Und die Theateraufführung der Jungs nur ihr zu Ehren einstudiert. Sie hatten ein kurzweiliges Stück aufgeführt. *Der Vorname*, ein Bühnenstück, das auch erfolgreich den Weg in die Kinos gefunden hatte, war von ihnen auf zwanzig Minuten eingedampft worden. Die Zwillinge hatten die weiblichen Rollen übernommen, Sébastien glänzte als Vincent, der mit dem Vornamen, den sein Sohn erhalten sollte, zunächst nicht rausrückte und dann mit dem »Geständnis«, er werde Adolf heißen, einen Familienstreit vom Feinsten provoziert hatte.

»Ich habe *grand-père* selten so vergnügt gesehen. Ihm sind die Lachtränen nur so über die Wangen gekullert. Es war ein wundervoller Abend. Hast du gesehen, wie Odile gestrahlt hat, als du gekommen bist? Ich glaube, sie ist ein wenig in dich verliebt«, neckte Mathilde Rachid.

»Sie hat mich schon immer gemocht. Denk nur an die Arbeitssitzungen hier. Sie hat uns immer etwas serviert, von dem sie hoffte, dass ich es besonders mag. Das hat sie mir heute gestanden.«

Langsam gingen die beiden zu Rachids Wagen.

»Und weißt du, was mich auch glücklich macht?«, fragte Mathilde.

»Meine ausgeprägte Kennerschaft, was Weine angeht. Schließlich kann ich nicht nur einen Rotwein von einem Weißwein unterscheiden, ich trinke und genieße sie sogar.« Rachid grinste über beide Ohren. »Ansonsten wäre ich für deinen Großvater niemals infrage gekommen. Ein Glück, dass meine Familie es nicht so genau nimmt. Als Papa und Carla geheiratet haben, gingen bestimmt dreißig Flaschen eurer Weine weg.«

Rachids Vater hatte ein paar Wochen zuvor seine Nachbarin Carla Brouni geheiratet, die nun Carla Bouraada hieß und ein letztes Mal ihren Scherz »Gestatten, Carla Brouni, wie die Frau unseres ehemaligen Präsidenten, nur mit einem o« zum Besten hatte geben können.

»Dann schlaf gut. Wir essen morgen Mittag zusammen, wie verabredet.«

»Du auch.« Es folgte ein langer Kuss, und Mathilde sah dem Wagen nach, der zwischen den Alleebäumen, die die lange Auffahrt säumten, verschwand.

Kapitel 2

Er war mehr oder weniger mit dem letzten Cent angekommen. Es hatte eben noch für den Flug aus Santiago gereicht, und er würde noch ein paar Tage durchhalten. Und dann? Dann stand er vor dem Nichts. Am späten Vormittag war er in Marseille gelandet. Nach etwas mehr als neunzig Minuten war sein Zug dann in Nîmes angekommen. Er hatte bis zuletzt gewartet, den alten Kontakt wiederherzustellen, hatte ein Versprechen gebrochen, nein, ein Gebot, ein Verbot, ignoriert. Und dementsprechend war auch die Reaktion gewesen. Zuerst großes Erstaunen. *Wie kommst du hierher?* Er hatte es mit einem Scherz versucht. *Na, mit der Luftpost.* Wie lange hatten sie sich nicht gesehen? Es war noch ein Hauch der alten Vertrautheit zwischen ihnen spürbar, aber auch eine Portion Feindseligkeit. Nicht von seiner Seite aus.

Er hatte von Anfang an mit offenen Karten gespielt, seine prekäre Situation, in die er, wie er meinte, unverschuldet hineingeraten war, nicht beschönigt. Er hatte nichts mehr, wie er beteuerte. Alles weg. Verkauft, verhökert. Seine Spielsucht war ihm zum Verhängnis geworden. Und bevor er noch mit zerschmetterten Gliedern und einem Loch im Kopf irgendwo in einem Graben landete, habe er es vorgezogen, in die alte Heimat zurückzukehren. *Zurück zu den Wurzeln, das kannst du doch verstehen?*

Nein! Er hätte bleiben sollen, wo der Pfeffer wächst.

Du meinst, ich hätte nach Madagaskar abhauen sollen?, hatte er es wieder mit einem lahmen Scherz versucht.

Also, was willst du? Geld? Aber das bleibt eine einmalige Angelegenheit, hörst du?

Sein Zögern wurde ganz richtig interpretiert.

Du willst mehr? Erwartest du etwa eine lebenslange Rente von mir? Schmink dir das ab. Such dir eine Arbeit.

Er leistete den Offenbarungseid. Er war nicht mehr in der Lage zu arbeiten. Alkohol und Drogenexzesse. Leber und Nieren waren in Mitleidenschaft gezogen, er litt unter ständigen Kopfschmerzen, sein Gedächtnis war ein Sieb.

Drogen und Alkohol? Deine Misere hast du ganz alleine zu verantworten, war die kalte Antwort gewesen.

Am Ende war ihm nichts anderes übrig geblieben, als eine Drohung auszusprechen. Die Drohung, alles an die Öffentlichkeit zu zerren. Was hatte er denn zu verlieren? Dass er seit einiger Zeit Blut spuckte, hatte er für sich behalten. Der Quacksalber, den er in Santiago aufgesucht hatte, war gnadenlos ehrlich gewesen. Neun Monate, höchstens ein Jahr. Vielleicht erlebte er noch den nächsten Sommer. Aber das musste niemand wissen. Er wollte es noch länger als bis in den Sommer schaffen, einen Sommer, der mit dem Gesang der Zikaden begann und mit ihm endete, einen Sommer im heißen Sand, ein Bad im Mittelmeer, einen Sommer, der in seinen Träumen niemals endete.

Du willst mich erpressen?

Aber nein. Ich bitte dich, um der alten Zeiten willen, einen alten Freund zu unterstützen, der es alleine nicht mehr schafft.

Er war hartnäckig geblieben, hatte gedroht und gebettelt und das Gespräch dann beendet. Das Versprechen, man wolle sich treffen und man werde eine Lösung finden, klang in seinen Ohren nach.

Den späten Nachmittag, der für den ausklingenden Oktober mild und voller Verheißung auf einen ebensolchen folgenden Tag war, genoss er durch Nîmes schlendernd. Die Arena war teilweise eingerüstet, und die Steine, die bereits restauriert waren, leuchteten in seinen Augen unnatürlich hell. Vor den Lokalen saßen die Menschen, ließen es sich bei einem Aperitif gut gehen, warteten auf ihr Essen, lachten, schwatzten, küssten sich. Wie hatte er das alles vermisst. Staunend stand er vor dem *Musée de la Romanité*. Er hatte es noch nie gesehen, es gefiel ihm. Und ganz sicher würde er ihm einen

Besuch abstatten. Vielleicht wenn es regnete? Genau, ein Regentag im Museum. Er lächelte bei dem Gedanken.

In Santiago war es allmählich warm geworden. Dort zog der Sommer ein, hier verabschiedete er sich. Schon während der Unruhen vor ein paar Jahren hatte er eigentlich die Stadt, das Land verlassen wollen. Doch irgendwie hatte er nie den Absprung geschafft. Schuld war unter anderem Ariadna gewesen, mit der er vier Jahre ein Verhältnis gehabt hatte. Sie war die Frau eines betuchten Weingutbesitzers im *Cajón del Maipo* gewesen. Doch auch das war ihm nicht gut bekommen. Der Typ hatte ihn grün und blau geschlagen, als er dahintergekommen war.

Vor einem Laden mit Schuhen und Handtaschen blieb er stehen. Aus dem *guapo francés*, dem feschen Franzosen, wie ihn Ariadna genannt hatte, war ein Wrack geworden. Ein Penner in abgerissener Kleidung. Ob ihn überhaupt in diesem Zustand noch jemand erkannte? Nun, in ein paar Stunden würde er es wissen.

Den Rest der Zeit vertrieb er sich bis zum Einbruch der Dämmerung mit einem kurzen Spaziergang durch die *Jardins de la Fontaine.* Ein kleines Bier und ein mit Schinken belegtes Sandwich im *Les Tables de la Fontaine* konnte er sich noch leisten. Ein vorwitziger hungriger Spatz wagte sich bis vor seine Schuhspitzen. Er fegte ein paar Krümel auf den Boden, die das Tierchen aufpickte, bevor es, von einer Taube aufgescheucht, davonflog.

Er hatte sich bis jetzt noch keine Gedanken darüber gemacht, wo er die Nacht verbringen würde. Es war wohl nicht anzunehmen, dass man ihm auch noch ein Bett anbieten würde. Er suchte in seinem Smartphone nach einer Möglichkeit, irgendwo für die nächsten ein bis zwei Nächte preiswert unterzukommen, und prägte sich eine private Unterkunft in der Rue Baudin in der Nähe des Planetariums ein, wo er mit achtundvierzig Euro pro Nacht gut bedient wäre. Und dann würde man weitersehen.

Die Dunkelheit brach herein. Halb sieben und der Tag war fast vorbei. Jetzt begann die Zeit, in der der Lebensrhythmus derer pulsierte, die die Nacht zum Tag machten.

Den Treffpunkt hatte er mit Bedacht gewählt. *Von mir aus, aber glaub nicht, dass dir das viel nutzt,* war die Reaktion auf seinen Vorschlag gewesen. Er dagegen hatte gehofft, dort an alte Zeiten anknüpfen zu können.

Mit jedem Schritt, der ihn seinem Ziel näherbrachte, wurde er unruhiger. Ein Zittern durchlief seinen Körper, und er begann, unangenehm zu schwitzen. Es wäre besser gewesen, er hätte sich seiner Unterkunft vorher versichert, hätte geduscht und etwas Frisches angezogen. Jetzt stand sein Koffer in einem Schließfach im Bahnhof. Ziemlich genau in der entgegengesetzten Richtung, in die er sich bewegte. Nicht sehr clever. Er musste dann später noch mal den ganzen Weg zurück, sein Zeug holen und hoffen, dass die Unterkunft nicht schon geschlossen war, wenn sie ihn überhaupt beherbergen würden.

»*Merde*«, sagte er laut. Ein älteres Ehepaar, das mit seinem Hund unterwegs war, drehte sich kopfschüttelnd nach ihm um.

Von den *Jardins de la Fontaine* waren es nur wenige Gehminuten bis zur *Site Vauban*, heute eine der Dependancen der Universität von Nîmes. Mit Erstaunen hatte er es gelesen, als er sich im Internet darüber schlaugemacht hatte, ob die Villa Meridia, in der er ab und zu abgestiegen war, immer noch als Hotel existierte. Er konnte sich gut daran erinnern, als das Fort noch als Gefängnis genutzt worden war. Der gesamte Komplex war, obwohl *Site Vauban* genannt, von dessen Schüler Jean-François Ferry 1687 bis 1688 erbaut worden. Hundert Jahre später wurde das Fort Politisches Sicherheitsgefängnis, bis es 1820 zur *Maison centrale de détention*, als zentrale Haftanstalt, eingerichtet wurde.

Vor Jahren war er selbst einmal in Santiago im alten Gefängnis *Penitenciaría* gelandet. Ariadna hatte seine Kaution bezahlt, und er war gleich wieder draußen gewesen. Er konnte von Glück reden, dass es damals nicht zu einer der Revolten gekommen war, die in den überbelegten Strafanstalten Chiles geradezu an der Tagesordnung waren. Einer der Aufstände, die in einer Brandkatastrophe geendet waren, hatte im Knast *San Miguel* über achtzig Todesopfer gefordert. Eine Gefängnismeuterei mit absichtlich gelegtem Brand, bei dem Teile der Gebäude zerstört wurden, machte 1974 auf die

Missstände in Frankreichs Haftanstalten aufmerksam. 1991 schließlich waren die Tage des Forts als Gefängnis gezählt, man sanierte es, und es wurde 2007 Teil der Universität von Nîmes.

Sein Weg führte vorbei an den Resten des antiken *Castellum Aquae*, von wo das Wasser, das über den *Pont du Gard* hergeleitet wurde, in die einzelnen Quartiere des römischen Nîmes gelangte, wie er auf einer Hinweistafel lesen konnte. Sein Ziel war der *Jardin Mont Margarot*, eine nicht sehr große Parkanlage in der Form eines Dreiecks schräg gegenüber des Forts. Der kleine Park auf dem Hügel lag mittlerweile im Dunkeln. Die Beleuchtung der umgebenden Straßen spendete noch etwas Licht. Fast wäre er über einen Mülleimer aus Blech gestolpert, der aus seiner Halterung gerissen worden war. Unrat lag auf dem Weg. Ein Mann kam auf ihn zu, seine angezündete Zigarette glomm auf. Der Mann hastete an ihm vorbei und gab einer Glasflasche, die aus dem Mülleimer gerollt war, einen Tritt.

Er hatte die Parkanlage idyllischer in Erinnerung. In das Holz der Bank, die er angesteuert hatte, waren Buchstaben geritzt, wie er bei näherem Hinsehen bemerkte. Keine Buchstaben in einem Herz, wie man es vielleicht noch vor Jahren gemacht hatte, sondern Buchstaben in den Ecken eines Hakenkreuzes. Wer regierte eigentlich zur Zeit Nîmes? War es immer noch Fournier? Er zuckte mit den Achseln, eigentlich war es ihm egal. Schritte näherten sich. Er nahm sein Smartphone zur Hand und aktivierte die Taschenlampenfunktion.

»So ein Dreck!« Die Stimme klang ein wenig tiefer als durchs Telefon, war aber unverkennbar. Statt einer Begrüßung musterte ihn ein dunkles Augenpaar von oben bis unten. »Du hast auch schon mal besser ausgesehen. Irgendwie passt du zu der Umgebung.«

Er hatte nicht mit so viel Verachtung gerechnet. *Bon*, das würde seinen Preis in die Höhe treiben.

Kapitel 3

Feiner Nebel hüllte den kleinen Park *Jardin Mont Margarot* in den frühen Morgenstunden ein. Ein Fluch ertönte.

»Bringt denen nicht mal jemand Manieren bei? Hier sieht's aus wie im Saustall.«

»Hey, Karim, keine Beleidigungen. Schweine sind saubere Tiere. Hast du noch einen Müllsack? Sonst muss ich zurück zum Auto.«

Der Mann, der um den Abfallsack gebeten hatte, stocherte mit einem Müllgreifer im Unrat, der auf dem Weg lag oder in die Büsche getreten worden war. Seine orangefarbene Uniform war im Licht des anbrechenden Tages gut zu erkennen. Sein Kollege warf ihm einen Müllsack zu.

»Sazou, meinst du, wir sollten den Typen auf der Bank aufwecken. Muss doch ganz schön ungemütlich sein, so zu kauern.«

»Lass den Penner seinen Rausch ausschlafen«. Mit dem Greifer packte der Mann ein Kondom und beförderte es angewidert in den Beutel. »Jetzt mach ich den Job schon seit acht Jahren, aber ich kann mich immer noch nicht an den ganzen Dreck und Gestank gewöhnen. Und es nimmt überhand. Der Bürgermeister sollte mal Patrouillen einführen.«

»Müllpatrouillen, meinst du?«

»Ja, den Leuten mal genau auf die Finger gucken. Wenn einer was in die Botanik befördert, zack, gleich einen Bußgeldzettel ausstellen. Und einer, der den ganzen Eimer um- und auskippt, gleich ab in den Knast.«

»*Oh, là, là,* gleich in den Bau. Kann doch auch sein, dass man ihn versehentlich umgestoßen hat. Und dann?«

»Dann nicht.«

»Und wie willst du das beurteilen oder beweisen?«

»Keine Ahnung. Dann eben keinen Knast. Zumindest hätte man es früher von hier aus nicht weit dorthin gehabt.«

»Ach, wieso das denn?«

»Hier war früher das Gefängnis drin, in dem alten Fort. Da wo jetzt die Studenten einen auf schlau machen.«

Der Mann knotete den Sack zu und streckte sich. »Lange mach ich das nicht mehr, mein Rücken. Und das verdanke ich den Schweinen, die einfach alles unter sich fallen lassen.«

»Wenn es die nicht gäbe, hättest du keinen Job. So musst du das sehen. Also bedank dich lieber bei denen, die ihren Müll einfach liegen lassen, obwohl es genügend Behälter gibt, oder die Dinger mit einem Tritt in die Botanik befördern.«

»So etwa? ›Vielen Dank, Monsieur, dass Sie mir meinen Job erhalten haben. Sie waren es doch wahrscheinlich, der mir netterweise den Weg zugemüllt hat.‹« Karim deutete eine kleine Verbeugung in Richtung der Bank an, auf der der Mann saß. »Merkwürdig, Sazou, der reagiert überhaupt nicht. Ich glaube, der bewegt sich nicht die Bohne.«

»He, Sie da! Aufwachen, hier ist Ihre Müllbrigade«, brüllte daraufhin Sazou.

»Mensch, Sazou, da stimmt was nicht. Wir werkeln hier rum, reden laut genug, der müsste doch längst aufgewacht sein. Ich seh mal nach ihm.«

Ein solcher Schreck war Karim Benazizi in seinem ganzen Leben noch nicht durch die Glieder gefahren. Er hatte den Mann vorsichtig angestupst, und der war einfach seitlich auf die Sitzfläche gekippt.

»Sazou, *merde*, der Typ ist tot. Komm her!«

»Ach was, wahrscheinlich ist er nur ohnmächtig geworden, als er deine Visage gesehen hat.« Vorsichtig näherte sich Fernand »Sazou« Pelletier seinem Kollegen, der wie erstarrt vor der Bank stand. Seine Stimme klang verunsichert, als er sagte: »Was ist das da? Ist das Blut?« Sazou zeigte auf den Kopf des Mannes.

Mit einem Satz wich Karim zurück. »Das ist Blut. Oh, *merde*, sieh dir das an, der hat ein Loch im Kopf.«

»Der Typ ist erschossen worden. Mensch, Karim, bleib bloß weg. Und wir räumen hier fleißig auf. Wahrscheinlich haben wir schon sämtliche Spuren beseitigt.«

»Welche Spuren? Wir haben doch nix damit zu tun.«

»Nein, natürlich nicht. Schaust du dir keine Krimis an. Die Flics müssen her. Die Typen in den weißen Anzügen, die die Spuren sichern. *Merde*, ich ruf jetzt bei denen an. Und beim Chef, wir können hier nicht weg.«

Karim nickte. »Ich glaub, du hast recht. Armer Teufel, wahrscheinlich hat ihm jemand wegen ein paar Cent das Licht ausgepustet.«

Kapitel 4

Als am Morgen nach Odiles Geburtstagsfest Mathildes Handy klingelte, das hieß, eine Musik ertönte, die entfernt an die Marseillaise erinnerte, sah sie sofort Rachids Namen auf dem Display. Halb acht? So früh? Eigentlich erwartete ihre Sekretärin Christine sie heute nicht vor zehn Uhr im Büro. Warum rief Rachid um diese Zeit an? Ein beunruhigendes Kribbeln versetzte ihren Magen in Aufruhr. Mathildes berühmtes Bauchgefühl. Irgendetwas war passiert.

Neunzig Minuten später erreichte sie etwas außer Atem den *Jardin Mont Margarot*. Zuvor war Mathilde bereits ein dunkler Wagen entgegengekommen, der die Leiche ins Gerichtsmedizinische Institut brachte. Sie hatte nicht nachgefragt, aber sie hoffte, Docteur Alain Regis würde die Obduktion vornehmen. In dem kleinen Park wimmelte es bereits von den Leuten der Spurensicherung. Es gab kaum einen Fleck, auf dem sie nicht zugange waren.

Rachid kam auf sie zu, strich ihr zärtlich über die Wange. »Ich hätte dich gerne ausschlafen lassen, aber wie du siehst …«

»Nun, das ist eben unser Job.« Sie lächelte ihn liebevoll an. »Was haben wir denn?« Dann holte sie tief Luft. »Ich bin doch tatsächlich etwas aus der Puste. Es geht ja nur bergauf bis zum *Jardin*. Wo ist bloß meine Kondition abgeblieben?«

»Deswegen sind wir mit dem Wagen hier«, schmunzelte Rachid, wurde aber sofort wieder ernst. »Der Anruf über den Fund der Leiche ging kurz nach sieben heute Morgen ein. Zwei Müllwerker, sie stehen da hinten bei Coco, waren um diese Zeit bereits hier bei der Arbeit, als sie den Mann auf einer der Bänke sahen. Sie dachten zunächst, er schlafe seinen Rausch aus. Als der mit der Mütze«, Rachid zeigte auf einen der Männer, der den anderen um einen

Kopf überragte, »Karim Benazizi, sich dem Mann näherte und ihn berührte, kippte er auf die Bank. Er und sein Kollege, Fernand Pelletier, sahen ihn sich näher an und entdeckten eine Kopfwunde. Den Notruf haben sie umgehend gewählt. Felix und Coco waren als Erste da, ich kam ein paar Minuten später.«

Sie traten zu Brigadier Coralie »Coco« Mollard, die mit einem der Arbeiter sprach. Die junge Polizistin war seit Sommer ein festes Mitglied des Teams von Commandant Rachid Bouraada.

»*Bonjour,* Brigadier Mollard, messieurs. Sie haben den Mann entdeckt?« Mathilde reichte den dreien die Hand.

»Ja, er saß schon da, als wir kamen. Wir haben gleich mit unserer Arbeit angefangen. Überall lag Müll herum, jemand hatte den Mülleimer umgekippt. Ob mit Absicht, kann ich nicht sagen«, meldete sich der kleinere der beiden Männer zu Wort. Karim«, er gab seinem Kollegen einen Stoß in die Seite, »hat dann gesagt, das sei merkwürdig.«

»Das hab ich nicht gesagt. Wir haben zusammen überlegt, ob er wohl seinen Rausch ausschläft, und du hast gesagt, ich soll mich bei ihm bedanken, dass er den Müll dahin geworfen hat, weil ich sonst keine Arbeit hätte.«

»Puh, stimmt, so war's. Die ganze Aufregung, da vergisst man schon mal was.« Der Kleine fuhr sich über die Stirn, auf der Schweißperlen glänzten.

»Und dann?«

»Dann bin ich hin, hab gemerkt, hier stimmt was nicht. Ich hab ihn angefasst, und er kippte um. Ich glaub, ich hab geschrien, oder, Sazou?«

Der Angesprochene nickte. »Ja, du hast gesagt *merde* und dann so aufgeschrien. Dann haben wir die Wunde am Kopf entdeckt und gleich den Notruf gewählt. Ist der Mann tatsächlich ermordet worden?«

»Monsieur Pelletier, das wissen wir noch nicht. Lieutenant Tourrain hat Ihre Aussagen aufgenommen, Sie können jetzt gehen, und wir sehen uns morgen wieder«, wandte sich Coco an die beiden Männer.

Sazou und Karim wirkten unentschlossen, doch dann gab der Kleinere dem Größeren einen Klaps auf die Schulter. »Dann mal los. *À demain*. Wir sind pünktlich. Sollen wir uns bei dem Rotschopf einfinden oder bei Ihnen.« Karim zwinkerte Coco zu.

»Lieutenant Tourrain wird das Protokoll aufnehmen, und Sie beide brauchen nur noch zu unterschreiben«, antwortete Coco, ohne eine Miene zu verziehen.

Die beiden Müllwerker sammelten ihre Gerätschaften ein, warfen noch einen kurzen Blick zurück auf die Bank und gingen zu ihrem kleinen orangefarbenen Müllsammelfahrzeug, das am Straßenrand abgestellt war.

Marius, der Leiter der Spurensicherung, und Felix gesellten sich zu den anderen. »Da ist nichts zu holen. Die beiden Kollegen hier haben wahrscheinlich schon Spuren verwischt, das können wir beim besten Willen nicht beurteilen. Wir nehmen den Müll mit, vielleicht haben wir Glück und finden irgendeinen Hinweis auf den Täter.«

»*Bonjour* Felix, *bonjour* Marius. So weit bin ich noch gar nicht mit meinem Wissen«, sagte Mathilde stirnrunzelnd. »Es ist also Mord, kein Suizid oder ein Unfall?«

»Nein, Madame le Juge.« Lieutenant Felix Tourrain reichte Mathilde die Hand. »Regis hat ziemlich schnell eine erste Beurteilung abgegeben.«

»Ah, sehr gut, er war also schon da und übernimmt die Obduktion.« Mathilde war zufrieden. »Was hat er gesagt?«

»Es sieht nach einem Kopfschuss aus allernächster Nähe aus. Der Mann muss mit seinem Mörder zusammen auf der Bank gesessen haben.«

»Das ist anzunehmen. Keine Schleifspuren, kein Hinweis darauf, dass das Opfer an anderer Stelle gewaltsam ums Leben gekommen ist. Der Mann hockte da, jemand hat sich neben ihn gesetzt, ihm eine Waffe an den Kopf gehalten und abgedrückt«, ergänzte der Kriminaltechniker.

»Dann wird das Opfer seinen Mörder vielleicht sogar gekannt haben«, mutmaßte Coco. »Wer lässt einen Fremden sonst so nah an sich ran?«

»Es sei denn, es ging ganz schnell«, trug Felix zu den Spekulationen bei. »Er sitzt da, jemand kommt, platziert sich daneben, hat die Waffe vielleicht schon in der Hand, und dann … Vielleicht ein Raubmord. Wir haben beim Opfer nämlich nichts gefunden, keine Papiere, kein Portemonnaie, einfach nichts.«

Marius nickte bestätigend. »Es wäre ein äußerst kaltblütiger Raubmord, aber ausschließen möchte ich es nicht. Doch das herauszufinden ist euer Job. Aber wir haben etwas entdeckt, was vielleicht weiterhilft.« Er hielt einen Asservatenbeutel in der ausgestreckten Hand. »Eine Zigarettenpackung, noch zwei Glimmstängel drin. Die Marke kenn ich nicht. Madame le Juge, wollen Sie mal einen fachmännischen Blick hineinwerfen?«, schlug der Kriminaltechniker augenzwinkernd vor.

»Da sieht man mal, wofür mein Laster vielleicht auch gut sein kann«, erwiderte Mathilde amüsiert.

Marius öffnete den Beutel, und Mathilde begutachtete die zerknautschte Packung.

»*Derby Azul.* Sagt mir nichts. Ich kaufe immer dieselbe Marke, insofern habe ich auch keine große Ahnung, was sich an Zigaretten so auf dem Markt tummelt. Aber der Aufdruck, der auf das Krebsrisiko hinweist, ist auf Spanisch abgefasst. Ob unser Mann aus Spanien kommt?«

Marius nickte. »Das hab ich auch schon überlegt. Vielleicht ein Tourist, der zur falschen Zeit am falschen Ort war.«

»Marius, wir sind so weit fertig. Packen wir ein?« Eine Mitarbeiterin der Spurensicherung mit einem Fotoapparat um den Hals hatte ihre weiße Kapuze heruntergezogen und warf ihrem Chef einen fragenden Blick zu.

»Alles klar, räumt ein. Sobald ich was für euch habe, melde ich mich«, wandte er sich an die Ermittler. »Eine Sache habe ich allerdings doch noch für euch. Wie's aussieht, hat ein Clochard sich diese Kuhle«, Marius zeigte auf einen Bereich auf dem kleinen Kinderspielplatz, »zum Übernachten rausgesucht. Ein großer Karton zum Zudecken und eine leere Schnapsflasche lagen darin. Wir haben alles eingepackt. Er muss sich gestern dort aufgehalten haben, denn ansonsten wäre sein Müll weggeräumt gewesen. Das war's dann so weit. *Salut.*« Marius nickte zum Abschied, trottete davon und überließ die vier Ermittler ihren ersten Überlegungen.

Mittlerweile hatte sich eine Reihe Schaulustiger eingefunden, die neugierige Blicke über das gelb-schwarze Absperrband warfen. Es waren vor allem junge Leute, die die Hälse reckten, um zu sehen, was sich dahinter abspielte.

Rachid nickte in ihre Richtung. »Sieht so aus, als wären es Studierende. Wir müssen bei ihnen und auch in den benachbarten Wohnhäusern unsere Fragen stellen. Vielleicht waren von den jungen Leuten welche am Abend oder in der Nacht im Park zugange. Wenn wir den genauen Todeszeitpunkt von Regis haben, können wir gezielt nachfragen. Felix, Coco, fangt trotzdem schon mal an, euch umzuhören.«

»Wie alt war der Mann? Könnte er ein Student gewesen sein?«, wollte Mathilde wissen.

Felix schüttelte den Kopf. »Nein, wohl eher nicht. Dazu war er zu alt. Ich schätze, er war so um die fünfzig. Was meinst du, Coco?«

Die junge Frau nickte bestätigend. »Vielleicht einer der Professoren?«

»Ausschließen kann man es nicht, aber er sah schon ziemlich heruntergekommen aus«, meinte Felix skeptisch.

»Sie hätten meinen alten Juraprofessor sehen sollen. Wenn er sich mit einer leeren Dose an den Straßenrand gesetzt hätte, wäre sie im Nu mit Geldstücken gefüllt gewesen. Nein, vom Äußeren sollten wir uns nicht so schnell beeindrucken und beeinflussen lassen. Wir brauchen ein Foto, mit dem ihr durch die Nachbarschaft geht, und dann hoffen wir, ihn bald identifizieren zu können. Wenn wir ein wenig Glück haben, sind seine Fingerabdrücke in der Datenbank hinterlegt.« Mathilde klatschte wie eine altertümliche Schullehrerin, die ihre Küken um sich schart, in die Hände. »Also los! Wie immer werde ich versuchen, Regis davon zu überzeugen, uns die Ergebnisse der Gerichtsmedizin lieber heute als morgen zu liefern.«

»Coco, fangen wir mit denen da hinten an.« Felix tippte seiner Kollegin auf die Schulter und wies auf die Schaulustigen, deren Anzahl jetzt auf eine Handvoll zusammengeschrumpft war.

»Sehr gut. Wir sehen uns dann gegen vierzehn Uhr in meinem Büro, passt das?«, schlug Mathilde vor.

Zustimmendes Nicken, und die beiden jungen Polizeibeamten machten sich an die Arbeit.

»Wollen wir uns einen Augenblick setzen?«, fragte Rachid und zeigte auf eine Bank am Parkeingang.

»Gerne. Eigentlich ein schöner kleiner Park. Hast du eine Ahnung, ob hier mittlerweile ein Treff für Homosexuelle ist? Ein Mann allein auf einer Bank, in einem Park? Was meinst du?«

Rachid musste nicht lange überlegen. »Wenn er schwul war, werden wir es von Regis erfahren. Aber nein, mir ist nichts bekannt in diese Richtung. Und er bietet auch nicht sonderlich viel Schutz für Menschen, die nicht gesehen werden wollen.«

Sie setzten sich. Die Vormittagssonne lugte zwischen den Bäumen, deren Laub sich zu färben begonnen hatte, hervor. Mathilde streckte ihre langen Beine von sich.

»Es ist doch eine grandiose Aussicht von hier oben. Da hinten die Kathedrale, und das da rechts mit den zwei Türmen ist die Kirche Saint-Baudile. Wusstest du, dass auf diesem Hügel die Wiege der Stierkampftradition von Nîmes steht?«

Rachid schüttelte den Kopf und lächelte. »Nein. Es wundert mich allerdings nicht, dass du das weißt, bei deiner besonderen Beziehung zu *El Nimeño*. Du unterhältst dich schließlich jeden Tag mit seiner Statue vor der Arena.«

»Stimmt. Dieses Treffen mit ihm hat damals seine Spuren hinterlassen, obwohl ich noch ein Kind war. Er war sehr charismatisch, und seine Lebenseinstellung, für seine Ziele bis ans Ende zu gehen, hat mir imponiert. Ich habe sie verinnerlicht.«

»Nun, konsequent genug war er ja. Ein Suizid, weil man seiner Leidenschaft, seiner Berufung nicht mehr nachkommen kann, ist schon eine außergewöhnliche Entscheidung.«

»Allerdings. Diese schwere Verletzung, die er beim Stierkampf erlitten hatte, und die Gewissheit, nie mehr antreten zu können …

Er konnte es nicht akzeptieren. Und weißt du, was schon ziemlich kurios ist? Dieser Hügel ist benannt nach Ali Margarot, der gegen den Stierkampf war. Aber tatsächlich fing hier alles an. Kinder, die mit einem mechanischen Stier Kämpfe nachstellten, kleine Toreros, die ihre Helden nachahmten, eine erste Stierkampfschule entstand, und bald waren ein paar Jungs davon beseelt, Stierkämpfer zu werden. Einer von ihnen war Alain Montcouquiol, der ältere Bruder von Christian, unserem *El Nimeño.*«

»Du bist echt eine wandelnde Enzyklopädie, Diderot und d'Alembert in einer Person«, neckte Rachid Mathilde. »Nur erheblich attraktiver.«

Sie lachte. »Und vor allem noch erheblich lebendiger. Nun, ich bin ein Kind von hier. Solche Geschichten zu kennen, ist genauso wichtig, wie die Traditionen unserer Region zu lieben. Allerdings ist, wie du weißt, der blutige Stierkampf nicht mein Ding. Apropos Blut. Ich lasse Regis noch in Ruhe. Es reicht, wenn ich unseren Stier erst ein wenig später reize.«

»Regis ist unter deinen Händen doch ein Lämmchen. Aber du hast recht.« Rachid sah auf seine Armbanduhr. »Hier können wir nichts mehr ausrichten. Komm, ich lade dich auf ein sehr frühes Mittagessen ein. Hast du überhaupt gefrühstückt?«

»Ja, allerdings nur ein Croissant. Martin ist gerade gekommen, als ich loswollte, und hat frische Hörnchen mitgebracht. Er wollte den Jungs beim Abbau ihrer Theaterbühne helfen. Ach, und er hat uns, also auch Felix, Sabine und Coco, fürs nächste Wochenende eingeladen. Eine Überraschung erwartet uns, sagte er.«

Rachid stand auf, streckte seine Arme aus und zog Mathilde auf die Beine.

»Eine Überraschung? Welche?«

»Na, wenn ich das wüsste, wäre es wohl keine mehr.«

Die beiden spazierten zum Parkausgang.

»Wo ist denn dein Wagen?« Suchend sah Rachid sich um.

»Steht in der Tiefgarage beim Gericht. Die paar Meter laufe ich gerne zu Fuß. Ich habe nur vergessen, wie steil es hier hochgeht. Bist du mit dem Wagen da?«

»Ja, den soll Felix zurückfahren. Felix? Kommst du mal bitte?«

Der Lieutenant trabte heran.

»Wir laufen schon mal zurück. Nimmst du bitte meinen Wagen, Coco den, mit dem ihr gekommen seid. Gibt es schon irgendeine brauchbare Aussage?«

Felix schüttelte den Kopf. »Nein. Überhaupt nichts. Alles Schaulustige, fast ausschließlich Studierende, deren Weg hier am Park vorbeigeht. Keiner wohnt in der Nähe, aber den Park kennen natürlich alle. Von denen, die wir eben befragt haben, ist gestern Abend niemand hier gewesen. Wir machen uns dann auch gleich auf die Socken. Wir hören uns noch in den unmittelbar benachbarten Häusern um. In einem ist ein Hotel untergebracht. Mit etwas Glück ist unser Mann dort abgestiegen und hat seinen Namen und Adresse hinterlassen.«

Kapitel 5

Nach einem *Café au Lait* und zwei Croissants vor einem Café gegenüber der *Maison Carrée* und der Verabredung, über den aktuellen Fall erst am Nachmittag gemeinsam zu reden, schlenderten Mathilde und Rachid zum Palais de Justice. Rachid musste einen Anhörungstermin in der Staatsanwaltschaft wahrnehmen, auf Mathilde wartete ein Stapel Akten, die Christine ihr am Tag zuvor auf die Ablage gepackt hatte.

»Man könnte den Eindruck gewinnen, die ganze Welt hat Herbstferien«, stellte Mathilde fest. Je näher die Mittagszeit rückte, umso mehr füllten sich die Tische vor den Lokalen. »Und alle strömen nach Südfrankreich. Wenn ich in Holland oder noch weiter im Norden leben würde, ich käme auch hierher, um noch einmal die letzten Sonnentage auszukosten. Aber hier ist es auch bald vorbei. Spätestens Ende der Woche ist Regen angesagt.«

Geschickt wich sie einer Familie mit vier Kindern und Hund aus, die sich vor der Arena aufstellten und die Köpfe reckten.

Im Palais de Justice trennten sich zunächst ihre Wege. Eine Stunde später streckte Rachid den Kopf durch Mathildes Bürotür. Christine war bereits in die Mittagspause verschwunden.

»Mittagessen?«

Mathilde schüttelte den Kopf. »Keine Zeit, das hier kann leider nicht warten. Der Kaffee heute Vormittag hat mich um Stunden zurückgeworfen, eigentlich kann ich es mir gar nicht leisten, mit dir meine Zeit zu vertrödeln.« Sie grinste, und eine Antwort von Rachid ließ nicht lange auf sich warten.

»Aha, vertrödeln nennst du das also. Das werd ich mir merken. Gut, dann ziehe ich mich in mein Büro zurück. Wir sehen uns dann um vierzehn Uhr, *Madame la brocanteuse.*« Er warf Mathilde eine Kusshand zu und verschwand.

Sie widmete sich weiter ihren Akten, und die Zeit flog nur so dahin. Christine kehrte aus der Pause zurück, nahm die bearbeiteten Akten an sich und brachte sie dorthin, wo man auf sie wartete.

Kurz nach zwei erschienen Rachid und Felix, der eine Tüte in der Hand hielt, aus der ein belegtes Baguette herausschaute.

»Pardon, ich bin noch nicht zum Essen gekommen.«

»Felix, ich habe Sie noch nie ohne Nahrung in meinem Büro gesehen. Hätten Sie Ihr Sandwich nicht dabei, ich hätte Sie überhaupt nicht als Lieutenant Tourrain identifiziert«, scherzte Mathilde, deren Magen anfing zu grummeln, als Felix seinen Snack auf einem Teller, den ihm Christine brachte, ablegte. Die drei Ermittler setzten sich an den kleinen runden Besprechungstisch.

Mathilde kam gleich zur Sache. »Hat sich noch etwas in der Nachbarschaft des Parks ergeben?«

Felix, der eben in sein Sandwich beißen wollte, legte es wieder auf den Teller. Er stand auf, zog sein Notizbüchlein aus der Gesäßtasche und blätterte es auf. »Die Zigarettenmarke war schnell gefunden. Es handelt sich um eine Zigarette, die vor allem in Südamerika geraucht und auch produziert wird. Dort quasi überall, am häufigsten jedoch in Brasilien und Chile. Da der Warnhinweis auf Spanisch ist, können wir schon mal davon ausgehen, dass der Mann aus Chile kommt. Allerdings hat er für mich nicht wie ein Südamerikaner ausgesehen. Aber, da kann ich mich auch täuschen.«

»Wie sah er denn aus?«, fragte Mathilde interessiert. »Ich habe ihn ja nicht zu Gesicht bekommen.«

Felix zuckte mit den Schultern. »Ich würde sagen, europäisch. Oder, was meinst du, Rachid?«

»Er war weiß, Haare kastanienbraun, viel Grau drin, schätzungsweise eins achtzig, schlank, sah verlebt aus. Wie jemand, der zu viel trinkt und zu wenig schläft. Das Alter, schwierig. Ich schätze zwischen fünfzig und sechzig«, fasste Rachid zusammen.

»Und ja, die Nachbarschaft. Der kleine Park ist gesäumt von Häusern, wir haben alle abgeklappert, allerdings natürlich nicht überall jemanden angetroffen. Die Leute sind meist bei der Arbeit. Denen, die zu Hause waren, ist nichts aufgefallen. Kein Streit, kein Schrei, auch nicht wirklich ein Schuss. Einige haben berichtet, sie hätten so was wie einen Knall gehört, dachten, es wäre die Fehlzündung eines Mopeds oder ein zu laut gestellter Fernseher gewesen, es liefen in zwei Programmen Krimis. In zwei Studentenbuden wurde ausgelassen gefeiert, auch die Leutchen haben nichts gehört, andere Anwohner schliefen mit oder ohne Schlafmittel den Schlaf der Gerechten. Nur eine ältere Frau will so was wie einen Schuss gehört haben. Als wir nachhakten, musste sie erst ihr Hörgerät, wie sagt man, justieren? Außerdem stimmte die Zeit nicht. Sie hat den Knall am helllichten Tag gehört, dann hätte man die Leiche demnach auch früher entdecken müssen. Also, wir haben nichts. Wir hatten uns zunächst noch etwas von dem Hotel in der Nähe versprochen«, Felix blätterte auf die nächste Seite seines Notizheftes, »die Villa Meridia, ein schönes Haus, sehr gepflegt und bestimmt nicht billig, also eher nichts für unseren Mann. Aber dort sind alle Zimmer belegt, ein Spanier oder Südamerikaner ist jedoch nicht unter den Gästen.«

Felix packte seine Notizen wieder ein und schielte auf sein Sandwich.

»Ihr habt zwar nicht viel rausbekommen, aber du darfst es trotzdem essen«, unkte Rachid.

Sein Kollege ließ sich das nicht zweimal sagen. Nachdem er die Hälfte innerhalb kürzester Zeit verputzt hatte, wischte er sich mit der Serviette, in die das Baguette eingewickelt war, den Mund ab.

»Coco versucht gerade, mittels der Fingerabdrücke seine Identität rauszufinden. Ich denke, sie wird sich gleich melden.«

Kaum hatte Felix den Satz ausgesprochen, als Rachids Handy klingelte.

»Coco«, teilte er den anderen mit. Gespannt hörte er zu. »Danke, dann sehen wir uns gleich. *Merci,* Coralie.« Er steckte sein Handy weg. »Das ging ja nun fix. Die Internationale Datenbank hat sofort den Namen unseres Opfers ausgespuckt. Er war wegen verschiedener Drogendelikte unter anderem in Santiago de Chile aktenkundig geworden. Sein Name ist Francis Fabre, er ist französischer Staatsbürger, geboren 1974 in Lyon. Wann er in Chile eingereist ist, wissen wir noch nicht. Er ist vorgestern mit dem Flugzeug in Marseille gelandet. In Frankreich ist er nicht auffällig geworden. So weit die ersten Informationen.«

Kaum hatte Rachid ausgeredet, als sich auch Mathildes Smartphone meldete. Sie nahm umgehend das Gespräch an.

»*Bonjour,* Regis. Sie dachten, Sie kommen mir mal zuvor? Morgen Vormittag? Da bin ich leider verhindert. Aber Felix und Coralie könnten den Termin wahrnehmen? Einen Moment.« Mathilde wandte sich an Felix. »Morgen neun Uhr, die Obduktion von Fabre. Sie und Coralie?«

Felix hob den Daumen und nickte zustimmend.

»Regis, das geht klar. Wir haben übrigens einen Namen für unser Opfer. Francis Fabre, ein Franzose gebürtig aus Lyon, Jahrgang 1974.« Mathilde machte eine Pause. »Bei dem Namen klingelt was? Aha. Allerdings liegt nichts gegen ihn vor. Ein paar Drogendelikte in Santiago de Chile, von dort ist er auch nach Marseille geflogen. Sie werden nachdenken? Dann tun Sie das. Und nochmals herzlichen Dank, ich weiß es zu schätzen, dass Sie morgen schon obduzieren. *Au revoir.*«

Mathilde drückte auf den kleinen roten Hörer. »Das geht ja alles fix. Regis obduziert, und den Namen unseres Toten finden wir in der Internationalen Datenbank. Sehr schön.«

»Aber du wirst Regis auch so mit ein paar Flaschen Rotwein versorgen, nehme ich an.«

»Rachid, was denkst du denn. Es ist mir zu einer heiligen Pflicht geworden. Ich schätze mal, Regis weiß das auch.« Sie lächelte. Bisher war es immer ein winzig kleiner Bestechungsversuch gewesen. Der Mediziner nahm sich der Toten so schnell wie möglich an, er wusste genau, Mathilde würde ihm sonst im Nacken sitzen, und die Ermittlungsrichterin bedankte sich mit einem Karton der besten Weine des Château de Boncourt.

Es klopfte, die Tür öffnete sich, und Coralie Mollard spazierte herein.

»Kannst du fliegen? Du hast doch eben noch mit dem Chef telefoniert?«, wunderte sich Felix, und auch Rachid und Mathilde schauten sich verdutzt an.

»Aber nein. Ich hab mich sofort auf den Weg zu euch gemacht, als ich die Information bekam, und schon von unterwegs mit dem Commandant telefoniert. Ich war nur zehn Minuten vom Palais de Justice weg, wollte euch aber nicht mit der Neuigkeit warten lassen. Oh, da ist noch was von deinem Sandwich übrig. Ich bin am Verhungern.«

»Jetzt fangen Sie auch noch damit an.« Rachid grinste und gab Felix einen Stoß in die Seite.

»Ich weiß, was es bedeutet, wenn einem ein wichtiger Stoff fehlt. Dann wollen die kleinen grauen Zellen nichts für einen tun.« Mathilde zeigte auf ihre Zigarettenpackung, die in einer gepunkteten Metallbox darauf wartete, daraus befreit zu werden.

»Nur dürfen wir unsere Sandwiches auch bei geschlossenem Fenster essen.« Felix brach ein Stück seines Baguettes ab und reichte den Rest Coco. »Hier, damit du einsatzfähig bleibst.«

»*Alors*, dann wollen wir mal.« Rachid rollte Mathildes Schreibtischstuhl an den Besprechungstisch. »So flott, wie Sie arbeiten, Coralie, vermute ich mal, Sie haben uns bereits etwas über Francis Fabre zu berichten?«

Coco schluckte den letzten Bissen hinunter und rieb sich die Hände, um ein paar Krümel auf die Serviette fallen zu lassen.

»Ja, allerdings ist es auf den ersten Blick nicht viel, und vor allem ist die Geschichte schon ein paar Jährchen her.«

Sie legte eine Kunstpause ein, und Rachid musste sich zusammenreißen, nicht laut zu lachen.

»Coralie, treten Sie in Felix' Fußstapfen? Diese Kunstpausen sind wir eigentlich nur von ihm gewöhnt. Danach kommt allerdings meist etwas Brauchbares heraus.«

Felix wurde ein wenig rot. »Danke für die Blumen. Das ist mir noch nie aufgefallen.«

Rachid prustete los. »So bereitest du immer wirklich gute Ermittlungsergebnisse vor. Wenn es bei Coralie genauso ist, dann legt ruhig eure Päuschen ein.«

Felix schmunzelte. Seitdem Rachid und Madame le Juge ein Paar waren, hatte sich der Commandant, sein Chef, den er rückhaltlos verehrte und bewunderte, verändert. Er war immer noch ernsthaft, aber nicht mehr so ernst. Er schien das Leben etwas leichter zu nehmen. Das war der positive Einfluss von Madame de Boncourt.

Coco holte tief Luft. »Francis Fabre war als Zeuge befragt worden nach einem Brand, bei dem vier Menschen gestorben sind. Ich habe mir das Protokoll angeschaut. Er kam hinzu, als es bereits zu spät war. Fabre war der jüngere Stiefbruder eines der Brandopfer, einer Madame Marie-Laurence Savigny, geborene Fabre. Sie und ihr Mann kamen bei dem Brand ihres Hauses zusammen mit zwei ihrer drei Kinder ums Leben. Im Protokoll steht natürlich alles ausführlich, doch das ist eigentlich auf den ersten Blick das Wichtigste. Danach ist er nicht mehr in Erscheinung getreten«, schloss die junge Polizistin.

»Sie sagten vorhin, die Geschichte sei schon ein paar Jährchen her. Wo ist das Ganze passiert und wann genau? Ich kann mich nicht an dieses Drama erinnern«, fragte Mathilde nach. »Allerdings sagt mir der Name Savigny etwas.«

Coco nickte eifrig. »Savigny, die Olivenölproduzenten aus Beauvoisin. Die Firma gibt es heute noch, allerdings leitet sie ein gewisser Dominic Roubais. Mehr habe ich auf die Schnelle noch nicht rausgefunden. Es ist kein Wunder, wenn Sie sich nicht erinnern, Madame le Juge. Sie waren damals noch nicht tätig. Das Ganze ist zweiundzwanzig Jahre her, da waren Sie noch ein junges Mädchen.«

»Zweiundzwanzig Jahre? Und Francis Fabre wurde als Zeuge zu einem katastrophalen Brand gehört, bei dem vier Menschen starben? Der Mann kehrt nach Frankreich zurück und ist am nächsten Tag tot.« Mathilde zupfte an ihrer Unterlippe. »Ich kann mir nicht helfen, aber wir müssen uns fragen, ob es hier nicht einen Zusammenhang gibt.«

»Da gebe ich dir recht. Das ist vielleicht mehr als nur ein Zufall«, bestätigte Rachid. Erneut klingelte sein Handy.

»Marius«, teilte er den anderen mit. Nach zwei Minuten, in

denen die anderen gespannt schwiegen, konnte Rachid weitere Informationen liefern.

»Die Leute von der Spurensicherung haben im Mülleimer Portemonnaie und Brieftasche des Opfers gefunden. Der Geldbeutel war leer, die Ausweispapiere waren noch da. Und bei dem Namen Francis Fabre hat Marius sich sofort an den Brand im Haus der Savignys erinnert. Er war damals gerade frisch bei der *Identification criminelle.* Es war einer seiner ersten Fälle als Kriminaltechniker. Aber jetzt kommt's. Portemonnaie und Brieftasche waren übersät mit Fingerabdrücken. Denen des Opfers und denen von Titi le Prince. Und Letztere fanden sich auch auf der Schnapsflasche.«

»O nein«, entfuhr es Mathilde. »So ein Idiot!«

»Das kann man wohl sagen. Er wird den Toten entdeckt haben, hat ihm die Taschen ausgeräumt und dann alles weggeworfen. Das heißt, der Mörder hat Fabre alles gelassen. Aber Titi ist wirklich ein Idiot. Das bringt ihm mal wieder ein paar Monate ein.«

Cocos Gesicht schien ein einziges Fragezeichen. »Wer bitte ist Titi le Prince?«

Felix rollte mit den Augen. »Den hättest du früher oder später sowieso kennengelernt. Ein Clochard, ein Kleinganove, Taschendiebstahl, vor allem in der Ferienzeit. Er ist total harmlos, aber mit dieser Aktion hat er sich ein ziemliches Problem aufgehalst. Einem Toten in die Tasche greifen. Er ist vollkommen *zinzin.*« Felix drehte den Zeigefinger vor seiner Stirn, um zu zeigen, für wie plemplem er Titi hielt.

»Und warum le Prince?«

»Er hält sich für adelig. Stammt in direkter Linie von Louis XIV. ab, glaubt er. Da siehst du, wie durchgeknallt er ist.«

»Plemplem, aber kein Mörder«, ergänzte Rachid. »Wir kriegen ihn seit Jahren immer wieder für diverse kleine Vergehen dran. Jedes Mal gelobt er Besserung. In den Wochen vor Weihnachten ist er dann besonders aktiv, er will die Feiertage im Knast verbringen. Ich glaube, das ist ihm bisher fast jedes Jahr gelungen. Ich schätze, wir werden ihn schnell am Wickel haben. Wahrscheinlich hat er gedacht, der Mann schläft. Spätestens wenn er mitbekommt, dass

Fabre ermordet worden ist, wird er sich bei uns melden. Wenn wir Glück haben, hat er eine Beobachtung gemacht, die uns weiterhilft. Allerdings ist es mit seinem Gedächtnis auch nicht sehr weit her. *Mince.* Gerade Titi. Marius hat schon die Kollegen benachrichtigt. Sobald ihn einer zu greifen bekommt, wird er ins Kommissariat gebracht.«

Mathilde sah auf ihre Armbanduhr. »Dafür, dass die Leiche erst heute früh gefunden worden ist, sind wir doch schon recht weit. Sie ist identifiziert, sie hat eine Vergangenheit, die vielleicht neue Fragen aufwirft, und wir haben Titi, der den armen Teufel noch beklaut hat.« Sie seufzte. »Warten wir ab, was die Obduktion ergibt und was Monsieur le Prince uns zu sagen hat. Rachid, wenn du schon mal alles zusammenträgst, was es bei euch zu der Brandkatastrophe in Beauvoisin gibt. Felix und Coralie, Sie beide haken wegen damals schon einmal bei Marius nach. Ich habe um fünf noch einen Termin mit Juge Demongeot. Vielleicht erinnert er sich noch an die Geschichte. Lang genug ist er ja schon dabei.«

»Was macht Sie eigentlich so sicher, Madame le Juge, der Mord an Fabre und die Brandkatastrophe könnten in Zusammenhang stehen?«

»Das hier.« Mathilde klopfte sich mit der Hand auf ihren Bauch. »Das Gefühl da drin hat mich noch nie getrogen.«

Kapitel 6

Felix und Coco trafen gleichzeitig auf dem Parkplatz vor dem *Institut médico-légal* ein. Coco zu Fuß, Felix war mit dem Dienstwagen gekommen.

»Ich hatte mir gestern bei Marius etwas mehr erhofft«, sagte Felix, nachdem sie sich mit drei Wangenküsschen begrüßt hatten.

»Geht mir genauso. Wir hatten ja gestern keine Zeit mehr, darüber zu reden. Wie war der Kinofilm?«

Felix reckte den Daumen. »Klasse. Sabine hat ihn jetzt zum zweiten Mal gesehen. Eigentlich sind diese Romantikfilme nicht mein Ding, ein bisschen mehr Action darf es schon sein. Ich liebe vor allem die alten Filme. Aber der war richtig klasse. Ich bin gerade noch rechtzeitig gekommen, bevor Sabine sich den Nächstbesten an der Straße auserkoren hätte, sie ins Kino zu begleiten.« Felix grinste. Er und die Restauratorin, die am Archäologischen Institut der Universität in Montpellier arbeitete, hatten sich während der Ermittlungen um den Tod Flavia Leones, Sabines Chefin, kennen- und lieben gelernt. »Und wie war dein Abend?«

»Gut. Maman hat im Moment eine ruhige Phase. Die Krankheit schreitet nicht dramatisch voran. Aber das kann sich von einem Tag auf den anderen ändern. Ich hab sie abgeholt, und wir sind essen gegangen. Kommt Sabine mit zu Martin? Ich bin schon auf seine Überraschung gespannt.«

Felix schüttelte den Kopf. »Nein, leider nicht. Ein Archäologe aus Münster in Deutschland ist zu Gast am Institut, er hält einen Vortrag über eine Grabung in der Türkei. Dort haben sie eine frühe Kirche mit einzigartigen Mosaiken entdeckt, sagt Sabine. Der Vortrag ist auf Englisch. Da würde ich sowieso nur die Hälfte verstehen. Aber für Sabine ist es ein Muss. Aber zurück zu Marius. Er hat ein Gedächtnis wie ein Elefant, und wenn es so war, wie er sagt, gab es bei der Brandkatastrophe vor zweiundzwanzig Jahren keine Auffälligkeiten.«

Eine Glastür glitt auf, und die beiden betraten das Gebäude der Gerichtsmedizin.

»Vielleicht geben die Akten doch noch was her. Wenn der Chef sie studiert hat, sehen wir weiter. Furchtbar, vier Menschen an einer Rauchvergiftung gestorben und verbrannt, eine Tochter konnte sich retten, liegt seitdem im Koma. Ich wusste gar nicht, dass man so lange im Koma liegen kann.«

Coco nickte. »Kann man. Ich habe erst vor Kurzem von einem Mann in Paris gelesen, der nach mehreren Jahren einfach so aus dem Koma erwacht ist. Aber das ist wohl die Ausnahme.«

Felix und Coco waren mittlerweile vor dem Sektionssaal angelangt. Durch das Fenster winkte Regis ihnen zu und bedeutete ihnen, noch zu warten.

Felix wies auf den Metalltisch, neben dem Regis stand. »An Fabre konnte Marius sich erinnern. Fabre sei am Haus eingetroffen, als die Flammen schon aus dem Esszimmer schlugen. Etwa gleichzeitig kam das Hausmeisterehepaar an. Ob die beiden noch leben?«

Coco zuckte die Achseln. »Wenn ja, haben sie mittlerweile wahrscheinlich ein ordentliches Alter erreicht.«

Felix nickte. »Das stimmt. Marius meinte, sie wären damals schon in den Fünfzigern gewesen.«

»Und wenn doch alles nur ein großer Zufall ist? Wenn Fabres Tod in absolut keinem Zusammenhang steht mit den Geschehnissen von damals?« Skepsis schwang in Cocos Stimme mit.

»Dann werden wir trotzdem herausfinden, wer ihn auf dem Gewissen hat. Merkwürdig, Titi hat sich immer noch nicht gemeldet. Da, Regis winkt, wir können rein.«

Zwei Stunden später hatte Alain Regis seine Untersuchung vorerst abgeschlossen.

»Ich fasse noch mal zusammen. Der Täter war Rechtshänder, das Projektil besitzt das Kaliber 7,65 mm Browning, das Ergebnis hat Marius bereits rübergeschickt. Die Waffe dazu ist handlich, vielleicht bekommt ihr von der kriminaltechnischen Untersuchung bald mehr geliefert. Die Waffe wurde direkt auf der Stirn des Opfers angesetzt. Das Projektil drang ins Großhirn ein, trat am Hinterkopf wieder aus. Es wurde von der Kriminaltechnik in der Rinde des hinter der Bank stehenden Baumes gefunden. Die Hülse war nicht auffindbar. Der Tote, Francis Fabre, war starker Raucher, seine Lunge ist geschädigt, ebenso Leber und Bauchspeicheldrüse. Mit einer sofort einsetzenden medizinischen Versorgung hätte er noch ein, maximal eineinhalb Jahre zu leben gehabt. Ansonsten vielleicht noch sechs Monate. Das war's so weit. Interessanter Fall. Ich habe es gestern schon Madame le Juge gesagt. Gehen wir in mein Büro.«

Der Gerichtsmediziner gab seinem Mitarbeiter ein Zeichen, den Leichnam zuzunähen. Dabei vollführten seine Hände, die er aus den engen Handschuhen befreit hatte, kleine Bewegungen, als ginge es dabei um eine Petitpoint-Stickerei.

»So, wo war ich eben stehen geblieben? Ach ja, ich hatte schon Madame Le Juge gesagt, dass bei dem Namen Francis Fabre was bei mir klingelte. Die Brandkatastrophe in Beauvoisin. Ich hatte damals mit diesem furchtbaren Drama nichts zu tun. Ein Kollege, der auf Brandopfer spezialisiert war, hat die Leichenschau durchgeführt. Professeur Vancerfelt aus Paris. Er ist leider im letzten Jahr verstorben. Aber die Unterlagen sind bei uns archiviert. Ich habe mir die Fotos angesehen. Die vier Personen sind an einer Rauchgasintoxikation gestorben. Als dann der Salon in Flammen stand, sind sie bis zur Unkenntlichkeit verbrannt. Da war kaum noch was übrig. Ganz furchtbar. Die Schwester lag eng neben oder über dem Bruder. Sie waren zu einer Einheit verschmolzen. Die Familie hatte an einer langen Tafel gesessen. Die Eltern in der Nähe des Kamins. Die Kinder etwas weiter weg. Entweder hatten sie noch versucht, der

Katastrophe zu entgehen, oder sie waren bereits in Höhe der Esszimmertür, als sie zusammenbrachen. Vielleicht wollten sie gerade den Raum verlassen. Es wird wohl nie geklärt werden.«

Dem Gerichtsmediziner, den so schnell nichts erschüttern konnte, versagte die Stimme. »So was habe ich noch nie gesehen. Die Schwester, die überlebt hat, zog man mehr tot als lebendig aus der Diele. Nun, sie ist immer noch mehr tot als lebendig. Sie liegt seitdem im Koma. Ich habe immer mal wieder etwas von Kollegen darüber gehört. Zu Anfang war das Interesse noch groß, etwas über ihre Genesung zu erfahren. Aber dann … Sie liegt im Wachkoma, atmet selbstständig. Und das nach so vielen Jahren. Mir ist übrigens kein Fall bekannt, bei dem jemand nach so langer Zeit wieder aufgewacht wäre. Aber der Onkel, ist es der Onkel? Oder war es der Cousin von Savigny? Also Monsieur Roubais, der dann die Firma übernahm, hat die Hoffnung bis heute nicht aufgegeben. Wenn das Mädchen – jetzt ist sie eine erwachsene Frau – jemals zu sich kommen sollte, habe sie ein Recht auf das Erbe ihrer Eltern. Ein hehrer Gedanke, aber soweit ich es einzuschätzen vermag, ein Wunsch, der sich nicht erfüllen wird. Das könnt ihr an den Commandant und Madame le Juge weitergeben. Ist schon ein merkwürdiger Zufall: Eine der Personen, die damals als Erste vor Ort waren, wird, kaum in Frankreich angekommen, durch einen gezielten Kopfschuss getötet. Da muss man sich schon seine Gedanken darüber machen, ob beides miteinander zusammenhängt. Nicht wahr?«

»Madame le Juge hatte sofort ihr berühmtes Bauchgefühl«, bestätigte Felix. »Wir sind schon an der alten Geschichte dran. Sie stellen am besten schon mal die Unterlagen von damals zusammen, Madame le Juge wird sicher danach verlangen.«

»Docteur Regis, ich habe eine Frage.« Coco kratzte sich am Kinn. »Sie sagten, sie liegt im Wachkoma und atmet selbstständig. Es gab doch vor ein paar Jahren den Fall in Lyon. Man hat einem jungen Mann im Komazustand durch Stromstöße Nervenzellen im Gehirn aktiviert. Und er hat darauf reagiert. Als meine Mutter an Parkinson erkrankt ist, habe ich mich mit solchen Möglichkeiten, das Gehirn zu aktivieren, beschäftigt. Bislang gibt es hauptsächlich

Affenversuche, die vielleicht eine Rettung für solche Patienten bringen. Wäre das nicht auch eine Möglichkeit? Ich meine, viel verlieren kann man doch nicht dabei?«

»Brigadier, das ist ganz und gar nicht mein Fachgebiet. Ich weiß um den Versuch in Lyon am *Institut Marc-Jeannerod*. Aber es ist, wenn mich nicht alles täuscht, bei diesem einen Versuch geblieben. Die Fachwelt hat skeptisch reagiert. Der Mann hat auch nur sehr wenige Anzeichen gezeigt. Vielleicht das Zucken eines Lides. Ich müsste es nachlesen. Mag sein, dass die Forschung uns weiterbringt. Und ab und zu geschehen ja auch Wunder. Allerdings ist bei Mademoiselle Savigny eine Hirnschädigung eingetreten, deren Ausmaße erst dann feststellbar sind, wenn sie tatsächlich jemals aus ihrem Zustand erwachen würde. So, ihr beiden«, der Arzt rieb sich die Hände, »mein nächster Patient wartet auf mich und fordert Gerechtigkeit. Ich werde das Obduktionsprotokoll so schnell wie möglich fertigstellen und dem Commandant und Madame le Juge zukommen lassen.«

Felix öffnete Coco die Wagentür. Sie schnallte sich an und zupfte an ihrem Bauchgurt. »Da drin tut sich auch was. Ich trete nicht nur in deine Fußstapfen, sondern auch in die von Madame le Juge. Eindeutig ein merkwürdiges Kribbeln.«

»Oder einfach nur Hunger?« Felix lachte.

»Das auch, ich hab noch nicht gefrühstückt. Aber ganz im Ernst. Francis Fabre landet in Frankreich, keine vierundzwanzig Stunden später ist er tot. Bei einem normalen Raubüberfall ist doch eher ein Messer angesagt. Die Schusswaffe, von der wir ausgehen, ist handlich, du kannst sie ganz unauffällig in deine Jacke stecken. Wirklich ein schnöder Überfall?«

Felix zuckte mit den Achseln und fuhr los.

»Dein Handy klingelt. Soll ich? Wozu hat man denn eine Freisprecheinrichtung, wenn man sie nicht benutzt.«

»Vergessen. Ja, mach nur. Wer ist es denn?«

Coco nahm das Handy vom Armaturenbrett, wo Felix es lässig abgelegt hatte.

»Commandant? Gut, wir sind in ein paar Minuten da. Ja, wir sind fertig.«

Sie legte das Handy zurück. In ihrer Stimme schwang eine unbestimmte Trauer mit, als sie sagte: »Ich glaube, ihr habt ihn alle gemocht. Ich weiß noch nicht mal seinen richtigen Namen. Titi ist tot. Fahr zum Bahnhof.«

Kapitel 7

Felix schaltete Blaulicht und Sirene an und gab Gas.

»Was ist passiert? Hat Rachid schon was dazu gesagt?«

»Ein Clochard hat ihn entdeckt. Der hat die Polizei informiert. Mehr weiß ich auch noch nicht. Wie war sein richtiger Name, Felix?«

»Roland Dauphin. Daher auch sein Glaube, er stamme von den Bourbonen ab. Dauphin, der Thronerbe. *Zut.* Der arme Teufel.«

Mit quietschenden Reifen hielt Felix nach rasanter Fahrt am Boulevard Talabot, wo bereits zwei Einsatzfahrzeuge und ein Notarztwagen der SAMU standen. Der Zugang in die Unterführung zur Rückseite des Bahnhofs war mit Flatterband abgesperrt. Rachid stand mit Marius davor.

»Gut, dass ihr da seid.« Rachid hielt sich nicht lange mit einer Begrüßung auf. »Mamadou Sow hat ihn gefunden.« Er zeigte auf einen großen dunkelhäutigen Mann, dem jemand eine schützende Rettungsdecke um die Schultern gelegt hatte. Eine junge Frau in weißer Hose und weißem Hemd mit dem Aufdruck SAMU redete auf ihn ein, während er einen Trinkbecher umklammerte.

»Mamadou Sow stammt aus dem Senegal. Ich werde ihn nachher für das Protokoll mitnehmen. Er hatte sich gewundert, dass Titi nicht, wie gewohnt, an der Kaffeebar im Bahnhof auftauchte. Dort schnorrte sich Titi die ersten Euro für den Tag. Sow habe sofort so ein merkwürdiges Gefühl bekommen, da Titi vorgestern schon nicht seinen Schlafplatz aufgesucht habe. Als er allerdings in dieser Nacht ankam, hat er Mamadou geweckt und gesagt, er hätte einen Schatz gefunden. Den beanspruche aber auch Marat für sich, und er müsse sich beeilen. Mamadou hatte gar nichts verstanden, und als er am frühen Morgen seinen Schlafplatz verließ, schien Titi noch zu schlafen. Er habe ihn mehrfach angesprochen, aber Titi pennte weiter, so Mamadou. Als er zurückkam«, Rachid zeigte auf die Unterführung, »hat er Titi die Mütze vom Kopf gezogen, um ihn zu ärgern. Und dann hat er es entdeckt. Sein Kumpel war tot, erschossen.«

Marius war während Rachids Ausführungen ungeduldig von einem Bein aufs andere getreten. »Ich werde schon mal verschwinden. Meine Leute wissen auch ohne mich, was zu tun ist. Es sieht fast danach aus, als wäre dieselbe Waffe benutzt worden wie bei Fabre. Eine 7,35 Millimeter. Wir haben die Hülse gefunden. Das Projektil steckt noch in Titi. Wahrscheinlich hat der arme Teufel vorgestern Nacht etwas gesehen. Er hat sich irgendwo verkrochen, weil er Angst hatte, und sich dann wieder hervorgewagt. Und der Mörder hat ihn erwischt. Das haben wir bei ihm gefunden. Wahrscheinlich der Schlüssel zu seinem vermeintlichen Schatz.«

Er reichte Felix den Asservatenbeutel, den er die ganze Zeit über in der Hand gehalten hatte. »Ein Schlüssel, eindeutig zu einem Schließfach hier im Bahnhof. Das wird auch Titi gleich erkannt haben. Ob er es geöffnet hat, wissen wir nicht. Jetzt seid ihr dran, den Schatz zu heben.« Marius' Stimme klang bitter.

»Dann hat er was gesehen. Titi räumt Fabre die Taschen aus, entdeckt auch den Schlüssel. Er erhofft sich hinter der Tür des Schließfachs einen Schatz. Ich kann mir keinen richtigen Reim auf den Ablauf machen. Warum hat der Täter den Schlüssel nicht an sich genommen? Wenn er Titi verfolgt und getötet hat, bedeutet das doch, er hat ihn bei Titi vermutet«, spekulierte Felix.

»Das ist nicht gesagt. Vielleicht wusste der Täter nichts vom Schlüssel. Er hat ihm ja auch Brieftasche und Geldbörse gelassen, die Titi dann geplündert hat. Er hat Titi nur deswegen verfolgt und erschossen, weil er befürchten musste, der könnte ihn beobachtet haben und ihn identifizieren«, meinte Coco.

»Es gibt noch eine dritte Möglichkeit«, sagte Rachid. »Der Täter hat, nachdem er Fabre erschoss, die Flucht angetreten. Ihm fiel zu spät ein, Fabre könnte eventuell etwas bei sich haben, was uns einen

Hinweis auf ihn gibt. Er kehrt zurück, sieht Titi, der sich mit seinen Funden vom Acker macht. Titi ist schnell, er rennt los, merkt vielleicht noch nicht mal, dass er verfolgt wird. In zwanzig Minuten ist er am Bahnhof. Noch ist ihm zu viel Betrieb, um das Schließfach zu öffnen. Er wartet ab. Der Mörder entdeckt ihn in seinem Unterschlupf, wartet die passende Gelegenheit ab und erschießt Titi.«

»Ganz gleich, wie es war, Titi ist tot, und ich mache mich an die Arbeit. Ich melde mich, sobald ich euch mehr über die Waffe sagen kann.« Marius verabschiedete sich mit einem kurzen Nicken.

»Nehmt euch das Schließfach vor, ich fahre mit Mamadou in mein Büro«, verkündete Rachid.

»Wo hatte Titi den Schlüssel eigentlich versteckt? Der Täter hat ihn ja nicht gefunden?«, fragte Coco.

»Vielleicht ist er auch bei der Suche gestört worden.« Felix steckte den Asservatenbeutel in seine Jackentasche.

»Das mag sein. Aber der Schlüssel war wirklich gut versteckt. Wenn ihr euch Titis Schuhe anseht, versteht ihr, was ich meine.«

Felix und Coco wechselten einen verständnislosen Blick.

Rachid musste wider Willen schmunzeln. »Unser Titi war clever. Seine Schuhe hatten einen besonderen Absatz. Man kann ihn zur Seite drehen und in dem Hohlraum etwas verstecken. Da war der Schlüssel sicher. Marius wusste von diesem Spezialversteck. Der Täter nicht. Ihr meldet euch umgehend. Ich werde Madame le Juge über alles informieren.«

Rachid nickte den beiden Kollegen zu. Er trat zu Mamadou, der noch genauso reglos dastand wie vor zehn Minuten. Als er Rachid kommen sah, schüttelte er die Decke ab und begann zu weinen.

Der Inhalt der Tasche, die Felix und Coco im Schließfach fanden, war enttäuschend und brachte ihre Ermittlungen kein Stück weiter. Ein erster Blick in Fabres Reisegepäck förderte lediglich die Erkenntnis zutage, dass der Mann mit absolut leichtem Gepäck – ein paar wenige Kleidungsstücke und eine Packung Zigaretten – gereist war.

»Und wenn Titi was rausgenommen hat?« Coco zog den Reißverschluss der Tasche mit einem Ruck zu.

»Wo soll er es gelassen haben?«

»In einem anderen Schließfach vielleicht?«

»Kann ich mir nicht vorstellen. Dann hätten wir den Schlüssel ebenfalls. Bringen wir die Tasche ins Kommissariat. Marius wird sie auf Spuren untersuchen. Fraglich, ob viel dabei rauskommt.«

Als Felix und Coco am *Hôtel de Police* ankamen, verließ soeben Mamadou das schmucklose Betongebäude an der Avenue Pierre Gamel. Sein Gesicht war vom Weinen geschwollen. Mit schweren Schritten ging der große Mann an ihnen vorbei ohne ein Zeichen des Erkennens.

Rachid saß in seinem gläsernen Büro, ein Kubus inmitten des Großraumbüros.

»Nun?«

»Nichts.« Felix stellte Fabres Reisetasche ab.

Rachid teilte Marius mit, man könne das Gepäck bei ihm abholen, lauschte noch eine Minute dem, was der Kriminaltechniker zu sagen hatte, und steckte sein Handy ein. »Es ist dieselbe Waffe gewesen. Regis wird es bestätigen. Titis Leiche ist in der Gerichtsmedizin. Hier gibt es auch nichts Neues. Mamadou hat gedacht, Titi schläft, musste dann aber die furchtbare Entdeckung machen, dass jemand seinen Freund erschossen hat. Nun, wenn wir den Mörder von Fabre haben, haben wir auch den von Titi.«

»Was hat er eigentlich damit sagen wollen, Marat wäre auch hinter dem Schatz her? Hat Mamadou verstanden, was Titi damit gemeint hat?«

Rachid zuckte mit den Schultern. »Es ist nur eine Vermutung, aber Jean-Paul Marat war sicher einer der radikalsten Vertreter der Französischen Revolution. Und vielleicht hat er dessen Verfolgung gefürchtet, schließlich sind auch seine ›Vorfahren‹ durch Männer wie Marat unter die Guillotine gekommen. In Titis Kopf ging so manches drunter und drüber. Ich habe eben mit Madame le Juge telefoniert. Ich werde ihr unser Material, was den Brand von damals angeht, vorbeibringen. Wenn ihr bitte alles zusammentragt, was Francis Fabre betrifft. Von seiner Geburt über seinen Aufenthalt in Chile bis zu seiner Rückkehr nach Frankreich. Nehmt Kontakt zu den Kollegen in Santiago auf. Und prüft nach, ob Fabre mit der Familie Roubais gesprochen hat. Sie ist zwar nicht direkt mit ihm verwandt, aber immerhin war seine Schwester mit Roubais' Cousin verheiratet.«

Rachid stand auf und streckte sich. Es klopfte an der gläsernen Tür, vor der ein junger Polizist mit einem Stapel Akten stand. Felix sprang hinzu und öffnete die Tür.

»*Merci.* Ich bringe Ihnen die gewünschten Unterlagen, Commandant. Amtshilfe ist für die Kollegen von der Gendarmerie eine Art Fremdwort. Die haben sich ganz schön geziert, mir die Akten auszuhändigen. Ich hab ihnen klargemacht, wir wären mit dem Mordfall Fabre beschäftigt, einem der Zeugen der Untersuchungen vor zig Jahren. Capitaine Moreau hat so getan, als hätten wir vor, ihnen wegen der alten Geschichte ans Bein zu pinkeln. Von wegen schlampige Untersuchung. Ich hab denen aber dann gesagt, wir wollen nur einen Blick hineinwerfen, eben wegen Fabre. Dann haben sie mich ins Archiv vorgelassen.«

Der junge Mann rollte mit den Augen und legte die Pappordner auf Rachids Schreibtisch ab. Er grüßte zum Abschied und war schon fast aus dem Büro, als ihm etwas einfiel.

»Mademoiselle Kowalski hat gesagt, sie hätte genau in dem Jahr im Archiv angefangen, als das Drama passierte. Sie wollte wissen, ob Fabres Ermordung mit der Geschichte von damals zusammenhängt. Und ob Fabre vielleicht seine Finger im Spiel gehabt haben könnte. Ich hab ihr gesagt, sie soll bei Ihnen nachfragen.« Damit verschwand er.

Rachid warf einen Blick auf die Beschriftung der Akten. »Wenn ihr Fabre nachspürt, macht es Sinn, hieraus die wesentlichen Aussagen zu seiner Person zu kopieren. Mal schauen, was wir finden.«

Die drei blätterten die Ordner durch und entnahmen die Seiten, die zu Fabre Auskunft gaben. Felix kopierte sie, steckte sie in einen Umschlag, und die Originale wanderten wieder zwischen ihre Pappdeckel. Rachid packte den Aktenstapel in einen Karton.

»Ob überhaupt, und wenn, dann aus welchem Grund Fabre seine Finger im Spiel gehabt hat, das gilt es herauszufinden. *Alors*, an die Arbeit«

Kapitel 8

Als Rachid mit den Unterlagen bei Mathilde eintraf, stand diese am geöffneten Fenster ihres Büros und blies den Zigarettendunst ihrer *Gauloises* hinaus.

»Die Zeit rast nur so dahin. Es ist schon über drei Monate her seit dem Mord an Santana Carmona in der Arena. Es war ein selten heißer Sommer«, sagte sie, ohne sich umzudrehen. »Kein Plakat mehr an den Mauern, das an sie erinnert. Die Touristen ziehen weiterhin in Scharen an den antiken Mauern vorbei, und niemand von ihnen ahnt, was sich dahinter abgespielt hat.« Sie drückte ihre Zigarette auf dem Fenstersims aus, drehte sich um und beförderte den Rest in den Müll.

»Das hört sich melancholisch an, so wie du es sagst.« Rachid stellte den Karton auf Mathildes Schreibtisch ab und strich ihr sanft über die Wange.

»Melancholisch? Ich weiß nicht. Eher nachdenklich. Es ist ein wunderbarer Herbsttag, noch sommerlich warm. Aber ganz gleich, wie das Wetter ist, gemordet wird immer. Wann war das Drama in der Templerburg? Im November? Ich müsste mal nachdenken, ob es überhaupt mal einen Monat ohne ein Gewaltverbrechen für uns gab.«

»Ich meine, wir hatten noch nichts im Dezember.«

Mathilde seufzte. »Dann soll es auch so bleiben. Kein Mord zu Weihnachten, wenn ich bitten darf. Und das ist alles?« Sie zeigte auf den Karton.

»Das ist alles. Es gab den Brand, es gab vier Tote, eine Brandermittlung und einen Abschlussbericht. Dafür ist der Stapel eigentlich beachtlich. Wollen wir gleich anfangen? Felix und Coco kümmern sich um Fabres Vergangenheit, und mit Titi warten wir, bis wir von Regis und Marius mehr erfahren. Wir haben übrigens gerätselt, was es mit seiner Angst auf sich hatte, Marat könnte an den Schatz wollen.«

Mathilde zeigte auf einen karierten Block auf ihrem Schreibtisch. »Abgesehen von ein paar Kringeln, die ich gezeichnet habe, steht da: *Was hat es mit Marat und dem Schatz auf sich?* Ich bin zu dem Schluss gekommen, Titi hat sich als Abkömmling des französischen Königshauses verfolgt gefühlt. Und das kann nur der Täter, der Fabre auf dem Gewissen hat, sein. Er konnte ihm keinen Namen geben, aber Marat war die Person, die seine Ahnen auf dem Gewissen hatte. Und da Marat höchstpersönlich selbst im Bad ermordet worden ist, hat er eine Kombination Marat – ermordet – Marat – Mörder meiner Ahnen – zusammenfantasiert. Was meint ihr?«

»Wir sind eigentlich zu dem gleichen Schluss gekommen. Der Schatz bezieht sich wohl auf den Schließfachschlüssel. Ihn mitzunehmen, ist ihm zum Verhängnis geworden. Im Übrigen ist der Schatz kein Schatz. In der Tasche war auf den ersten Blick nichts von Belang. Ich befürchte, weder die Tasche selbst noch ihr Inhalt werden uns weiterhelfen.«

»Und wenn Titi doch schon am Schließfach war? Er hat etwas aus der Tasche genommen und den Schlüssel wieder in den Absatz seines Schuhs gesteckt. Doch sein Fund ist dem Mörder in die Hände gefallen.« Mathilde nagte an ihrer Unterlippe.

»Das können wir natürlich nicht ausschließen. Mamadou wird ihn nicht die ganze Zeit über im Auge gehabt haben.«

»Aber weißt du, was jetzt überhaupt nicht mehr passt? Wenn Titi sich verfolgt fühlte, verfolgt von Marat, dann muss er ihn doch wohl abgeschüttelt haben, sonst hätte er sich doch nicht ruhig in seinen Unterschlupf begeben, um zu schlafen. Vielleicht ist Marat ein komplettes Hirngespinst, einfach nur Ausdruck seiner Angst, jemand wolle ihm etwas wegnehmen oder ihm an den Kragen.«

»Mathilde, es sind bisher alles nur Spekulationen. Fangen wir mit dem an, was wir haben. Du nimmst die eine Hälfte der Akten, ich die andere.« Rachid packte sich seine Pappordner auf den Besprechungstisch, während Mathilde ihren Stapel auf dem Schreibtisch beließ.

Die nächste halbe Stunde hörte man nichts außer dem Rascheln von Papier, beim Hin- und Herblättern, einem kurzen Hustenanfall von Mathilde und dem Kratzen von Stiften auf Papier. Christine streckte kurz den Kopf ins Büro, flüsterte, sie würde dann mal gehen, Kaffee stehe bereit, und in ihrer Schreibtischschublade liege eine Packung bretonischer Butterkekse. *Bon appétit.*

»Kaffee?«

Rachid hob den Kopf und nickte. Er rieb sich über den Nacken und kniff die Augen ein wenig zusammen. »Ich befürchte, ich benötige bald eine Lesebrille. Hab ich da was von bretonischen Keksen gehört?«

Mathilde lachte, und wenig später standen zwei Becher mit dampfendem Kaffee und ein Teller mit runden, goldglänzenden Keksen auf dem Besprechungstisch.

»Was hast du?« Neugierig zog Mathilde Rachids Notizheft zu sich. »Wie kann man nur so winzig schreiben? Kein Wunder, dass du bald eine Brille brauchst. Schau mal, das sind Buchstaben, die man lesen kann.« Sie stand auf, nahm ihren Block und legte ihn neben Rachids Notizen.

»Das ist was für Menschen mit einer Sehschwäche. Es ist mir noch nie aufgefallen, wie riesig deine Buchstaben sind. Da passen ja kaum drei Sätze auf eine Seite«, unkte Rachid.

»Du weißt so manches noch nicht von mir«, gab Mathilde gut gelaunt zurück. »Aber was du eigentlich wissen solltest: Ich kann beim Arbeiten keine Ablenkung gebrauchen. Also, keine Bemerkungen über meine Schrift und vor allem kein Hundeblick, bei dem ich schwach werden könnte.«

»Du hast mit der Schrift angefangen. Aber ich füge mich, kein Hundeblick. Wir arbeiten konzentriert. Ich habe eigentlich nur schon mal das zusammengefasst, was aus den Akten hervorgeht. Und das ist im Grunde genommen nicht viel. In der Brandnacht wurde ein Spaziergänger auf lautes Hundegebell aufmerksam. Da er aber selbst mit seinem Hund unterwegs war, hat er dem keine Bedeutung beigemessen. Aber die Tiere, sie waren draußen in einem Zwinger, haben wahrscheinlich den Rauch gerochen. Das Haus, es ist mehr ein kleines Schloss, liegt in Alleinlage, die nächsten Nachbarn sind ein paar Kilometer entfernt. Das Hausmeisterehepaar war im Kino, kam um halb elf zurück. Gleichzeitig traf der Stiefbruder von Madame Savigny ein, unser Francis Fabre. Zu diesem Zeitpunkt schlugen Flammen aus dem Esszimmer, die Fenster waren geborsten. Fabre hatte einen Schlüssel. Der Hausmeister, Albert Fragonard, hat sofort die Feuerwehr benachrichtigt. Doch die waren schon unterwegs, jemand anderes, wer, ist unbekannt, hatte sie bereits informiert. Madame Fragonard hat einen Feuerlöscher aus ihrer Wohnung geholt. Fabre konnte ins Haus und fand direkt vor der Tür die jüngere Tochter Valerie, die er nach draußen zog. Weiter kam er nicht, die Rauchentwicklung und die Hitze waren zu stark. Die Feuerwehr war dann sehr schnell vor Ort. Fabre war wohl bis gegen zehn in Uzès in einem Restaurant. Das ist der Inhalt meiner Unterlagen. Und bei dir?« Rachid trank den letzten Schluck Kaffee.

»Die Toten sind die vier Mitglieder der Familie Savigny, Ernest, geboren 1958, Marie-Laurence geborene Fabre, geboren 1963, die ältere Tochter Chantal, geboren 1982, und Eric, der Jüngste, geboren 1989. Er war erst elf Jahre alt. Alle bis zur Unkenntlichkeit verbrannt. Warte, ein Bote hat Unterlagen von Regis gebracht, den Obduktionsbericht von damals.« Mathilde ging zu ihrem Schreibtisch und kam mit einem Ordner wieder zurück. »Nicht schön.«

Sie blätterten durch die Fotos, hielten den Atem an, als sie die schwarzen gekrümmten Gestalten auf den blitzenden Tischen sahen. »Ein Arzt aus Paris, ein Spezialist für Brandopfer, hatte die Untersuchung vorgenommen. Nur Valerie, geboren 1987, überlebte, wie wir wissen.« Mathilde fuhr sich mit den Händen über die Augen. »Ich muss immer an meine Familie denken. Wir sitzen zusammen, feiern Weihnachten, einen Geburtstag, wie den von Odile, und dann … Niemand schafft es mehr aus dem Haus, es ist so schlimm.« Sie legte den Ordner zurück auf ihren Schreibtisch.

»Bei einer Rauchvergiftung bist du sehr schnell vollkommen ausgeschaltet«, sagte Rachid ernst. »Ein Wunder, dass es Valerie noch bis zur Tür geschafft hat.«

»Viel genutzt hat es ihr nicht. *Alors*, weiter im Text. Die Brandursache. Ein Dohlennest. Es hat den Kamin verstopft. Der Rauch zog nicht ab, breitete sich aus, führte zur Vergiftung.« Mathilde starrte auf ihren Block.

»Rachid, wie können fünf Leute dasitzen und essen, und sie merken nicht, was da vor sich geht? Eine schreckliche Vorstellung. Aber die Rauchvergiftung ist die eine Sache, der Brand die andere. Wie ist es überhaupt zu dem Brand gekommen? Ist das Nest runtergefallen, auf die brennenden Scheite? Hier lassen mich die Einträge in den Akten im Stich. Es steht lediglich da, ich fasse zusammen: Vier Personen starben an den Folgen der starken Rauchentwicklung. Im Anschluss brach das Feuer aus. Wo genau zuerst, ist unklar, es breitete sich über die Gardinen im ganzen Zimmer aus, griff aber nicht auf andere Räume über. Hier ist ein Grundriss. Das Esszimmer ist eher ein Speisesaal, es ist riesig. Und es brannte so lange, bis die Toten bis zur Unkenntlichkeit verbrannt sind. Valerie konnte sich aus dem Esszimmer schleppen. Vielleicht war sie auch gar nicht drin. Vielleicht hat sie die Tür geöffnet, der starke Rauch hat ihre Sinne schwinden lassen, sie versucht, der Katastrophe zu entkommen, und bricht vor der Haustür ohnmächtig zusammen. Dort findet sie Fabre, zerrt sie raus. Bevor der Brand endgültig übergreift, ist die Feuerwehr da. Rachid, hier gibt es einige Lücken. Das Ganze ist mehr als unbefriedigend.« Mathilde knallte ihren Block auf den Tisch.

»Unbefriedigend, ja. Aber vielleicht ist bei den Ermittlungen einfach nicht mehr rausgekommen. Oder willst du sagen, es ist geschlampt worden?« Rachid dachte an die Worte des jungen Beamten, der die Unterlagen aus dem Archiv der Gendarmerie gebracht hatte.

»Nein, das will ich nicht. Aber der Bericht wirft doch mehr Fragen auf, als er beantwortet. Oder?«

Rachid nickte. »Da hast du vollkommen recht. Wer hat damals

die Brandermittlungen geleitet? Und wer war dieser Professor, der die Leichen untersucht hat? Ich werde Regis anrufen.«

Rachid hatte den Gerichtsmediziner direkt am Telefon. Nach einer Minute war die Frage geklärt.

»Regis hat es Felix und Coco schon gesagt. Er war damals nicht an der Untersuchung beteiligt, es kam dieser Spezialist aus Paris, Professeur Roger Vanderfelt. Der Mann ist allerdings mittlerweile tot. Regis meinte, er war damals schon nicht mehr aktiv tätig. Er glaubt, sich zu erinnern, dass der Vater von Madame Savigny mit Vanderfelt befreundet war und ihn gebeten hatte, die Untersuchung zu leiten. Das gab wohl ein wenig Ärger mit den damaligen Koryphäen in Nîmes. Regis selbst war zu der Zeit auf einem Kongress in Vancouver.«

Mathilde hatte zwischenzeitlich den Namen des Leiters der Brandermittlung ausfindig gemacht. »Schade! Hätte Regis sich darum gekümmert, wüssten wir wenigstens, dass sorgfältig gearbeitet worden ist. Aber wenn der Mann eine Koryphäe war und von der Familie beauftragt, dann hätte er doch sicher, wenn es etwas Auffälliges gegeben hätte, dies entdeckt. Auch im Bericht des RCCI deutet nichts darauf hin. Hier. Capitaine Georges Gerard von der *Gendarmerie nationale* war der Leiter der Untersuchung. Warte, ich mache ihn ausfindig.«

Mathilde hämmerte auf ihre Computertastatur ein. »Da haben wir ihn. Verdient, dekoriert, Pensionär, RCCI, blabla, er ist vor zehn Jahren in den Ruhestand gegangen. Wir rufen bei den Kollegen an. Wir brauchen seine Adresse.«

Mathildes Handy gab seinen schrägen Ton von sich. Es war Odile. »O nein, das habe ich liegen lassen? *Zut.* Ich brauche es morgen früh. Danke, Odile. Ich komme heute Abend vorbei. Nein, ich fahre dann wieder zurück nach Nîmes. *Bises.*«

Mathilde starrte Rachid entgeistert an. »Das ist mir noch nie passiert. Der Staatsanwalt hat mich gebeten, bis morgen früh, wenn es geht natürlich bis gestern Abend, drüberzuschauen. Daher habe ich sie mitgenommen. Keine großen Geschichten, aber trotzdem. Und ich lasse eine der Akten zu Hause. Der *procureur* macht mich einen

Kopf kürzer, wenn sie nicht rechtzeitig bei ihm sind. Ein Wunder, dass er nicht schon vor meiner Tür gestanden hat. Ganz ehrlich, Valerien nervt mich ohne Ende. Einem Staatsanwalt wie ihm bin ich noch nie begegnet. Er ist unfreundlich und lässt die anderen die ganze Arbeit machen. Trotzdem. Ich befürchte, ich werde alt. Gut, wir sind dann so weit mit unseren Unterlagen durch. Ich mache mich gleich auf den Weg und fahre dann umgehend wieder zurück. Wir könnten danach noch einen Happen essen gehen?«

»Valerien, ich habe auch schon gehört, wie unausstehlich der sein kann. Das mit dem Happen essen klappt heute leider nicht. Am Abend ist die Verabschiedung von Claire Bobinot. Ich werde ein paar Worte sagen. Habe ich dir das nicht erzählt?«

Mathilde schlug sich mit der Hand gegen ihre Stirn. »Doch, hast du. Ich habe ja gesagt, ich werde alt.«

»Dann bin ich ja noch älter, steinalt«, scherzte Rachid. »Schau, ich habe schon ein graues Haar.«

»Wo? Ich sehe kein einziges.« Mathilde, die kaum kleiner als Rachid war, stellte sich auf die Zehenspitzen und beäugte sein kurz geschnittenes Haar. »Ah, da ist eins. Na warte.« Sie nahm ein kurzes Haar zwischen ihre Fingerspitzen und zog kräftig daran.

»Au! Du bist ganz schön frech, Mathilde.« Rachid gab ihr einen Klaps auf die Finger.

»Frechheit ist das Privileg des Alters.« Sie grinste. »Komm, packen wir zusammen, ich muss los, wenn ich heute Abend noch in die Unterlagen schauen will.«

Sie packten den Stapel zurück in den Karton.

»Dann sehen wir uns morgen. Ich bin gespannt, was Felix und Coco über Francis Fabre ausgegraben haben.«

Kapitel 9

Während Mathilde und Rachid die alten Akten der *Gendarmerie nationale* einpackten, hatte die Person Francis Fabre durch die Recherchen von Felix und Coco mehr und mehr Gestalt angenommen.

»Ich würde sagen, wir haben alles zusammengetragen. Ich werde es abfotografieren und dem Commandant schicken.« Felix machte ein Handyfoto und schickte es an die Adresse von Rachid.

»Lies noch mal vor, was wir haben. Ich höre zu, und vielleicht fällt uns noch etwas dazu ein, zum Beispiel, ob es irgendeinen Punkt gibt, an dem wir nachhaken sollten.« Coco saß in gespannter Erwartung am Schreibtisch in Rachids Büro.

»*Alors*, Coco. Dann konzentrier dich mal.«

Coco schloss die Augen, und Felix begann zu lesen.

»Francis Fabre, geboren am 3. April 1974 in Lyon. Vater Edmond Fabre, verstorben, Directeur des *Crédit Lyonnais* in Lyon, Mutter Edmée Fabre, geborene Muller, verstorben. Sie hat den Sohn mit in die Ehe gebracht. Der Vater war in erster Ehe mit Hedwige verheiratet, aus der Ehe stammt Marie-Laurence. Sie ist elf Jahre älter als ihr Stiefbruder. Hedwige ist verstorben, also war Edmond Witwer. Schulische Laufbahn in Lyon, BAC 1996, da hat sich das Nesthäkchen aber Zeit gelassen, Militär, reduziert dank des *loi Joxe* auf zehn Monate. Keine Auffälligkeiten. 1998 beginnt er ein Studium der Betriebswirtschaftslehre in Bordeaux, bricht dies noch im selben Jahr wieder ab. Ernest Savigny gibt dem Stiefbruder seiner Frau einen Job in der Firma. Da hat er aber Glück gehabt, der Junge.« Felix trank einen Schluck Wasser.

»Kommt drauf an. Wenn er zufrieden damit war, schon. Allerdings hätte er genauso gut eine Karriere als Model beginnen können. Man hat es ihm jetzt nicht mehr angesehen, aber er sah damals schon fantastisch aus, finde ich. Wie der junge Alain Delon.«

»Findest du?« Felix nahm eines der Fotos zur Hand, die sie bei ihrer Suche gefunden hatten. Es zeigte den jungen Fabre in Uniform. »Also, ich finde, er sieht ganz normal aus.«

»Du bist ja auch ein Mann. Er sieht aus wie der junge Delon. Ich hätte mich auf jeden Fall vor zwanzig Jahren nach ihm umgedreht.«

»Und ihm hinterhergepfiffen, wie ich dich kenne«, grinste Felix und gab einen lauten Pfiff von sich.

»Genau so, mein kleines Vögelchen. Und jetzt lies weiter.«

»Viel kommt da nicht mehr. Der Nachfolger von Savigny, Dominic Roubais, lässt ihn weiter im Unternehmen arbeiten.«

»Stopp. Du hast die Protokolle aus der Brandnacht übersprungen.«

»Aha, hier. Also, er war bis zweiundzwanzig Uhr mit Freunden unterwegs. In einem Restaurant in Uzès. Er kam zeitgleich mit dem Hausmeisterehepaar Albert und Eloise Fragonard am Haus an. Die beiden waren im Kino. Fabre versucht, ins Haus zu kommen, er hat einen Schlüssel.«

»Dann hat er also wahrscheinlich auch dort gewohnt«, unterbrach ihn Coco.

Felix studierte seine Unterlagen. »Wird wohl so gewesen sein. Ich hab hier keine weitere Adresse.«

»Das müssen wir klären. Gib mir mal einen Zettel. Ich notiere die Punkte, wir müssen den Fragen nachgehen.«

»Gut. Das macht Sinn. Okay, was wissen wir sonst noch?« Felix reichte Coco ein Stück Papier, auf das sie die zu klärenden Punkte notierte. »Er rettet die leblose jüngere Tochter. Dann war er der Onkel der Kinder, nicht wahr?«

Coco nickte. »Der Stiefonkel.«

»*Alors*, weiter. Bis 2001, das heißt bis einige Monate nach dem Brand, bleibt er in der Olivenölfirma. Unklar, ob er, wenn er überhaupt in Beauvoisin lebte, im Haus der Familie gewohnt hat. So, jetzt kommt die Lücke. Es fehlen ein paar Jahre. 2008 reist er nach

Chile, Stempel in seinem Reisepass. Dort bleibt er bis vorgestern laut Ausreisestempel R. Auf die Antwort aus Santiago warten wir noch. Das war's. Und, hast du neue Erkenntnisse gewonnen?«

»Ja, dies und das.« Coco hatte auf dem Blatt herumgekritzelt und betrachtete ihre Notizen. »Wir müssen wissen, wie sein Verhältnis zur Familie seiner Stiefschwester war. Dazu können die Familie Roubais und das Ehepaar Fragonard Auskunft geben. Die beiden leben hoffentlich noch. Dann stellt sich die Frage: Was hat Fabre zwischen 2002 und 2008 gemacht. Auch hier können Roubais und Fragonard vielleicht weiterhelfen. Die Antwort aus Santiago wird uns Klarheit verschaffen, was er so in Chile getrieben hat. Laut Obduktionsbericht war er todkrank. Eigentlich naheliegend, dass er nach Frankreich zurückkehrt, um in seiner Heimat zu sterben. Und noch eine interessante Frage: Wenn es kein Raubmord war, warum ist er getötet worden? Er wäre sowieso gestorben. Der Täter hätte also, wenn es ihm nur darum ging, dass Fabre tot ist, einfach abwarten können. Wenn er denn von der Erkrankung Kenntnis gehabt hat. Also hat er es entweder nicht gewusst, oder es spielte keine Rolle, Fabre musste sterben, weil er etwas auszuplaudern hatte. Was hältst du von der Idee?«

»Nicht schlecht. Dann hätten wir ein Motiv, und die Frage wäre geklärt, ob es einen Zusammenhang geben kann. Hat Fabre gewusst, wer für die Katastrophe verantwortlich ist, war er womöglich selbst daran beteiligt? Gleichwie, auch mich lässt das Gefühl nicht mehr los, dass dieser Mord in der Gegenwart eng mit dem Drama in der Vergangenheit verknüpft ist.«

Kapitel 10

Mathilde fuhr die lange Zufahrt zum Château de Boncourt mit geöffnetem Verdeck. Links und rechts erstreckten sich die Weinfelder. Die Trauben waren geerntet und versprachen auch in diesem Jahr einen hervorragenden Tropfen. Noch blühten die Rosen, die vor Jahren vor die einzelnen Reihen der Weinstöcke gepflanzt worden waren, in allen Farben. Sie waren wie ein Frühwarnsystem. Noch bevor ein Schädling sich die Weinreben vornehmen konnte, saß er auf den Rosen, und man konnte eingreifen, bevor es zu einem Befall kam. Das Nützliche verband sich mit dem Schönen.

Sie lief in ihre Wohnung und schnappte sich die Akte. Als Mathilde die Küche betrat, stieg ihr ein betörender Duft in ihre Nase.

»Hm, was kochst du da Leckeres?« Sie umarmte Odile von hinten.

»Setz dich, ich bin gleich fertig. Wir können zusammen essen.«

»Odile, ich habe leider keine Zeit. Ich muss die Akte noch durcharbeiten. Sie wird morgen früh auf dem Schreibtisch meines Kollegen erwartet.« Mathilde wedelte mit dem roten Ordner.

»Kind, hetz dich doch nicht so ab. Fünf Minuten zum Luftholen. Trink ein Glas Wasser, du hast Ränder unter den Augen. Das kommt davon, wenn man zu wenig Flüssigkeit zu sich nimmt.«

Gehorsam füllte Mathilde ein Glas mit Leitungswasser und trank es aus.

»Was wird das?«

»Eingelegte Steinpilze. Ich konserviere sie in etwas Weißweinessig und Olivenöl, mit Kräutern und Pfefferkörnern. Gabriel hat sie aus den Cevennen mitgebracht. Seine Frau mag keine Pilze. Ich hab ihm dafür zwei Gläser Tapenade mitgegeben.«

Mathilde hielt ihre Nase über den Topf, in dem die Flüssigkeiten darauf warteten, sich mit den in grobe Stücke geschnittenen Pilzen vereinen zu dürfen.

»Das ist Olivenöl von Savigny.« Mathilde nahm erstaunt die Flasche in die Hand. »Wir haben doch unser eigenes, das Médard aus unseren Oliven macht? Benutzt du das hier öfter?«

»Ab und zu. Die Oliven, die wir zum Verarbeiten zu Médard geben, reichen doch bei Weitem nicht aus, für die Mengen, die ich verbrauche. Und das Öl von Savigny ist von sehr guter Qualität. Gabriel hat es mir mitgebracht, er hat es von der Mühle abgeholt. Die Savignys bieten dort einen Teil als Direktvermarkter an. Das Gros wird allerdings in den normalen Läden verkauft. Was glaubst du, wie sie so reich werden konnten? Bestimmt nicht, weil sie damit von Wochenmarkt zu Wochenmarkt ziehen.«

»Merkwürdig, es ist mir einfach noch nie aufgefallen. Odile, kannst du dich an den Brand erinnern? Den bei Savigny? Ich glaube, ich werde doch etwas mit dir essen.«

Odile lächelte. »Sehr gut, meine kleine Mathilde. Warte, ich fülle die Pilze noch in die Gläser. Im Kühlschrank ist frisches Rillettes, Salami und noch ein Rest von der Pastete. Ein wenig Käse dazu, Oliven und Brot, was brauchen wir mehr.«

»Ein Glas Wein dazu, eins wohlgemerkt, ich muss noch fahren. Ah, die Flasche ist geöffnet. Möchtest du auch?«

Mathilde packte die Köstlichkeiten auf ein Holzbrett und brachte es mit dem Wein an den Tisch. Sie goss zwei kleine Gläser ein. Die Küchentür öffnete sich knarzend, und die beiden Hunde tappten herein.

»Auf eure Nasen ist Verlass, nicht wahr? Ah, ihr habt am Kamin gelegen, euer Fell ist noch warm. Odile, denk dran, ihr müsst ab und zu kontrollieren, dass der Abzug funktioniert, also der vom Kamin. Und ihr beide bekommt ein Stück Brot.« Mathilde brach ein Stück Baguette ab, teilte es und hielt die Brocken Henri und Babou hin, die sie vorsichtig aus ihrer Hand nahmen.

»Also, wenn ich dir folgen kann, hängt deine Mahnung, den Kamin nicht aus den Augen zu lassen, direkt mit deiner Frage nach dem Brand bei Savigny zusammen. Also erstens, wir kontrollieren regelmäßig, das müsstest du eigentlich wissen, schließlich wohnst du hier, und zweitens, natürlich erinnere ich mich.«

Odile wusch sich die Hände und setzte sich zu Mathilde an den großen Refektoriumstisch, dessen Holz mit seinen Kerben und Schnitten an die unzähligen Mahlzeiten, die die Familie hier am Tisch eingenommen hatte, erinnerte. Sie nahm sich ein Stück Roquefort und einen großen Esslöffel voll mit Oliven, während Mathildes Teller sich nach und nach mit allem füllte, was auf dem Tisch stand.

»Ich erinnere mich deswegen so gut daran, weil der Sohn von Marjolaine Worms damals als einer der Ersten am Unglücksort eintraf. Er war Sergent bei der Feuerwehr. Es muss ein furchtbarer Anblick gewesen sein. Alles verbrannt, die Leichen nicht mehr als menschliche Wesen zu erkennen. Er musste danach in Behandlung, konnte aber seinen Job weitermachen. Ich glaube, er ist immer noch bei den *pompiers*. Dann hat der Cousin von Monsieur Savigny den Betrieb übernommen. Allerdings hat er vorher schon in der Geschäftsführung gearbeitet. Die Qualität der Produkte hat jedenfalls nicht gelitten. Savigny ist immer noch ein bedeutender Name.«

»Und der Name Francis Fabre?« Mathilde türmte sich Salami, Käse und Oliven auf ihre Scheibe Baguette. Prompt plumpste eine Olive auf den Tisch und rollte auf den Boden. So schnell konnte sich Mathilde gar nicht bücken, wie Henri aufsprang und sich die herzhafte Frucht einverleibte. Als kein Nachschub anrollte, verzog er sich wieder auf seine Decke.

Odile schnitt eine winzige Scheibe Käse ab und legte sie auf ein Stück Brot.

»Das war ein Bruder oder Cousin von Madame Savigny? Ich weiß es nicht so genau.«

»Stiefbruder«, nuschelte Mathilde.

»Du sollst nicht mit vollem Mund sprechen. Aber mehr weiß ich sowieso nicht. War nicht er es, der eins der Mädchen gerettet hat?«

Mathilde schluckte ihren nächsten Bissen hinunter und nickte. »Ja, sie liegt immer noch im Koma.«

»*Mon Dieu*. So lange Zeit. Ob es da nicht eine Erlösung wäre, wenn man sie gehen ließe?« Odile trank einen kleinen Schluck Wein und tupfte sich den Mund ab. Sie runzelte die Stirn. »Aber da gab es noch so eine Geschichte. Es muss ein paar Jahre vor dem Brand gewesen sein. Warte, ich komm gleich drauf. Irgendwas mit einem Diebstahl. Ich weiß noch nicht mal, ob ich es damals aus der Zeitung hatte oder ob es mir jemand erzählt hat. Merkwürdig, an was man sich im Alter plötzlich wieder erinnert. Nein, eine Bekannte hat es erzählt. Beim Bäcker, beim Friseur, irgendwo.«

Mathilde wartete gespannt ab. Es gab zwischen Saint-Gilles und Nîmes kaum jemanden, den Odile nicht kannte, oder zumindest kannte sie jemanden, der jemanden kannte.

Plötzlich schnippte Odile mit dem Finger. »Eigentlich ein Name, den man sich einprägt, ein sehr ungewöhnlicher Familienname. Die Tochter von Madame Philippe half bei den Savignys aus, wenn ein größeres Fest gefeiert wurde. Sie hat irgendwas von einem Diebstahl aufgeschnappt. Das hatte Madame Fragonard ausgeplaudert. Genau, diese Leute heißen wie der berühmte Maler. Er und sie haben für die Savignys gearbeitet. Und Elise, nein, Eloise Fragonard …« Odile schloss die Augen und runzelte die Stirn. »Nein, ich bekomme die Geschichte nicht mehr zusammen. Es ist ja schon ein Wunder, dass ich mich an Madame Fragonards Vornamen erinnere. Aber wenn die Familie damals einen Diebstahl angezeigt hat, müsste das doch in eurem Archiv zu finden sein.«

Mathilde klatschte bewundernd in die Hände. »Unglaublich, wie dein Gedächtnis funktioniert. Und wenn ein Diebstahl gemeldet worden ist, werden wir die Anzeige noch haben. Danke, meine liebe Odile. Und wer weiß, vielleicht ist dieser Diebstahl der Ausgangspunkt für alles, was danach geschehen ist bis hin zum Mord an Francis Fabre.«

»Was, der Mann ist ermordet worden? Das hast du noch überhaupt nicht erwähnt.« Odile ließ das Stück Brot sinken, in das sie eben hineinbeißen wollte.

Mathilde schob den leeren Teller von sich. »Ja. Jemand hat ihn erschossen. Er war eben erst aus Chile nach Frankreich zurückgekehrt. Noch stehen wir vor einem Rätsel. Vielleicht steht sein Tod in Zusammenhang mit der Brandkatastrophe, wir wissen es noch nicht. Auszuschließen ist es jedenfalls nicht.«

»*Mon Dieu*, der arme Mann. Kehrt in seine Heimat zurück, um so brutal zu sterben.«

Den zweiten Mord verschwieg Mathilde Odile. Die alte Frau machte sich schon genügend Sorgen um Mathildes Wohlergehen.

»Lass nur stehen«, sagte Odile, als Mathilde den Tisch abräumen wollte. »Du musst los, und ich habe alle Zeit der Welt. Fahr vorsichtig, und pass gut auf dich auf, *ma puce.*«

Ma puce. So hatte Odile sie schon lange nicht mehr genannt. Mathilde umarmte sie und versprach, gut auf sich achtzugeben.

Den Rest des Abends verbrachte sie in ihrem Appartement in Nîmes mit der Bearbeitung der Akte. Kurz bevor sie ins Bett fiel, meldete sich Rachid und wünschte ihr eine gute Nacht. Mathilde fiel in einen tiefen Schlaf. Sie träumte von einem brennenden Haus, aus dem statt Rauchschwaden schwarze Vögel aus den Fenstern flogen, deren Gefieder lichterloh brannte.

Kapitel 11

Die tägliche Besprechung in Mathildes Büro war für den frühen Nachmittag angesetzt. Rachid hatte sie bereits darüber informiert, dass Titi und Fabre mit derselben Waffe erschossen worden waren. Regis war noch bei der Obduktion, an der an diesem Tag eine Reihe von Polizeianwärtern teilnahm. Der Gerichtsmediziner würde sich so bald wie möglich melden.

Rachid und Felix wollten am Vormittag Dominic Roubais einen Besuch abstatten. Wahrscheinlich wusste der Mann noch gar nichts von Fabres Ableben. Der Name des Toten hatte nicht in der Zeitung gestanden.

Mathilde fuhr ihren Computer hoch.

»Madame le Juge?« Christine streckte den Kopf in Mathildes Büro. »Der Brandermittler, Georges Gerard. Es tut mir leid, er lebt nicht mehr.«

»Danke, Christine. Dann müssen wir mit jemand anderem reden.«

Bei alten Fällen war es kein Wunder, wenn einem die Zeugen wegsterben, dachte Mathilde. Sie erinnerte sich an den Sohn von Madame Worms. Der ehemalige Feuerwehrmann lebte garantiert noch, sonst hätte Odile es gewusst. Mathilde informierte Felix, der mit Coco den Mann besuchen sollte. Dann widmete sie sich dem Diebstahl, von dem Odile gesprochen hatte.

Wenn er zur Anzeige gebracht worden war, dann am ehesten bei der *Gendarmerie nationale* in Vauvert. Nach zwei Minuten hatte sie eine Polizistin in Vauvert am Telefon, der sie ihr Anliegen mitteilte. Diese versprach, sich darum zu kümmern, und nach fünf Minuten erschienen die gewünschten Informationen auf Mathildes

Bildschirm. Der Diebstahl hatte sich 1999 ereignet, ein Jahr vor dem Brand. Monsieur Ernest Savigny hatte das Verschwinden des Bildes höchstpersönlich bei den Kollegen der Gendarmerie in Vauvert gemeldet. Gestohlen wurde ein Gemälde des Künstlers Henri Edmond Cross, *Paysage avec oliviers*, entstanden war es 1907. Der Wert wurde von Savigny mit fünfhundertfünfzigtausend Francs angegeben. Mathilde gab einen Pfiff von sich. Nicht schlecht.

Das Foto des Gemäldes war leider schwarz-weiß und zudem unscharf. Das Motiv, das Henri Edmond Cross gewählt hatte, gefiel ihr. Es zeigte einen Olivenhain vor einer untergehenden Sonne. Erworben hatte das Bild Eustache Savigny, der Urgroßvater von Ernest und Firmengründer. Er hatte wohl bereits schon sehr früh so viel Geld verdient, um sich ein solches Gemälde leisten zu können, denn wie Mathilde bei ihren Recherchen entdeckte, war Cross, der von 1856 bis 1910 gelebt hatte, ein gefeierter Künstler gewesen. Andere Maler dieser Zeit waren nicht so erfolgreich. So hatte Vincent van Gogh, der ein Zeitgenosse von Cross gewesen war, von seiner Kunst nie leben können.

Mathilde war begeistert von den Gemälden, die sie im Internet von Cross fand. In winzigen bunten Punkten setzte er Landschaften, Figuren oder einen Apfel in einer Schale zusammen. Wie Seurat war er ein Vertreter des Pointillismus. Offensichtlich war das Gemälde nie wieder aufgetaucht, und es gab auch keinen Hinweis in den Informationen aus Vauvert, dass der Diebstahl damals dem OCBC in Paris, dem *Office central de lutte contre le trafic des biens culturel* gemeldet worden war, einer Spezialeinheit der Polizei, die sich der Bekämpfung des illegalen Kunsthandels widmete.

Mathilde lehnte sich in ihrem Stuhl zurück. 1999. Da war Fabre bereits in der Firma seines Stiefschwagers tätig, wohnte wahrscheinlich im Haus der Familie Savigny. Und wenn er das Bild entwendet hatte? Es irgendwann in bare Münze umgesetzt hatte? Um nicht aufzufallen, hatte er das Geld irgendwo gebunkert, um mit ihm später nach Chile abzuhauen. Mit diesem Land gab es bis heute kein Auslieferungsabkommen, und mit einer Summe von heutzutage rund achtzigtausend Euro konnte man eine Zeit lang gut leben. Und dann? Es wurde Zeit, Informationen über Fabre aus Santiago zu bekommen. Sie wählte Rachids Nummer.

»Habt ihr noch nichts aus Santiago? Ah, sehr gut. Dann lassen sich die Jahre dort füllen? Ich habe ebenfalls ein paar interessante Entdeckungen gemacht. Ob sie uns weiterhelfen? Ich weiß es noch nicht. Wir sehen uns alle gegen halb drei. *Bises.*« Mathilde schmatzte ein Küsschen ins Telefon und kam sich in diesem Moment wie ein verliebter Teenager vor.

Sie sah auf ihre Uhr. Der Aktenberg war geschrumpft, sie konnte es sich erlauben, dem Ehepaar Fragonard einen Besuch abzustatten. Die beiden wohnten nicht mehr in Beauvoisin, sondern in einem Seniorenheim bei Sommières, wie Christine für Mathilde herausgefunden hatte. Kurz entschlossen rief sie im *Maison de retraite des Tournesols* an. Das Ehepaar war zu Hause, und Mathilde kündigte ihren Besuch an. Dann meldete sie sich bei Coralie Mollard. Die junge Polizistin besaß eine hervorragende Menschenkenntnis und wusste die richtigen Fragen zu stellen. Mathilde bat sie, sie zu den Fragonards zu begleiten.

»Gerne. Ich bringe Ihnen dann die Informationen aus Santiago gleich mit.«

»Christine, ich bin für zwei bis drei Stunden weg«, ließ Mathilde ihre Sekretärin wissen. »Gegen halb drei haben wir eine Besprechung. Eine Kleinigkeit zu knabbern wäre nicht schlecht.« Sie legte einen Zwanzigeuroschein auf Christines Schreibtisch. »Das sollte wohl genügen. Ist in der Kaffeekasse noch was drin?«

»Fünfzehn Euro. Ich besorge Croissants und Sandwiches, was übrig ist …«

»… tun Sie in die Kasse«, schloss Mathilde.

Der Himmel war bedeckt, es war immer noch mild, doch Mathilde roch bereits den nahenden Regen. Im Oktober konnte sich das Wetter schnell ändern. Schon wurden vor den Bistrots die ersten Sonnenschirme aufgespannt, die die Gäste auch vor Regen schützen würden. In der Nähe hörte man das Heulen einer Sirene. Ein Einsatzfahrzeug der Polizei schoss an ihr vorüber.

Die Seniorenresidenz *Maison de retraite des Tournesols* war ein großes dreigeschossiges Gebäude, umgeben von einer kleinen Parkanlage. Mathilde stellte ihren Peugeot auf dem Besucherparkplatz ab. Neben ihr parkte bereits ein Wagen der *Police nationale*, allerdings war von Coralie nichts zu sehen.

Wahrscheinlich ist sie schon vorgegangen, dachte Mathilde ein wenig verärgert, da sie vorab mit ihr noch über die Zeit Fabres in Chile sprechen wollte. Ihr Blick ging zum Himmel. Es war nur noch eine Frage der Zeit, wann der erste Regen fallen würde. Und schon klatschte ein dicker Tropfen in Mathildes Gesicht. Von einer Sekunde auf die andere goss es wie aus Eimern.

»*Zut*, ich hab doch garantiert keinen Schirm dabei«, fluchte sie laut vor sich hin, als plötzlich Coco mit einem großen aufgespannten Schirm auf sie zurannte.

»Ich hab mir gedacht, dass es jeden Moment losgeht«, keuchte sie. Mathilde suchte Schutz unter dem Schirm.

»*Bonjour,* Coralie. So ein Glück. Wo haben Sie das Riesending denn aufgetrieben?«

»Wie gesagt, als ich ankam, sah es schon richtig bedrohlich aus. Ich habe selbst keinen Schirm dabei. Bin zur Rezeption der Residenz, und die haben uns einen ausgeborgt. Wollen wir uns noch kurz in meinen Wagen setzen. Ich wollte Ihnen von Fabres Jahren in Santiago berichten.«

»Gerne. Und ich dachte schon, Sie wären ohne mich los«, antwortete Mathilde ehrlich.

Auf dem Beifahrersitz lag ein brauner, großer Umschlag. Mathilde nahm ihn an sich und setzte sich.

»Mit Grüßen vom Commandant. Er hat Ihnen alles ausgedruckt, es sind auch ein paar Fotos dabei.«

Mathilde zog die Papiere aus dem Umschlag. Viele waren es nicht. »Was steht drin?«

»Das meiste wussten wir bereits. Francis Fabre ist 2008 von Genf nach Chile geflogen. Er hat die ersten Jahre unauffällig dort gelebt. Dann hat man ihn wegen eines Drogendelikts geschnappt. Keine große Sache, Kokain für den Eigenbedarf. Das war 2014. Es hatte keine Konsequenzen. Aber dann wurde er 2016 wegen Drogenhandels erwischt. Es war nicht viel, was er an Stoff dabeihatte. Das Zeug hatte einen Wert von umgerechnet fünfzehntausend Euro. Das hat ihm eine Gefängnisstrafe von einem Jahr eingebracht. Sehr wenig für chilenische Verhältnisse. Fünf Jahre und mehr wären eigentlich abzusitzen. Er muss einen guten Anwalt gehabt haben, wahrscheinlich hat es auch eine Rolle gespielt, dass er nicht vorbestraft und zudem französischer Staatsbürger war. Allerdings kam er schon nach sechs Monaten wieder raus. Die Frau eines Weingutbesitzers im *Cajón del Maipo* kaufte ihn frei. Für umgerechnet fünfzigtausend Euro. Da dürfte Bestechung im Spiel gewesen sein, doch es gibt dazu keine internen Ermittlungen. Nun, diese Frau, Ariadna Duarte de Martinez, war wahrscheinlich seine Geliebte, sie hat ihn ausgehalten. Es gibt eine Anzeige, die wieder zurückgenommen wurde, nachdem ein gewisser Alejandro Munoz Fabre krankenhausreif geprügelt hat. Ein Dreivierteljahr später hat Fabre Chile verlassen.«

Mathilde betrachtete die beiden Fotos. »Er hat sehr gut ausgesehen. Weiß man, wo und wie er gelebt hat?«

»Ziemlich feudal. Er hatte eine kleine Wohnung in einer gesicherten Residenz. Das wird wohl ein Sümmchen gekostet haben.«

Mathilde nickte. »Es gab da einen Gemäldediebstahl im Haus Savigny. Das könnte Fabre gewesen sein. Er hat das Gemälde verkauft und mit dem Erlös eine Zeit lang sorgenfrei in Chile gelebt. Als ihm das Geld ausging, hat er sich eine reiche Geliebte gesucht und sich von ihr aushalten lassen. Allerdings verlässt er lieber Chile, als sich von ihrem Mann totprügeln zu lassen.«

»Nun, er war schließlich todkrank. Das wird ganz sicher auch eine Rolle gespielt haben.«

»Ja, das wird wohl so gewesen sein.« Mathilde steckte die Papiere wieder in den Umschlag.

Unaufhörlich prasselte der Regen auf das Wagendach.

»Was war das für ein Gemälde, Madame le Juge?«

»Warten Sie, ich zeige Ihnen ein ähnliches Bild.« Mathilde bediente die Tasten ihres Handys und hielt es dann Coco vor die Nase.

»Hübsch, wie aus Millionen kleinen Punkten gemalt. Ähnlich wie Seurat. Ist es ein Seurat?«

»Nein, ein Cross. Eigentlich heißt er Delacroix, Cross war sein Künstlername. Sie haben es ganz richtig erkannt. Ein Pointillist, wie Seurat. Die Gemälde von Cross werden allerdings nicht so hoch gehandelt. Dieses Bild zum Beispiel ist bei Christie's in London für hundertzwanzigtausend Euro versteigert worden. Was das gestohlene eingebracht hat, weiß niemand. Es ist nie wieder aufgetaucht.«

Coco machte ein skeptisches Gesicht. »Ich weiß nicht. Auch mit hundertzwanzigtausend Euro kann man doch nicht so viele Jahre gut in Chile leben.«

Mathilde nickte. »Sie haben natürlich recht. Bei einem teuren Lebenswandel reicht es vielleicht für zwei, drei Jahre.«

»Und wenn er noch mehr entwendet hat? Noch ein Bild, Schmuck seiner Stiefschwester?«

»Es gibt nur diese eine Diebstahlanzeige, weder ein weiteres Gemälde noch wertvoller Schmuck sind offiziell abhandengekommen.«

»Nun, vielleicht hat man auch den Mantel des Schweigens darüber ausgebreitet, als man den Diebstahl entdeckt hat. Vielleicht hat man Fabre gedroht, ihn anzuzeigen. Und das wäre ein Motiv, sich die Familie vom Hals zu schaffen.«

Mathilde überlegte einen Moment. Dann schüttelte sie den Kopf. »Es erscheint mir unwahrscheinlich. Dann müsste die gesamte Familie Bescheid gewusst haben, dass er das schwarze Schaf gewesen ist. Bis hin zu den Kindern. Nein. Aber ich bin nach wie vor sicher, es gibt einen Zusammenhang zwischen dem Brand und der Ermordung Fabres. Nur gab es keinen einzigen Hinweis auf ein Fremdverschulden. Das Dohlennest war der Auslöser für die Katastrophe. Und Fabre hätte, wenn er es gebraucht hätte, ein bombensicheres Alibi gehabt. Auch hat er versucht, seine Stiefnichte zu retten. Und warum sollte man den ersten Diebstahl melden und den zweiten nicht?«

»Weil erst danach der Familie klar geworden ist, dass Fabre ein Dieb ist.«

Mathilde presste die Lippen zusammen und überlegte. »Auf jeden Fall liegt der Grund für Fabres Ermordung in seiner Vergangenheit. Was hat er damals getan, dass er, kaum wieder zurück in Frankreich, mit einer Kugel im Kopf in einem Park liegt? Wir haben einfach immer noch zu wenige Informationen zu seiner Person. Wer war er? Wann und wo und warum hat er sich Feinde gemacht? Die Familie Savigny gibt es nicht mehr. Auch wenn er sie bestohlen hätte, ist niemand mehr von ihnen da, um etwas zurückzufordern.«

»Es bliebe die Familie Roubais. Was ist mit ihr?«

»Der Commandant und Felix werden ihr einen Besuch abstatten.«

»Roubais wird Fabre sicher gut gekannt haben. Schließlich hat Letzterer noch zwei Jahre nach dem Tod seiner Stiefschwester im Unternehmen gearbeitet«, teilte Coco Mathilde mit.

»Und die Fragonards haben ihn auch gekannt. So ein Hausmeisterpaar hat vielleicht mehr mitbekommen, als die Familie geahnt hat. Es wird Zeit. Wir sind schon ein paar Minuten überfällig. Und ältere Menschen können auch mal schnell etwas ungeduldig und ungehalten werden, wenn man sie warten lässt. Der Regen hat auch nachgelassen. Also los, nutzen wir seine kleine Verschnaufpause.«

Kapitel 12

Coco gab den nassen Schirm wieder an der Anmeldung ab.

»Madame und Monsieur Fragonard erwarten Sie bereits«, ließ der junge Mann an der Rezeption die beiden Frauen wissen. Er schmunzelte. »Sie haben extra noch etwas Gebäck besorgt.« Sein Blick wurde ernst. »Madame Fragonard ist sehr aufgeregt. Als sie hörte, dass eine Richterin kommt, ist sie ganz bleich geworden. Ich hoffe, Sie jagen den beiden keinen Schrecken ein. Falls etwas sein sollte, klingeln Sie bitte umgehend. Wir haben natürlich einen medizinischen Notdienst im Haus. Es reicht, wenn Solange den beiden so großen Kummer bereitet.«

»Keine Sorge, wir werden die beiden nicht aufregen«, beruhigte Mathilde den Mann. »Und wer ist Solange?«

»Oh, das können Sie wahrscheinlich nicht wissen. Solange Fragonard. Sie ist das einzige Kind der beiden.«

»Und sie macht ihren alten Eltern Kummer? Inwiefern?«

»Solange ist schizophren. Sie war siebzehn, als die Krankheit bei ihr ausbrach. Mittlerweile lebt sie in einer speziellen Einrichtung. Vorher ging es noch in einer betreuten Wohngruppe. Aber das geht nun leider nicht mehr. Sie kann zu einer Gefahr für sich und andere werden. Albert und Eloise tun alles für sie, die besten Ärzte, diese Privatanstalt. Die beiden können einem nur leidtun. Aber gehen Sie jetzt besser. Miriam wird Sie zu ihnen bringen. Miriam?«

Eine kompakt gebaute Frau mittleren Alters kam aus einem hinter der Anmeldung liegenden Raum.

»Miriam, bring die Herrschaften bitte zu Albert und Eloise.«

Vor der Tür des Paares ließ Miriam Mathilde und Coco stehen

und verschwand mit dem Hinweis, sie sollten selbst anklopfen und dann einfach hineingehen.

Coco pochte an die Tür, und umgehend ertönte ein lautes »Herein«.

In gespannter Erwartung saßen ein weißhaariger Mann und eine Frau mit einem grauen Dutt auf einem kleinen Sofa. Albert Fragonard erhob sich, um Mathilde und Coco zu begrüßen.

»Bitte entschuldigen Sie meine Frau, Arthrose in beiden Knien. Und bei dem Regenwetter tun ihr die Knochen weh.« Er nickte zu seiner Frau, die den beiden Ermittlerinnen zulächelte und eine Hand zum Winken hob.

»Das ist doch in Ordnung. Das Wetter ist heute aber auch zu unangenehm. Danke, dass Sie uns empfangen, Madame und Monsieur Fragonard. Mein Name ist Mathilde de Boncourt, *juge d'instruction*, Brigadier Coralie Mollard, *Police judiciaire*«, stellte sie sich und Coco vor. »Wahrscheinlich bin ich nicht die Erste, die fragt. Sie haben einen sehr außergewöhnlichen Namen. Haben Sie etwas mit dem Maler Fragonard zu tun?«, fragte Mathilde, um den beiden alten Leuten die Anspannung zu nehmen.

Sie lachten. »Nein, Sie sind beileibe nicht die erste Person, die Frage ist der Klassiker«, antwortete Madame Fragonard. »Aber nein, wohl kaum. Allerdings haben wir auch noch nie Ahnenforschung betrieben. Jean-Honoré, Sie sehen, wir haben fast schon ein freundschaftliches Verhältnis zu ihm, ist in Grasse geboren, in diese Richtung haben wir keinerlei verwandtschaftliche Beziehungen. Und auch nicht nach Paris, wo er gestorben ist«, sagte Monsieur Fragonard schmunzelnd.

Er setzte sich neben seine Frau, und die beiden legten ihre Hände in den Schoß. Albert Fragonard trug eine abgenutzte Strickjacke, seine Füße steckten in braunen Filzpantoffeln. Seine Frau hatte ebenfalls eine Strickweste an. Das rosarote Wollungetüm war ihr mindestens drei Nummern zu groß. Das Zimmer war gemütlich eingerichtet, an den Wänden hingen Stickbilder mit Meeres- und Waldmotiven und, was weder Mathilde noch Coco verwunderte, ein gerahmter Druck von Fragonards *Junger Leserin*, eines der wenigen Gemälde, die Mathilde von ihm mochte.

»Ein Geschenk von Freunden«, sagte Madame Fragonard, als sie den Blicken der beiden Frauen folgte. »Hübsch, nicht wahr. Vieles, was er gemalt hat, ist nicht ganz so unser Geschmack, nicht wahr, Albert?«

Ihr Mann brummte mehr oder weniger zustimmend, und seine Frau gab ihm lächelnd einen leichten Knuff in die Seite. Dann fragte er ernst: »Wir haben von einem Mord in der Zeitung gelesen. Es ist kein Name genannt worden. Nur, dass die Person im *Jardin Mont Margarot* erschossen wurde. Schlimmeres ist ja, Gott sei Dank, in den letzten Tagen nicht in unserer Gegend passiert. Seitdem Ihre Sekretärin angerufen hat, um einen Termin zu vereinbaren, haben wir das ungute Gefühl, das Geschehen könnte etwas damit zu tun haben. Warum sonst sollten eine Ermittlungsrichterin und eine Polizistin bei uns vorbeikommen, um Fragen zu stellen? Wir haben nichts verbrochen. Oder gibt es etwas, von dem wir nichts wissen? Hat uns jemand hier aus dem Haus vielleicht schlechtgemacht?«

Albert Fragonard hatte von Satz zu Satz immer schneller gesprochen, seine Aufregung wuchs, er sprang vom Sofa auf, und als er endete, war sein Kopf hochrot, und er rang nach Atem.

»Albert, bitte beruhige dich. Der kleine Streit mit Antoine, da ging es doch nur um fünf Euro, die er verloren hat und die du angeblich eingesteckt hast. Deswegen kommt doch niemand von der Polizei. Oder?«

Mathilde lächelte beruhigend. »Aber nein, Madame. Keine Sorge. Aber Sie haben recht, Monsieur Fragonard, wir kommen tatsächlich wegen des Toten. Der Mann, der im Park erschossen wurde, war Francis Fabre.«

Albert Fragonard ließ sich zurück auf das prall gepolsterte Sofa plumpsen, woraufhin der Körper seiner Frau ein wenig hochhüpfte.

»*Bon Dieu*, Francis«, riefen beide wie aus einem Munde.

»Dass wir von dem wieder etwas hören. Nun, vielleicht nicht von ihm, aber etwas über ihn. Er ist der Tote im Park? Das ist nicht zu fassen. Eloise, wie lange ist es her? Wann haben wir ihn zuletzt gesehen? Seitdem haben wir auch nie wieder etwas von ihm gehört.

Aber setzen Sie sich doch, wie unhöflich von uns. Sie stehen ja immer noch da.«

Der alte Mann zeigte auf die beiden Sesselchen vor der Couch. Mathilde und Coco nahmen Platz. Eloise Fragonard schob einen ovalen Teller mit Keksen in ihre Richtung.

»Bitte.« Dann runzelte sie die Stirn. »Warte. Die Katastrophe war im Jahr 2000, Monsieur Roubais hat ihn dann noch weiterbeschäftigt. Und dann ging er, das war 2002. Er hat sich nicht von uns verabschiedet. Es hieß einfach nur, er habe gekündigt. Und weg war er. Mehr wissen wir nicht.«

»Francis Fabre ist 2008 nach Chile gereist, dort lebte er bis vor ein paar Tagen. Er kam zurück und ist noch in der gleichen Nacht ermordet worden«, ergänzte Coco die Informationen.

»Er kam nach Hause, um zu sterben«, flüsterte Madame Fragonard düster.

»Wäre er mal besser in Chile geblieben«, brummte ihr Mann. »Dann würde er wohl noch leben. Aber warum um Himmels willen ist er denn nach Chile?«

»Wir hatten gehofft, Sie könnten uns vielleicht diese Frage beantworten.«

Die beiden alten Leute sahen sich verständnislos an.

»Nein, ganz bestimmt nicht«, sagte Albert Fragonard mit fester Stimme.

»Aber vielleicht können Sie uns etwas aus der Zeit erzählen, als Monsieur Fabre beim Unternehmen Savigny arbeitete und in der Familie lebte. Er war der Stiefbruder von Madame, nicht wahr? Sie kannten die Familie ganz sicher besonders gut. Wann haben Sie dort angefangen?«

»Wir haben bereits für den Vater von Ernest gearbeitet, für Edouard. Der alte Monsieur Savigny ist 1991 gestorben, da waren wir schon siebzehn Jahre bei den Herrschaften. 1974 ging es los. Es wurde ein Paar gesucht, das sich um alles kümmert. Haushalt, kochen, bedienen nach Bedarf, einkaufen, Garten, die Autos warten, das ganze Programm. Madame hat im Unternehmen mitgearbeitet und die drei Kinder zu versorgen gehabt. Es war eine schöne

Zeit. Wissen Sie, mein Mann ist jetzt sechsundsiebzig und ich vierundsiebzig, wir waren noch jung, als wir damals auf die Annonce geantwortet hatten. Ein paar Jahre später kam unsere Solange zur Welt. Sie war für Chantal fast so etwas wie eine Schwester. Die Mädchen waren nur ein Jahr auseinander. Tja, und nun sind alle tot. Unsere Tochter nicht, aber sie ist gesundheitlich sehr stark beeinträchtigt. Wir waren noch acht Jahre bei den Roubais. Und dann war es Zeit aufzuhören. Und nun sind wir hier. Aber das wollen Sie ja nicht wissen. Monsieur Fabre. Nun, er war ein gutes Stück jünger als Madame. Zehn Jahre.«

»Elf«, korrigierte Monsieur Fragonard seine Frau. »Es waren elf Jahre.«

»Sie haben beide ein sehr gutes Gedächtnis«, sagte Mathilde anerkennend.

»O ja.« Der alte Mann tippte sich an die Stirn. »Da läuft noch alles wie am Schnürchen. Francis kam ins Haus, als Ernest vierzig wurde. Das war 98. Es war ein Riesenfest, und Francis war dabei. Da hatte er gerade sein Studium abgebrochen. Wir wissen nicht, ob Madame ihren Mann überredet hat, aber ein paar Tage später fing er im Betrieb an.«

»Und was hat er gemacht?«, wollte Coco wissen.

»Das ist eine gute Frage. Er hatte nichts gelernt. Bei den Oliven habe ich ihn nie gesehen. Wahrscheinlich irgendwas in der Buchhaltung, man fragt ja da nicht nach. Es ging uns auch nichts an. Er war da, meine Frau hat für eine Person mehr gekocht.« Monsieur Fragonard blies die Backen auf und ließ ein lautes »Pff« entweichen.

»Mochten Sie ihn?« Mathilde beugte sich vor und griff nach einem Keks, den sie anknabberte.

Wieder ertönte das »Pff«. »Was heißt mögen? Wir haben nicht viel von ihm gesehen. Er war höflich, hat ein Schwätzchen gehalten.« Monsieur Fragonard hob die Schultern und ließ sie wieder sinken. »Mehr kann ich nicht sagen. Umgänglich, immer gut gelaunt, spielte auch öfter mal mit den Kindern. Ein netter junger Mann eben.«

»Solange hat ihn sehr gemocht«, warf Madame Fragonard ein. »Sie hat richtiggehend ein wenig für ihn geschwärmt. Er war aber auch sehr gut aussehend. So ein bisschen wie der junge Delon. Der hat mir gefallen.«

»Wir würden gerne mit Ihnen über die Brandnacht sprechen. Sie kamen gleichzeitig mit Monsieur Fabre an?«

»Oh, es war furchtbar, ganz furchtbar«. Die Stimme der alten Frau zitterte. »Die Hunde haben gejault. Die Flammen loderten lichterloh. Die Feuerwehr kam schnell. Aber es war zu spät. Wir waren sogar noch ein, zwei Minuten vor Francis am Haus. Wir standen da, konnten uns nicht rühren. Francis rannte an uns vorbei. Wir hatten auch einen Schlüssel, wir waren aber wie gelähmt. Er schloss die Tür auf, kämpfte sich in den Flur, alles war schon voller Rauch. Dann zog er Valerie raus. Wir dachten, sie ist tot. Seitdem liegt sie im Koma. Aber das wissen Sie sicher. Francis bekam kaum Luft. Ich kann mich noch erinnern, wie er mit Sauerstoff versorgt werden musste. Der SAMU war auch sofort da. Es ging alles ganz schnell. Wenn Francis nicht gewesen wäre, Valerie hätte es wahrscheinlich nicht überlebt.«

»Was heißt hier überlebt?«, brummte Monsieur Fragonard.

»Albert, jetzt aber, sie hat überlebt. Dass sie in diesem Zustand ist und bleibt, konnte doch keiner ahnen. In diesem Augenblick war Francis jedenfalls ein Held.« Zur Bekräftigung ihrer Worte klatschte die alte Frau in die Hände.

Plötzlich ertönte der schrille Ton eines Weckers. Alle fuhren zusammen.

»Albert, deine Tabletten«, sagte Eloise Fragonard, nachdem sie sich wieder gefasst hatte.

»Danke, meine Liebe.« Der alte Mann griff nach einer kleinen Dose, auf deren Deckel ein Schwan aus Emaille prangte. »Mein Herz«, erklärte er, während er eine rosarote Pille entnahm und sie ohne Flüssigkeit schluckte. »Wer weiß, wie lange die Pumpe noch mitmacht.«

Mathilde fegte sich ein paar Krümel, die der Keks auf ihrer Hose hinterlassen hatte, von den Oberschenkeln. »Das Älterwerden ist keine einfache Sache«, sagte sie. Die Eheleute nickten bekräftigend. »Madame und Monsieur Fragonard, ich habe eine letzte Frage. Ein Jahr vor dem Brand verschwand ein Gemälde aus dem Besitz der Familie Savigny. Eine Landschaft mit Olivenbäumen von Henri Edmond Cross. Was können Sie uns darüber sagen?«

Für einen Augenblick herrschte atemlose Stille in dem Zimmer. Madame Fragonard biss sich auf die Unterlippe, ihr Mann kratzte sich am rechten Ohr.

»Sie erinnern sich?«

»Ja natürlich«, antwortete er. »Aber das war so eine Sache, die uns nichts anging. Wir wissen auch nicht, was das für ein Gemälde war. Es hieß nur, es ist ein Bild verschwunden. Monsieur Savigny hat es gemeldet, die Polizei war da. Und dann, nichts mehr. Es ist wohl nie wieder aufgetaucht, nehme ich an. Wir haben nichts mehr darüber gehört. Das Bild hatte der Urgroßvater von Ernest, Eustache Savigny, gekauft.«

»Wie ist es weggekommen? Gab es einen Einbruch?«, schaltete sich jetzt Coco ein.

»Nein, es gab keine Einbruchsspuren. Aber wissen Sie, die Savignys hatten immer ein offenes Haus. Im wahrsten Sinne des Wortes. Sie hatten einen großen Freundes- und Bekanntenkreis. Denen stand die Tür immer offen. Die Kinder hatten Freundinnen und Freunde, manchmal war es ein Treiben wie in einem Hühnerstall. Wer sich von der rückwärtigen Seite der Villa näherte, kam von den Feldern und konnte dort auch wieder verschwinden. Der Zaun wäre für einen Einbrecher ganz sicher kein Hindernis gewesen. So wird das wohl damals gewesen sein. Jemand hat die Gunst der Stunde genutzt und das Bild gestohlen, als niemand im Haus war. Es war auch nicht gesichert, kein Alarm, nichts.« Monsieur Fragonard breitete in einer hilflosen Geste die Arme aus.

»Ist Ihnen jemals zu Ohren gekommen, Monsieur Fabre könne etwas mit dem Diebstahl zu tun haben?«, fragte Mathilde vorsichtig.

»Zu Ohren? Sie meinen, ob wir gelauscht haben?«, empörte sich Eloise Fragonard.

»Aber nein, ob jemand vielleicht etwas gesagt hat, eine Andeutung gemacht hat. Monsieur Savigny, zu seiner Frau, zu sonst wem, und Sie haben es zufällig mitbekommen«, beschwichtigte Mathilde.

»Nein, ganz sicher nicht. Niemals, nein, dass Monsieur Fabre ein Dieb gewesen sein könnte, das war nie ein Thema.« Die Stimme des alten Mannes war fest und entschieden. Er sah auf die Wanduhr neben der Balkontür.

»Wir müssen Sie jetzt leider bitten zu gehen. Wir wollen noch unsere Tochter besuchen. Da werden die Besuchszeiten sehr, sehr streng gehandhabt. Wenn Sie also fertig sind.«

Mathilde nickte. »Ja, sollten wir noch weitere Fragen haben, melden wir uns. Woran leidet Ihre Tochter, wenn ich fragen darf?«

»Schizophrenie. Sie hat gute Tage, sie hat schlechte Tage. Es fing mitten in der Pubertät an. Wir haben nie die Hoffnung aufgegeben, dass sie irgendwann ein normales Leben führen kann, aber die Hoffnung schwindet. Was ist, wenn wir einmal nicht mehr sind? Noch sind wir in der Lage, ihre Unterbringung und Versorgung zu bezahlen. Dort hat sie es gut, man beschäftigt sie. Manchmal können wir ganz vernünftig mit ihr reden, mit ihr spazieren gehen, aber manchmal müssen wir nach nur wenigen Minuten wieder gehen. Hoffen wir auf einen guten Tag heute.«

Monsieur Fragonard erhob sich. Mathilde und Coco standen ebenfalls auf.

»Bleiben Sie nur sitzen, Madame. Danke, dass Sie sich die Zeit genommen haben, mit uns zu sprechen.« Mathilde beugte sich zu der alten Frau herunter und ergriff ihre Hand zum Abschied.

Coco tat es ihr nach. »*Au revoir*, Madame. Ich wünsche Ihnen beiden, dass Ihre Tochter heute einen sehr guten Tag hat. Darf ich fragen, wo sie untergebracht ist?«

»In der Klinik Bogdanovic-Tailleur. Es ist eine Privatanstalt. Man kümmert sich dort rührend um die Kranken. Docteur Tailleur ist eine Kapazität auf dem Gebiet der Neurologie, und ihr Mann, Docteur Bogdanovic, ist spezialisiert auf Fälle wie den unserer Tochter. Solange ist dort in den besten Händen. Und ich danke Ihnen für den lieben Wunsch.« Madame Fragonard seufzte tief.

»Ein interessantes Gespräch, auch wenn wir nicht viel Neues erfahren haben«, sagte Mathilde, als sie vor das Seniorenstift traten. Sie zog ihre *Gauloises* aus der Handtasche und zündete sich eine Zigarette an. Der Regen hatte komplett nachgelassen, und die Sonne wagte sich hervor. Tropfen glitzerten an den großen Blättern eines mächtigen Maulbeerbaumes, der in einem Kiesrondell stand. Die Anpflanzung dieser Baumart war König René zu verdanken, dem wahrscheinlich beliebtesten Regenten, den Frankreich jemals gehabt hatte. *Le bon roi*, der gute König, war nicht nur ein dichtender und malender Schöngeist gewesen, sondern er hatte auch durch die Pflanzung von Maulbeerbäumen und die damit verbundene Zucht der Seidenraupen sowie durch die Verbesserung der Weine den Süden zu einer wirtschaftlich bedeutenden Region gemacht.

»Die beiden haben ein ziemliches Schicksal zu meistern.« Coco rieb sich die Arme. »Es ist schon etwas anderes, ob, wie bei mir, die Mutter erkrankt oder ob ein krankes Kind sein Leben lang versorgt werden muss. Schizophrenie … Die beiden tun mir wirklich leid. Ihre Tochter leidet seit mehr als zwanzig Jahren daran. Dann muss sie kurz nach dem Brand ausgebrochen sein.«

Mathilde nahm einen tiefen Zug. »Wenn sie für die ältere Tochter der Savignys wie eine Schwester war, muss der Tod ihrer Freundin sie sehr mitgenommen haben. Ihre Erkrankung dürfte wohl auf die Brandkatastrophe zurückzuführen sein. Mädchen in diesem Alter sind so empfindsam. Das Drama, das sich vor über zwanzig Jahren abgespielt hat, wirkt bis heute nach.«

»Wissen Sie, was merkwürdig ist, Madame le Juge? Madame Fragonard hat das Haus versorgt. Und will nicht gewusst haben, welches Gemälde verschwunden ist? Es muss doch eine kahle Stelle an einer Wand gegeben haben, an der das Bild vorher hing. Beim Abstauben, beim was weiß ich, muss sie es doch bemerkt haben.«

Mathilde nickte. »In der Tat. Und es ist nicht die einzige merkwürdige Sache. Die Klinik von Bogdanovic-Tailleur ist über die Grenzen Frankreichs bekannt. Es ist gewiss nicht einfach, das Geld für den Aufenthalt aufzubringen.«

»Sie denken an den Diebstahl des Gemäldes. Um mit dem Verkauf den Klinikaufenthalt ihrer Tochter zu finanzieren Aber das passt zeitlich nicht.«

Mathilde drückte ihre Zigarette aus und verstaute sie in einem kleinen Taschenaschenbecher, den sie immer dabeihatte. »Nein, es passt nicht. Da haben Sie recht.«

Kapitel 13

Rachid und Felix fuhren die lange von hohen Zypressen gesäumte Allee zum Anwesen der Familie Roubais, ehemals Besitz der Familie Savigny.

»Das kann sich aber sehen lassen«, entfuhr es Felix, als sie das lang gestreckte elegante Gebäudes erblickten. »Schau dir mal diese gewaltige Freitreppe mit den Löwen an, die hat doch was.«

»Ja, nicht schlecht. Da steckt viel Geld dahinter, und wahrscheinlich kostet allein der Unterhalt jedes Jahr mehr, als du insgesamt auf dein Konto bekommst«, kommentierte Rachid Felix' Begeisterung.

Rachid parkte seinen Wagen neben einem Land Rover. Auf der gekiesten Fläche vor dem Haus war kein einziges Unkräutchen zu sehen. Noch bevor sie die gewaltige, geschnitzte Eingangstür erreichten, wurde diese geöffnet, und ein Mann in den späten Sechzigern trat heraus. Er streckte die Hand zur Begrüßung aus.

»*Bonjour.* Dominic Roubais. Ich kann es immer noch nicht fassen. Als Sie anriefen und mir sagten, Francis sei tot, ermordet … Aber bitte, kommen Sie doch herein.«

Rachid stellte sich und Felix vor, und sie folgten dem Hausherrn durch einen mit hellem Marmor ausgekleideten Eingangsbereich in einen Salon, von dem aus man einen Blick auf einen angelegten Garten und dahinterliegende Felder hatte. Die Wände waren bis in halbe Höhe holzvertäfelt, darüber spannte sich eine Tapete mit Rosenmuster, das sich auf den Bezügen der Sitzgelegenheiten wiederfand. Ein riesiger Kristallleuchter flammte auf, als der Hausherr auf den Lichtschalter drückte.

»Ein sehr schönes Anwesen bewohnen Sie«, begann Rachid das Gespräch und nahm auf dem Sessel Platz, den ihm Dominic Roubais mit einer Handbewegung zugewiesen hatte. Felix setzte sich in den daneben stehenden Sessel, während Roubais sich einen Armlehnstuhl, der vor einem der bodentiefen Fenster stand, heranzog.

»Ja, es ist wirklich traumhaft. Ein außergewöhnlich großes *Maison de Maître*. Die Kleriker konnten sich damals solche Gebäude leisten. Es ist der Rest eines ehemaligen Klosters aus dem 12. Jahrhundert, von dem nichts mehr übrig ist. 1781 hat der damalige Abt dieses Haus errichten lassen, doch ein paar Jahre später hat die Revolution fast alles zerstört. In den wenigen Klostergebäuden, die als Ruinen erhalten waren, hat Eustache, der Firmengründer, seine erste Produktionsstätte untergebracht. Damals hat der Denkmalschutz nicht viel danach gefragt, es gab ihn wahrscheinlich noch gar nicht. Und Eustache Savigny hat umgebaut, erweitert, abgerissen. Noch gibt es Spuren vom mittelalterlichen Kloster, aber nicht mehr viele. Sie können sich gerne umschauen, und wenn es Sie interessiert, auch unsere Produktion einmal besuchen. Die Mühle liegt keine achthundert Meter von hier entfernt. Für mich ein täglicher Spaziergang. Allein dieses Haus blieb in den Revolutionswirren wie durch ein Wunder gänzlich verschont. Wahrscheinlich gab es auch unter den Revolutionären Menschen, die ein elegantes Heim zu schätzen wussten. Eustache Savigny hat es dann in einem sehr verwahrlosten Zustand gekauft und zu dem gemacht, was Sie jetzt sehen. Er hat das Anwesen auch *Château d'Oliviers* getauft, obwohl es streng genommen natürlich kein Schloss ist. Meine Familie und ich, wir fühlen uns hier sehr wohl. Das hört sich vielleicht für Sie merkwürdig an in Anbetracht der Umstände, unter denen wir hier eingezogen sind.« Er zuckte entschuldigend mit den Schultern. »Aber, was hätten wir tun sollen? Was wäre aus dem Haus geworden? Wir werden es bewahren, und sollte Valerie irgendwann wieder aufwachen, wird sie ihr altes Zuhause beziehen können. Und wir werden uns um sie kümmern.«

Aus Dominic Roubais waren die Informationen nur so herausgesprudelt, doch die letzten Sätze waren eher zögerlich aus seinem Mund gekommen, als zweifle er selbst an dem, was er sagte.

»Wo ist Valerie Savigny untergebracht, Monsieur Roubais?«

»In der Klinik von Docteur Bogdanovic und seiner Frau. Docteur Tailleur ist eine der führenden Ärztinnen weltweit auf dem Gebiet der Neurologie. Sie war noch vor Kurzem in den USA, dort hat sie eine neue Methode vorgestellt, Hirnaktivitäten zu stimulieren. Fragen Sie mich nicht, wie es funktioniert. Aber auf diese Weise will sie in absehbarer Zeit versuchen, Wachkomapatienten wieder ins Leben zurückzuholen. Sie hat uns ein wenig Hoffnung gemacht, es könnte bei Valerie eine winzige Chance geben.«

Wieder schwieg Roubais, und wieder konnten sich die beiden Polizisten nicht des Eindrucks erwehren, er glaube selbst nicht an seine Worte, an den Erfolg einer Behandlung.

Rachid überließ den Mann einen Moment seinen Gedanken. Dann fragte er unvermittelt: »Wo ist das Feuer damals ausgebrochen?«

»Ach, ja, das Feuer. Nebenan im Speisesaal. Dort ist ebenfalls ein Kamin. Ein Dohlennest hat ihn verstopft, der Qualm hat die Familie umgebracht.« Roubais knetete seine Hände.

»Doch wie kam es zum Brand?«

»Das Nest muss heruntergefallen sein. Es fing Feuer, die Flammen schlugen aus dem Kamin, und wahrscheinlich geriet ein Vorhang in Brand. Möchten Sie das Zimmer sehen? Aber Sie sind doch eigentlich wegen Francis hier, sagten Sie am Telefon. Er ist ermordet worden, was hat das denn mit dem Brand zu tun? Der ist über zwanzig Jahre her.«

»Monsieur Roubais, wir können nicht ausschließen, dass es einen Zusammenhang zwischen den Geschehnissen von damals und dem Mord an Monsieur Fabre gibt«, ergriff Felix das Wort.

»Ich verstehe nicht.«

Die Tür zum Salon ging auf, und eine gertenschlanke hochgewachsene Frau trat ein. Sie hatte ein Tablett mit vier Kaffeegedecken und einer Kaffeekanne dabei, das sie auf dem niedrigen Tisch zwischen den Sesseln abstellte.

»Meine Frau Isabelle. Setz dich zu uns, *Chérie*, und danke für den Kaffee. Sie nehmen doch beide eine Tasse?«

Rachid und Felix nickten. Sie standen auf und begrüßten

Madame Roubais, die mit einem verlegenen Lächeln den Kaffee ausschenkte und sich zu ihnen setzte.

»Die Herren glauben, es könnte einen Zusammenhang zwischen dem Brand und der Ermordung von Francis geben.«

Isabelle Roubais zuckte bei dem Wort »Ermordung« zusammen. Sie stellte die Tasse, die sie eben angehoben hatte, wieder auf den Teller zurück.

»Wie das? Es liegen zwei Jahrzehnte dazwischen. Jahre, in denen kein Mensch wusste, wo sich Francis aufhält. Und was soll er mit dem Brand zu tun gehabt haben? Er kam hinzu, als alles schon zu spät war. Das heißt, er hat Valerie gerettet, unter Einsatz seines Lebens.« Isabelle Roubais' Stimme hatte mit jedem Wort an Empörung zugenommen.

»*Chérie*, beruhige dich. Es sagt doch niemand, dass Francis eine Schuld an der Katastrophe trägt.«

»Madame Roubais, es ist im Augenblick einfach nur ein Ermittlungsansatz, dem wir nachgehen. Francis Fabre ist getötet worden. Wer hatte dazu ein Motiv? Und liegt dieses Motiv vielleicht in seiner Vergangenheit? Wir gehen allem nach, was diese und die Zeit danach betrifft. Sie beide wissen also nicht, was Monsieur Fabre gemacht hat, nachdem er das Unternehmen verlassen hat?«, lenkte Rachid wieder auf das eigentliche Thema.

»Nein. Er hat noch zwei Jahre danach bei uns gearbeitet. Er war schon bei Ernest im Vertrieb tätig. Wissen Sie, er hat keine Ausbildung genossen, aber im Vertrieb hat er sich sehr gut gemacht. Irgendwann kam er zu mir, sagte, es wäre Zeit, etwas Neues zu beginnen. Und weg war er. Es kam kein Lebenszeichen mehr von ihm, kein Brief, keine Karte, kein Anruf. Er war wie vom Erdboden verschluckt. Sie sagten am Telefon, er wäre aus Chile eingereist. Ist er direkt, nachdem er bei uns aufgehört hat, dorthin?«

Felix schüttelte den Kopf. »Er ist dort 2008 angekommen. Für die Zeit zwischen seinem Weggang von hier bis zur Einreise nach Chile fehlen uns jegliche Informationen. Wir hatten gehofft, Sie könnten uns helfen, diese Lücke zu füllen.«

»Es tut mir leid, aber wir können nicht damit dienen. Sie sehen uns selbst ganz erstaunt. Es tut uns natürlich leid, dass Francis, kaum ist er wieder in der Heimat, ein solches Ende erfahren musste. Aber warum, und ob es mit seiner Vergangenheit zu tun haben könnte, angesichts dieser Frage sehen Sie uns vollkommen ratlos.« Dominic Roubais zuckte hilflos mit den Schultern, während seine Frau bestätigend nickte.

»Können Sie uns vielleicht etwas zu dem Gemäldediebstahl sagen, der sich ein Jahr vor dem Brand ereignet hat? Ein Bild von Henri Edmond Cross ist hier aus dem Haus entwendet worden. Es ist bis heute verschwunden.« Rachid trank einen Schluck Kaffee. Er war kräftig, genau nach seinem Geschmack. Allerdings hätte er einen Löffel Zucker dazugetan, wenn welcher da gewesen wäre. Doch er vermied es, darum zu bitten, um das Gespräch nicht unnötig zu unterbrechen.

»Ja, natürlich haben wir das mitbekommen. Wir lebten zu dieser Zeit natürlich nicht hier im Haus, sondern in einem bescheideneren Heim mitten im Ort. Natürlich hat Ernest gefragt, ob ich irgendetwas beobachtet hätte, aber da war nichts. Das Gemälde, es hing in der Bibliothek, war einfach weg. Wie mein Cousin gern erzählt hat, malte Cross tatsächlich den Olivenhain von Urgroßvater Savigny, es war eine Auftragsarbeit. Allen Gästen ist es stolz präsentiert worden. *Die Keimzelle unserer Ölproduktion*, sagte er immer. Und dann war das gute Stück plötzlich weg. Wissen Sie, hier standen immer alle Türen und Fenster offen. Es gibt ja weit und breit keine Nachbarn. Ernest ist mit dem Gemälde ziemlich sorglos umgegangen, wie ich finde. Die Polizei war da, hat nach Spuren gesucht, aber nichts gefunden. Es tut uns leid, aber auch hierzu können wir nicht viel sagen, nicht wahr, *Chérie*?«

Isabelle Roubais schüttelte den Kopf. »Nein, ich wusste von der Geschichte sowieso nur durch Dominic. Schließlich war Ernest der Überzeugung, es müsse jemand von außerhalb gewesen sein, der das Bild gestohlen hat. Und wie mein Mann eben sagte, er ging sorglos damit um. Es war allerdings versichert. Ob die bezahlt haben, weiß ich gar nicht, schließlich standen immer alle Türen auf, und das Gemälde war auch nicht gesichert.«

»Die Versicherung hat nicht bezahlt«, brummte Dominic Roubais. »Das ist doch typisch, ziehen sich aus allem raus.«

Rachid und Felix kommentierten diese Aussage nicht, doch Rachid griff den Satz, den die Dame des Hauses eben geäußert hatte, wieder auf.

»Madame Roubais, Sie sagten vorhin recht nachdrücklich, Ernest Savigny sei davon ausgegangen, jemand von außerhalb müsse das Gemälde gestohlen haben. Gab es denn auch den Verdacht oder zumindest eine Ahnung, es könnte jemand von hier gewesen sein? Ein Mitarbeiter, vielleicht sogar ein Familienmitglied?«

Das Ehepaar sah sich an, dann antwortete Dominic Roubais mit einem gewissen Zögern in der Stimme: »Ich habe nie mit Ernest oder Marie-Laurence darüber gesprochen, schließlich war Francis ihr Bruder, also ihr Stiefbruder. Aber Francis war schon so ein wenig, nun, wie soll ich sagen, unstet. Es gibt da diese Geschichte, dass er während seiner Zeit beim Militär Geld gestohlen haben soll. Das ist wohl intern behandelt worden. Wie gesagt, es ist ein Gerücht, das mir zu Ohren kam. Sein Studium hat er sehr schnell abgebrochen. Nun, in der Firma hat er sich gut gemacht, hat sich, soweit ich es beurteilen kann, nichts zuschulden kommen lassen. Aber er war offenbar öfter auf der Pferderennbahn und hat dort ein ordentliches Sümmchen, die Höhe kann ich Ihnen natürlich nicht sagen, verloren. Marie-Laurence musste ihm öfter mit Geld aushelfen. Das hat dann auch mal zu dem einen oder anderen Familienstreit geführt. Nie was Ernstes, also, dass man Francis vielleicht rauswerfen würde oder so. Er hat ja hier gewohnt. Aber diese ganzen Umstände haben mich kurz darüber grübeln lassen, ob er vielleicht das Gemälde hat mitgehen lassen. Er hätte es doch wahrscheinlich verkauft. Und dann wäre sein Budget wohl etwas größer geworden. Aber in den Jahren zwischen dem Verschwinden des Gemäldes und dem Verschwinden von Francis hatte ich nie den Eindruck, er verfüge plötzlich über mehr Geld als sonst. Nun, ich konnte natürlich nicht auf sein Bankkonto oder in sein Portemonnaie schauen. Es war eben nur ein Eindruck. Hätte er über Geld verfügt, ich glaube, er hätte es mit vollen Händen ausgegeben. Wahrscheinlich hätte er behauptet, er habe es beim Pferderennen gewonnen. Aber nun, so war es eben nicht. Und das hat mich von meinem Verdacht, nein, es war mehr ein Gefühl, wieder abgebracht. Es muss tatsächlich jemand von außerhalb gewesen sein, wie meine Frau eben sagte.«

Felix hatte sich alles Wesentliche notiert. Er warf Rachid einen fragenden Blick zu.

»Gut, dann war das alles. Wir danken Ihnen. Sollte Ihnen doch noch etwas einfallen, was zur Aufklärung des Mordes an Francis Fabre beiträgt, lassen Sie es uns wissen.«

Dominic Roubais nickte, während seine Frau nach ihrer Tasse mit dem mittlerweile kalt gewordenen Kaffee griff.

»Was ist eigentlich genau passiert? Sie stellen hier Ihre Fragen, und wir wissen noch nicht einmal, was Francis tatsächlich zugestoßen ist.« Isabelle Roubais' Hand zitterte.

»Es ist am späten Abend im *Jardin Mont Margarot* geschehen. Man hat ihm in den Kopf geschossen, aus nächster Nähe.«

Isabelle Roubais stieß einen spitzen Schrei aus, und ihr Mann holte tief und geräuschvoll Luft.

»Jemand hat wohl die Tat beobachtet, ein Obdachloser. Auch er ist getötet worden. Wir haben es hier mit zwei äußerst brutalen Morden zu tun.«

»*Bon Dieu*, zwei Morde. Und wir haben noch nicht einmal gefragt, woher Sie wissen, dass es sich um Francis handelt.«

»Wir haben ihn anhand seines Ausweises identifiziert«, antwortete Felix.

Das Ehepaar schwieg betreten. Dann räusperte sich Dominic Roubais. »Wollen Sie sich jetzt vielleicht noch das Esszimmer ansehen?« Er stand auf, während seine Frau zusammengesunken in ihrem Sessel sitzen blieb.

Rachid und Felix verabschiedeten sich von ihr und folgten ihrem Mann in das Esszimmer. In dem großen Raum stand ein langer Esstisch, um den sich zwanzig Stühle gruppierten.

»Man glaubt immer noch, Brandgeruch in die Nase zu bekommen, nicht wahr?« Wie ein Jagdhund, der Witterung aufgenommen hatte, hob Roubais den Kopf, blähte die Nasenflügel und schnupperte.

»Ja, in der Tat. Das sitzt wahrscheinlich in den Wänden drin«, bestätigte Felix. Bewundernd zeigte er auf die mit Stoff bespannten Wände. »Das sind aber nicht mehr die Originale?«

»Aber nein. Der Stoff stammte aus einer Manufaktur, die noch die alten Muster aufbewahrt. So konnte er nachgearbeitet werden. Hier war überhaupt nichts mehr zu gebrauchen. Auch das Parkett ist natürlich neu. Alles, einfach alles, musste renoviert werden. Gott sei Dank war das Esszimmer der einzige Raum, der in Mitleidenschaft gezogen worden ist. Das einzige Stück, das erhalten geblieben ist, ist der Kamin.«

Roubais zeigte auf einen großen offenen Kamin. Sein Mauerwerk endete in einem Keilstein, in den ein Wappen eingemeißelt war. Seine Augen begegneten dem fragenden Blick Rachids, und er schmunzelte ein wenig.

»Macht sich gut, so ein Wappen, nicht wahr? Aber die Familie besitzt keins, weder die Savignys noch die Roubais. Es ist das Wappen des Abtes, der das Haus hat erbauen lassen. Er hat es nur kurz bewohnt, dann haben ihn die Revolutionäre an einem Baum aufgeknüpft. Nur noch dieses Wappen zeugt von ihm. Rechts der Adler, links das Einhorn. Sie tragen das Wappen, sehen Sie, das sind Wellen, aus denen drei Fische springen. Hugo de Saint-Pierre, so hieß der gute Mann. Saint-Pierre, der Petersfisch, verstehen Sie?«

Auf einer Kommode rechts vom Kamin stand eine Reihe silbergerahmter Fotografien.

»Darf ich?« Rachid wies auf ein Foto, das fünf junge Menschen zeigte, die im Schnee tobten.

»Natürlich. Das ist das letzte Foto von Ernests Kindern und meiner Tochter und meinem Sohn. Wir haben im Jahr vor dem Unglück zusammen einen Skiurlaub in den Alpen verbracht. Ernest besaß dort ein Chalet. Unvergessliche Ferien waren es. Das hier ist Firmin und das Diane, sie war die jüngste der Truppe.«

Diane Roubais lag breit lachend und mit rotem Gesicht quer vor den anderen im Schnee. Firmin hob hinter dem Kopf eines zweiten

Jungen zwei behandschuhte Hände. Es sah aus, als habe der Junge dunkelgrüne Ohren am Hinterkopf.

»Firmin und Eric«, erklärte Dominic Roubais mit rauer Stimme. »Und das sind Valerie und Chantal.« Valerie war die einzige Person, die nicht lachte. Chantal hatte eine Wollmütze tief ins Gesicht gezogen, während ein bunter Schal bis fast unter ihre Nasenspitze reichte. Sie hielt in beiden Händen einen Schneeball, der rechte Arm war wie zum Wurf ausgestreckt.

»Den …« Roubais zeigte auf den Schneeball. »… habe ich keine Sekunde später fast auf dem Fotoapparat gehabt. Es waren wundervolle Tage«, schloss er und stellte den Rahmen wieder vorsichtig zwischen die anderen.

Rachid und Felix hatten alles gesehen und alles gehört. Mehr gab es für sie im Augenblick nicht mehr zu tun.

In der Haustür drehte sich Rachid noch einmal um.

»Das Ehepaar Fragonard hat noch lange für Sie gearbeitet?«

Roubais zog erstaunt die Augenbrauen hoch. »Ja, noch acht Jahre, dann ist es in Pension gegangen. Fleißige, ehrliche Leute, ich hätte sie noch gerne behalten. Aber sie wollten sich verstärkt um ihre Tochter kümmern. Das arme Ding. Sie ist mit zunehmendem Alter immer schwieriger geworden. Ab und zu telefoniere ich mit Monsieur Fragonard. Die beiden haben es nicht leicht. Ich habe ihnen die Rente großzügig aufgestockt, damit sie es etwas leichter haben. Die Anstalt, in der Solange untergebracht ist, verschlingt eine Menge Geld.«

»Solange Fragonard? Die beiden haben eine kranke Tochter?«

»Ja, das Mädchen, nun, sie ist mittlerweile schon lange eine Frau, leidet unter Schizophrenie. Es gibt Tage, da ist sie ganz verträglich, aber auch Tage, *oh, là, là,* da wird sie ganz schön aggressiv. Vor Kurzem hat sie ihrer Mutter einen Aschenbecher an den Kopf werfen wollen, hat, Gott sei Dank, aber nicht getroffen. Nun, die beiden haben ein schweres Päckchen zu tragen. Und das schon seit so vielen Jahren. Solange war eng mit Chantal befreundet. Der Tod ihrer Freundin hat ihr sehr zugesetzt, und das Resultat ist ihre Erkrankung. Aber sie war auch vorher schon etwas merkwürdig. Sie hat

Firmin, das ist mein Sohn, er ist ein wenig jünger als Solange, einmal in die Hand gebissen, weil er ein Spielzeug nicht herausrücken wollte. Die ganze Hand, ja sogar der Arm, entzündete sich. Nun, damals waren sie noch Kinder. Aber wie gesagt, merkwürdig, um nicht zu sagen aggressiv, war Solange schon immer gewesen. Doch ich würde es mir nie nehmen lassen, die beiden Alten zu unterstützen. Nun, dann leben Sie wohl. Wer kümmert sich eigentlich um die Beerdigung von Francis?«, fügte er dann noch mit fragendem Blick hinzu.

»Nun, das ist wohl Sache der Familie«, antwortete Rachid erstaunt.

»Wie Sie vielleicht wissen, gibt es da niemanden mehr.«

Rachid nickte. »Das ist uns bewusst. Ich habe auch eher Sie und Madame gemeint. Wir werden Ihnen Bescheid geben, wenn der Leichnam freigegeben ist. Dann können Sie sich um alles kümmern.«

Felix und Rachid verabschiedeten sich und ließen einen einigermaßen perplexen Dominic Roubais zurück.

»So ganz hatte er wohl Fabre nicht in sein Herz geschlossen«, merkte Felix an, als sie zum Wagen gingen.

»Nein, den Eindruck hatte ich auch«, stimmte Rachid seinem Kollegen nachdenklich zu.

Kapitel 14

Rachid hatte die Nacht bei Mathilde verbracht. Um sieben Uhr saßen sie bei frischen Croissants und einem starken Kaffee beim Frühstück zusammen, als Rachids Handy klingelte. Er lauschte kurz und beendete das Gespräch. Mathilde sah ihn fragend an.

Rachid runzelte verblüfft die Stirn. »Das war Martinot. Eine Frau hat sich im Kommissariat gemeldet. Regine Armbruster, sie hat eine Kunstgalerie in Nîmes. Sie glaubt, man habe ihr zum Verkauf ein Gemälde angeboten, das vor über zwanzig Jahren als gestohlen gemeldet worden ist. Es sei ein Henri Edmond Cross, eine Landschaft mit Olivenbäumen.«

Wenig später hatten sich Mathilde und Rachid für neun Uhr in der Galerie mit Regine Armbruster verabredet.

»Ich war so perplex, als Martinot anrief, dass ich noch nicht einmal gefragt habe, wie Madame Armbruster dazu kommt, wegen des Gemäldes im Kommissariat anzurufen«, ärgerte sich Rachid im Nachhinein.

»Das macht doch nichts. Wir werden es gleich von ihr erfahren.« Mathilde hatte sich bei ihm eingehängt, und sie schlenderten ihrem Ziel entgegen. Sie erreichten den Boulevard Gambetta, auf der rechten Seite lag die Galerie Armbruster.

»Hier komme ich eher selten entlang«, sagte Mathilde. Sie standen auf der gegenüberliegenden Straßenseite. Die Galerie war in einem schmalen Gebäude aus der Jahrhundertwende untergebracht. Noch verschloss ein Gitter das Schaufenster und die Eingangstür.

»Sie öffnet eigentlich erst um elf Uhr. Mir scheint die Galerie gut gesichert. Ich bin gespannt, mit welchen Objekten sie handelt.« Mathilde reckte bereits neugierig den Hals.

Sie überquerten den Boulevard und traten an die Galerie heran. In den Räumlichkeiten war noch kein Lebenszeichen zu erkennen. Mathilde drückte ihre Nase an das Gitter. »Ein hübsches kleines Aquarell von Saint-Castor und ein Stich von Nîmes mit der Arena in der Mitte. Da steckt noch die Stadt in der Arena, sehr interessant.«

Sie trat wieder zwei Schritte zurück. »Das ganze Ambiente deutet darauf hin, dass es da drin das eine oder andere Kunstschätzchen zu erwerben gibt. Schau mal, wie gediegen und schlicht. Einfach nur ARMBRUSTER in großen Messinglettern. Kein Hinweis auf eine Galerie. Das ist sicher was für Insider. Ob Martin sie kennt? Armbruster. Ein sehr ungewöhnlicher Name. Klingt deutsch oder holländisch, was meinst du?«

Rachid zuckte mit den Schultern und nahm sein Handy aus der Sakkotasche. »Wir werden es erfahren. Ich rufe Madame Armbruster an und sage ihr, dass wir da sind.«

Keine zwei Minuten später rollte das Gitter scheppernd nach oben, und eine Frau in Mathildes Alter schloss die Glastür auf. Ihr kastanienbraunes Haar war gerade auf Kinnlänge geschnitten. Sie hatte eine ausgeprägte Nase, auf der eine stylische Brille mit leicht eingefärbten Gläsern thronte, die ihr ein intellektuelles Aussehen verlieh. Sie trug einen dunkelroten Hosenanzug, der mit ihrem Lippenstift korrespondierte, ihre Füße steckten in schwarzen Pumps. Sie begrüßte Mathilde und Rachid mit einem kräftigen Händedruck.

»Regine Armbruster. Ich bin froh, dass Sie umgehend kommen konnten. Ich weiß im Moment nicht weiter. Aber treten Sie doch bitte ein.«

Die beiden Ermittler folgten der Frau in die Galerie. Staunend sah sich Mathilde um.

»Oh, was ist das? Eine Ansicht von Saint-Fons? Von wem? Wunderschön. René Ferris. Ich kenne ihn noch gar nicht. Und ein Bild von Sandrine Mugler.« Mathilde war hingerissen. Mit dieser Künstlerin hatten sie in einem ihrer Fälle Bekanntschaft gemacht.

»Ja, sie verkauft sich zurzeit sehr gut. Ich könnte mehr von ihr an den Mann, pardon, natürlich auch an die Frau, bringen, aber sie hat sich sehr zurückgezogen. Aber wenn Sie etwas Vergleichbares suchen, ich habe noch einen sehr schönen David Rycroft.«

»Danke. Wir kommen gerne noch einmal vorbei. Privat. Heute sind wir im Dienst«, unterbrach Rachid die Galeristin, dem nicht entgangen war, wie Mathildes Augen vor Freude leuchteten, als sie sich einmal um ihre Achse drehte und die Gemälde nun aus gebührender Distanz bewunderte.

»Exquisite Stücke. Aber mein Partner hat recht. Leider sind wir nicht zu unserem Vergnügen da, Madame Armbruster. Darf ich fragen, woher der außergewöhnliche Name kommt? Sie sind Französin, da bin ich mir sicher, aber Armbruster ist nun nicht gerade ein gängiger Name.«

Die Galeristin lachte herzlich. »Glauben Sie mir, Sie sind nicht die Erste, die das wissen möchte. Ich selbst bin ein Kind der Region, bin aber mit einem Schweizer verheiratet. Vor zwölf Jahren habe ich diese Galerie in Nîmes eröffnet, ein Jahr zuvor eine in Lausanne. Sie ist geöffnet von April bis Ende Oktober. Am Wochenende muss ich ab und zu pendeln, sonst gibt es Ärger mit meinem Mann. Und dann November bis März betreibe ich meine Galerie in Lausanne.«

»Sie sind von hier?«, wollte Mathilde wissen.

»Aus Montpellier.«

»Ist die Kundschaft dort nicht, nun, wie soll ich sagen, betuchter? Findet man genügend Kunstinteressierte mit einem passenden Budget hier?«

Regine Armbruster lächelte. »Was glauben Sie? Nîmes ist intimer, familiärer, das gefällt mir. Und wenn ein Cézanne oder ein Signac zum Verkauf stehen, spielt es keine Rolle, wo er hängt, glauben Sie mir. Die Kundschaft findet aus aller Welt den Weg hierher.«

»Und die Gemälde reisen dann zwischen Frankreich und der Schweiz regelmäßig hin und her?«, fragte Rachid erstaunt.

»Es kommt darauf an. Es hörte sich vielleicht so an, als hätte ich jede Woche einen Hochkaräter in meiner Galerie hängen. Das ist die Ausnahme, das sind absolute Glücksfälle. Die reisen dann mit nach Lausanne mit einer Spezialfirma. Ansonsten ist mein Angebot speziell auf die Kundschaft ausgerichtet, die Künstler aus der

Gegend, also sagen wir die südliche Hälfte Frankreichs, bevorzugen. Was dann nicht verkauft ist, geht während meiner Abwesenheit in ein Depot, das ich bei einer Bank angemietet habe. Dort sind die Kunstgegenstände sicher verwahrt und natürlich auch versichert. In Lausanne bediene ich den Markt, den die Schweizer und die begüterten Touristen dort bevorzugen. Otto Abt, Coghuf oder Carl August Liner. Und wenn ich wieder hier bin, lagern meine Schweizer Kunstschätze dort und warten darauf, dass ich wiederkomme. Wie mein Mann.« Sie grinste, wurde jedoch gleich wieder ernst.

»Bitte kommen Sie mit. Das Gemälde ist im Tresor.«

Sie folgten Regine Armbruster durch die Galerie in ein Hinterzimmer, von dem aus es zu einem Flur ging. Hinter einer Holztür führten Stufen in einen Kellerraum, der durch eine feuerfeste Tür vom Flur getrennt war.

Die Galeristin öffnete den großen Safe und zog etwas, das in ein Laken gehüllt war, heraus.

»So wurde es mir angeliefert. Ich wollte Ihnen nur zeigen, wo und wie ich es aufbewahrt habe. Gehen wir wieder nach oben.«

In dem hinteren Zimmer, das ganz offensichtlich als Büro diente, legte Regine Armbruster das Gemälde ab und entfernte seine Leinenhülle. Einfache Regale mit Büchern zur Kunst standen an den Wänden. Ein alter Schreibtisch, dessen Schubladen sich hinter einem Rollo verbargen, befand sich mitten im Raum. Die Galeristin knipste eine Tischlampe mit einem grünen Glasschirm an.

»Wunderschön«, entfuhr es Mathilde. »Und ein gutes Format, man kann es überall hinhängen.«

Aus winzigen pastellfarbenen Punkten war eine Landschaft zusammengesetzt. Den hellblauen Himmel schmückten zarte Wolkengespinste, die Erde, aus denen die Olivenbäume mit ihren silbergrünen Blättern wuchsen, war beige. Darin glänzten rosafarbene Einsprengsel, beleuchtet von hellen Sonnenstrahlen, die zwischen den Wolken hervorlugten.

»Ja, es hat was.« Zärtlich strich die Galeristin um den einfachen Holzrahmen des kleinformatigen Gemäldes. »Es muss allerdings gereinigt werden. Es hing sicher in einem Raum, in dem geraucht wurde. Wissen Sie, der Qualm schadet nicht nur den menschlichen Lungen. Der Dreck in den Zigaretten lässt sogar die Gemälde verschmutzen. Ein schmieriger dunkler Film legt sich auf sie.«

Rachid konnte sich eben noch ein Grinsen verkneifen, als er sah, wie Mathilde doch tatsächlich errötete.

»Darf ich vorstellen, Henri Edmond Cross, *Paysage avec oliviers*. Es ist ein ganz charakteristisches Werk von Cross, etwa um 1907 entstanden.« Sie seufzte schwer. »Aber setzen wir uns doch. Sie wollen sicherlich wissen, wie ich an das Gemälde gekommen bin und warum ich mich mit Ihnen in Verbindung gesetzt habe.« Einladend wies sie auf zwei Stühle, die vor dem Schreibtisch standen.

Mathilde und Rachid nahmen Platz, und Rachid zückte sein Notizbuch, das er auf dem Schreibtisch zusammen mit einem Kugelschreiber ablegte.

Ein lautes Klopfen ertönte, und die Galeristin sprang auf. »Ach herrje, ich habe vergessen, das Rollgitter wieder herunterzulassen. Wahrscheinlich ein früher Kunde. Ich bin gleich wieder da.«

Mathilde hörte Stimmengewirr.

»Ein Paar aus den USA. Sie kommen in einer Stunde wieder. Ob ich auch etwas mit Stieren hätte. Zufällig habe ich was da. Ansonsten müssten sie bei Yann in der Galerie Fesque vorbeischauen. Er ist spezialisiert auf Stiergemälde.«

Mathilde nickte wissend. »Da komme ich öfter vorbei. Sie sind sehr beeindruckend, seine Stiere.«

»Nun, zurück zum Cross. Er ist mir vor zehn Tagen angeboten worden.« Regine Armbruster zog eine Schreibtischschublade auf und entnahm ihr einen Umschlag. »Madame Violette Nestor, aus Langlade, 654, chemin des Combes. Sie hat das Gemälde zur Silberhochzeit von ihrem Mann bekommen. Er war Arzt in Langlade. Kurz und gut, sie hat keinerlei Kaufpapiere vorzuweisen, ihr Mann ist mittlerweile verstorben. Das Bild hing zwanzig Jahre in ihrem Salon. Madame Nestor ist nun über siebzig und möchte in den letzten Jahren ihres Lebens die Welt sehen. Daher hat sie sich entschlossen, den Cross zu Geld zu machen. Sie hat keine Kinder, keine Erben, hat ihr Haus verkauft und ist unterwegs. Im Moment könnte sie am Nordpol sein oder auf den Malediven. Sie wollte sich in acht Wochen bei mir melden. Daher hatte ich mir auch Zeit gelassen mit dem Verkauf. Ich habe erst morgen einen Termin bei einem Gutachter. Ich bin sicher, das Gemälde ist echt, aber Sie wissen sicherlich, dass es auch verdammt gute Fälscher gibt. Dann steht die Reinigung an.« Regine Armbruster setzte ihre Brille ab, rieb sich über die Augen und setzte sie wieder auf.

»Aber, Sie sagten eben, Sie kehren Ende Oktober in die Schweiz zurück«, nutzte Rachid die kurze Unterbrechung.

»Ja, das werde ich auch. Allerdings hätte ich dieses Gemälde ausnahmsweise mitgenommen. Ich habe selbst Interesse an diesem wunderbaren Stück. Nur werde ich es unter diesen Umständen wohl nicht behalten können. Ich liebe die Pointillisten. Ein Signac ist für mich unerschwinglich. Und Cross steht ihm in nichts nach, bleibt aber auf einem, wie soll ich sagen, anständigen Preisniveau. Nur haben sich die Dinge leider geändert. Ich befürchte, es ist der Cross, der vor Jahren gestohlen worden ist.«

»Und wie kamen Sie darauf?«

Die Galeristin schwieg einen Augenblick und strich sich mit dem Daumen über die Unterlippe. »*Eh bien!* Wie kam ich darauf? Wenn mir jemand ein Gemälde, eine Skulptur, ganz gleich was anbietet, und er hat keinen Beleg, wo das Kunstwerk herstammt, ziehe ich zwei Datenbanken zurate. Zunächst das in London sitzende *Art-Loss*-Register und die *Base de données sur les œuvres d'art volées,* die Datenbank gestohlener Kunstwerke von Interpol. Sicher ist sicher. Der Cross war in keiner Datenbank registriert. Das hat mich natürlich erleichtert. Aber irgendwie wurde ich das Gefühl nicht los, dass mit dem Gemälde etwas nicht stimmt. Ich habe Sie benachrichtigt und mich dann heute in aller Herrgottsfrühe mit dem *Office central de lutte contre le trafic des biens culturels* in Paris in Verbindung gesetzt.«

»Und beim OCBC sind Sie fündig geworden?« Mathilde und Rachid sahen sich erstaunt an. Mathilde hatte sich auf die Informationen der Gendarmerie in Vauvert verlassen. Wahrscheinlich hatte Savigny dann selbst das Gemälde nach Paris gemeldet, wenn es nicht die Polizei von Vauvert gewesen war. Das hätte sie unbedingt nachprüfen müssen.

»Ja, dort war ein Gemälde von Cross registriert, gestohlen in Beauvoisin. Ob es tatsächlich dieses Bild hier ist«, die Galeristin tippte mit ihrem Zeigefinger auf den Rahmen des Gemäldes, »kann ich natürlich nicht definitiv sagen. Dazu müsste man die früheren Besitzer fragen. Madame Nestor würde sich leider dann davon trennen müssen, nehme ich an?«

»Wenn es das gestohlene Kunstwerk ist, ja. Es fällt an die Familie zurück.«

»Und warum kam Ihnen der Gedanke, mit dem Bild könnte etwas nicht stimmen? Der Diebstahl in Beauvoisin liegt nun schon mehr als zwei Jahrzehnte zurück?«

»Wegen des Artikels im *Midi Libre*. Hatte ich das nicht Ihrem Kollegen am Telefon gesagt, Commandant?« Nun war es an der Galeristin, die Augen erstaunt aufzureißen.

Mathilde und Rachid wechselten einen Blick.

»Im *Midi Libre*? Wann?«

»In der heutigen Ausgabe. Ich habe es mir zur Angewohnheit gemacht, da ich sehr spät schlafen gehe, bereits gegen Mitternacht die Online-Ausgabe zu lesen. Und da war dieser Artikel. Ein Mann ist tot in einem Park aufgefunden worden. Und er wurde in diesem Artikel mit einem Brand in Zusammenhang gebracht. Damals kam die Familie des Olivenölproduzenten Savigny ums Leben, stand da. Und ein Jahr zuvor ist ein Gemälde entwendet worden. Ein Cross, eine Landschaft mit Olivenbäumen. Und der, der den Artikel geschrieben hat, stellt die Frage, ob es zwischen dem Toten, der mit der Familie verwandt war, und dem Diebstahl einen Zusammenhang gibt.«

Mathilde und Rachid sahen sich entgeistert an.

»Würden Sie bitte den Artikel für uns aufrufen, Madame Armbruster?«

Die Galeristin nickte, zog ihr Tablet heran, tippte auf der Tastatur herum und schob den kleinen Computer den beiden Ermittlern hin, die die Reportage eingehend studierten.

»Vielen Dank. Er wäre uns zwar im Laufe des Tages nicht entgangen, aber so haben Sie uns viel Zeit gespart.« Rachid packte sein Notizbuch, in das er die Aussagen der Galeristin notiert hatte, und den Stift wieder ein.

»Dann nehmen Sie den Cross jetzt an sich?« In der Stimme von Regine Armbruster schwang eine gewisse Trauer mit. »Dann werde ich ihn gut einpacken. Und sobald Madame Nestor wieder hier auftaucht, werde ich ihr mitteilen, was geschehen ist. Vielleicht ist es doch nicht das gesuchte Bild. Sie werden mich informieren?«

»Wir halten Sie auf dem Laufenden. Und sobald sich Madame Nestor bei Ihnen meldet, sagen Sie ihr bitte, sie soll mit uns Kontakt aufnehmen.« Mathilde legte ihre Visitenkarte auf den Schreibtisch.

Regine Armbruster verpackte das Gemälde sorgfältig und umgab es mit einer passenden Kartonage, um die sie eine starke Schnur band.

»So können Sie es bequem transportieren.«

Mathilde und Rachid verabschiedeten sich von der Galeristin, die hinter ihnen das Rollgitter herunterließ.

»*Mince alors.* Das war wirklich peinlich. Muss uns erst Madame Armbruster auf den Artikel aufmerksam machen.« Mathilde blieb ein paar Meter von der Galerie entfernt stehen und zündete sich eine Zigarette an. »Wie kommt Boisset bloß auf die Idee mit dem Gemälde? Er ist ein hervorragender Reporter, das wissen wir. Und er hat schon oft eine gute Nase gehabt. Wir müssen mit ihm reden.« Sie schaute auf ihre Armbanduhr. »Um diese Zeit könnten wir ihn in *Leons Bistro* antreffen. Ich werde mein Glück versuchen, vielleicht ist er ja tatsächlich da. Oder hast du zufällig seine Nummer?«

Rachid schüttelte den Kopf. »Nein. Die Ehre wurde mir noch nicht zuteil. Ich nehme dann das Bild mit zum Kommissariat. Wir treffen uns am Nachmittag bei dir? Ich werde Felix und Coco Bescheid geben und versuchen, Madame Nestor ausfindig zu machen. Vielleicht wissen die Käufer ihres Hauses oder der Notar, der den Kauf abgewickelt hat, oder die Nachbarn, wo sie abgeblieben ist. *Alors*, es wäre schön, wenn wir heute Nachmittag ein wenig schlauer sind.«

Ihre Wege trennten sich am Boulevard Sergent Triaire. Sie küssten sich zum Abschied, und Mathilde sah Rachid noch ein paar Sekunden nach. Ein Gefühl des unendlichen Glücks durchströmte sie.

Kapitel 15

Leons Bistro lag hinter dem Bahnhof, etwas mehr als fünf Minuten von der Katholischen Kirche Notre-Dame-des-enfants entfernt. Mit dem Pfarrer der Kirche, Père Joseph, hielt Mathilde seit dem mysteriösen Fall um den Journalisten Luc Maille losen Kontakt. Zuletzt hatte sie den beeindruckenden Priester an Ostern gesehen, als sie ihm eine großzügige Spende der Familie de Boncourt für die Armen der Gemeinde gebracht hatte. Auch mit dem Journalisten Robert »Bob« Boisset hatte sie seitdem ab und an zu tun gehabt. Allerdings war der Mann freiberuflich für den *Midi Libre* tätig, und soweit Mathilde wusste, hatte er sich das letzte halbe Jahr in Mali aufgehalten. Offenbar war er heil wieder aus dem Krisengebiet herausgekommen.

Sie sah auf ihre Uhr. Wenn sie es einrichten konnte, würde sie später noch bei Père Joseph vorbeischauen. Vielleicht hatte er ja Titi gekannt. Nein, ganz sicher hatte der Priester Titi gekannt. Und Boisset wahrscheinlich ebenfalls. Sie ging durch die Unterführung, in der man den toten Clochard gefunden hatte. Nichts deutete mehr auf den Mord an dem Mann hin. Wo Titi gelegen hatte, war nun der Schlafplatz eines anderen Obdachlosen, der seine Habseligkeiten dort ausgebreitet hatte. Der Mann mit einem Vollbart, der ihm bis zum Gürtel reichte, saß auf mehreren zusammengelegten Decken, neben ihm ein Hund, der mit geschlossenen Augen schnarchte. Mathilde zog einen Zehneuroschein aus ihrem Portemonnaie und reichte ihn dem Mann.

»Die Hälfte für dich, die andere Hälfte für deinen *toutou*. Ist das klar?«

Der Mann nickte. »Keine Sorge, Madame, und vielen Dank.

Sehr großzügig von Ihnen. Rosa ist meine treue Begleiterin, ihr fehlt es an nichts.«

Die Hündin wachte auf, als ihr Name fiel, klopfte mit dem Schwanz auf die Decke, leckte über die Hand ihres Herrchens, als hätte sie dessen Worte verstanden, und schlief wieder ein.

Vor *Leons Bistro* standen drei Tische, an jedem ein einzelner Mann vor einer Tasse Kaffee und mit einer Zeitung bewaffnet. Drei Männer, drei Kaffees, dreimal die *L'Équipe*. Mathilde öffnete die Tür, und eine Geruchsmischung aus stark gebranntem Kaffee, Bier, Zigaretten und Schweiß schlug ihr entgegen. Lüften war wohl nicht so Leons Ding. Mit einem Blick erfasste sie den Innenraum. Am Fenster ein Pärchen, das sich stritt. Die zischende Stimme der Frau klang bedrohlich. Und hinten rechts, am letzten Tisch, saß Bob Boisset und grinste sie an. Er stand auf und ging auf Mathilde zu, um sie zu begrüßen. Im Vorbeigehen orderte er bei Leon, der hinter dem Tresen Gläser polierte, zwei *Cafés serrés*.

»*Bonjour,* Madame le Juge. Ich hatte Sie schon erwartet. Das heißt, eigentlich hatte ich den Commandant erwartet. Darf man gratulieren? Es hat sich ja bereits rumgesprochen, das mit Ihnen beiden.«

»Danke. Bis nach Mali, oder sind Sie schon länger wieder im Land?« Mathilde lächelte.

»Ich bin bereits seit einem Monat wieder in Frankreich. Kein schöner Ort, dieses Mali. Ich bin froh, wieder zu Hause zu sein. Ich weiß nicht, was Luc immer ins Ausland getrieben hat. Gott hab ihn selig. Sie wollen mit mir über den Artikel sprechen. Und wahrscheinlich über Titi.«

»Bob, Sie sind ein Hellseher. Haben Sie schon lange auf mich oder den Commandant gewartet?«

Der Journalist schüttelte den Kopf. »Ich habe das Warten gelernt. Aber, nein, vielleicht zehn Minuten.«

Sie setzten sich, und Leon brachte die kleinen Tässchen mit dem starken Kaffee an den Tisch.

»Ein Croissant dazu? Frisch und buttrig.«

»Gerne. Für Sie auch, Bob?«

»Nein, ich vertrag das fette Zeug nicht mehr. Für mich einen Calvados, Leon.«

Mathilde runzelte die Stirn, verkniff sich aber eine Bemerkung in Sachen Gesundheitsanschauung des Monsieur Boisset.

»Na, dann legen Sie mal los, Bob. Ich höre.«

»Was wollen Sie zuerst serviert bekommen? Titi? Den Mann im *Jardin Mont Margarot*?«

»Fangen wir mit Titi an.«

Mathilde nippte an ihrem Kaffee, Bobs Calvados wurde gebracht, und Leon wartete noch eine kleine Weile ab, indem er einen Krümel mit einem Geschirrtuch vom Tisch fegte.

»Verzieh dich, Leon, ich hab mit Madame zu reden.«

Der Wirt brummte etwas Unverständliches und zog sich hinter seinen Tresen zurück.

»*Eh bien!* Zu Titi kann ich nicht viel sagen. Wir waren alle total geschockt, als es hieß, er wäre tot, erschossen. Stimmt es, dass er mit derselben Waffe erschossen wurde wie Fabre?«

Mathilde gab keine Antwort, und nach einem kurzen Zögern fuhr der Journalist fort.

»Nun, Titi war eben Titi. Konnte keiner Fliege was zuleide tun. Er hat hier ab und zu einen Pastis oder ein Bier geschnorrt. Wussten Sie, dass er sich für einen königlichen Spross hielt? Er hieß mit bürgerlichem Namen Dauphin. Er war ein harmloser Geselle, wie ich schon sagte. Allerdings rastlos. Er hat ganz Nîmes durchkämmt und überall auf ein Almosen gehofft. Hierher, also in die Unterführung, kehrte er dann am Abend zurück. Vorher sein Bier bei Leon oder sonst in Bahnhofsnähe. Was genau hat es nun mit ihm und Fabre auf sich, frage ich mich? Kannten sich die beiden? Ich kann es mir eigentlich nicht vorstellen«, beantwortete Boisset sich selbst die Frage. »Titi war wohl zur falschen Zeit am falschen Ort.«

»Woher wissen Sie das alles? Es stand so nichts davon in der Zeitung.« Mathilde trank den winzigen letzten Schluck Kaffee.

»Madame le Juge, das fragen Sie jetzt nicht im Ernst. Ich bin Journalist. Mir werden die Dinge zugetragen. Kaum passiert etwas, klingelt bei mir schon das Telefon. Fabre erschossen im *Jardin Mont*

Margarot, Titi nur wenig später hier mausetot aufgefunden. Und dass Titi ebenfalls in diesem Park gewesen war, hat mir ein Vögelchen gezwitschert.« Boisset grinste.

»Ach, hören Sie mir doch mit dem dummen Vögelchengetue auf. Woher haben Sie die Information, Bob?« Mathilde schüttelte unwillig ihre rotblonde Mähne.

»Ich gebe mich geschlagen. Ganz einfach, Mamadou kam zu Leon, gleich nachdem der seinen Laden öffnete. Er hat es erzählt. Titi sei ziemlich aufgeregt angekommen, er habe vielleicht einen Schatz entdeckt, und der Schlüssel dazu habe im *Jardin Mont Margarot* gelegen. Madame, ich kann eins und eins zusammenzählen. Und Marat habe ihn verfolgt. Diesen Verfolgungstick hatte Titi ab und zu. Sein blaues Blut ließ ihn diesmal die Revolutionäre fürchten, vermute ich. Er hat sich allerdings auch einmal von King Kong verfolgt gefühlt. Es war gar nicht so weit hergeholt. Vor ein paar Jahren ist doch in einem Wanderzirkus ein Schimpanse ausgebüxt, vielleicht erinnern Sie sich. Den hat Titi tatsächlich gesehen. Und aus dem Schimpansen wurde King Kong. In diesem Fall wurde aus Fabres Mörder Marat«, schloss Bob Boisset, nun mit einem Anflug von Trauer in seiner Stimme.

Mathilde und der Journalist schwiegen einen Moment, dann orderte Boisset für sich einen Pastis. Leon sauste um die Ecke und stellte Glas und Wasserkaraffe auf den Tisch. Erneut blieb er stehen, sah erwartungsvoll von Mathilde zu Boisset.

»Sie auch?«

Mathilde winkte ab.

»Ich mochte Titi, er war besonders.« Leon war stehen geblieben und verschränkte seine Arme vor der Brust. »Er hatte so eine vornehme Art. Ich glaube, er stammte wirklich von den Bourbonen ab. Vielleicht war einer seiner Vorfahren unehelich geboren. Man weiß es nicht. Schade um ihn. Einen solchen Tod verdient niemand.«

Mathilde wandte ihre Aufmerksamkeit dem Wirt zu. »Kannten Sie ihn näher?«

Leon zuckte mit den Schultern. »Was heißt näher. So wie ich Bob kenne. Nicht mehr und nicht weniger. Ich habe ihm oft einen ausgegeben. Er hat ein wenig rumgeschnorrt, aber niemals hat er meine Gäste belästigt.«

»Und Sie haben ihn wann zuletzt gesehen?«

»Da muss ich überlegen. Vor vier Tagen, meine ich. Er hat einen Pastis getrunken und ist in seinen Unterschlupf. Wir haben uns nicht groß unterhalten. Die Bude war voll. Fußball. Und Menschenansammlungen mochte er nicht.«

»Danke. Sie kennen ja den Spruch, sollte Ihnen noch etwas einfallen, rufen Sie uns an.«

Leon nickte und kehrte zum Gläserpolieren zurück.

Boisset gab lediglich einen Schuss Wasser in sein Glas, in dem der Pastis schimmerte. Er trank einen Schluck und schüttelte sich. »Eigentlich mag ich den Anisgeschmack gar nicht. Keine Ahnung, warum ich das Zeug überhaupt trinke.«

Vor allem um die Uhrzeit, dachte Mathilde, sagte aber nichts.

»Und nun zu Francis Fabre.« Boisset leerte den fast unverdünnten Pastis in einem Zug, verzog das Gesicht und stützte beide Hände auf den Tisch.

»Ich habe damals die Artikel für den *Midi Libre* geschrieben. Über die Brandkatastrophe bei Savigny. Ich war ziemlich schnell vor Ort, aber es war eigentlich nicht viel zu holen.« Boisset wurde rot. »Das hört sich jetzt kalt an, aber Sie wissen, was ich meine. Vier Familienmitglieder waren tot, ein Kind, ein Mädchen, hatte überlebt. Fabre hatte sie aus dem Haus gerettet. Allerdings wäre ihr sowieso nichts weiter passiert, sie lag im Flur vor der Tür, da hätte sie auch noch gelegen, als die Feuerwehr kam. Bis dahin hätten die Flammen sie gar nicht erreicht. Gut, man nannte es eine Heldentat, war es wohl auch. Das Hausmeisterpaar kam zur selben Zeit an. Ein Dohlennest hat den Kamin verstopft, Rauch hat sich ausgebreitet im Esszimmer, die Menschen wurden vergiftet, das Vogelnest fiel in die Flammen, die vier verbrannten. Das sind unumstößliche Tatsachen, daran gab es für mich als Journalist, der der Wahrheit auf die Spur kommen möchte, Sie sehen, wie ähnlich wir uns eigentlich sind, Madame le Juge, nichts zu rütteln.«

Boisset warf einen vorwurfsvollen Blick in sein leeres Glas, goss sich achselzuckend Wasser aus der Karaffe hinein und leerte es in einem Zug. Er wischte sich mit dem Handrücken über den Mund.

»Nun, wie ich sagte«, fuhr er fort, »da gab es nichts dran zu rütteln. Eine dramatische Verkettung von Umständen, die zum Tod von vier Menschen geführt hat. Dann übernahm der Cousin von Savigny das Unternehmen, aber das wissen Sie wahrscheinlich auch, hab ich recht, Madame le Juge? Sie sind sich sicher, dass es einen Zusammenhang gibt zwischen dem Mord an Fabre und dem Brand, vermute ich mal. Fabre hat noch zwei Jahre in Olivenöl gemacht, entschuldigen Sie die flapsige Formulierung, dann hat er sich irgendwohin verzogen. Ich gestehe, ich habe ihn bis vor ein paar Tagen nicht mehr auf dem Schirm gehabt. Nun, er verschwand, tauchte wieder auf, jetzt ist er tot. Wo war er eigentlich all die Jahre?«

»Ach, das haben die Buschtrommeln noch nicht mitgeteilt? Nun, es ist kein Geheimnis. Fabre hat die letzten Jahre in Santiago de Chile verbracht.«

»Chile, wir haben kein Auslieferungsabkommen mit diesem Land. Hat er sich dort etwas zuschulden kommen lassen?«

»Wir wissen es noch nicht. Es gab da eine kleinere Drogengeschichte«, gestand Mathilde dem Journalisten. Dieses kleine Häppchen an Information schadete nichts.

»Und wenn er sich hier hätte etwas zuschulden kommen lassen, wäre es genauso. Keine Auslieferung.« Boisset kratzte sich am Kinn.

»Haben Sie etwas Bestimmtes im Auge? Ihr Artikel im *Midi Libre* von heute, Sie sehen einen Zusammenhang mit dem Verschwinden eines Gemäldes und der Tat von vorgestern Nacht.«

»Es gibt da etwas, was Sie und die Polizei vielleicht nicht wissen, Madame le Juge.«

Mathilde zog erstaunt die Brauen hoch. »Dann verraten Sie es mir bitte, Bob.«

Der Journalist leckte sich über die Lippen und rieb sich die Hände.

»Als das Gemälde aus dem Haus der Savignys verschwand, hat mich der Versicherungsagent, bei dem das Bild, ein Henri Edmond Cross, versichert war, angerufen. Er hat wohl geglaubt, mir einen

Leckerbissen anzubieten, und gehofft, ich könnte herausfinden, was dahintersteckt. Und je nachdem, was ich entdecken würde, käme die Versicherung drum herum zu zahlen.«

»Wer war der Mann?«

»Das spielt keine Rolle mehr, er ist seit ein paar Jahren tot. Es war sowieso ein überflüssiges Unterfangen. Das Gemälde hing ungesichert in der Bibliothek, bei den Savignys standen alle Türen offen, die Versicherung hat nie gezahlt.«

»Es war also in der Bibliothek?«, versicherte sich Mathilde und fragte sich zugleich erneut, warum dann Madame Fragonard das Bild angeblich nicht kannte.

»Ja. Ich habe es dort noch hängen sehen. Ich habe vor ewigen Zeiten, ich hatte gerade angefangen, für den *Midi Libre* zu arbeiten, eine Reportage über die Familie gemacht. Können Sie noch im Archiv nachlesen. Olivenöl seit Generationen, klug und erfolgreich, dabei bodenständig, das übliche Blabla. Das Bild ist mir aufgefallen. Ich dachte, es wäre ein Seurat oder Signac, und die Mutter von Ernest Savigny hat mich darüber aufgeklärt, es sei ein Cross. Und der war dann geklaut worden. Just zu der Zeit, als Francis Fabre dort gearbeitet hat, der jüngere Stiefbruder der letzten Madame Savigny. Ich habe mich dann natürlich ein wenig dahintergeklemmt, also auf Wunsch der Versicherung. Fabre blieb aber aus der Schusslinie, ich hatte nichts gegen ihn herausgefunden, was den Diebstahl des Cross angeht. Er hat nicht mehr Geld ausgegeben als sonst, obwohl er gerne auf großem Fuß gelebt hat. Ich denke, er hat ab und zu Geld von seiner Schwester bekommen, doch das ist reine Vermutung. Ich habe mich dann auf den Rennbahnen umgehört. Er hat gewettet, gewonnen und verloren. Also irgendwie nichts Greifbares. Bis ich an einen Typen auf der Rennbahn von Cagnes-sur-Mer geraten bin, ein Tipp, ich weiß wirklich nicht mehr von wem. Der Typ sagte mir, Fabre habe ihm jüngst eine wertvolle Uhr angeboten, und wenn er noch mehr gebrauchen könne, würde er ihn beliefern. Der Typ hat die Uhr genommen und Fabre gleich ausbezahlt. Fabre hat ihm noch was richtig Großes versprochen. Keine Ahnung was, aber ich habe da so eine Idee. Das war's. Mehr ist nicht passiert. Nichts, was damals zu irgendetwas getaugt hätte. Und dann war ich sowieso raus aus der Sache mit dem Bild und der Versicherung. Es kamen damals andere Fälle, auf die ich mich gestürzt habe.«

Mathilde hatte gespannt zugehört und sich Notizen gemacht. »Wer war der Mann, dem Fabre die Uhr verkauft hat?«

»Das Pech ist mit Ihnen, Madame le Juge. Das war Grand Tonton, der Name sagt Ihnen was?«

Mathilde rollte mit den Augen. »Natürlich. Vor ein paar Jahren hat es ihn in Marseille erwischt. Zwischen die Fronten zweier gegnerischer Banden geraten. Ein sehr unrühmliches Ende. Und Sie glauben, es könnte sich bei dem *richtig Großen* um den Cross gehandelt haben?«

»Um was denn sonst? Der Cross war weg, und Fabre hat ein großes Ding einem Hehler andrehen wollen. Was soll es also sonst gewesen sein? Und wenn er es bei Tonton nicht losgeworden ist, hat er es wahrscheinlich einem anderen angeboten.«

Ja, was soll es sonst gewesen sein, dachte Mathilde. Sie zahlte die beiden Kaffees, den Calvados und den Pastis und verabschiedete sich von Bob Boisset mit der Bitte, weiterhin Augen und Ohren offen zu halten.

Kapitel 16

Mathilde konnte sich noch genau an ihre erste Begegnung mit Père Joseph erinnern. Als sie das erste Mal seine Kirche betreten hatte, waren ihr die drei Narben in seinem Gesicht ins Auge gesprungen. Wie sie später von ihm erfahren hatte, stammten sie von einer Machete, mit der ihm eigentlich der Kopf abgetrennt werden sollte. Mehr hatte er nicht verraten. Joseph Demba, so sein Name, war eine imposante Gestalt, sein schlohweißes Haar stand im Gegensatz zu seinem dunklen Gewand. Seine Haut hatte sprichwörtlich die Farbe von Ebenholz.

Mathilde schob die schwere Kirchentür auf.

»Père Joseph?«

Keine Antwort. Es roch nach Staub und Kerzenwachs. Mathilde hatte den Eindruck, dass noch mehr Putz von den Wänden bröckelte. Der Erhalt einer Kirche ohne große Einnahmen war ein Fass ohne Boden, hatte ihr Père Joseph gesagt. Und die Gläubigen wurden leider immer weniger, gerade in diesem Viertel. Mathilde ging bis zum Altarraum. Die Kirche war menschenleer und still. Sie liebte diese Stimmung und setzte sich für eine Minute in eine Kirchenbank. Stumm schaute eine Marienfigur auf sie herab. Mathilde verließ die Kirche, nicht ohne eine Kerze zu entzünden, ein Geldstück in ein Kästchen zu werfen und für ihre Lieben um Gesundheit zu bitten. Das war die Hauptsache.

Père Joseph wohnte direkt neben der Kirche. Doch bevor Mathilde bei ihm klingelte, stattete sie dem Friedhof einen Besuch ab. Zielstrebig ging sie auf zwei Gräber zu. In dem einen lag eine junge Frau, deren Tod Mathilde und ihr Team vor zwei Jahren aufgeklärt hatten. Der Grabstein war schlicht. *Leonice Howard. Ich werde dich nie vergessen. Luc.* Kein Geburtsdatum, kein Sterbedatum, nur diese Worte. Ähnlich einfach der Stein für Luc, Leonices Bruder. *Luc Maille. Möge er seine Dämonen besiegt und seine Seele Frieden gefunden haben.* Da es keine Angehörigen gegeben hatte, hatte der Priester die Worte ausgewählt. Mathilde hatte sich zunächst an dem Wort Dämonen auf einem christlichen Grabstein gestoßen, doch wie Père Joseph erklärte, sei der Dämon nicht ohne Gott und umgekehrt Gott nicht ohne Dämonen denkbar.

»*Bonjour,* Mathilde.«

Sie zuckte zusammen und drehte sich um. Der Priester stand direkt hinter ihr, lächelnd und die Hand zum Gruß erhoben.

»Ich habe Sie nicht kommen gehört, Père.«

Der Priester, der heute Zivil trug, das hieß, eine schwarze Hose, ein dunkles Hemd mit weißem Kollar und einem Pullover darüber, grinste verschmitzt. Seine Augen leuchteten in dem geschundenen und doch heiteren Gesicht. »Ich mache es unserem Schöpfer nach. Er konnte über das Wasser gehen und ich über den Kies, ohne dass der unter den Füßen knirscht. Ich freue mich, dich zu sehen, mein Kind.«

Die Anrede war Mathilde anfangs fremd vorgekommen. Doch sie hatte sich daran gewöhnt. So nannten sie normalerweise nur Odile oder *grand-père,* aber irgendwie war es ein heimeliges Gefühl, von Père Joseph so angesprochen zu werden.

»Du kommst nicht zufällig, du kommst *nie* zufällig. Dich führt Roland her, nicht wahr?«

Für einen Moment war Mathilde irritiert. Aber natürlich, Titi war Roland Dauphin. Ein Mann, der getötet worden war, weil er einen Mord beobachtet hatte, ein Mann mit einem ganz normalen Namen.

»Ja, wegen Roland, wegen Titi, und überhaupt.«

»Setzen wir uns. Es ist heute erstaunlich mild für einen der letzten Oktobertage.« Der Priester zeigte auf eine Bank in der Nähe eines Brunnens, an dem die Besucher des Friedhofs Wasser für die Grabpflanzen schöpfen konnten. Die beiden setzten sich, und Père Joseph wartete ab, was Mathilde ihm zu sagen hatte.

»Père, kannten Sie Francis Fabre? Das ist der Mann, der im *Jardin Mont Margarot* erschossen wurde. Roland, Titi, hat nicht nur, so nehmen wir an, den Mord beobachtet, er hat auch dem Toten einen Schlüssel entwendet, einen zu einem Schließfach im Bahnhof. Allerdings war dort, soweit wir alles rekonstruieren konnten, nichts drin, was Titi etwas genutzt hätte. Kein Geld, kein Schmuck. Es sei denn, Titis Mörder hätte es ihm wiederum abgenommen. Aber so weit sind wir noch nicht mit unseren Ermittlungen. Alles, was wir haben, ist ein toter Mann, der in Frankreich geboren wurde, nach Chile gereist ist, Jahre später wieder hier auftaucht, um dann wenige Stunden später erschossen zu werden. Können Sie sich darauf einen Reim machen?« Mathilde starrte auf eine späte Hummel, die sich in eine Chrysantheme zwängte.

»Das sind viele Fragen auf einmal«, brummte der Priester. »Nun, der Name Francis Fabre sagte mir zunächst nichts. Natürlich kann ich mich an den Brand bei Savigny erinnern, es stand in den Zeitungen, aber den Namen Fabre, den hatte ich wohl vergessen, bis ich ihn jetzt gehört habe. Also nein, ich kannte ihn nicht. Sie sehen einen Zusammenhang zwischen dem Brand von damals und seinem Tod?«

»Noch sehe ich nicht viel, aber ich spüre«, sagte Mathilde.

Père Joseph nickte. »Ihr Bauchgefühl. Verlassen Sie sich nur darauf, mein Kind. Machen Sie sich Ihren Reim darauf, ich kann es nicht, leider.«

Mathilde wartete darauf, dass die Hummel wieder die Blüte verließ. Das Tierchen tat ihr den Gefallen und taumelte zur nächsten Blume.

»Titi hielt sich für einen Königsspross, wussten Sie das?«

Père Joseph ließ ein kehliges Lachen ertönen. »Natürlich, wer wusste das nicht. Er sagte, wenn er endlich anerkannt wird und sein Erbe antritt, wird er meine Kirche mit Reichtümern überschütten.« Er wurde wieder ernst. »Der Dauphin, der Delfin. Warum nicht. Warum soll er nicht ein Nachfahre gewesen sein? Ein Balg, das einer Amme überlassen wurde, war sein Urahn. Titi war immer auf der Flucht vor seinen Häschern, wie er es nannte. Es hielt ihn nie lange an einem Ort. Lediglich sein Karton und sein Schlafsack in der Unterführung boten ihm Sicherheit. ›Hier sehe ich den Anfang und das Ende des Lichts, ich sehe meine Häscher kommen, und ich werde ihnen entwischen.‹ Das sagte er. Nun, er ist ihnen nicht entwischt. Sie haben noch überhaupt keinen Anhaltspunkt?«

Mathilde schüttelte bedauernd den Kopf. »Nichts. Seine Häscher, das waren auch die Revolutionäre. Mamadou sagte, er habe davon gesprochen, Marat sei hinter ihm her. Können Sie sich das erklären? Warum gerade Marat?«

»Titi fühlte sich von allen Revolutionären verfolgt. Mal war es Robespierre, mal Danton. Und jetzt Marat. Vielleicht weil Titi ihm Böses am ehesten zugetraut hat? Ich weiß es nicht. Marat war Arzt, Naturwissenschaftler, ein anerkannter Mann auf diesen Gebieten. Der Mensch ist frei geboren, er hatte recht mit dieser Einstellung. Doch er war einer derjenigen, die am gezieltesten die Hinrichtung des Königs und seiner Nächsten verfolgte. Wussten Sie, dass Marat gerade mal einen Meter fünfzig groß war?«

»Ein Giftzwerg, der mich wahrscheinlich auch einen Kopf kürzer gemacht hätte«, antwortete Mathilde trocken.

Jetzt lachte Père Joseph so dröhnend, dass die Bank unter ihnen vibrierte.

»Ein Giftzwerg. Aber ein sehr intelligenter. Schade auch um ihn. Er hätte seine Intelligenz und sein Wissen menschenfreundlicher einsetzen können. Andererseits, das glaubte er ja von sich, ein Menschenfreund zu sein. Ich habe irgendwo einmal gelesen, Marat habe geradezu eine *amour fou* gegenüber den Menschen empfunden. Ihretwegen hat er dann den Tod derer in Kauf genommen, die seiner Meinung nach die Freiheit dieser Menschen nicht einfach nur beschnitten, sondern sie negierten. Er ist dann im Bad erstochen worden. Ein unrühmliches Ende, nicht wahr?«

»Unrühmlich und vor allem unschön, wie jeder Mord. Im Bad hat er seinen Ausschlag auskuriert. Ob er ein anderer geworden wäre, wenn er nicht so klein und hässlich gewesen wäre?«

Der Priester überlegte einen Moment. »Vielleicht, ja, ich würde es nicht ausschließen. Ich muss mich nun leider von Ihnen verabschieden, Mathilde. Eine Predigt ist noch zu schreiben.« Der Priester umarmte sie kurz und verließ mit schweren Schritten den Friedhof.

Ob auch Titi hier sein Grab finden wird? Und ob er seine Dämonen, die Knechte der Französischen Revolution, Jean-Paul Marat, besiegen wird? Eine *amour fou*. Eine verrückte, eine geradezu irre Liebe, die letztendlich Hunderttausende Franzosen das Leben gekostet hat. Mit diesen düsteren Gedanken machte sich Mathilde auf den Weg zum Palais de Justice.

Kapitel 17

Felix und Coco hatten sich auf dem Parkplatz des *Hôtel de Police* verabredet. Als er ihr einladend die Beifahrertür aufhielt, druckste die junge Polizistin ein wenig herum.

»Felix, das kannst du doch alleine, nach Alès fahren und den Feuerwehrmann befragen. Ich würde gerne, bevor wir uns bei Madame le Juge heute Nachmittag treffen, der Klinik von Docteur Tailleur einen Besuch abstatten. Solange, die Tochter der Fragonards, lebt dort. Sie war eng mit Chantal Savigny befreundet. Nach der Brandkatastrophe hatten sich bei ihr Anzeichen von Schizophrenie gezeigt, die Krankheit ist mittlerweile so schlimm, dass sie in der geschlossenen Abteilung dort lebt. Ich würde gerne mit ihr reden, wenn das möglich ist. Ihre Eltern sagten, sie habe sogar ein wenig für Fabre geschwärmt.«

»Klar, wenn du meinst, es bringt was. Wo sagtest du, lebt sie?«

»In der Klinik Bogdanovic-Tailleur. Die Klinik heißt nach dem Ehepaar, das sie leitet. Sie ist eine Privateinrichtung. Und Monsieur Bogdanovic wäre eine Koryphäe auf dem Gebiet der Behandlung von Schizophrenie, sagten die Eltern von Solange Fragonard.«

Felix runzelte die Stirn. »Das kann dann wohl kein Zufall sein. Solange Fragonard lebt dort, und Valerie Savigny liegt in dieser Klinik. Dominic Roubais sagte, Docteur Tailleur habe ihnen Hoffnung gemacht, man könne durch ein spezielles Verfahren eventuell Valerie Savigny aus dem Wachkoma erlösen. Zwei Frauen, die aufgrund der Brandkatastrophe unterschiedlich erkranken, landen in derselben Einrichtung und werden dort von den ausgewiesenen Spezialisten auf den Gebieten Wachkoma und Schizophrenie betreut.«

Coco nickte und kramte bereits ihre Autoschlüssel aus der

Tasche. »Das ist dieses Verfahren, über das ich mich mit Regis unterhalten habe. Es interessiert mich wegen meiner Mutter und ihrer Parkinsonerkrankung. Und die Ärztin will es bei Valerie Savigny anwenden? Wenn es Erfolg hätte, könnte man von ihr vielleicht doch noch erfahren, was damals genau geschehen ist. Aber dass so etwas nach so vielen Jahren möglich sein soll ... Das grenzt doch an ein Wunder. *Bon*, dann mache ich mich mal auf den Weg in die Klinik. Wir sehen uns heute Nachmittag bei Madame le Juge.«

Die Klinik der Eheleute Bogdanovic-Tailleur lag eingebettet in eine liebliche Landschaft am Flüsschen Rhôny kurz vor der Ortschaft Vergèze. Coco hielt an einem Tor, von dem links und rechts eine hohe Mauer ausging. Schon an der Straße war ihr dieses Bollwerk aufgefallen. Die Mauer war alt, hinter ihr verbarg sich wahrscheinlich ein angemessen ehrwürdiges Gebäude. Natürlich war das Tor geschlossen. Coco stieg aus, drückte auf einen Klingelknopf, eine Männerstimme fragte nach ihrem Begehr. Sie nannte ihren Dienstrang, vervollständigte ihn durch *Police judiciaire*, Nîmes, und nur wenige Sekunden später glitt das Tor auf.

Auf einem geschotterten Weg fuhr sie durch einen Pinienwald. Coco ließ das Fenster herunter, und ein würziger harziger Geruch strömte in das Innere des Wagens. Nach einem halben Kilometer öffnete sich der Wald trichterförmig zu einer gepflegten Rasenfläche, an deren Ende ein lang gestrecktes nobles Gebäude lag.

Nicht übel, dachte Coco und fuhr ihren Wagen auf den Besucherparkplatz, wo nur zwei weitere Autos standen. Bis auf die hohe, die Klinik umgebende Mauer deutete nichts darauf hin, dass hier besondere Vorkehrungen getroffen worden waren, um Patienten daran zu hindern, das Gelände zu verlassen. Coco entdeckte weder eine Außenkamera noch einen Hinweis auf irgendeine Art von Alarm. Vielleicht war auch alles so gut angebracht und blieb dem Auge verborgen. Sie erklomm die breiten Stufen zu dem imposanten Holzportal in der Erwartung, es abgeschlossen vorzufinden. Zwar gab es eine Klingel, doch Coco drückte zunächst einfach die eiserne Klinke herunter, und die Tür ging auf. Hinter dem Portal war es dann vorbei mit altehrwürdigem Gemäuer.

Chrom und weiße Wände, helles Licht von der Decke und den Wänden vermittelten dem Besucher, dass diese Einrichtung im wahrsten Sinne des Wortes klinisch sauber war. Zwischen den Wandleuchten hingen große Fotografien von schneebedeckten Bergen, die sich gegen einen grellblauen Himmel abhoben. Coco wandte sich nach links an die Anmeldung, hinter der eine Frau mittleren Alters, deren weißblonde Haare streng zurückgekämmt waren, auf sie aufmerksam wurde.

»Ja, bitte? Wie kann ich Ihnen helfen?«

»Brigadier Coralie Mollard, *Police judiciaire* Nîmes. Ich möchte Madame Solange Fragonard besuchen.«

Die Frau zog verwundert die Brauen hoch, fragte aber weder nach einem Dienstausweis noch nach einem Grund für den Besuch.

»Es tut mir leid. Ohne vorherige Anmeldung und der Einwilligung von Docteur Tailleur ist das leider nicht möglich.«

»Dann wäre es nett, wenn Sie Docteur Tailleur darüber informieren, dass ich hier bin und ihre Patientin besuchen möchte.«

»Ich glaube, Sie verstehen nicht richtig. Hier kann man nicht so einfach einen Patienten oder eine Patientin der Abteilung S besuchen. Es sind Menschen mit großen Problemen, die dort leben.«

»Madame …« Coco konnte nirgendwo einen Hinweis auf den Namen der Frau am Empfang entdecken.

»Madame Mercier.«

»Madame Mercier. Es ist wichtig. Bitte informieren Sie die Ärztin, dass ich Solange Fragonard sehen möchte.« Coco blieb stur.

»Nun, ich versuche es«, gab sich Madame Mercier geschlagen. »Aber viel Hoffnung kann ich Ihnen nicht machen.«

Sie hatte kaum den Telefonhörer in der Hand, als aus einem Flur hinter dem Empfang eine helle Stimme erklang. »Eleonore, kommst du mal bitte. Ich kann das nicht entziffern, was Yves mir da aufgeschrieben hat. Ist wichtig, Monsieur Roche braucht die Tabletten umgehend.«

»Einen Moment«, entschuldigte sich Madame Mercier, legte den Hörer wieder auf und verschwand mit einem Seufzer in Richtung der körperlosen Stimme.

Coco vermutete die Abteilung S, wahrscheinlich S wie Sicherheitsverwahrung oder Ähnliches, in dem zweiten Flur, der, so wie sie die Ausrichtung des Gebäudes wahrgenommen hatte, zum entgegengesetzten Ende der Klinik führen musste.

Madame Mercier war verschwunden, und Coco näherte sich dem zweiten Flur, von dem sie eine Glastür trennte. Die Tür gab ein summendes Geräusch von sich und öffnete sich langsam.

»Hallo, wo wollen Sie denn hin?«

Ertappt kehrte Coco zum Empfang zurück, die Glastür schwang wieder zu.

»Da geht es zu den Räumen der Langzeitpatienten, ist also nicht Ihre Richtung. Die Abteilung für unsere schweren Fälle ist in einem separaten Trakt hinter dem Haus untergebracht. Soll ich nun versuchen, Docteur Tailleur zu erreichen?«

Coco nickte. »Bitte. Eine Frage noch. Das heißt, dahinter …« Sie wies auf die Glastür. »… liegt Valerie Savigny?«

»Ja, wollen Sie Madame Savigny etwa auch besuchen?« Madame Mercier runzelte fragend die Stirn.

»Bei Gelegenheit.«

»Ich will nicht neugierig sein, aber warum dieses Interesse der Polizei an den beiden Damen?«

Madame Mercier hatte offenbar keine Zeitung gelesen. Sonst hätte sie ahnen können, warum sie die Klinik aufgesucht hatte, dachte Coco erstaunt. Eigentlich hätte man den Zerberus am Empfang informieren müssen, um eventuell Reporter abzuwehren, die, wie Bob Boisset, hinter einer Story her waren. Oder hatten womöglich die beiden Ärzte noch nichts von Francis Fabres Tod und seiner Beziehung zum Hause Savigny mitbekommen? Nun, sie würde es hoffentlich bald erfahren.

»Wir ermitteln in einem Mordfall.« Mehr sagte Coco nicht.

Die Empfangsdame lächelte belustigt. »Und unsere Damen sind verdächtig?«

Selten so gelacht. Diesmal ersparte sich Coco eine Antwort. Madame Mercier wurde wieder ernst. »Na, dann versuchen wir mal unser Glück.« Sie drückte auf eine Tastenkombination. »*Salut,*

Michel. Ist Docteur Tailleur zu sprechen? Eine Dame von der Polizei ist hier.«

Madame Mercier wartete, lächelte Coco zu und hob mit spitzen Fingern ein welkes Blütenblatt auf, das aus einer weiß blühenden Blume, die auf dem Tresen in einer silberfarbenen Vase steckte, gefallen war. Coco hatte sie für eine künstliche Pflanze gehalten.

»*Merci*, Michel. Ich gebe es so weiter.« Sie legte auf. »Es tut mir leid. Docteur Tailleur hat eben eine Patientin. Das wird dauern. Und danach wartet schon der Nächste. Sie bittet Sie, sich bis morgen zu gedulden. Rufen Sie gegen acht Uhr an, dann werde ich Ihnen einen Termin für diesen Tag geben können.«

»Und dann kann ich auch mit Solange Fragonard reden?«

»Das weiß ich nicht, das müssen Sie dann bitte mit Madame le Docteur besprechen. Wenn das dann alles war?«

»Ja, dann bis morgen. Und vielen Dank. Eine letzte Frage noch. Die Tür zum Flur öffnet sich von alleine. Können die Patienten dann einfach so rein und raus?«

Madame Mercier schüttelte den Kopf. »Nein. Das heißt, rein theoretisch schon. Aber hinter dieser Tür liegen ausschließlich Menschen, die nicht einfach so aufstehen können. Es sind Wachkomapatienten. Ihnen ist es egal, ob die Tür sich von alleine öffnet und wieder schließt.«

Irgendwie war Coco froh, als sie wieder an der frischen Luft war. Eigentlich hatte sie erwartet, dass dieser typische Krankenhausgeruch durch die Räume waberte. Doch zumindest im Foyer hatte es eigentlich nach nichts gerochen. Und trotzdem war sie erleichtert, wieder draußen zu sein. Auf dem Weg zu ihrem Auto machte sie auf dem Absatz kehrt. Wenn sie schon mal hier war … Was hatte Madame Mercier gesagt? Die schweren Fälle, die Abteilung S, waren in einem Trakt hinter dem alten Hauptgebäude untergebracht. Sozusagen ein Sicherheitstrakt. Coco wurde neugierig.

Sie schlenderte so unauffällig wie möglich entlang der Fassade. Ein junger Mann in weißer Hose und weißem Hemd kam ihr entgegen. Coco hatte ihn nicht bemerkt, ihr Blick wurde von einer Tafel, die in die Mauer eingelassen war, gefesselt. *Maison des Dames en Blanc. Ehemaliges Stiftsgebäude. Erbaut 1768. Heute Neurologisches Klinikum Bogdanovic-Tailleur.* Der Mann grüßte kurz und eilte an ihr vorbei.

Coco ging weiter bis zum Ende des lang gestreckten Baus. Was sie beim Annähern an die Klinik nicht wahrnehmen konnte, das sah sie jetzt. Der Trakt, der hinter dem alten Klinikbau lag, schien vollkommen abgeschottet. In der unteren Etage waren die Fenster nicht mehr als ein langes Band von Öffnungen, die offenbar nur knapp unter den Zimmerdecken angelegt waren. Die beiden Etagen waren von einem flachen Dach bedeckt, das begrünt war. Die Fenster im oberen Geschoss waren vergittert. Vor dem eigentlichen Zugang lag ein Vorbau, eher eine Art Schleuse. Der Mann, der Coco vorhin entgegengekommen war, überholte sie und strebte nun mit einem knappen Kopfnicken der Abteilung S zu.

»Einen Augenblick, Monsieur.«

»Ja?« Der Mann hielt inne, drehte sich um und wartete.

»Coralie Mollard, *Police judiciaire.*« Ihren Rang ließ sie weg. Sollte der Typ doch glauben, er hätte eine hochrangige Polizistin vor sich. »Das ist der Trakt der Abteilung S, nehme ich an. Er ist stark gesichert?«

»Was glauben Sie wohl? Die da drin, mit denen ist oft nicht zu spaßen. Diese Patienten neigen zu Gewalt, um es mal ganz allgemein zu formulieren. Gegen sich selbst und gegen andere. Wollten Sie jemandem einen Besuch abstatten? Ich schätze mal, Sie haben es auf niemanden abgesehen, so ermittlungstechnisch meine ich. Es sind schließlich keine Verbrecher, es sind Menschen, die unter enormen psychischen Problemen leiden.« Der Mann war zugleich zurückhaltend wie neugierig.

»Nein, das heißt, ja. Nein, ich ermittle gegen niemanden, und ja, ich wollte jemanden besuchen. Solange Fragonard.«

»Oh, das ist heute kein guter Tag. Die Eltern von Solange mussten heute Morgen unverrichteter Dinge wieder fahren. Solange wollte sie nicht sehen. Sie hat einen ihrer Tobsuchtsanfälle bekommen. Aber was sage ich da? Was geht Sie das an?« Misstrauen schwang nun in seiner Stimme mit. »Und außerdem müssen Sie bei Docteur Bogdanovic nachfragen. So einfach kommt man hier nicht rein.«

»Ich weiß. Daher werde ich morgen wiederkommen. Ich habe bereits die Erlaubnis von Docteur Tailleur erhalten.« Hatte sie zwar nicht, aber das musste sie dem Typen ja nicht auf die Nase binden.

»Na, dann ist es ja gut. Dann beten Sie mal, dass Solange morgen etwas besser drauf ist.« Der Mann wandte sich zum Gehen.

»Eine Frage noch, Monsieur. Der Trakt hat nur diesen einen Zugang?«

»Ja. Sie kommen mit einer Karte in die Schleuse und mit einem speziellen Schlüssel dann hinein. Das heißt, auf der anderen Stirnseite ist noch ein weiterer Zugang, der jedoch nur selten geöffnet wird. Er ist zigfach gesichert. Wenn wir einen Patienten oder eine Patientin haben, die sich sehr schwer verletzt hat oder, im schlimmsten Fall, verstorben ist, werden diese Personen über den hinteren Ausgang aus dem Gebäude gebracht. Entweder in der Klinik behandelt oder je nachdem auch verlegt. Tut mir leid, ich muss wieder rein.«

Der Mann eilte davon, und Coco blieb nichts anderes übrig, als den Heimweg anzutreten.

Kapitel 18

Der ehemalige *Sergent de sapeurs-pompier*, Hugo Worms, wohnte in einem kleinen Haus kurz vor Alès, in Saint-Christol-lèz-Alès. Davor stand ein dunkelroter Renault mit einem Aufkleber der Feuerwehr. Streifen in den Farben des Landes *bleu, blanc, rouge* der Hintergrund, in der Mitte ein Feuerwehrschutzhelm. Obwohl Hugo Worms nicht mehr aktiv im Dienst war, zeigte er immer noch seine Zugehörigkeit zu seinem ehemaligen Beruf.

Felix klingelte. Auf dem Namenschild stand lediglich *Hugo Worms*. Er wusste mittlerweile, dass Worms nicht verheiratet war und auch keine Kinder hatte. Es wurde geöffnet, und Felix stand einem Mann gegenüber, der ihn fast um einen Kopf überragte. Das Haar war militärisch kurz geschnitten, eine markante Nase prägte sein Gesicht. Worms streckte zur Begrüßung die Hand aus. Der Händedruck war fest.

»Ich habe Sie schon erwartet. Sie sind ein wenig spät, oder?«

Felix sah überrascht auf die Wanduhr, die über einer Tür hing. »Tut mir leid. Auf der N 106 hat es gekracht. Ein kleiner Stau. Aber ich dachte, ich käme noch pünktlich.«

»Na, macht nichts. Jetzt sind Sie ja da. Kommen Sie rein.«

Felix folgte Worms durch den schmalen Flur, an dessen Wand noch eine Uhr hing. Im Wohnzimmer tickte es, und der Blick des Polizisten fiel auf eine Standuhr zwischen zwei Fenstern. Auf dem Kamin stand eine weitere Uhr und auf dem Fernseher eine dritte.

»Ach, Sie sind Uhrensammler?«

»Sehe ich so aus? Nein. Das sind einfach nur Uhren. Ich muss immer und überall wissen, wie spät es ist. Zuspätkommen gehört sich nicht. In meinem Beruf hätte Zuspätkommen Leben kosten können. Ist so ein Tick von mir. Tick Tack.« Worms lachte. »Ein Wortwitz. Aber nehmen Sie doch bitte Platz.« Er wies auf einen tiefen Sessel mit auffällig geblümtem Muster.

Auf dem Couchtisch stand ein Tablett mit einer Thermoskanne und zwei Bechern, ein Schälchen mit Zucker und zu Felix' Freude zwei Teller mit je einem Stück Kuchen.

»Selbst gebacken. Backen ist eine Leidenschaft von mir. Kaffee dazu?« Worms wartete die Antwort nicht ab, sondern goss Felix den dampfenden Kaffee ein. »Ein einfacher Apfelkuchen. Ein Rezept von meiner Mutter. Nun, was genau führt Sie zu mir? Am Telefon sagten Sie, es ginge um einen Toten in Nîmes. Ich muss gestehen, ich lese keine Zeitung. Also, was habe ich mit der Sache zu tun? Kannte ich etwa den Mann?«

Felix zückte sein Notizbuch und legte es neben den Kuchenteller. Erst die Arbeit, dann das Vergnügen.

»Monsieur Worms, wir haben eine Leiche in Nîmes, der Mann ist erschossen worden. Francis Fabre.«

Worms holte tief Luft. »*Mon Dieu*, der Fabre? Fabre, der damals die kleine Savigny aus dem brennenden Haus geholt hat? Das ist ja ein Ding. Ich habe nach dem Einsatz noch lange an diese Brandnacht gedacht, sie hat mich im Schlaf verfolgt. Ich sehe heute noch die verkohlten Körper vor mir. Glauben Sie mir, den Anblick werde ich nie vergessen. Haben Sie schon mal eine verbrannte Leiche gehabt, Lieutenant Tourrain?«

Felix nickte. »Das war echt schlimm.« Er dachte an Luc Maille, den Journalisten. Verbrannt in seinem Wagen. Ein Frösteln überlief ihn. »Monsieur Worms, können Sie mir die Ereignisse dieser Nacht noch aus Ihrem Gedächtnis schildern?«

Worms trank einen Schluck Kaffee. Dann schloss er die Augen. »Sie laufen wie ein Film vor mir ab. Der Notruf ging gegen Viertel nach zehn ein. ›Kommen Sie schnell, es brennt. Villa der Savignys in Beauvoisin. Da sind Menschen in dem Haus.‹ Keine genaue Adresse, der Anrufer hat auch keinen Namen genannt. Einer unserer Leute kannte das Anwesen, er wusste auch, wie groß es ist. Wir sind sofort mit zwei Löschfahrzeugen raus. Als wir ankamen, waren Monsieur

Fabre und das Hausmeisterehepaar schon da. Fabre hatte die Eingangstür geöffnet, und noch ehe wir eingreifen konnten, war er drin. Das Mädchen, die junge Mademoiselle Savigny, hatte es bis in die Diele geschafft. Er zog sie raus und wollte noch weiter ins Haus, wir haben ihn dran gehindert. Das Mädchen wurde sofort versorgt. Wir löschten, fanden die Toten, und dann begann die Brandermittlung, an der ich ebenfalls beteiligt war.«

Worms verfiel in Schweigen, hielt die Augen geschlossen. Felix ließ ihm Zeit.

»Nun, das war eine ziemlich fatale Geschichte. Nicht, dass so etwas nicht vorkäme, nein, das gibt es sogar häufiger, Dohlen bauen sich ihr Nest auf dem Kaminzug. Es war ein typisches Dohlennest, und es ist erstaunlicherweise nur angekokelt gewesen. Sonst hätten wir es ja nicht identifizieren können. Zweige, Tierhaare, sogar etwas Müll haben sie eingebaut. Dieser Kamin war ein ganz mächtiges Ding. Aus Steinen, die die Ewigkeit überdauern. Aber ein Funke, der hinaussprang, hat genügt, dieses Inferno zu entfachen. Allerdings gab es da eine merkwürdige Sache, auf die wir uns keinen Reim machen konnten. Nach der ganzen Ermittlung mussten wir zu dem Schluss kommen, dass das Nest zunächst den Schornstein verstopft hat. Es kam zu einer starken Entwicklung von Gasen. Die vier verstorbenen Personen waren wohl sehr schnell aufgrund der Rauchgasintoxikation ohnmächtig, die fünfte, die junge Mademoiselle Savigny, konnte sich noch in die Diele schleppen. Wahrscheinlich hielt sie sich am weitesten weg vom Kamin auf, als es passierte, und sie hat daher nicht die volle Dosis abbekommen.«

Worms öffnete die Augen, brach ein Stück von seinem Kuchen ab und schob es sich in den Mund. Dann räusperte er sich.

»Wie genau sich das Feuer auf den Weg gemacht hat, wissen wir nicht. Ich sagte es eben schon, Funken genügen. Vielleicht hat das hinabgestürzte Dohlennest einen Funkenflug verursacht. Die Funken sind auf die Gardine am Fenster übergesprungen. Dort hat es nachweislich zuerst gebrannt. Dann hat sich das Feuer rasend schnell im ganzen Zimmer ausgebreitet. Die Menschen sind verbrannt, während das verdammte Nest die Katastrophe im Kamin nahezu unbeschadet überstanden hat. Es ist unfassbar, nicht wahr?«

»In der Tat. Wie war es möglich, dass das Feuer nicht in den nächsten Raum übergegriffen hat?« Felix hatte sich mittlerweile eine Gabel voll Kuchen in den Mund geschoben. Er sah einfach zu verlockend aus und schmeckte vorzüglich. »Und was meinten Sie damit, eine Sache sei merkwürdig gewesen? Worauf konnten Sie und Ihre Leute sich keinen Reim machen?«

»Zu Ihrer ersten Frage, Lieutenant. Als das große Haus erbaut worden ist, hat der Bauherr Wert auf erstklassige Materialien gelegt. Er hatte auch das Geld dazu, als Abt des Klosters. Die Tür zum Esszimmer ist aus sehr dickem massiven Eichenholz. Sie war drin komplett angekokelt, aber das war's auch schon. Das Feuer hat es nicht geschafft, sie in der Zeit, bis der Löschtrupp anrückte, zu zerstören. Und zu Ihrer zweiten Frage, das Ganze passierte Anfang November. Es war bereits seit zwei Wochen kühler als normal, kein sonniger Oktober, es war all die Tage kalt und nass. Die Menschen heizten früher als normal, und wer einen Kamin oder Kaminofen hatte, machte den an, um es im Haus behaglich zu haben«, betonte Worms noch einmal nachdrücklich.

Felix verstand nicht, auf was der ehemalige Feuerwehrmann hinauswollte.

»Sie begreifen nicht? *Eh bien!* In diesem Monat brütet keine Dohle mehr in ihrem Nest. Dohlen brüten im März, im April, aber nicht im Oktober.«

Felix dämmerte es langsam. »Das heißt, das Nest lag seit spätestens April oben im Kamin. Und wenn die Familie vor dem Unglück schon einmal den Kamin entfacht hätte, wäre das Drama früher passiert. Sie glauben, in einem Oktober, der nass und kalt war, müsste der Kamin mit ziemlicher Sicherheit schon benutzt worden sein.«

Worms nickte. »Ja, mir kam das merkwürdig vor. Aber weder Monsieur Fabre noch das Hausmeisterpaar, von Letzterem hätte ich es noch am ehesten erwartet, konnten mit Sicherheit sagen, ob man den Kamin schon in Betrieb genommen hatte oder nicht. Es gab also nur zwei Möglichkeiten. Erstens, es wurde nicht gebrannt, daher ist man auch nicht auf das Nest aufmerksam geworden. Oder zweitens, es wurde schon gebrannt, doch da war das Nest noch nicht da, sonst wäre ja schon irgendetwas passiert. Sie verstehen?« Worms nickte Felix auffordernd zu, den richtigen Schluss aus seinen Worten zu ziehen.

»Sie vermuten, jemand hat das Nest dort oben deponiert, um dieses Unglück in Gang zu setzen?«, fragte Felix fassungslos.

Worms blies die Backen auf und ließ die Luft entweichen. »Nein«, sagte er schließlich entschieden. »Wir haben uns dieselbe Frage gestellt, sind aber zu dem Schluss gekommen, dass es nicht so gewesen sein kann. Es gab keinerlei Hinweise darauf, jemand könnte das Nest oben in den Kamin gesetzt haben. Nichts. Wer sollte es auch gewesen sein? Es gibt keine Nutznießer aus dem Tod der Familie Savigny. Fabre war der Stiefbruder von Madame Savigny, ihm wurde nichts vererbt. Und Dominic Roubais? Auch da gibt es keinerlei Vorteil, außer dem, dass die Familie jetzt in diesem wunderbaren Anwesen lebt. Er war schon immer Geschäftspartner mit gutem Einkommen bei Savigny. Die Tochter, die überlebt hat, ist die Erbin, und solange sie lebt, kommt Roubais an nichts ran. Gut, wäre er der Verantwortliche für die abscheuliche Tat gewesen, wäre er sicherlich davon ausgegangen, dass auch die zweite Tochter stirbt. Aber er hatte für uns einfach kein erkennbares Motiv. Und soweit ich weiß, kümmern sich die Roubais seit Jahren rührend um das Mädchen. Nun, jetzt ist sie mittlerweile eine Frau.« Worms schob sich sein letztes Stück Kuchen in den Mund, Felix hatte noch ein paar Krümel aufzupicken. Er trank seinen mittlerweile kalten Kaffee.

»Noch ein Stück? Er ist sehr gut, nicht wahr?« Worms lächelte, als Felix den letzten Kuchenkrümel zwischen zwei Zinken seiner Gabel drückte.

»Danke, nein, aber er ist ganz hervorragend.«

»Sie hätten das alles auch in den Akten nachlesen können, Lieutenant.«

»Das ist korrekt. Sie sind auch bereits angefordert. Doch ich denke, ein Gespräch mit einem Augenzeugen, einer Person, die zudem auch bei der Ermittlung der Brandursache dabei war, bringt uns erheblich mehr als das reine Studieren der Akten. Manchmal fallen den Leuten beim Erzählen plötzlich Dinge ein, die ihnen vor zig Jahren gar nicht als relevant erschienen sind, und plötzlich …« Felix schnippte mit den Fingern. »… ist eine Erinnerung da, ein Satz, ein Gesicht, etwas, das eine ganz neue Sicht auf einen alten Fall bringt. Gab es einen solchen Moment bei Ihnen, während Ihrer Schilderung, während unseres Gesprächs?«

»Nein, tut mir leid. Ich habe nur das erzählt, was Sie nachlesen können, inklusive der Sache mit dem Nest. Aber vielleicht kommt ja noch etwas nach. Ich werde versuchen, mich noch einmal intensiv in die Zeit hineinzuversetzen. Und sollte es klick machen …« Auch Worms schnippte mit den Fingern. »… melde ich mich umgehend bei Ihnen.«

»Danke. Hier ist meine Karte.«

Felix stand auf und verabschiedete sich von Hugo Worms. Er drehte sich noch einmal um. Der ehemalige Feuerwehrmann schaute ihm nach und kratzte sich, wie es ihm schien, nachdenklich am Kinn.

Kapitel 19

Seit Tagen beobachtete sie aus der Entfernung das Kommen und Gehen im Hause Roubais. Sie hatte sich in einem Hotel bei Sommières eingemietet und, abgesehen von dem, was sie im Internet an Informationen gefunden hatte, erste Erkundigungen über die Familien Savigny und Roubais und das Unternehmen eingeholt. In einem Café in Beauvoisin war man ihr allerdings mehr als misstrauisch begegnet. Die Eigentümerin des Cafés hatte sich nach dem Grund für ihre Fragen erkundigt, um ihr im gleichen Atemzug mitzuteilen, ihr Sohn arbeite dort, und wenn sie etwas über Dominic oder seine Familie wissen wolle, solle sie doch einfach vorbeischauen. Man würde ihr dort bestimmt nicht die Tür vor der Nase zuschlagen.

Nach und nach hatte sie dann doch von hier und da ein paar Informationen erhalten. Dominic Roubais war schon zu Lebzeiten der Savignys Geschäftspartner im Unternehmen gewesen, ein sehr gutes Verhältnis habe die Zusammenarbeit geprägt. Nach dem Tod seines Cousins hatte Roubais das Unternehmen übernommen. Eine Tochter, Valerie Savigny, geboren 1987, hatte damals die Brandkatastrophe überlebt und lag nun seit mehr als zwanzig Jahren in einer Klinik. Roubais war verheiratet und hatte zwei Kinder, Firmin, geboren 1985, und Diane, geboren 1991. Das bedeutete, Dominic Roubais, auch wenn er sich mit seiner Familie in dem wunderbaren Haus ausgebreitet hatte, war weiterhin »nur« ein Kompagnon, denn immerhin gab es die Erbin von Ernest Savigny noch.

Firmin und Diane schienen mit Mitte und Anfang dreißig noch zu Hause zu leben. Auf jeden Fall standen die beiden Autos, ein SUV und ein Sportwagen, immer wieder an den vier Tagen, seit denen sie das Haus und seine Bewohner beobachtete, auf dem Parkplatz vor dem Gebäude. Diane war eine hübsche junge Frau mit raspelkurzen dunklen Haaren, schlank und sportlich, Firmin wirkte eher behäbig, sogar auf die Distanz war sein Bauchansatz unverkennbar. Der Sohn der Roubais hatte Jura studiert und arbeitete im Unternehmen mit. Diane war mittlerweile zum dritten Mal verlobt, wie ihr die Frau des Bäckers, bei der ihre neugierigen Fragen auf fruchtbaren Boden gefallen waren, mitteilte. Mademoiselle sei sehr speziell. Man munkle sogar, sie stehe auf Frauen, aber das sei nur ein Gerücht. Soweit sie wisse, habe Diane ein Architekturstudium begonnen, aber nein, nicht abgeschlossen. Seitdem schleppe der Vater sie in der Firma mit durch. Was man allerdings mit abgebrochenem Architekturstudium dort leisten könne, das wisse nur der liebe Gott allein.

Mit Interesse hatte sie beobachtet, wie ein Fahrzeug der *Police nationale* vor zwei Tagen bei den Roubais aufgetaucht war. Zwei Männer in Zivil waren ins Haus gegangen und nach einer knappen Stunde wieder herausgekommen.

Sie tunkte das letzte Stück Croissant in ihren *Café au Lait* und schob es sich in den Mund. Nun war sie bereit, heute würde sie der Familie Roubais einen ersten Besuch abstatten. Sie war sich sicher, es würde nicht der letzte sein, allerdings hatte sie überhaupt keine Ahnung, wie Dominic reagieren würde. Wahrscheinlich würde er zunächst große Augen machen und ihr dann kein Wort glauben.

Als sie mit dem Papier bei Maître Jaqcuinot, einem alten Freund ihrer Mutter, aufgetaucht war, hatte der es nicht fassen können.

»So viele Jahre hat deine Mutter dich nicht darüber aufgeklärt? Das ist doch nicht zu fassen. Ihr hättet es so viel einfacher haben können. Ich hoffe nur, dass es jetzt nicht zu spät ist. Ich werde das hier …« Er hatte auf das Stück Papier gezeigt, das ihre Mutter mit anderen persönlichen Unterlagen im Tresor aufbewahrt hatte. »… einer genauen Prüfung unterziehen. Dann sehen wir weiter.«

Eine Woche später hatte der Notar sie angerufen und um ein Gespräch gebeten. Weitschweifig hatte er seine Erklärungen abgegeben.

»Die Sachlage ist folgende. Grundsätzlich treten alle Kinder gleichberechtigt in den Nachlass ihrer Eltern ein. Und zwar unabhängig davon, ob sie ehelich, also von verheirateten Eltern gezeugt wurden, nicht ehelich, also gezeugt von Eltern, die in einer Lebensgemeinschaft oder Partnerschaft leben, oder, und das ist bei dir der Fall, ehebrecherisch, ein unschönes Wort, gezeugt wurden. Du hast Glück, denn bis 2001 besaß ein solches Kind kaum Erbrechte. Du hast jetzt die gleichen Rechte wie die Kinder, die offiziell in dieser Ehe geboren worden sind.«

Sie hatte all das, was ihr Maître Jacquinot erzählte, bereits nachgelesen. Doch es aus dem Mund des altgedienten Juristen zu hören, war eine große Erleichterung gewesen.

»Und nun zu dem kritischen Punkt, nämlich dem Nachweis deiner Abstammung. Man kann natürlich nicht einfach hingehen und sagen, ich bin die Tochter von Monsieur Soundso. Das ist klar. Aber du hast schließlich etwas in der Hand, denn es ist in der Praxis nicht so einfach, post mortem eine Abstammung feststellen zu lassen, da das Gesetz genetische Gutachten streng eingrenzt und sie auch nach dem Tod verbietet. Und da komme ich nun ins Spiel. Wir werden deine Abstammung mit der *possession d'état* begründen, das heißt, es gilt eine gesetzliche Vermutung, die es ermöglicht, die Abstammung einer Person auf der Grundlage bestimmter Tatsachen festzustellen. Und das ist in deinem Fall dieses Schreiben deines Vaters, in dem er dich ohne Wenn und Aber anerkennt. Der Staat, in diesem Fall ich als sein Vertreter, hätte auf dieser Grundlage eine notarielle Urkunde über deinen Status ausstellen können.« Der Notar legte eine Pause ein. »Wenn deine Mutter dir eher den Namen deines Vaters genannt und dir diese Papiere ausgehändigt hätte.«

Das Wörtchen »hätte« war ihr nicht entgangen. Aber wenn es doch keinen Zweifel an dieser Vaterschaft gab? Der Notar hatte natürlich eine Antwort parat.

»Das Ausstellen der Urkunde ist nicht das Problem. Das Problem ist die Zeit. Und hier spielt Artikel 317 des *Code civil* eine Rolle. Innerhalb von fünf Jahren nach dem Tod des behaupteten Elternteils kann bei einem Notar, also bei mir, die Ausstellung einer Notariatsakte beantragt werden. Diese Urkunde wird auf der Grundlage der Aussagen von mindestens drei Zeugen und, wenn der Richter es für notwendig hält, aller anderen vorgelegten Dokumente, die eine ausreichende Zusammenstellung von Tatsachen belegen, ausgestellt. Dies ist bei uns nicht der Fall. Es sind weit mehr als zwanzig Jahre vergangen, und von Zeugen ist keine Rede. Dieser Artikel greift also nicht. Auch nicht Artikel 330, nach dem du innerhalb von zehn Jahren nach dem Tod des angeblichen Elternteils klagen kannst. Diese Klage ermöglicht die Feststellung der Abstammung, wenn die notarielle Urkunde nicht mehr beantragt werden kann oder abgelehnt wurde. Du siehst also, wo das Problem liegt. Auch wenn es eigentlich keinen Zweifel an der Echtheit dieser Anerkennung gibt, so ist ein Rechtsstreit vorprogrammiert, es sei denn, die Familie erkennt dich an.«

»Und ein DNA-Test? Auch wenn mein Vater verstorben ist, es gibt doch eine Halbschwester von mir. Oder kann man ihn nicht exhumieren?«

Sie war mit so viel Hoffnung in das Büro des Notars gekommen. Sollte, trotz dieser Anerkennung vor fast dreißig Jahren durch ihren Vater, jetzt der ganze Traum vom Erbe etwa platzen?

Der Notar schüttelte bedauernd den Kopf.

»Es tut mir leid. Aber auch diesen Punkt regeln unsere Gesetze sehr, sehr streng. Bei einem postmortalen Vaterschaftstest muss die Abnahme des genetischen Fingerabdrucks direkt am Körper des Verstorbenen erfolgen. Und dazu hätte die Zustimmung bereits zu Lebzeiten erteilt werden müssen. Sofern die Person nicht bereits zu Lebzeiten ausdrücklich einer solchen Prozedur zugestimmt hat, darf nach ihrem Tod keine Identifizierung durch genetische Fingerabdrücke vorgenommen werden. Auch Haare aus einer alten Bürste werden nicht akzeptiert. So ist das nun einmal. Was du vorgeschlagen hast, wäre ein Vaterschaftstest auf indirektem Weg. Dazu kann ich leider nur sagen, auch hier haben uns unsere Gesetze einen Riegel vorgeschoben. Aus rechtlicher Sicht wird dieses Vorgehen nicht akzeptiert.«

»Das bedeutet, ich habe also nichts, außer dieser beschissenen

Anerkennung, die nicht das Papier wert ist, auf der sie geschrieben worden ist?«

»Du hast die Möglichkeit, dich mit der Familie zu einigen oder es auf einen Rechtsstreit ankommen zu lassen. Versuch dein Glück. Wenn sie stur bleiben, melde dich wieder bei mir, wir lassen uns dann etwas einfallen.«

Und so stand sie nun vor dem Haus, trat mit klopfendem Herzen an die Tür und klingelte.

Kapitel 20

Um drei Uhr am Nachmittag fanden sich alle in Mathildes Büro ein. Mathilde berichtete zunächst Felix und Coco vom Auftauchen des Gemäldes in der Galerie von Regine Armbruster.

»Es ist mit größter Wahrscheinlichkeit das Gemälde, das aus dem Hause Savigny gestohlen wurde. Näheres habe ich von Bob Boisset erfahren. Aber zunächst zu Titi. Bob konnte nur das erzählen, was wir sowieso schon wussten. Es spielt auch keine große Rolle, denn wenn wir Fabres Mörder haben, haben wir auch den von Titi, darin sind wir uns einig. Ich komme nachher noch auf seinen Verfolger zurück, den Titi als Marat tituliert hat. Zum Gemälde von Cross hat Bob ein paar Neuigkeiten für uns auf Lager gehabt. Nachdem das Bild verschwunden war, hat die Familie Savigny Ansprüche bei der Versicherung geltend gemacht. Ich schicke voraus, sie haben nichts bekommen, da das Bild im Prinzip von jedem jederzeit hätte gestohlen werden können. Es hing in der Bibliothek, und bei Savignys standen immer sämtliche Türen offen. Das Bild war weder alarmgesichert noch sonst wie geschützt. Das zum einen. Die Versicherung beauftragte Boisset, sich den Diebstahl etwas genauer anzuschauen, herausspringen würde auf jeden Fall ein guter Artikel.«

»Einen Augenblick«, unterbrach Coco Mathilde. »Madame Fragonard sagte doch, sie wüsste nicht, wo das Bild hing. Mir kam das gleich merkwürdig vor. Eine Frau, die dort den Haushalt macht, muss doch wissen, wo sich was befindet.«

Mathilde nickte zustimmend. »Ja, das ist in der Tat ein Punkt, an dem wir nachhaken müssen. Nun, sogar Bob wusste, wo dieses Bild seinen Platz hatte. Er hatte eine Art Homestory über die Familie gemacht, und es war ihm damals aufgefallen. Boissets Recherchen konzentrierten sich auf Francis Fabre als Dieb. Doch es kam nichts dabei heraus. Fabre wettete gerne auf der Pferderennbahn, und er hatte tatsächlich dort einem Hehler eine wertvolle Uhr angeboten, um zu Geld zu kommen. Dieser Typ hat Boisset gesteckt, Fabre könne noch weitere Wertgegenstände anbieten. Unser Hehler war übrigens Grand Tonton aus Marseille. Ihm scheint die Sache zu heiß geworden zu sein. Boisset glaubt, und ich gebe ihm da recht, es könnte sich damals um das Gemälde von Cross gehandelt haben. Der Hehler ist mittlerweile tot.«

»Marseille, vor vier Jahren. Ich erinnere mich«, sagte Rachid. »Er hatte sich dann ganz auf Drogen konzentriert. Wäre er mal besser beim Verschieben von Diebesgut geblieben.«

»Nun, das ist alles«, nahm Mathilde den Faden wieder auf. »Und jetzt ist das Gemälde in einer Galerie in Nîmes wieder aufgetaucht. Gehen wir davon aus, Fabre hat tatsächlich das Bild gestohlen, dann hat er es offenbar zu Geld machen können. Wie der damalige Käufer, Monsieur Nestor, an das Gemälde gekommen ist, wissen wir nicht. Auch er ist verstorben. Seine Frau hat es von ihm zur Silberhochzeit geschenkt bekommen, sie weiß nichts über die Herkunft. Im Moment können wir sie auch nicht befragen, sie reist irgendwo in der Welt herum. Coralie, ich werde Ihnen die Daten von Madame Nestor geben, versuchen Sie bitte herauszufinden, wo sie sich zurzeit aufhält.«

Coco nickte zustimmend.

»Im Anschluss an das Gespräch mit Bob Boisset war ich noch bei Père Joseph. Er hat Titi recht gut gekannt. Wir haben uns über Titis Anspruch unterhalten, ein Spross der Bourbonen zu sein. Hier liegt übrigens die einzige Spur, wer den armen Mann, und damit auch Francis Fabre, auf dem Gewissen haben könnte. Doch ich befürchte, diese Spur wird in einer Sackgasse enden.«

»Sie meinen, dass Marat hinter ihm her gewesen ist?« fragte Felix.

»Genau. Père Joseph wusste von diesem Verfolgungswahn. Die gesamte Hautevolee war hinter ihm her. Doch was können wir damit anfangen?«, warf Mathilde die Frage in die Runde.

»Vielleicht sah sein Verfolger aus wie Marat?«, überlegte Coco.

»Oder, es war einfach sein Verfolgungswahn, der ihn Marat hat hinter sich her sein lassen, weil grundsätzlich einer der Revolutionäre hinter ihm her war, wie Père Joseph sagte. In dieser Nacht war es eben Marat«, grübelte Felix.

»Wie können wir uns den Verfolger und womöglich auch Mörder vorstellen, wenn es Marat gewesen ist? Den Gedanken sollten wir verfolgen«, pflichtete Rachid Coco bei.

Mathilde nahm ihr Notebook zur Hand und gab den Namen des Revolutionärs ein. Sein Konterfei erschien, und sie drehte den Computer so, dass alle es sehen konnten.

»Gedrungen, klein, ziemlich hässlich. Er hatte eine Hauterkrankung, die sein Gesicht gezeichnet hat. Hier steht, er war nur etwas über eineinhalb Meter groß. Das würde bedeuten, Titi wurde von einem klein gewachsenen Mann mit vernarbtem Gesicht verfolgt. Sollte das tatsächlich eine Spur sein«, meinte Felix skeptisch.

»Wir könnten ein Portrait von Marat ›modernisieren‹ und es den Anwohnern um den *Jardin Mont Margarot* zeigen, es vielleicht auch in der Uni aushängen«, schlug nun Coco vor.

»Vielleicht war er auch nur klein, und deswegen hat Titi ihn Marat genannt«, meinte Felix.

»Oder er war groß und hatte Aknenarben«, steuerte Coco bei.

»So kommen wir leider nicht weiter«, unterbrach Rachid die Gedankenspiele seiner beiden Mitarbeiter. »Allerdings ist die Idee von Coralie bedenkenswert. Wir werden ein Portrait anfertigen lassen, beschränken uns dann tatsächlich auf die direkte Umgebung des Parks.«

Er nahm sein Mobiltelefon zur Hand. »Serge, ich habe eine besondere Aufgabe für dich. Ich schicke dir gleich eine Zeichnung, die Jean-Paul Marat zeigt. Ja, du hast richtig gehört, von Marat, dem Revolutionär.« Rachid lachte. »Ich weiß, dass er tot ist und man seine Mörderin gefasst hat. Nein, ich bitte dich, dieses Portrait zu modernisieren, also aus dem Kopf einen Mann des 21. Jahrhunderts zu machen. Geht das? Bis morgen früh? Hervorragend. Und mach bitte gleich hundert Kopien davon. *Merci beaucoup.*«

Rachid legte das Handy auf den Tisch. »Morgen früh habt ihr euren Marat. Ich weiß, es ist dann Samstag. Aber wir dürfen keine Zeit verlieren. Ihr werdet damit wahrscheinlich den ganzen Vormittag beschäftigt sein. Felix und Coralie, was gibt es von Hugo Worms zu berichten?«

Coco wurde rot. »Ähm, Commandant, das sollte ich aufklären. Bei Monsieur Worms war nur Felix. Ich bin spontan in die Klinik gefahren, in der Solange Fragonard liegt. Ich wollte sie kennenlernen. Es ist schon ein merkwürdiger Umstand, dass ihre Erkrankung direkt nach der Brandkatastrophe anfing. Sie war eng mit Chantal Savigny befreundet, und wie ihre Mutter sagte, hat sie für Francis Fabre geschwärmt. Ich dachte mir, wenn ich einen guten Tag bei ihr erwische, erfahren wir ein wenig mehr über Fabre. In der Klinik von Docteur Bogdanovic und seiner Frau, Docteur Tailleur, ist übrigens auch Valerie Savigny untergebracht. Ich wollte mir ein Bild von ihrem Zustand machen.« Coco sah von Mathilde zu Rachid und wieder zurück.

»Sehr schön, Coralie. Und, hatte Solange Fragonard einen guten Tag? Haben Sie Valerie Savigny sehen können?« Rachid nickte der jungen Polizistin aufmunternd zu.

Die Erleichterung in Cocos Stimme über das Einverständnis zu ihrem Alleingang war nicht zu überhören. »Weder noch. Solange hatte einen schlimmen Tag. Sogar ihre Eltern durften nicht zu ihr, sie waren am Morgen da und mussten unverrichteter Dinge wieder nach Hause. Und auch die Türen zu Valerie Savigny blieben verschlossen. Ich werde morgen noch einmal mein Glück versuchen. Docteur Tailleur, die Valerie betreut, war nicht zu sprechen, aber dann wird sie etwas Zeit für mich haben. Felix, ist das für dich in Ordnung, Marat allein unters Volk zu bringen?«

Felix nickte. »Kein Problem.«

»Sehr schön. Also zu Felix. An was hat Hugo Worms sich erinnert? Wir haben mittlerweile die Akte ins Kommissariat bekommen. Ich habe sie mir bereits angeschaut. Was ist das für eine sonderbare Sache mit dem Dohlennest?«

»Nun, Hugo Worms hat mir das erzählt, was du auch nachlesen konntest, Rachid.« Felix blickte in die Runde. »Dohlen brüten im März und April. Das Nest muss also in dieser Zeit auf den Schornstein gekommen sein. Da es im Oktober nass und kalt war, ist Worms davon ausgegangen, der Kamin sei vielleicht schon im Einsatz gewesen. Dann hätte das Unglück aber früher passieren müssen. Doch es geschah erst im November. Die Fragonards und auch Fabre hatten sich damals nicht erinnern können, ob der Kamin im Oktober entfacht worden ist. Das ist zwar merkwürdig, aber so lauteten eben die Aussagen der drei Personen. Die Brandermittler sind also davon ausgegangen, dass tatsächlich kein Feuer im Kamin gemacht worden ist. Und dass jemand das Dohlennest mit Absicht da oben platziert haben könnte, hatten sich die Experten damals nicht vorstellen können, denn es gab letztendlich keinen wirklichen Nutznießer aus dieser Katastrophe. Allerdings konnte jemand, der eine solche Tat geplant hat, natürlich nicht ahnen, dass es eine Überlebende geben würde. Valerie, die jetzige Erbin. Roubais' Status hat sich nicht verändert, er ist wie zuvor Geschäftspartner und Verwalter. Er bewohnt zwar nun das große feudale Anwesen, aber das ist auch der einzige Vorteil, den er hat.«

»Wir sollten Roubais' Finanzen auf jeden Fall überprüfen«, schaltete sich Mathilde ein. »Wie viel hat er verdient, als Savigny noch lebte, wie viel erhält er jetzt aus dem Unternehmensgewinn. Es könnte durchaus ein Motiv gewesen sein, wenn er vielleicht hoch verschuldet war, vielleicht sogar Geld aus dem Unternehmen abgezweigt hat.« Sie biss sich nachdenklich auf die Unterlippe. »Wir werden noch einmal mit ihm reden müssen. Ahnte Roubais nichts von Fabres zwielichtigen Geschäften? Immerhin hat Fabre eine teure Uhr verhökert, von der wir nicht wissen, ob sie ihm überhaupt gehört hat«, schloss sie.

»Glauben Sie wirklich, Roubais könnte hinter dieser Brandkatastrophe stecken?«, fragte Coco zweifelnd. »Immerhin kümmert er sich seit über zwanzig Jahren um Valerie. Gut, die Kosten werden sicherlich von Valeries Vermögen bezahlt. Nur, ich meine, wenn sie tot ist, wird er wahrscheinlich sämtliche Anteile an dem Unternehmen erhalten. Und wenn er schon einmal den Versuch gemacht hat, die Familie auszulöschen, warum hätte er dann Valerie am Leben lassen sollen. Ich will damit sagen, es ist doch ein Leichtes, sie zu töten. Ich war dort, wenn man will, kommt man ungehindert in die Abteilung, in der sie liegt.«

»Sie haben recht, Coralie. Doch wir müssen jeder Frage, die sich uns stellt, nachgehen. Und Sie haben auch gleich eine neue angesprochen. Wer erbt alles nach dem Tod von Valerie Savigny?«

Kapitel 21

Vielleicht würde es einer der letzten milden Abende des Jahres werden. Der Nieselregen hatte am Mittag nachgelassen, und am Abend herrschten noch angenehme achtzehn Grad. Mathilde, Rachid und Felix waren gleichzeitig aufgebrochen, alle waren gespannt, welche Überraschung Martin für sie bereithielt. Coco hatte im letzten Moment absagen müssen. Ihre Mutter brauchte sie.

Martin Endress, der Reiseschriftsteller aus Deutschland und beste Freund Mathildes, hatte sich sein Steinhaus in Saint-Fons vor wenigen Jahren gekauft, renoviert und liebevoll eingerichtet. Er war mittlerweile in seinem Dorf angekommen. Im wahrsten Sinne des Wortes. Die Bewohner des schmucken kleinen Dorfes schätzten und mochten ihn. Bei Lolotte nahm er seinen Pastis ein, die Bäckerei war sein tägliches Ziel am Morgen, und in der Boucherie gab es immer noch etwas Neues für ihn zu entdecken. Noch längst hatte Martin nicht alle Köstlichkeiten gekostet, die der Metzger so üppig und frisch in der Auslage präsentierte, dass ihm allein beim Anblick der Schinken, Würste und kleinen Pasteten das Wasser im Mund zusammenlief.

Seit mehreren Monaten war Martin damit beschäftigt, in der *Mairie* das Heimatmuseum einzurichten. Auf der Suche nach weiteren Exponaten durchstreifte er mit seinem Freund, dem Bürgermeister, die Umgebung. Jüngst hatte ihm jemand einen alten Dreschflegel angeschleppt, aus dem das Holzmehl nur so herausquoll. Das antike Stück hatte Martin mit einer Mischung aus Terpentin und Leinöl getränkt, um dem ungebetenen Gast im Holz den Garaus zu machen. In wenigen Tagen würde das bäuerliche Arbeitsgerät die Ecke im Museum mit den landwirtschaftlichen Gerätschaften von anno dazumal bereichern.

Martin hatte auf dem Terrassentisch Gläser und eisgekühlten Crémant bereitstehen, dazu frisches Baguette und diverse Schüsselchen mit Tapenade von Oliven und getrockneten Tomaten, Scheiben von Salami und Schinken und einen Holzteller, auf dem er liebevoll seinen Lieblingskäse, einen Pélardon in verschiedenen Reifegraden, aufgetürmt hatte.

Nach der Präsentation seiner Überraschung erwarteten Martins Gäste im Haus zwei große Bleche mit einer Pissaladière, üppig belegt mit Zwiebeln, Sardellen und schwarzen Oliven, die Martin am Morgen vom Markt mitgebracht hatte.

Mit großem Hallo begrüßten sich die Freunde, Martin füllte die Gläser und prostete ihnen zu. Genau in dem Augenblick, als alle ihr Glas zum Mund führten, erscholl ein Ton, der durch Mark und Bein ging. Klagend, laut, zugleich aber auch fordernd und ungeduldig.

Mathilde, die gerade einen Schluck getrunken hatte, verschluckte sich fast. Irgendwie hatte sie geahnt, was sich hinter der Überraschung verbarg. »Wie wunderbar! Du hast endlich deinen Esel. Wo ist er? Ich will ihn sehen«, rief sie entzückt.

Martin grinste von einem Ohr zum anderen. Seine vierbeinigen Mitbewohner waren schneller gewesen.

»Wartet einen Augenblick. Das ist noch nicht alles. Trinkt aus, und dann werde ich sie euch vorstellen.«

Keiner ließ sich das zweimal sagen. Die Gläser waren im Nu geleert, Felix versorgte sich noch mit Brot und Salami, und dann folgten sie Martin hinter das Haus, wo der Stall bereits seit geraumer Zeit auf seine neuen Bewohner wartete.

Doch die beiden Esel waren nicht die einzige Überraschung. Eine junge Frau hantierte hinter den Grautieren an einem Trog. Als sie sich umdrehte, lächelte sie verlegen die Truppe an, die sich gut gelaunt dem Stall näherte.

Felix hatte sie als Erster bemerkt. Er stieß Martin seinen Ellbogen in die Seite. »Na, du bist ja für ein paar Überraschungen gut«, lachte er.

Martin wurde ein wenig rot, dann ging er voran, öffnete das

Gatter und schob sich zwischen die beiden Esel, die die Frau jetzt an ihren Halftern festhielt. Sie war groß und schlank, trug eine blaue Latzhose und ein kariertes Hemd, ihre Füße steckten in Gummistiefeln. Die dunklen, lockigen Haare waren mit einem Band zu einem kurzen Pferdeschwanz gebunden.

»Ähm, also, darf ich vorstellen, das sind Tristan, Isolde und Mélisande«, stotterte er. »Also, die Esel heißen Tristan und Isolde, sie nicht, das ist Mélisande. Also, nun was soll ich sagen …«

»Ganz ehrlich, Martin, das hatten wir uns fast gedacht. *Salut,* Mélisande, *salut,* ihr Eselchen«, übernahm Felix die erste Begrüßung, und die Verblüffung der anderen zerstob wie nichts.

Den Eseln war es egal. Mélisande hatte Futter in ihren Trog geschüttet, und als die junge Frau die Halfter abnahm, trotteten sie zu ihrer Abendmahlzeit und überließen die Menschen ihren *Ahs* und *Ohs* und einem gut gekühlten Weißwein. Mélisande zog sich kurz zurück, um sich umzuziehen.

Natürlich waren alle gespannt darauf, zu erfahren, wer Mélisande war. Als die junge Frau in Jeans und einem weiten Pullover zurückkehrte, setzten sich alle um den runden Tisch, ließen sich ihren Aperitif schmecken und erfuhren nach und nach, wie sich die beiden kennengelernt hatten.

»*Eh bien*! Dass ein Esel hier einziehen soll, mit dem ich durch die Cevennen wandern werde, wisst ihr ja alle. Ich habe auch im Dorf dem einen oder anderen Bescheid gesagt, falls es mal einen abzugeben gibt. Der Cousin von Lolotte gibt seine Landwirtschaft komplett auf und trennt sich von allem. Eigentlich hat er Lolotte gefragt, ob wir im Museum noch ein paar alte Sachen gebrauchen können. Und Lolotte hat ihn auf seine beiden Esel angesprochen. Er hatte sie vor Jahren für die Enkel gekauft, aber die haben kein Interesse mehr. Nun, sie hat sofort an mich gedacht. Ich bin zu Louis, und wir wurden uns einig. Ein Eselspaar ist sowieso besser als nur ein Esel. Zufällig war Mélisande da, der Hund von Louis hatte sich etwas in die Pfote getreten. Sie wohnt nur ein Haus weiter. Wie liebevoll sie mit den Eseln umgegangen ist, als ich sie mir angeschaut habe. Sie hat sie umgehend untersucht, damit ich auch zwei gesunde

Tiere bekomme. Nun, wenn sie krank gewesen wären, hätte ich sie trotzdem genommen. Man muss sich schließlich um solche Tiere auch kümmern, und bei der Tierärztin …« Martin hatte zuerst ohne Punkt und Komma geredet. Sein verliebter Blick ging zu Mélisande.

»Dann habe ich ihn kurzerhand eingeladen. Kanutour, anschließend essen gehen. Nun, so war das. Es ist bei meinem Beruf gar nicht so einfach, jemanden zu finden, der sich auf eine Frau einlässt, die einen Vierundzwanzig-Stunden-Job hat und jederzeit abrufbar sein muss.«

»Das kann ich nur bestätigen«, meinte Mathilde lachend und hob ihr Glas. »Ein ungewöhnlicher Name, Mélisande. Es ist ein Name, den ich aus einem Theaterstück kenne, kann das sein?«

»Ja, *Pelléas und Mélisande.* Sarah Bernhardt hatte sie vor ewigen Zeiten verkörpert. Aber meine Eltern hatten den Namen in der gleichnamigen Oper von Débussy aufgeschnappt. Wenn es ein Mädchen wird, heißt sie Mélisande, haben sie angeblich der ganzen Welt verkündet, als meine Mutter schwanger mit mir war.«

Die Stunden gingen dahin, vom Zwiebelkuchen blieb nur ein Stück übrig. Mélisande hatte am Tag zuvor eine *Mousse au Chocolat* zubereitet und zum Dessert mitgebracht. Als es draußen und auch im Haus kühler wurde, entfachte Martin den großen Kamin im Wohnzimmer. Er knüllte mehrere Blätter des *Midi Libre* zusammen und warf sie mit Anbrennholz in die Feuerstelle. Bei einem Blatt stutzte er, glättete es und legte es zur Seite. Beim Digestif nahm er das Zeitungsblatt zur Hand und legte es auf den Tisch.

»Sagt mal, seid ihr an diesem interessanten Fall dran?« Er deutete auf die Schlagzeile von Bob Boisset. Bis jetzt hatten sich die Gespräche um alles Mögliche, aber nicht um den aktuellen Fall von Mathilde und ihrem Team gedreht.

»Ja, aber wie immer können wir nicht viel dazu sagen«, meinte Rachid und hob die Schultern.

»Ich weiß, ich fand es nur außerordentlich spannend, da er so weit in die Vergangenheit reicht und auch noch mit einem verschwundenen Gemälde zusammenhängt. Das ist doch Stoff für einen Kriminalroman.«

»Das stimmt. Oder für einen spannenden Film. Nur ist dieser Mord leider die Realität«, pflichtete Felix, der ein eifriger Kinogänger war, Martin bei. »Dieses Gemälde ist vor wenigen Wochen in einer Galerie in Nîmes aufgetaucht. Eine total verrückte Geschichte.«

»Der Cross ist wieder da? Bei einem solchen Gemälde geht es um einen ziemlich hohen Wert.«

»Wie sehen seine Gemälde aus?«, wollte Mélisande wissen.

»Seine schönsten Werke hat er im Stil des Pointillismus gemalt. Alles aus winzigen Pünktchen zusammengesetzt.«

»Ah, ich weiß, wie Signac. Der Name Cross hat mir nichts gesagt. Ich liebe die Bilder von Franz Marc. Ein Deutscher. So farbenfroh. Er hat wunderbare Gemälde von Tieren geschaffen. Ich habe als Schülerin Werke von ihm in Paris im *Musée de l'Orangerie* gesehen. Seitdem bin ich hin und weg.«

Das Gespräch löste sich vom aktuellen Fall in Nîmes, wandte sich der Malerei und den Tieren im Allgemeinen zu. Gegen elf war das Feuer heruntergebrannt, und es wurde Zeit, sich zu verabschieden. Auf alle wartete trotz des Wochenendes ein gefüllter Arbeitstag.

»Ich freu mich so für Martin. Ich habe das Gefühl, die beiden sind wie geschaffen füreinander. Findest du nicht auch, Rachid? Allerdings bin ich ihm schon ein wenig böse, dass er mir aber auch wirklich gar nichts erzählt hat.«

»Nun, er wollte eben auf Nummer sicher gehen. Abwarten, ob sich aus dem ersten Kennenlernen auch so etwas wie eine enge Freundschaft und mehr entwickeln kann. Da sind wir Männer eben ein wenig eigen. Bei dem einen dauert es länger«, Rachid lächelte Mathilde liebevoll an, »bei dem anderen geht es dann etwas zügiger. Und du hast recht, die beiden passen gut zueinander. Und dich plagt ab jetzt auch kein schlechtes Gewissen mehr, weil du Martin meinetwegen einen Korb gegeben hast.«

Hand in Hand schlenderten die beiden zum Auto.

»Ich wusste ja von seiner Idee, sich einen Esel, nun, jetzt sind es zwei, anschaffen zu wollen. Und jetzt hat er noch eine Tierärztin dazubekommen. Das ist doch praktisch, nicht wahr? Mit Mélisande hat er jemanden, der ihm mit Rat und Tat zur Seite steht, wenn es die Eselchen mal hier oder da zwackt. Ich hätte ihm höchstens dabei helfen können, nun, wenn zum Beispiel eins der Grautierchen eines Verbrechens angeklagt wäre. Ich hätte herausgefunden, dass es weder Tristan noch Isolde gewesen ist, sondern die Ziege des Bürgermeisters.«

Mathilde stieg lachend in den Wagen. Sie waren die Letzten, die losfuhren. Vor ihnen waren die Rückleuchten von Felix' Wagen zu sehen, die allmählich im Nebel verschwanden. Mathilde ließ den Motor an, und Rachid schaltete sein Handy wieder auf laut.

»Papa hat angerufen. Dreimal. Hoffentlich hängt nicht schon der Haussegen schief. Carla kann manchmal recht robust auftreten. Er war schließlich nur meine Mutter gewöhnt, die hatte zwar auch ihren eigenen Kopf, wusste aber immer, wann es besser war, ihm ein wenig Nachgiebigkeit zu präsentieren. Carla ist eher wie er, ein Sturkopf. Zwei Böckchen sind die beiden.«

Rachid wollte eben sein Handy wegstecken, als es klingelte.

»Coco«, informierte er Mathilde. »Hoffentlich ist mit ihrer Mutter alles in Ordnung. Sie hat schon mehrfach versucht, mich zu erreichen.« Er nahm den Anruf an, hörte gespannt zu.

»Danke, Coralie. Das erleichtert unsere Arbeit nicht unbedingt. Damit ist das Wochenende leider komplett abgesagt.«

Kapitel 22

Zwölf Stunden zuvor

»Armes Ding. So lange, wie sie schon da liegt, das ist, glaube ich, weltrekordverdächtig.«

»*Chut*, so sollen wir doch nicht reden.« Schwester Adelaide sah die Schwesternschülerin streng an.

»Pah, meinst du wirklich, sie hört das, sie versteht das? Sie hat zwar die Augen auf und schaut die ganze Zeit in unsere Richtung, aber sie kriegt doch nichts mit.«

»Lucy, das ist eben so. Du wirst es schon noch verstehen. Sie ist in diesen Zustand gekommen, nachdem man sie aus dem brennenden Haus gerettet hat. Und seitdem ist sie so. Du warst da noch gar nicht geboren, als das passiert ist. Und ich war gerade mal drei oder vier Jahre in der Klinik angestellt. Ich kenne sie, seitdem sie hier ist. Es hat sich nichts geändert. Sie liegt da, atmet, wird ernährt, glotzt uns an, und das war's.«

»Das hört sich nicht nett an.« Lucy hatte ihre Stimme zu einem Flüstern gesenkt.

»Ist auch nicht nett, so dazuliegen, wahrscheinlich bis man den letzten Atemzug getan hat.«

»Das habe ich nicht gemeint. Du sagst, ich soll nichts sagen, und dann redest du die ganze Zeit, und zwar ziemlich laut, und sagst auch noch, sie glotzt. Wann wird denn dieser letzte Atemzug sein?«

»Heute, morgen, nächstes Jahr, was weiß ich. Das weiß keiner. Ich habe letzte Woche gehört, wie Madame Roubais zu ihrem Mann gesagt hat, es wäre eine Erlösung. Die beiden lassen sich ja höchst selten blicken. Was meinst du, was das hier kostet. Ein Vermögen geben die Angehörigen aus.«

Schwester Adelaide strich der Frau, die regungslos in ihrem Bett lag, die Haare glatt, nachdem Lucy den Kopf ein wenig angehoben hatte. Das Laken lag nun stramm unter ihrem mageren Körper, die Hände ruhten auf der Bettdecke. Das Kopfkissen war ein wenig aufgeschüttelt worden, und Schwester Adelaide hatte die Magensonde kontrolliert. Alles war in Ordnung.

»*Alors*, Zeit für einen Kaffee«, sagte sie und warf einen letzten Blick auf Valerie Savigny, während die Schwesternschülerin regungslos am Fußende stand.

»Los, Abmarsch! Oder glaubst du, wenn du sie noch lange genug anschaust, tut sie dir den Gefallen und sagt was?« Resolut schob Adelaide die junge Schwester zur Tür.

»Ich hab mal gehört, man soll den Leuten was vorlesen oder ihnen ihre Lieblingsmusik vorspielen. Meinst du, ich sollte mich mal zu ihr setzen und ihr was vorlesen?«

»Träum weiter, *ma petite*. Da tut sich nix.«

»Schade! Ich hätte es gerne versucht. Ob ich mal Docteur Tailleur frage?«

»Das kannst du gerne machen. Aber sie wird dir dasselbe sagen. Ganz zu Anfang haben der Onkel oder die Tante, später auch mal eine Cousine ihr was vorgelesen. Das heißt, Monsieur Roubais ist eigentlich der Cousin ihres Vaters, aber das ist ja auch egal. Die saßen dann am Bett und haben ihr was erzählt. Aber wie gesagt, nun kommt kaum noch jemand. Bis auf das alte Paar. Du hast sie vielleicht schon gesehen. Oft, wenn sie ihre Tochter in der Geschlossenen besuchen, werfen sie einen Blick in Valeries Zimmer. Sie setzen sich ans Bett, unterhalten sich, und dann gehen sie wieder. Sie haben früher für die Familie von Valerie Savigny gearbeitet. Aber nun los, wir haben uns eine Pause verdient, bevor es weitergeht.« Adelaide zog die Tür leise hinter sich zu.

Adelaide. Adelaide. Lucy. Ich höre, ich sehe, ich fühle. Ich bin ein Sarg, alles verschlossen darin. So viele Gefühle. Eine Fremde im eigenen Haus. Sagt nichts mehr.

Gedankenfetzen verflüchtigten sich, flogen davon wie eine Wolke, nachdem der Wind sie in tausend Teile zerzupft hatte.

Es war nun still in dem hellen Zimmer. Um das Bett das schützende Gitter, Schläuche an einem Galgen. Ein Nachttisch mit einer Lampe, die sie weder an- noch ausknipsen würde. Ein farbenfroher Druck an der Wand. Blaue Pferde. Ihr Blick war immer nur auf sie gerichtet. Sie gaben Halt.

Die Tür öffnete sich. Leise, vorsichtig aufgeschoben. Leise, vorsichtige Schritte. Leises, vorsichtiges Sich-Nähern. Vorsichtiges, behutsames Berühren. Vorsichtiges, behutsames Anheben ihres Kopfes. Behutsames, doch entschlossenes Hervorziehen des Kopfkissens. Entschlossenes Auflegen, sanftes Niederdrücken des Kissens auf ihr Gesicht. Ein leises Bedauern. *Der letzte Atemzug.*

Kapitel 23

»›Sie ist sanft entschlafen‹? Das ist mir ein Zufall zu viel«, schnaubte Mathilde. »Zuerst wird Francis Fabre ermordet, dann taucht das gestohlene Gemälde auf, und jetzt stirbt nach so vielen Jahren im Wachkoma, ganz unerwartet, aber sanft Valerie Savigny. Hoffentlich weilt Solange Fragonard noch unter den Lebenden, wenn wir eintreffen. Ich wollte es nicht glauben, als Coralie dich gestern informiert hat.«

»Sie auch nicht. Als Coco in der Klinik anrief, um ihre Verabredung für heute zu bestätigen, fiel sie wohl aus allen Wolken, als man es ihr mitteilte«, brummte Rachid.

Mathilde düste wie immer mit für sie vertretbarer überhöhter Geschwindigkeit zur Klinik. Das Tor zwischen den mächtigen Mauern war geschlossen, und Mathilde wartete ungeduldig, bis es sich, nachdem sie sich und Rachid angemeldet hatte, öffnete.

»Nicht übel, diese Klinik. Da steckt sicher eine ganze Menge Geld drin«, sagte Rachid, als er nach der kurzen Fahrt durch die Pinienallee des altehrwürdigen Gebäudes ansichtig wurde.

»In dem alten Bau, es war früher ein Damenstift, sind die Wachkomapatienten und ›normale‹ Erkrankte untergebracht, dahinter ist die Abteilung S, wo Solange lebt, hat Coralie gesagt.« Mathilde steuerte den Parkplatz an. »Ich hoffe, wir können Docteur Bogdanovic ebenfalls sprechen. Coralie hat vollkommen recht, der Zustand von Solange hängt mit dem Brand zusammen. Ihre beste Freundin ist gestorben. Ich möchte wissen, ob sich in den Tagen vor der Katastrophe sonst irgendetwas Außergewöhnliches zugetragen hat.«

»Was meinst du genau?«

»Nun, ob es vielleicht einen Streit gegeben hat. Zwischen Savigny und Roubais, innerhalb der Familie, einen Streit mit Fabre. Die Sache mit dem Nest lässt mir einfach keine Ruhe. Wir werden auch noch einmal mit den Eheleuten Fragonard reden müssen. Jetzt nicht mehr nur wegen des Gemäldes, sondern um ihrem Gedächtnis vielleicht doch noch auf die Sprünge helfen zu können. Ein kalter nasser Oktober, kein brennendes Holz im gemütlich wärmenden Kamin?«

Mathilde knallte die Autotür zu. »Die beiden sind nicht dement, sie machten auf mich einen ganz klaren Eindruck. Irgendetwas verschweigen sie. Ich frage mich auch, woher kommt das Geld für die Unterbringung der Tochter? Roubais hat zwar zu dir gesagt, er habe die Rente ordentlich aufgestockt. Aber reicht das aus? Haben die beiden vielleicht eine Geldquelle, über die sie lieber schweigen?«

»Du glaubst an Erpressung?« Rachid eilte neben Mathilde her, die dem Eingangsportal zustrebte.

»Warum nicht, Rachid. Vielleicht steckt ja doch Roubais hinter alldem. Dem Brand. Und die beiden wissen Bescheid. Und wenn Valerie nicht sanft entschlafen ist? Wenn sie ermordet wurde? Von Roubais?«

Rachid hielt Mathilde am Arm fest. »So kenne ich dich gar nicht, Mathilde. Du urteilst doch sonst nicht so vorschnell. Der Zeitpunkt wäre doch für Roubais völlig ungünstig. Wir ermitteln in einem Mordfall, der seine Familie betrifft, und vor unseren Augen tötet er die Tochter seines verstorbenen Cousins? Das wäre ganz schön dreist. Vor allem unnötig. Er hat ein gutes Leben, die Familie hat ausgesorgt, warum sollte er mehr für sich beanspruchen? Und was nutzt es, Valerie zu töten, wenn er von den Fragonards erpresst wird. Wären dann nicht eher die beiden dran gewesen zu sterben?«

Mathilde zuckte mit den Schultern und seufzte. »Ich weiß auch nicht. Aber du hast natürlich recht. Eine solche Tat wäre vollkommen unsinnig. Es sei denn, Docteur Tailleur hegte die Hoffnung, Valerie ins Leben zurückzubringen. Diese Methode mit der Hirnstimulierung. Und dann wacht Valerie auf, erinnert sich womöglich an einen Streit zwischen ihrem Vater und Roubais, und schon sieht die Zukunft von Dominic Roubais nicht mehr so rosig aus.«

»Mathilde, du hast heute eine blühende Fantasie, muss ich mal konstatieren. Nichtsdestotrotz werden wir Docteur Tailleur natürlich die Frage stellen, ob eine derartige Behandlung von ihr tatsächlich ins Auge gefasst worden ist.«

Rachid schob die schwere Holztür auf.

»Hier sieht es aber frostig aus«, flüsterte Mathilde. Eine korpulente Frau in den Sechzigern trat auf sie zu. Ihre mandelförmigen Augen hatte sie durch einen extravaganten Kajalstrich noch betont. Das graue Haar war zu einem strengen Nackenknoten zusammengefasst. Sie trug einen weißen Kittel über einer schwarzen Hose und weiße Clogs.

»*Bonjour,* Madame le Juge, Commandant, Docteur Tailleur. Wenn Sie mir bitte in mein Büro folgen.« Schon machte die Ärztin wieder auf dem Absatz kehrt und eilte mit kurzen Schritten vor Mathilde und Rachid her. Sie durchquerten einen breiten Flur, links und rechts Zimmer mit Namen. Savigny, auf der rechten Seite. Mathilde machte Rachid durch ein Zupfen an seinem Arm darauf aufmerksam. In diesem Augenblick drehte sich die Ärztin um.

»Ganz recht, das ist das Zimmer von Valerie Savigny.« Sie seufzte tief. »Aber bitte, kommen Sie doch mit. Oder wollen Sie einen Blick hineinwerfen? Valerie ist mittlerweile in der Leichenhalle.«

Sie öffnete die Tür, als Mathilde und Rachid nickten. Außer dem Krankenbett gab es in dem Raum keinen Hinweis mehr darauf, dass bis vor Kurzem hier noch eine Patientin gelegen hatte. Die Apparaturen waren weggeräumt. Erstaunt registrierten die beiden Ermittler, dass das Zimmer aussah wie das eines Teenagers vor vielen Jahren. An der Wand gegenüber dem Bett hing ein großes Poster einer Expressionisten-Ausstellung. *Blaue Pferde* von Franz Marc, wie Mathilde erkannte, dem Lieblingsmaler auch von Mélisande. Poster von Schlagerstars an den anderen Wänden, ein Regal mit Nippesfiguren und Büchern.

Die Ärztin registrierte das Erstaunen der beiden. »Ja, wir wollen es so heimelig wie möglich für unsere Patienten machen. Wohlfühlen, im besten Fall, sich erinnern können. Sehen Sie, sie hat hier ihre CDs. Eigentlich lief den ganzen Tag Musik, oder man hat ihr vorgelesen aus ihren Lieblingsbüchern. Das gewohnte Umfeld kann Wunder wirken. Daher ist es für uns auch wichtig, unsere Patienten nach Hause entlassen zu können, wenn die Pflege und das Kümmern gewährleistet sind. In den eigenen vier Wänden, umgeben von ihren Liebsten, sind die Chancen auf eine Wiederkehr ins Leben einfach größer.«

»Das ist also tatsächlich dem Zimmer im Haus ihrer Eltern nachempfunden?«

Die Ärztin bestätigte es. »Bis auf ein paar Kleinigkeiten ist alles da. Sogar ihr Lieblingskuscheltier. Der Koala dort auf dem Nachttisch.«

»Warum ist sie dann hiergeblieben? Warum hat man Valerie nicht zu Hause versorgt?«, fragte Mathilde und konnte das Unverständnis darüber in ihrer Stimme nicht unterdrücken.

»Eine gute Frage, Madame le Juge. Erstens ist ihre engste Familie komplett ausgelöscht. Das bedeutet, es hätte sich der Cousin ihres Vaters kümmern müssen, das heißt, seine Frau wahrscheinlich. Zu ihnen hatte Valerie nicht den notwendigen familiären Bezug. Dominic hätte eine Pflegekraft angestellt. Wir sind daher übereingekommen, dass sie hier besser aufgehoben ist.«

»Sie kennen Dominic Roubais näher? Ich frage, weil Sie seinen Vornamen benutzt haben.«

»Wir kennen uns seit Jugendjahren. Daher war es für ihn auch eine leichtere Entscheidung, Valerie uns zu überlassen. Hier hatte sie alles, was sie brauchte.«

»Bis auf ihre Familie«, warf Rachid ein, der sich in diesem Augenblick fragte, warum Roubais nicht erwähnt hatte, dass Valerie in derselben Klinik versorgt wurde wie die Tochter der Fragonards.

»Stimmt, bis auf ihre Familie. Das sind dann wir geworden. Dominic ist die Entscheidung auch nicht leichtgefallen. Es spielte aber auch eine Rolle, wie stark die Schädigung des Gehirns war, diese war bei Valerie sehr ausgeprägt. Nur als Vergleich. Letzte Woche konnten wir ein junges Mädchen nach Hause bringen lassen. Ein Skiunfall mit Kopfverletzungen. Ihre Eltern hatten ihren kleinen Hund mitgebracht. Ja, auch so etwas geht bei uns. Und was soll ich sagen, als ihre Mutter die Hand ihrer Tochter auf das weiche Fell gelegt hat, liefen dem Mädchen Tränen übers Gesicht. Wer weiß, vielleicht gehört sie zu den Glücklichen, die zurückfinden.«

Mathilde und Rachid hatten betreten zugehört. Sie verließen das Zimmer, folgten der Ärztin durch den Flur, an dessen Ende sie die Tür zu ihrem Büro öffnete und die beiden Ermittler hereinbat. Der Raum war lichtdurchflutet, bodentiefe Fenster öffneten sich in Richtung eines Parks. Eine große Glasplatte auf dunkelbraunen Holzbeinen diente der Ärztin als Schreibtisch. Davor standen zwei schwarze Freischwinger, die Madame Tailleur ihren Gästen anbot.

»Madame, Commandant, Sie sehen mich vollkommen fassungslos. Auch wenn wir jederzeit mit dem Ableben von Valerie Savigny rechnen mussten, so gab es in den letzten Tagen keinerlei Anzeichen für eine Verschlechterung ihres Zustandes«, nahm sie Mathilde und Rachid bereits die Antworten auf ihre ersten Fragen vorweg. »Allerdings weiß ich ehrlich gesagt nicht, warum Sie sich für den Tod von Valerie interessieren. Sie ist seit über zwanzig Jahren bei uns. Allein dieser Umstand grenzt an ein Wunder. Viele unserer Wachkomapatienten leben nicht so lange. Aber um meine anderen Patienten geht es Ihnen schließlich nicht. Sie sind wegen Valerie hier. Nun, was genau kann ich für Sie tun?«

»Menschen in diesem Zustand sind Ihr Spezialgebiet, nicht wahr?«, begann Mathilde.

»Ja. Einerseits sind sie bei uns am besten untergebracht, es fehlt ihnen an nichts. Andererseits, nun, das hört sich jetzt vielleicht etwas kalt an, sind meine Patienten auch gleichzeitig meine Studienobjekte. Ich lerne durch sie, ihre Bedürfnisse besser einzuschätzen, ich beobachte sie, ich studiere, auf welche Reize sie eventuell reagieren, denken Sie an das Hündchen, und hoffe, dass ich einen Zugang zu ihnen finde, damit ich sie aus diesem Schwebezustand zwischen Leben und Tod, diesem Schattenreich, befreien kann. Nun, für Valerie kommt alles zu spät.«

»Wie genau muss ich mir dieses Wachkoma vorstellen, Docteur Tailleur?«, fragte Rachid interessiert.

»*Oh, là, là,* da werde ich versuchen, mich kurzzufassen. Es ist ein dermaßen riesiges Feld«, seufzte die Ärztin und breitete die Arme aus. »Wir bevorzugen im Übrigen den Begriff des *coma vigile*. Es schließt all das ein, was diesen Zustand ausmacht. Er verweist einerseits auf die Wachheit, andererseits schließt der Begriff Koma die Reaktionslosigkeit ebenso ein wie die offene Prognose hinsichtlich des zeitlichen Verlaufs des Zustandes und die Möglichkeit des Versterbens beziehungsweise der Wiedererlangung des vollen Bewusstseins. Auslöser sind meist schwere Hirnverletzungen, bei Valerie war es der Sauerstoffmangel durch die Rauchgasintoxikation. In dieser Phase zeigen die Patienten zwar Reflexe und Bewegungen, sie sind jedoch nicht bei Bewusstsein, das heißt, sie sind in einem Zustand zwischen der tiefen Bewusstlosigkeit, dem Koma, und dem Wachsein. Dann sind ihre Augen geöffnet, ihre Atmung ist in der Regel spontan und ihre Herz-Kreislauf-Aktivität konstant, sodass sie keiner lebenserhaltenden Apparate mehr bedürfen. Sie können allerdings nicht willentlich in Kontakt mit ihrer Umwelt treten, auch wenn sie zum Beispiel emotionale Reaktionen zeigen. Ich verweise wieder auf den kleinen Hund.«

»Was ist nun genau geschädigt, Docteur Tailleur? Und hatten Sie je Hoffnung, dass Valerie wieder zurückfindet aus diesem Schattenreich, wie Sie es nannten?«

»Wie ich schon sagte, der Sauerstoffmangel war bei Valerie der Auslöser. Sie hat eine schwere Schädigung des Großhirns erlitten, während andere Hirnteile noch weitgehend intakt waren. Und eine Prognose hinsichtlich eines möglichen Erwachens aus dem Wachkoma oder des Eintretens einer Besserung wäre unlauter gewesen. Auch wissen wir immer noch nicht, was und wie viel die Betroffenen von ihrer Umwelt wahrnehmen. Nach all den Jahren der Beobachtung sage ich, es ist mehr, als wir denken. Mittlerweile hilft uns auch die Technik weiter, zu verstehen, inwieweit ein Patient tatsächlich bei Bewusstsein ist. Mit der Positronen-Emissions-Tomografie lässt sich beispielsweise zeigen, welche Hirnareale des Patienten noch aktiv sind und welche miteinander kommunizieren. Wir erhalten so wichtige Hinweise auf eine mögliche Therapie. Dieses Verfahren haben wir bei der jungen Patientin angewandt, von der ich schon sprach. Wir haben festgestellt, dass ihre rechte Gehirnhälfte nahezu funktionstüchtig ist, während die linke, in der das Sprachzentrum liegt, schwere Schädigungen aufweist. Ein Teil ihres Gehirns zeigt also eine fast normale Hirnaktivität, die andere ist geschädigt. Sie ist dem Wachzustand damit näher als dem Koma. Es gibt zudem auch andere Möglichkeiten, zu erkennen, ob unsere Patienten auf externe Reize reagieren, also mehr wahrnehmen, als es noch vor Jahren vermutet worden ist. Die Herzfrequenz kann ansteigen, wenn ein geliebter Mensch das Zimmer betritt. Leider war dies unserer Valerie nicht vergönnt, ihre liebsten Menschen waren nicht mehr für sie da. Ich stehe auf dem Standpunkt, dass unsere Patienten zwar schwerstkrank sind, aber sie leben und sind empfindsam, bleiben ihr Leben lang mit ihrer Umgebung verbunden, daher die eigenen Zimmer und die ihnen nahestehenden Personen.«

»Das heißt, sie nehmen Ihrer Meinung nach auch wahr, wenn man schlecht über sie spricht, unschöne Bemerkungen macht oder Ähnliches?«

»Aber natürlich. Unserem Personal ist strengstens verboten, sich über den Kopf der Patienten hinweg zu unterhalten. Sie werden liebevoll angesprochen, ich dränge geradezu darauf, dass mit ihnen in einer ganz normalen Form kommuniziert wird.«

»Und Valerie? Hätte sie zurückkommen können?«

Die Ärztin hob hilflos die Arme. »Ich weiß es nicht. Aber es gibt diese Wunder. In den USA ist ein junger Mann nach neunzehn Jahren ganz plötzlich wieder erwacht. Seine Mutter hatte ihn besucht, und er wurde mit einem Schlag wach. Wissen Sie, wie oft ich an einem Bett stehe und auf dieses Wunder hoffe? Dass sich plötzlich ein Augenpaar auf mich richtet und jemand sagt, *Bonjour, Docteur.*« Sie lächelte bei diesem Gedanken.

»Was ist bei diesem jungen Mann passiert?«

»Es mag an Selbstheilungskräften des Gehirns gelegen haben, neue Nervenverbindungen haben sich gebildet, noch intakte Hirnareale miteinander vernetzt. Genau wissen wir es nicht, aber es ist die plausibelste Erklärung. Ich bin schon so lange dabei, und doch steckt die gesamte Forschung noch in den Kinderschuhen. Es gibt eine Faustregel. Tritt bei einer Erkrankung nach drei Monaten keine Besserung ein, und bei traumatischer Hirnschädigung nach zwölf Monaten, ist eine Heilung nicht mehr zu erwarten. Ich lehne sie ab. Ich habe jüngst einen Artikel veröffentlicht und darin auch ein wenig Hoffnung verbreiten wollen, dass solche Wunder vielleicht mit der Zeit häufiger vorkommen werden. Dabei spielt ein Verfahren, das wir derzeit anwenden, eine große Rolle. Bei Valerie hatten wir gerade damit begonnen. Wir stimulieren das Gehirn durch einen Infrarotlaser, der den Schädelknochen durchdringt und zur Förderung des Bewusstseins beitragen soll. Die Nervenzellen sollen so Energie gewinnen und ihre Regeneration gefördert werden. Es ist ein anderer Ansatz, als ihn vor ein paar Jahren die Kollegen in Lyon gewählt hatten. Dort hat man eine Elektrode in der Nähe der Halsschlagader eingeführt und einen elektrischen Impulsgeber unter dem Schlüsselbein des Patienten implantiert. Die Stromreize hätten nach einem Monat zu einer Reaktion bei diesem Mann geführt. Allerdings kam da nichts mehr nach. Ich denke, unsere Methode bietet bessere Chancen. Aber für Valerie kommt sie zu spät. Ich habe Ihnen jetzt hoffentlich alle Fragen aus der ärztlichen Perspektive beantwortet. Doch ich weiß immer noch nicht, was Sie zu mir führt?«

»*Eh bien*! Das ist eine sehr komplizierte Angelegenheit«, begann Mathilde und berichtete von Francis Fabres Ermordung, seinem Abtauchen in Chile Jahre zuvor, dem Diebstahl des Gemäldes von Cross und seinem Wiederauftauchen.

»Sie sehen dies alles in einem Zusammenhang mit der Brandkatastrophe vor zweiundzwanzig Jahren«, folgerte die Ärztin. »Und hegen den Verdacht, Fabre hätte das Gemälde gestohlen.«

»Genau. Noch haben wir die losen Fäden nicht verbunden. Wir gehen davon aus, dass Fabre das Bild zu Geld gemacht hat. Als er nach Nîmes zurückgekehrt ist, wird er gewusst haben, wie schwer krank er ist.«

Docteur Tailleur zog erstaunt die Brauen hoch. »Dann ist er zum Sterben nach Hause gekommen? Warum ihn dann noch ermorden, wenn er sowieso nicht mehr lange zu leben hatte? Gut, sein Mörder muss das ja nicht unbedingt gewusst haben. Ich habe Fabre nie persönlich kennengelernt. Dominic, wir haben uns nur selten gesehen, hat auch nie etwas über die Familie von Marie-Laurence Savigny erzählt. Ich wusste nur, dass es diesen Stiefbruder gab und er zeitweise für das Unternehmen gearbeitet hat.« Die Ärztin schwieg kurz, dann fragte sie: »Glauben Sie, Francis Fabre hat etwas gegen seinen Mörder in der Hand gehabt, hat ihn erpresst, musste deswegen sterben?«

Mathilde konnte darauf keine Antwort geben. Sie sagte lediglich: »Es gab einen Augenzeugen der Tat. Einen Clochard. Auch er musste sterben.«

Die Ärztin atmete tief ein und aus. »*Mon Dieu*. Wie viel Kaltblütigkeit und Grausamkeit muss in diesem Mörder stecken.« Sie stand auf und ging zum Fenster, starrte hinaus. Ohne sich zu Mathilde und Rachid umzudrehen, sagte sie tonlos: »Und nun befürchten Sie, Valerie Savigny sei keines natürlichen Todes gestorben?«

»Wir können es nicht ausschließen«, antwortete Mathilde ruhig.

»Wir glauben nicht an Zufälle, Docteur Tailleur. Nur wenige Tage nachdem Francis Fabre, der Mann, der Valerie Savigny aus dem brennenden Haus gerettet hat, ermordet worden ist, stirbt Valerie. Zweiundzwanzig Jahre liegt sie bei Ihnen als Wachkomapatientin. Nichts hat auf ihren plötzlichen Tod hingedeutet«, ergänzte Rachid.

»Nein, Sie haben recht. Ich sagte es bereits, wir sind fassungslos. Ihr Zustand war wie immer, nicht besser, nicht schlechter. Und dann schläft sie plötzlich ein. Ihr Herz hört auf zu schlagen.« Die Ärztin hatte ihnen immer noch den Rücken zugewandt. Jetzt drehte sie sich um, Tränen schimmerten in ihren Augen.

»Unsere Kollegin, Brigadier Mollard, war hier, wollte Sie sprechen, Docteur, aber Sie waren beschäftigt. Sie sagte, wenn sie es darauf angelegt hätte, wäre sie ungehindert in diesen Flur gelangt.« Rachid wies auf die Bürotür. »Ist das üblich, dass Ihr Haus allen einfach so offen steht?«

»Natürlich nicht. Wo denken Sie hin! Es muss ein Moment der Unachtsamkeit gewesen sein. Unsere Anmeldung ist von sieben

Uhr am Morgen bis um neun Uhr am Abend durchgängig besetzt. Niemand kommt ohne Anmeldung rein, auch nicht die nächsten Verwandten«, erwiderte die Ärztin verärgert. »Das muss man mir erklären. Sie glauben also, jemand hat sich dort vorbeigeschlichen, ist in Valeries Zimmer und hat sie getötet? Aber wie, warum?«

»Warum, das wissen wir noch nicht«, sagte Mathilde sanft. »Und das *Wie* würden wir gerne unserem Gerichtsmediziner überlassen. Wir werden einen Transport ins *Institut medico-légal* nach Nîmes veranlassen. Wenn Valerie nicht eines natürlichen Todes gestorben ist, werden wir es bald wissen.«

»Das kann doch alles nicht wahr sein«, stöhnte die Ärztin. »Aber gut, tun sie das.«

»Das Unternehmen Boffrand wird sie zur Gerichtsmedizin bringen lassen. Spätestens am Montag werden wir hoffentlich wissen, was geschehen ist.«

Docteur Tailleur nickte. »In Ordnung. Boffrand. Die hatten wir vor ein paar Wochen schon einmal hier. Ein Patient aus der Abteilung S. Unsere schweren Fälle.«

»Apropos Abteilung S. Dort lebt Solange Fragonard, wie wir wissen.«

»O nein«, unterbrach die Ärztin Mathilde. »Befürchten Sie etwa, auch Solange könnte etwas zustoßen? Sie war mit Chantal, der älteren Savigny-Tochter, eng befreundet. Nur wenige Wochen nach der Katastrophe war sie das erste Mal bei uns. Aus den ambulanten Besuchen ist ein stationärer Aufenthalt geworden. Die Eltern hoffen immer noch auf eine Besserung. Solange hat gute und schlechte Tage. Sie hat übrigens vom Tod Valeries erfahren, obwohl ich strikt darum gebeten habe, es sie nicht wissen zu lassen. Zumindest vorerst nicht. Sie ist vollkommen ausgerastet. Wir mussten sie medikamentös ruhigstellen. *Mon Dieu*, das ist doch alles nicht zu fassen. Was geht hier vor?«

»Ob Madame Fragonard in Gefahr schwebt, können wir noch nicht mit Sicherheit sagen. Aber in der geschlossenen Psychiatrie dürfte ihr niemand so nahe kommen, um ihr ein Leid zuzufügen.«

»Nein, da haben Sie recht. Da kommt keiner so ohne Weiteres

hinein. Allerdings darf Solange nach draußen. Wir werden jetzt besonders auf sie achtgeben.«

»Brigadier Coralie Mollard würde gerne, sobald es möglich ist, mit Solange Fragonard sprechen. Wir würden ihr ein paar Fragen stellen, inwieweit sie sich noch an die Geschehnisse vor der Brandnacht erinnert. Und machen Sie sich keine Sorgen um Ihre Patientin. Brigadier Mollard hat eine weitergehende Ausbildung auch in Kriminalpsychologie.«

»Interessant. Nun, das geht in Ordnung. Sobald sich Solange beruhigt und stabilisiert hat, kann Ihre Kollegin kommen. Ich werde mich bei ihr melden. Sie hat uns bereits ihre Telefonnummer hiergelassen. Allerdings müssen wir darauf bestehen, dass einer unserer Ärzte die Befragung begleitet.«

Mathilde und Rachid nickten und erhoben sich, um sich von der Ärztin zu verabschieden.

»Danke für dieses sehr ausführliche Gespräch, Docteur Tailleur. Wenn wir weitere Fragen haben, melden wir uns wieder.«

An ihrem Wagen angekommen, kramte Mathilde nach ihren Zigaretten. »Ich hätte nicht damit gerechnet, dass für Solange eine Gefahr besteht. Doch nach dem Tod von Valerie … Gut, noch wissen wir nicht, ob sie nicht doch eines natürlichen Todes gestorben ist. Aber wenn jemand sie ermordet hat …« Sie nahm einen tiefen Zug. »Merkwürdig, kaum bin ich an der frischen Luft, verlangt es mich nach Nikotin. Ungesünder geht's kaum.«

»Na, das ist ja zumindest schon mal eine Einsicht.«

»Diese ganzen Vermutungen helfen uns nicht weiter. Warten wir die Obduktion ab. Rufst du Regis an? Ich will nicht immer die sein, die ihm Beine macht.« Mathilde lächelte Rachid liebevoll an. Dann drückte sie ihre Zigarette aus und verstaute den Stummel in ihrem Taschenaschenbecher.

Kapitel 24

Mathilde hatte bereits den Weg zu ihrer Wohnung in der Rue Dorée eingeschlagen, als sie kurzerhand umdrehte. Sie musste in die Galerie Armbruster. Das Gemälde von Sandrine Mugler, hoffentlich war es noch da. Wahrscheinlich lag der Preis für das Bild weit über dem, was sie sich eigentlich leisten konnte. Aber in ein paar Wochen war Weihnachten, und wenn sie ihr Sparschwein plündern würde und der Rest der Familie zusammenlegte, vielleicht wäre es dann doch möglich, die kleine Kostbarkeit zu erwerben.

Mathilde hatte die Künstlerin im Laufe der Ermittlung in mehreren Mordfällen in einem Eliteinternat kennengelernt. Sie hatte den Weg der Malerin nicht weiterverfolgt, wusste allerdings, dass diese nicht nur abgeschieden lebte, sondern auch als Künstlerin die Öffentlichkeit scheute. Einige Bilder und Plastiken hatte Mathilde sich im Museum in Sérignan angeschaut, ein großformatiges Werk, ein Protestbild gegen Chiracs Atomsprengversuche im Mururoa-Atoll hing im *Carré d'Art* in Nîmes.

Mathildes absolutes Lieblingsbild befand sich aber tatsächlich im Heimatmuseum von Saint-Fons. Martin hatte es dort auf dem Dachboden entdeckt, es war eine Schenkung einer alten Dame an das Dorf gewesen. Leider war der Bürgermeister von Saint-Fons, Aristide Lejeune, so stolz auf dieses Gemälde, dass er im Traum nicht daran dachte, es zu verkaufen. Als Mathilde bei ihm anfragte, hatte er ihr unmissverständlich zu verstehen gegeben, das Bild würde noch im Museum hängen, wenn die Maden ihn bereits zerfressen hätten.

Und dieses kleinformatige Bild in der Galerie Armbruster war dem in Saint-Fons so ähnlich. Wie ein kleiner schüchterner Zwilling hing es bei Regine Armbruster an der Wand.

Mathilde beschleunigte ihren Schritt. Sie erreichte die Galerie eine halbe Stunde bevor sie schloss. Wie es schien, war im Moment niemand im Verkaufsraum. Sie öffnete die Tür, ein Glöckchen ertönte. Wahrscheinlich konnte man es ein- und ausschalten, denn bei ihrem ersten Besuch war es ihr nicht aufgefallen.

Aus Regine Armbrusters Büro bat eine weibliche Stimme um einen Augenblick Geduld, man solle sich doch schon einmal in Ruhe umschauen. Mathilde steuerte sofort das Objekt ihrer Begierde an. Das Bild maß vielleicht zwanzig mal dreißig Zentimeter. Es war in einen schlichten grauen Rahmen gefasst und zeigte eine Person in einem dunkelroten Badeanzug auf einem Sprungbrett, auf den Füßen wippend, kurz davor, in die smaragdgrüne Tiefe zu springen. Es hatte den Titel *Infinité*. Unendlichkeit. Das Gemälde in Saint-Fons hingegen trug den Titel *Je grandis*. Ich werde erwachsen. Fasziniert stand Mathilde davor. Sie hörte Regine Armbruster nicht den Galerieraum betreten.

»Madame le Juge, *bienvenue*. So gespannt und voller Glück, wie Sie das Bild betrachten, gehe ich davon aus, Sie sind seinetwegen gekommen«, sagte die Galeristin herzlich.

Mathilde trat ein paar Schritte zurück und begrüßte Regine Armbruster.

»Ja, es ist mir schon bei unserem ersten Besuch aufgefallen. Wir haben uns über Sandrine Mugler unterhalten. Es gibt ein sehr ähnliches Gemälde im Heimatmuseum von Saint-Fons. Das hatte es mir schon angetan, aber leider steht es nicht zum Verkauf. Als ich das hier gesehen habe, fasste ich es als ein Zeichen auf. Der kleine Zwilling hat auf mich gewartet.«

»Soll ich es für Sie abnehmen? Ich muss dazu den Alarm ausschalten.«

»Nein, lassen Sie es nur hängen. Bei mir würde es auch an der Wand hängen, so habe ich schon gleich den richtigen Eindruck.«

»Gerne, betrachten Sie es nur in aller Ruhe, lassen Sie es auf sich wirken. Darf ich fragen, ob es Neuigkeiten bezüglich des Mordes beziehungsweise des Gemäldes von Cross gibt? Aber entschuldigen Sie, darüber können wir später noch reden. Sie sollten sich nicht ablenken lassen. Madame le Juge, Sie finden mich in meinem Büro.«

Mathilde trat näher an das Gemälde, dann wieder ein Stück zurück. Außer dem Titel und dem Namen der Künstlerin gab es keine Auskunft. Nicht, wann es entstanden war, und schon gar nicht, was es kosten sollte. Mathilde seufzte tief und vernehmlich.

»Sie machen sich Gedanken wegen des Preises?«, rief Regine Armbruster. »Ich habe eben einen tiefen Seufzer gehört. Lassen Sie uns nachher darüber sprechen.«

Mathilde schmunzelte und beendete ihre Betrachtungen.

»Madame Armbruster, aus welchem Jahr ist das Gemälde?«, fragte sie durch die geöffnete Tür. Wenige Sekunden später erschien die Galeristin wieder mit einem Ordner.

»Warten Sie, ich schaue nach.« Sie blätterte ein paar Seiten um. »Hier, Sandrine Mugler hat es vor einundzwanzig Jahren gemalt. Ich habe hier eine Notiz, dass es eins von vier aus der Reihe *Infinité* ist, allerdings haben tatsächlich alle einen anderen Titel. Aber setzen wir uns doch.« Sie zeigte auf eine kleine Sitzgruppe im Galerieraum, direkt neben einer Skulptur, die einen Faun darstellte. »Nehmen Sie einen Kaffee?«

Mathilde schüttelte den Kopf. »Nein danke. Doch zunächst zu Ihrer Frage. Unsere Ermittlungen stehen noch am Anfang, und darüber Auskunft zu geben, ist mir leider nicht gestattet. Und der Cross ist gut verwahrt, machen Sie sich darüber keine Sorgen. Allerdings haben wir Madame Nestor noch nicht ausfindig machen können. Wir haben uns ja bereits darüber unterhalten, wie Madame Nestor auf Sie und Ihre Galerie aufmerksam geworden ist. Ich würde sagen, wir können uns glücklich schätzen, dass sie nicht gleich privat verkauft hat. Dann wären wir wohl niemals über den Cross gestolpert.«

»Ich denke, es war nicht nur das. Ich schalte natürlich auch ein wenig Werbung. Im *Midi Libre* oder in der *La Gazette de Nîmes* zum Beispiel. Mit ein wenig Glück findet man mich. Und wie bereits gesagt, es spricht sich auch herum, wer wo welche Schwerpunkte hat. Wer Künstler oder Motive aus der Region sucht, trifft zwangsläufig auch irgendwann auf mich. So wie Sie, obwohl Sie nicht gesucht, aber gefunden haben.« Die Galeristin strahlte Mathilde durch ihre große Brille an.

»Nun, ich gestehe, ich habe mich gleich beim ersten Blick in das Gemälde verliebt. Allerdings ist die Frage nach dem Preis bei dieser Liebe nicht wenig relevant«, fügte Mathilde mit einem entwaffnenden Lächeln hinzu.

»Wie Sie wissen, hat Sandrine Mugler sich zurückgezogen.«

»Wir sprachen davon. Und das treibt den Preis wohl in die Höhe«, mutmaßte Mathilde.

»Das wollte ich damit nicht unbedingt sagen. Jedenfalls bei diesem kleinen Bild nicht. Es stammt aus einem Nachlass. Die Erben leben in Uzès, sie sind betucht. Allerdings gefällt ihnen das Gemälde von Sandrine Mugler schlicht und ergreifend nicht. Sie bieten es mit zwei weiteren geerbten Stücken zum Verkauf an. Die Erben haben einen Verkaufspreis vorgegeben. Er ist in Ordnung. Inklusive meines Honorars wäre vielleicht ein kleiner Spielraum, sagen wir von fünf Prozent, drin. Aber mehr leider nicht. Ich werde Ihnen natürlich auch eine Echtheitsexpertise dazu mitgeben und einen Nachweis der Provenienz.«

»Sehr schön. Und der Preis wäre dann abzüglich der fünf Prozent?«, fragte Mathilde tapfer. Wenn die Galeristin es schon anbot.

»Dann liegen wir bei neuneinhalbtausend Euro. Wie gesagt, es ist ein sehr kleines Format, es ist kein Solitär, das Motiv gibt es viermal, und es hat einen winzigen Schaden in der Leinwand, der durch den Rahmen allerdings verdeckt wird. Ich würde mir wünschen, der Preis läge in dem von Ihnen gesteckten Rahmen.«

Mathilde hielt die Luft an. Keinen Cent mehr hätte sie ausgeben können, Weihnachten hin, Weihnachten her. Sie hielt Regine Armbruster die Hand hin. »Wir sind im Geschäft.«

»Ohne zu handeln?«, schmunzelte die Galeristin.

»Ohne zu handeln, wir sind schließlich nicht auf einem Basar.« Oder hätte sie doch handeln sollen? War das Bild womöglich überteuert? Mathilde verscheuchte die Gedanken. Sie freute sich im tiefsten Innern wie ein Kind, hätte laut jubeln können.

»Soll ich Ihnen einen Scheck ausstellen?«, fragte sie, bemüht, nicht zu eifrig zu wirken.

»Gerne. Nehmen Sie es gleich mit, es ist ja kein großes Paket. Ich werde es gut verpacken, damit Sie es heil nach Hause bekommen.«

Während Mathilde den Scheck ausfüllte, schaltete Regine Armbruster den Alarm kurz aus, hängte das Bild ab und verpackte es in weiches Papier, Noppenfolie und festen Karton. Darum schnürte sie eine Schnur und packte Mathildes Schatz zuletzt in eine stabile Tragtasche.

»Viel Freude damit, Madame le Juge! Vielleicht komme ich das Bild einmal besuchen, ich wäre gespannt zu sehen, an welch schönen Platz Sie es hängen.«

»Gerne. Auf einen Kaffee bei mir, ich melde mich wieder.«

Die beiden Frauen verabschiedeten sich, winkten einander noch einmal zu, und Mathilde strebte glücklich und zufrieden ihrer Wohnung entgegen. Kurz bevor sie die Rue Dorée erreichte, meldete sich ihr Handy, das sie umständlich aus ihrer Tasche fischte.

»Rachid, du glaubst nicht, was ich eben gekauft habe ... Das kleine Bild von Sandrine Mugler aus der Galerie Armbruster«, schnatterte sie gleich los, um dann, nachdem sie Rachids Worten gelauscht hatte, zu sagen: »Das sind vielleicht Neuigkeiten. Dieser Tag birgt die merkwürdigsten Entwicklungen. Ein Savigny-Sprössling verstirbt, dafür kommt womöglich ein anderer dazu. Wir treffen uns dann morgen bei Roubais? Er hat nichts dagegen, wenn wir ihn am Sonntag aufsuchen? In Ordnung. Grüß bitte deinen Vater und Carla von mir. *Bises.*«

Kapitel 25

»Es tut mir leid, ich weiß, dass mein Mann sich mit Ihnen verabredet hat«, begrüßte sie Isabelle Roubais. Ihre Augen waren geschwollen und rot. »Er musste zur Mühle. Sie sehen, wir kennen keine Sonn- und Feiertage. Fahren Sie doch einfach hin, er hat dort auch sein Büro, da können Sie ungestört reden. Wissen Sie, ich kann das alles immer noch nicht glauben. Zuerst die Nachricht von Docteur Tailleur, dass unsere Valerie gestorben ist. Wie kann das sein? Seit mehr als zwanzig Jahren liegt sie dort, es muss doch ein Anzeichen gegeben haben, als sich ihr Zustand verschlechterte. Da muss man doch drauf achten. Vielleicht ist es eine Erlösung für sie, aber wir hatten bis zuletzt auf ein Wunder gehofft.«

Isabelle Roubais hatte sie vor dem Haus empfangen. Leichter Nebel hing über dem Land. Sie fröstelte und schlug die Arme um ihren Oberkörper. »Mein Mann, wir alle, sind vollkommen vor den Kopf gestoßen. Und was soll Valerie in der Gerichtsmedizin? Als Sie …« Sie nickte in Richtung Rachid. »… uns gestern darüber informierten … Das ist doch vollkommen unmöglich. Nie und nimmer kann Valerie das Opfer eines Verbrechens geworden sein. Nein, sie ist in ihrem Wachkoma gestorben. Und das hätte man vorhersehen müssen.«

Tränen traten ihr in die Augen. Sie wischte sie mit dem Ärmel ihrer Wolljacke weg. »Oder glauben Sie wirklich …« Sie beendete auch diesen Satz nicht. »Und dazu noch das mit der angeblichen Tochter von Ernest. Glauben Sie mir, wir haben gestern kein Auge zugetan. Ich komme mir vor wie in einem Theaterstück von Ionesco. Absurd, vollkommen absurd. Wir müssen jetzt einfach mit der neuen Situation klarkommen. Diese Frau hat Papiere vorgelegt. Ist es denn zu fassen? Nach so vielen Jahren. Eine Tochter geht, eine andere kommt. Aber ich halte Sie auf. Sie wissen, wo die Mühle ist? Ja? Dann *au revoir.*«

Isabelle Roubais hatte in ihrer Aufregung beim Reden kaum Luft geholt. Jetzt ging sie mit schweren Schritten zurück ins Haus und zog die Tür mit einem Ruck hinter sich zu.

»Genau das habe ich gestern auch gesagt, als du mich informiert hast. Eine Tochter geht, die andere kommt. Rachid, wir hatten schon so manchen Fall, von dem wir sagten, verworrener geht's kaum noch. Aber ich befürchte, wir haben eine neue Dimension erreicht. Wieso taucht diese Tochter von Savigny gerade jetzt auf?«

Rachid zuckte mit den Achseln. »Einer dieser berühmten Zufälle?«, versuchte er es mit einem schiefen Lächeln. »Jedenfalls war Dominic Roubais vollkommen durch den Wind, als er mich anrief. Zuerst die schlimme Nachricht von Valeries Tod, dann die gerichtsmedizinische Untersuchung, und zu guter Letzt steht noch das Ergebnis eines Seitensprungs von Ernest Savigny vor seiner Tür. Ich schätze, er nimmt die Sache auch sehr ernst, sonst hätte er sie wahrscheinlich sofort abgefertigt und rausgeworfen.«

»Madame Roubais sagt, sie hätte Papiere dabeigehabt, dann wirft man jemanden nicht einfach so raus. Wenn Roubais Pech hat, stand ihm gestern Abend die Erbin des Unternehmens gegenüber.«

»Aber warum erst nach so vielen Jahren?« Rachid öffnete Mathilde die Beifahrertür.

»Wahrscheinlich, weil sie erst vor Kurzem Kenntnis davon bekommen hat. Aber wir werden es gleich hören.«

Sie erreichten nach wenigen Minuten das große Steingebäude, das ein Schild neben einem riesigen schmiedeeisernen Tor als *Moulin à Huiles d'Olives Savigny* auswies. Es gab einen Besucher- und einen Angestelltenparkplatz.

»Schau mal, hier kann man Führungen mitmachen und sich über die Ölproduktion informieren.« Mathilde wies auf eine Informationstafel, auf der Fotos von Olivenbäumen, Oliven, einer antiken Steinpresse und dem fertigen Produkt, goldenes Öl in einer Glasflasche, abgebildet waren.

»Ich glaube nicht, dass hier noch eine solche Presse verwendet wird«, mutmaßte Rachid.

Sie folgten einem Pfeil mit der Aufschrift *Büro* und gingen um das Gebäude herum. Die Tür stand offen. Hinter einem Schreibtisch saß ein Mann in den Fünfzigern mit Halbglatze und Bart. Er tippte konzentriert auf der Tastatur eines Computers.

»*Bonjour*, wir suchen Monsieur Roubais.«

»Oje, ganz schlechter Zeitpunkt. Der Patron ist bei den Maschinen. Nächste Woche beginnt die Ernte, und wir haben ein Riesenproblem mit der Technik. Ich habe gerade unseren Mechaniker erreicht. Kann ich Ihnen weiterhelfen? Führungen auch sonntags nur bis zum 15. Oktober. Da kommen Sie leider zu spät.«

»Nein, wir haben ein Rendezvous mit Monsieur Roubais, Commandant Bouraada und Madame le Juge de Boncourt«, stellte Rachid sich und Mathilde vor.

»Ah, wir haben es natürlich alle schon gehört. Es ist traurig, so traurig. Mademoiselle Valerie, tot. Ich habe für ihren Vater gearbeitet, habe hier als Lehrling angefangen. Wir alle haben gehofft, dass Mademoiselle Valerie wieder aufwacht. Tragisch, so tragisch und traurig. Warten Sie, ich versuche es beim Patron.«

Der Mann nahm ein Handy vom Tisch. »Patron, hier sind zwei von der Polizei und vom Gericht. Sie hätten eine Verabredung mit Ihnen. *Bon*, sag ich ihnen.«

»Wie ich sagte, er ist beschäftigt. Unser Mechaniker ist unterwegs. Der Patron muss sich noch um etwas kümmern. Noch so 'ne Viertelstunde wird er brauchen. Ich soll Sie, wenn Sie wollen, ein wenig rumführen.« Der Mann stand bereits auf.

»Gerne, Monsieur …?«

»Oh, entschuldigen Sie. Gaston Brun. Dann wollen wir mal.«

Rachid und Mathilde folgten dem Mann, der emsig voranschritt. Mathilde war die Ernte und Verarbeitung von Oliven nicht neu, aber die Oliven, die an ihren Bäumen wuchsen, wurden abgegeben und in einer kleinen Mühle eines befreundeten Ölbauern noch mit einer manuell betätigten Spindelpresse verarbeitet. Sie war gespannt, wie ein Unternehmen von der Größenordnung des *Huiles d'Olives Savigny* arbeitete.

»Die Ernte fängt, wie gesagt, nächste Woche an«, begann Gaston Brun. »Es werden natürlich noch traditionell Netze auf den Boden gelegt, allerdings arbeiten wir mit einem Rüttler, der uns die Früchtchen vom Baum schüttelt.«

»Was trägt denn ein Baum so im Durchschnitt, und wie viele Liter Öl lassen sich daraus gewinnen?«, wollte Rachid wissen.

Brun kratzte sich am Kopf. »Nun, von einem Baum ernten wir zwischen fünfzig bis siebzig Kilogramm Oliven, was dann fünf bis zehn Liter Öl ergibt. Die Oliven kommen nach der Ernte sofort zum Waschen und Entlauben. Das passiert innerhalb von drei Stunden, da sonst die Olive oxidiert, sie wird unbrauchbar. Dann werden sie sozusagen zerquetscht, das heißt, die Zellwände werden aufgebrochen, die Säfte entweichen. Es entsteht ein Gemisch aus Wasser und Öl, ein fester Teil aus Kernen, Schalen und Fruchtfleisch bleibt übrig. Die nutzen wir als natürlichen Dünger wieder. Das Gemisch wird zentrifugiert, Wasser und Öl trennen sich. Das müssen Sie sich wie den Schleudergang einer Waschmaschine vorstellen. *Et voilà*, dann haben wir unser Öl, das nun nur noch gefiltert und abgefüllt werden muss. So einfach ist das.«

Sie hatten inzwischen das Gebäude erreicht, in dem sich all das abspielte, was Brun beschrieben hatte. Er zog eine breite Stahltür auf.

»Hier, werfen Sie mal einen Blick hinein.«

Mathilde und Rachid streckten die Köpfe in den riesigen Raum, in dem es vor Chrom und Sauberkeit nur so blitzte.

»Sehr beeindruckend«, kommentierte Mathilde. »Aber trotz der neuesten Techniken gibt es doch sicherlich Probleme, die immer wieder auftauchen, ich denke da vor allem an Schädlinge. Wie gehen Sie gegen die Olivenfliege vor?«, fragte sie und sah vor ihren Augen die eigenen Bäume, in denen handelsübliche Plastikflaschen hingen, deren Inhalt, eine Mischung aus Wein, Essig, Zucker und Wasser, die Fliege anlocken und in die Falle gehen lassen sollte.

Gaston Brun lachte. »Sie denken an die Flaschen, die allenthalben noch in den Bäumen hängen. Sie funktionieren bestens. Doch wir hängen Pheromonfallen auf. Sie haben diese Plastiksäckchen vielleicht schon gesehen. Sie beinhalten Deltamethrin, das die Fliegen tötet. Diese Art der Falle benötigt keinen großen Aufwand und muss auch nur einmal ausgetauscht werden.«

»Was bedeutet eigentlich kalt gepresst?«, fragte Rachid, den das Thema der Olivenölgewinnung zunehmend faszinierte.

»Ganz einfach, der ganze Prozess läuft ohne Zufuhr von Wärme ab.« Gaston Brun verzog das Gesicht und hob die Schultern, nach dem Motto, so etwas müsse man aber wissen.

»Und welche Olivensorten verarbeiten Sie?«, fragte Rachid munter weiter.

»Nun, im September haben wir bereits mit der *Salonenque* begonnen. Wir nutzen sie für die *olives cassées*. Sie sind in eine Gewürzlake eingelegt, werden dann mit Wasser gespült, damit die Bitterstoffe verschwinden, das köstliche Aroma jedoch bleibt. Dann wandern sie zur Verfeinerung mit Knoblauch oder Kräutern zusammen.« Brun schnalzte mit der Zunge. »Ein Genuss.«

»Und für die Öle selbst?«

Wieder verzog Brun das Gesicht, hob die Schultern. »Na die *Picholine*, die *Aglandou* und, seitdem es bei uns auch schon mal kälter geworden ist, die *Olivière*, sie verträgt den Frost am besten. Aber mein Liebling ist die kleine grüne *Picholine*. Das hört sich doch schon alleine so wunderbar an, Pi-cho-line.«

»Und die Öle werden auch gemischt?«

»Ja, der Patron komponiert neue Geschmackserlebnisse. Wie bei einem guten Wein ist das. Oder meinten Sie, das Hinzufügen von Trüffeln oder sonst was? Das ist nicht so mein Ding, müssen Sie wissen. Ein gutes Olivenöl braucht diesen Firlefanz nicht.«

Sein Handy klingelte. »Monsieur Roubais.« Offensichtlich bekam Brun von seinem Chef Anweisungen. »Ähm, es dauert noch etwas«, teilte er Mathilde und Rachid mit. »Soll ich Ihnen noch ein wenig von der Geschichte des Olivenöls erzählen?«

»Gerne«, antworteten die beiden wie aus einem Munde.

»Nun, ich bin nicht so der Geschichtsexperte. Normalerweise

macht solche Führungen Mademoiselle Natalie. Aber ich versuche mein Bestes. Also, schon die Griechen und Römer haben in Südfrankreich Olivenbäume angepflanzt, und es gibt sogar Spuren der Ölproduktion. Waren Sie schon mal in Glanum?«

Mathilde und Rachid nickten wie zwei aufmerksame Schüler.

»Nun, da gibt es eine Steinplatte, auf der der Mühlstein stand, und sogar Hinweise auf eine Presse. Eigentlich hat in früheren Zeiten in unserer Region fast jeder für den Eigenbedarf sein Öl selbst hergestellt, es ist also eine lange Tradition von der Antike bis jetzt. Kennen Sie die Bilder van Goghs mit den Olivenbäumen?«

Wieder nickten Mathilde und Rachid. Mathilde gab ihrem Freund einen kurzen Stoß in die Seite. »Gemälde mit Olivenbäumen, siehst du mal, wie in unserem Fall«, flüsterte sie.

»Haben Sie eine Frage, Madame le Juge? Oder kennen Sie etwa den großen Maler nicht?«, fragte Gaston Brun leicht irritiert.

»Nein, ja, natürlich kenne ich van Gogh. Machen Sie nur weiter.«

»Nun, was wollte ich eigentlich damit sagen? Ach so, die Bäume, die van Gogh gemalt hat, könnten, ich betone, könnten, immer noch irgendwo herumstehen, wenn nicht der Frost sie kaputt gemacht hätte. Sie sind wahrscheinlich, wie so viele andere auch, erfroren. Das war 1889 und auch 1956. Das Jahr war vor allem eine Katastrophe. Ich habe mir die Zahlen gemerkt. Stellen Sie sich vor, die Produktion ging von achthundert Doppelzentnern Oliven im Jahr 1912 auf hundertfünfundzwanzig Doppelzentner im Jahr 1956 zurück. Viele Mühlenbesitzer und Ölhändler mussten aufgeben. Und noch eine Geschichte kann ich Ihnen zum Besten geben. Wussten Sie, dass in der Abtei Saint-Remi in Reims das Öl zur Krönung der französischen Könige aufbewahrt wurde? Und wo kam es her? Aus Saint-Rémy-de-Provence. Diese Stadt lieferte das Krönungsöl der Könige Frankreichs. Und das seit dem 5. Jahrhundert, als der Heilige Remigius Chlodwig I. in Reims taufte und dafür das Öl verwendete. Diese Tradition hielt sich bis zur Französischen Revolution.«

Wieder erhielt Rachid einen Stoß in die Seite. »Marat«, flüsterte Mathilde.

Erneut klingelte Bruns Handy.

»Der Patron steht jetzt zu Ihrer Verfügung. Er trifft Sie in seinem Büro. Ist direkt hinter meinem. Kommen Sie mit.«

Dominic Roubais sah sichtlich mitgenommen aus, als er die beiden Ermittler begrüßte. Mathilde, die er noch nicht kennengelernt hatte, stellte sich vor.

»De Boncourt? Wie das Weingut? Ich habe vor einigen Monaten die Bekanntschaft von Philippe Maréchal gemacht. Er leitet das Weingut seit ein paar Jahren.«

»Genau, wie das Weingut. Philippe Maréchal ist mein Onkel und Rémy de Boncourt mein Großvater.«

»Ah, interessant. Aber nehmen Sie doch bitte Platz. Gerne biete ich meinen Gästen Öl zum Degustieren an, aber mir persönlich steht heute der Sinn nach etwas Stärkerem. Es kommt wirklich alles auf einmal.«

Roubais öffnete die Tür eines altmodischen Aktenschranks und entnahm ihm eine Flasche Cognac. »Ein hervorragender Tropfen.« Er schaute seine Besucher fragend an. Als diese den Kopf schüttelten, goss sich Roubais eine ordentliche Portion in ein bauchiges Glas und leerte es in einem Zug. Er hustete. »Dann vielleicht einen Kaffee?«

»Nein danke, auch keinen Kaffee«, sagte Mathilde, und Rachid schüttelte den Kopf.

Roubais setzte sich hinter seinen Schreibtisch, lehnte sich zurück und verschränkte die Arme vor seinem Bauch. Dann ließ er pfeifend die Luft aus seinem Mund entweichen.

»Sie sehen mich vollkommen erledigt, Madame le Juge, Commandant. Valeries Tod hat uns hart getroffen. Und die Tatsache, dass Sie in Erwägung ziehen, sie sei nicht eines natürlichen Todes gestorben, macht uns fassungslos. Undenkbar, vollkommen undenkbar. Sie lag beschützt in der Klinik, man hat sich rund um die Uhr um sie gekümmert. Wie soll das geschehen sein? Warum? Sie war doch schon nicht mehr bei uns. Wem hätte sie schaden können? Ich hoffe, ich bete, dass die Gerichtsmedizin uns sagen wird, Valerie sei einfach eingeschlafen.«

Mathilde und Rachid ließen das Gesagte unkommentiert. Was hätten sie auch antworten können? Noch wussten sie selbst nicht, ob Valerie einem Anschlag zum Opfer gefallen war, und eine Antwort auf Roubais' Wie und Warum konnten sie ebenfalls nicht bieten.

»Monsieur Roubais, sobald wir mehr wissen, teilen wir es Ihnen natürlich mit. Allerdings sind wir hauptsächlich wegen des Besuchs, den Sie erhalten haben, hier«, lenkte Rachid das Gespräch in die gewünschte Richtung.

»Sie stand plötzlich vor der Tür. Eine Frau, vielleicht so alt wie meine Tochter, oder nein, älter. Nett und ruhig und höflich stand sie da, wusste zunächst gar nicht, wo sie anfangen sollte. Sie sagte ›*Bonjour*, Monsieur Roubais, Sie kennen mich nicht.‹ Das war in der Tat so, ich habe diese Frau zuvor noch nie gesehen. Und dann kam der Hammer. ›Mein Name ist Alex Duhamel, ich bin die Tochter von Ernest Savigny.‹ Zack! Ich dachte, ich träume. Aber da stand sie leibhaftig vor mir, es war keine Erscheinung, sie war da, diese Alex Duhamel. Nun, was sollte ich tun? Sie rauswerfen? Nein, ich musste mir schließlich anhören, was sie zu sagen hatte.« Er schwieg, schielte auf den Aktenschrank. Man sah ihm an, dass er versucht war, sich noch ein Glas Cognac zu genehmigen.

»Nun, und was hatte sie zu sagen?«, forderte Mathilde Roubais zum Weiterreden auf.

»Ähm, ja. Wie gesagt, sie stellte sich vor. Ich bat sie herein, wir setzten uns, und sie kam mir, ich weiß, es hört sich merkwürdig an, bekannt vor. Wir tranken einen Kaffee zusammen, meine Frau kam dazu, und leider muss ich sagen, meine Frau hat sich ziemlich aufgeregt. Das Erste, was sie sagte, war, ob Madame Duhamel denn sicher sei, nicht eine gewiefte Betrügerin zu sein. Es war mir peinlich, und Alex Duhamel fiel richtiggehend in sich zusammen. Ein unangenehmer Moment war das. Wir haben uns dann alle beruhigt, und Madame Duhamel hat uns ein Schreiben vorgelegt. Es sah wirklich aus wie die Schrift von Ernest. Auf einem einfachen Briefbogen schrieb er, er erkenne Alexandra Duhamel als seine leibliche Tochter an, die er mit Thérèse Duhamel gezeugt habe. Alex Duhamel habe am 17. September 1981 das Licht der Welt erblickt.

Das war übrigens nur ein halbes Jahr bevor Chantal auf die Welt kam, die älteste Tochter von Ernest und Marie-Laurence. Puh, was soll ich sagen. An dem Schreiben könnte man vielleicht noch zweifeln, warum sollte das keine raffinierte Fälschung sein, die sie uns vorgelegt hat. Darauf könnte auch ihr Rechtsbeistand reingefallen sein. Er hat Madame Duhamel eine Bescheinigung ausgestellt, die glaubhaft versichert, Alex Duhamel habe ihm dieses Bekenntnis nach dem Tod ihrer Mutter vorgelegt. Das Problem ist allerdings, wollte Madame Duhamel ein Erbe beanspruchen, sind alle Fristen abgelaufen. Sie kann eigentlich nur darauf hoffen, dass ihr Anspruch von der Familie anerkannt wird. Tja, und da kommt ein Problem auf sie zu. Valerie hätte es nicht bestätigen können in ihrem Zustand, und jetzt, wo sie verstorben ist, natürlich erst recht nicht. Wenn ich nun also den Anspruch anerkenne, geht das gesamte Erbe an Alex Duhamel.«

Er kratzte sich am Kinn und an der Stirn. Innerhalb von wenigen Minuten hatten sich zahlreiche winzige Rötungen in seinem Gesicht ausgebreitet.

»Immer, wenn ich aufgewühlt bin, passiert das. Ich leide unter Rosacea, das ist nicht weiter schlimm, aber Stress und Aufregung verschlimmern die Haut. Ich bin sozusagen allergisch gegen Aufregung«, verkündete er ernst.

»Und das wäre natürlich nicht in ihrem Sinne«, vermutete Mathilde.

»Wie auch. Seit Ernests Tod betreibe ich das Unternehmen mit Herzblut, es ist mein Lebensinhalt geworden. Doch welche Alternativen hätte ich? Es abstreiten, klar, das ist das eine. Aber was für einen Skandal wird das heraufbeschwören? Nach all dem Leid der Savignys vergraule ich jetzt noch seine einzige lebende Tochter aus dem Haus? Ich habe noch mit niemandem darüber gesprochen. Morgen Nachmittag habe ich einen Termin mit unserem Anwalt, und dann sehen wir weiter. Nun, sie hat sich auf jeden Fall den richtigen Zeitpunkt herausgesucht. Durch den Tod von Francis und nun auch von Valerie stehen wir sowieso in der Öffentlichkeit. Und wie gesagt, einen Skandal können wir nicht gebrauchen.« Er schwieg und rieb nun mit beiden Händen fest über sein Gesicht, das mittlerweile krebsrot und angeschwollen war.

»Monsieur Roubais, Sie sagten eben, Madame Duhamel sei Ihnen bekannt vorgekommen. Hatten Sie die Frau schon einmal gesehen?«

»Aber nein, sagte ich es nicht? Sie ist mir gänzlich unbekannt. Aber warten Sie, ich zeige Ihnen etwas, dann werden Sie verstehen, was ich meine, Madame le Juge.«

Auf dem Schreibtisch von Roubais standen zwei gerahmte Fotografien. Er drehte eine herum.

»Sehen Sie, das sind Ernest und ich vor fast dreißig Jahren. Ernest hat unter dem linken Auge, hier direkt neben der Nase, diesen sehr auffälligen dunklen Fleck. Wie Claude Brasseur, überhaupt ähnelte er ihm ein wenig. Und dieses Merkmal hatte auch Chantal. Und was soll ich sagen, auch Alex Duhamel hat diese Zierde genau an der gleichen Stelle. Chantal hatte sich immer darüber aufgeregt, wollte es entfernen lassen. Doch dazu ist es nie gekommen. Ernest sagte immer, das sei das Markenzeichen der Familie. Das Ding ist vererbbar. Sein Vater hat es auch gehabt. Von seinen Kindern nur Chantal. Und eben auch Alex Duhamel. Sie wird mich übrigens morgen zu unserem Anwalt begleiten. Ich möchte gleich reinen Tisch machen. Ich weiß bis jetzt nämlich noch nicht, wie und wo ihre Mutter Ernest kennengelernt hat und wie lange diese Liaison ging. Dazu wollte Madame Duhamel morgen einige Unterlagen mitbringen. Sie können mir glauben, ich bin gespannt, was dabei noch alles herauskommt. Mehr kann ich Ihnen zurzeit nicht sagen. Nun, ich danke Ihnen auf jeden Fall, dass Sie hier waren. Ich habe mir gedacht, vorab mit der Polizei zu korrespondieren, kann nichts schaden. So sind Sie auf dem Laufenden, und ich muss mir nicht den Vorwurf machen lassen, ich würde etwas verschweigen wollen. So etwas kann ganz schnell gegen einen ausgelegt werden, nicht wahr?« Er sah Mathilde fragend an.

Die wusste zwar nicht so genau, auf was er hinauswollte, aber sie sagte: »Offenheit ist immer der beste Weg, Monsieur Roubais. Wenn es etwas für uns gibt, melden Sie sich bitte.«

Roubais erhob sich. Er besah seine Finger und verzichtete darauf, Mathilde und Rachid per Handschlag zu verabschieden. »Natürlich. Wissen Sie, ich komme mir vor wie ein Darsteller in einem ganz verrückten Theaterstück. Und ich bin mir nicht ganz sicher, welche Rolle ich darin spiele. Komische Figur? Tragischer Held? Oder einen Mann, der am Ende mit leeren Händen dasteht.«

»Monsieur Roubais, zwei Fragen noch: Gab es zu Lebzeiten von Ernest Savigny Streitigkeiten zwischen Ihnen und ihm? Vielleicht finanzieller Art?«

Dominic Roubais sah Rachid vollkommen entgeistert an. Dann wurde sein Gesicht dunkelrot. »Wollen Sie mir etwa unterstellen, ich hätte Geld unterschlagen, krumme Geschäfte gemacht, meinen Cousin übers Ohr gehauen, ihn deswegen umgebracht? Das ist doch wohl die Höhe. Sie können Einsicht in sämtliche Unterlagen haben, fragen Sie unseren Steuerberater, hören Sie sich um, bei wem Sie wollen. Niemals, niemals habe ich auch nur einen Cent veruntreut. Darauf zielte Ihre unverschämte Frage doch ab?« Roubais zitterte am ganzen Körper.

»Bitte, Monsieur Roubais, wir müssen solche Fragen stellen, das muss Ihnen doch klar sein«, beschwichtigte Mathilde den aufgebrachten Mann.

So schnell, wie er sich aufgeregt hatte, beruhigte Roubais sich auch wieder. »Ja, ich verstehe, natürlich müssen Sie solche Fragen stellen. Trotzdem. Wenn es Ihnen hilft, ich lasse Ihnen sämtliche Unterlagen aushändigen.«

Rachid winkte ab. »Danke, fürs Erste nicht. Aber würden Sie uns bitte sagen, wo sich Madame Duhamel aufhält?«

»Im Hotel *La Demeure* in Aubais. Hier ist auch ihre Telefonnummer.« Roubais schaltete sein Telefon ein und schrieb eine Nummer auf ein Blatt Papier, das er Rachid reichte. »Sie statten ihr einen Besuch ab?«

»Das wird wohl in Anbetracht der Umstände unvermeidlich sein, Monsieur Roubais.«

»Glauben Sie, Madame Duhamel könnte etwas mit dem Tod von

Valerie zu tun haben?«, fragte Dominic Roubais zögernd, als er den beiden Ermittlern die Tür öffnete.

»Monsieur Roubais, sollte Madame Savigny einem Verbrechen zum Opfer gefallen sein, werden wir in alle Richtungen ermitteln«, antwortete Rachid diplomatisch.

»Ähm, eine letzte Frage, Madame le Juge. Rein hypothetisch. Wenn Alex Duhamel die letzte Erbin der Familie Savigny getötet hätte, könnte sie dann überhaupt das Erbe antreten?«

Mathilde hob erstaunt die Augenbrauen. Mit dieser Frage hätte sie zu diesem Zeitpunkt nicht gerechnet. Doch dann schüttelte sie den Kopf.

»Nein. Hier greift der Umstand der *indignité successorale*, der Erbunwürdigkeit. Es ist ein aufwendiges Prozedere, aber nein, Madame Duhamel würde nichts erben.«

Dominic Roubais bedankte sich mit einem Kopfnicken und schloss hinter Mathilde und Rachid leise die Tür.

»Puh, das sind Entwicklungen. Statt Licht am Ende des Tunnels zu sehen, wird der länger und dunkler«, sagte Mathilde draußen. »Mir ist der Gedanke ebenfalls kurz durch den Kopf gegangen, ob sich die uneheliche Savigny-Tochter vielleicht in der Klinik zu schaffen gemacht hat. Aber warum sollte sie? Wir finden es heraus, und dann erbt sie überhaupt nichts. Würde Valerie noch leben, würde sie sich das Erbe mit ihrer Halbschwester teilen. Es wäre wohl immer noch genug.«

»Das sehe ich genauso«, gab Rachid Mathilde recht. »Es ergibt keinen Sinn. Trotzdem werden wir nach einem Alibi fragen. Wollen wir gleich bei ihr vorbei?«

»Auf jeden Fall. Ich bin gespannt, die Frau kennenzulernen, die nach mehr als zwanzig Jahren von ihrem steinreichen Vater erfährt, den sie vielleicht posthum beerben kann. Ich fand es übrigens ganz erstaunlich, wie gelassen Roubais letztendlich das Auftauchen und die Ansprüche von Madame Duhamel genommen hat. Offenbar ganz im Gegensatz zu seiner Frau.«

Rachid startete den Wagen. »Wie er selbst gesagt hat, was bleibt ihm anderes übrig. Es gibt diese Vaterschaftsanerkennung. Auch wenn sich daraus nicht unbedingt automatisch die Erbberechtigung ergibt. Wie lange ist diese Frist, nach der man kaum noch Chancen hat, dass der Anspruch anerkannt wird?«

»Zehn Jahre. Und auch ein DNA-Test würde nichts bringen. Er ist verboten. Sie ist tatsächlich auf den guten Willen von Roubais angewiesen.«

»Dein Handy musiziert, Mathilde.«

»Ach, ich habe es leise gestellt. Du hast Ohren wie ein Luchs.«

»Wie ein Karakal«, präzisierte Rachid schmunzelnd.

»Ein was?«

»Ein Karakal. Das sind Wüstenluchse.«

»Gut, Ohren wie ein Karakal. Regis, was gibt es an Neuigkeiten? Nein, wir unterhalten uns gerade über Luchse.« Mathilde hörte ein paar Minuten konzentriert zu. »Regis, wie kann ich das nur gutmachen? Am Wochenende die Obduktion gemacht. Das ist einen Karton unseres besten Jahrgangs wert. Ich danke dir. *Bon weekend.*« Mathilde steckte ihr Handy weg. »Regis hat das Obduktionsergebnis. Es gibt keinen Zweifel, Valerie Savigny ist erstickt worden«, informierte sie Rachid. »Wir müssen zurück, um es Dominic Roubais mitzuteilen.«

Als Mathilde und Rachid erneut Roubais' Büro betraten, sie hatten geklopft, doch kein Herein gehört, saß der Mann mit der Flasche Cognac und einem gefüllten Glas hinter seinem Schreibtisch.

»*Mon Dieu*, haben Sie mich erschreckt. Sie wollen mir doch jetzt nicht sagen, es ist schon wieder etwas passiert?«, stöhnte er.

»Monsieur Roubais, wir haben soeben das Obduktionsergebnis erhalten. Valerie Savigny ist keines natürlichen Todes gestorben, sie ist erstickt worden«, teilte Mathilde Roubais in ruhigem, mitfühlendem Ton mit.

Roubais kippte sein Glas in einem Zug hinunter und sackte in sich zusammen. »Danke. Wenn Sie mich jetzt bitte allein lassen wollen«, bat er, ohne den Kopf zu heben.

Mathilde und Rachid schlossen leise die Tür hinter sich.

»Wollen wir noch ein wenig zwischen den alten Bäumen spazieren?«, fragte Mathilde. »Ich brauche frische Luft, und ich finde auch, so ein alter Olivenbaum kann einem Ruhe und Stärke vermitteln. Können wir doch alles in unserem Beruf gebrauchen.« Sie fasste Rachid an der Hand und zog ihn mit sich.

»Schau, die müssen weit mehr als hundert Jahre alt sein. Knorrig und gefestigt stehen sie da.«

Die silbrig grünen, schmalen Blätter rauschten ganz leise im Wind, die Oliven hingen prall an den Zweigen. Warteten geradezu darauf, in den nächsten Tagen heruntergeschüttelt zu werden. Wie altgediente Soldaten standen die Bäume in Reih und Glied, die vorderen waren eindeutig die älteren, während, je weiter Mathilde und Rachid durch den riesigen Hain schritten, sie jünger und schlanker wurden.

»*Olivié de toun grand, castagné de toun pâire, amourié qu'as plantat*«, ließ sich Mathilde plötzlich vernehmen und strich zärtlich über die raue Rinde eines Baums. »Hast du das verstanden?«

Rachid überlegte. »Das war in der alten Sprache des Languedoc, wenn ich mich nicht täusche. Die beherrschst du? Ich würde sagen, der Olivenbaum von deinem Großvater, die Kastanie von deinem Vater und … hm, dann weiß ich nicht weiter. *Amourié* hat das was mit Liebe zu tun?«

Mathilde lachte. »Nein. Das ist der Maulbeerbaum. Der Spruch bedeutet so viel wie, wenn du eine gute Ernte einfahren willst, sollte dein Großvater bereits den Olivenbaum gepflanzt haben, dein Vater die Kastanie und du selbst den Maulbeerbaum. Wahrscheinlich tragen sie schon recht früh sehr üppig.«

»Das hört sich wunderbar an. Kannst du noch mehr?«

»Dies und das. Vor allem Sprichwörter. Man redet heute kaum noch so. Eigentlich schade. Es ist doch schön, wenn es immer noch Menschen gibt, die solche Traditionen pflegen.«

»Und hast du auch einen Spruch für den Wein auf Lager?«

Mathilde kratzte sich an der Nase. »Hör gut zu. *Vin qui sâute, pan qui cânte, et froumâge que ploure.*«

Rachid überlegte kurz. »*Alors,* es geht um Wein, Brot und Käse. Grundnahrungsmittel. Aber mehr verstehe ich nicht.«

»Wein, der perlt, Brot, das knirscht, also knusprig ist, und Käse, der weint, also sehr reif ist. Rachid, ich bekomme Hunger. Wollen wir? Aber zuerst möchte ich noch ein Sprichwort aus dem Land deiner Väter, das etwas mit Essen zu tun hat.«

Rachid überlegte kurz. »Wie wäre es mit ›Wer Honig essen will, der ertrage das Stechen der Bienen‹. Mit mehr kann ich dir leider nicht dienen.«

»Es bedeutet so viel wie ›Wer nicht wagt, der nicht gewinnt‹«, interpretierte Mathilde das Sprichwort. »Unser Mörder hat schon sehr viel gewagt, fragt sich nur, was er gewinnen möchte.«

»Im besten Fall wird er verlieren, Mathilde.« Rachid nahm sie bei der Hand, und sie gingen zurück zu ihrem Wagen.

Kapitel 26

Das Hotel *La Demeure* war ein kleines, eigentümergeführtes Haus in Aubais, nicht weit von Sommières entfernt. Es war in einem stilvollen Gebäude des 19. Jahrhunderts in der Avenue Emile Léonard untergebracht.

Mathilde und Rachid erfuhren an der Rezeption, Madame Duhamel habe das Gästezimmer *Uriel* bezogen. Ob man Madame informieren solle. Die beiden Ermittler lehnten dankend ab, sie würden Madame Duhamel in ihrem Zimmer einen Besuch abstatten.

Uriel lag im zweiten Stock. Sie klopften, und ein leises »Herein« ertönte. Gefolgt von »Einen Moment bitte, es ist abgeschlossen«. Dann hörte man das Geräusch des sich öffnenden Schlosses, und die Tür wurde aufgezogen.

Die Frau, die vor ihnen stand, musste Anfang vierzig sein, doch sah man es ihr nicht an. Die eng sitzenden Jeans betonten ihre zierliche, knabenhafte Figur, der weite Wollpullover war mit einem silbernen Einhorn bestickt. Die blonden Haare trug sie kinnlang. Auffällig war in ihrem gebräunten Gesicht das Markenzeichen der Familie Savigny, das Muttermal neben der Nase.

»Ja, bitte?«

»Entschuldigen Sie, wenn wir unangemeldet bei Ihnen erscheinen. Mathilde de Boncourt, *juge d'instruction* aus Nîmes, und mein Kollege, Commandant Bouraada«, stellte Mathilde sich und Rachid vor.

Die Frau zuckte zusammen. »Schickt Sie Monsieur Roubais? Ich habe nichts verbrochen, ich möchte lediglich zu meinem Recht gelangen.« Sie trat einen Schritt zurück in ihr Zimmer, die Arme nun abwehrend vor der Brust gekreuzt.

»Dürfen wir eintreten? Nein, Monsieur Roubais hat uns nicht geschickt. Aber es gibt ein paar Fragen, die Sie uns vielleicht beantworten können. Rund um die Familie Roubais gibt es seit ein paar Tagen einige, nun, wie soll ich sagen, Turbulenzen. Eine Aufregung fügt sich an die nächste, und Sie gehören auch dazu.« Mathilde lächelte entschuldigend.

»Aber damit habe ich doch wohl nichts zu tun. Ich meine, es ist furchtbar, was mit Valerie Savigny passiert ist. Endlich hätte ich meine Halbschwester kennengelernt, und nun ist sie tot.« Alex Duhamel begann am ganzen Körper zu zittern.

»Kommen Sie, setzen wir uns doch. Ein Glas Wasser wird Ihnen guttun.«

Mathilde geleitete die Frau zu ihrem Bett und drückte sie sanft darauf, während Rachid ein Glas mit Wasser füllte und ihr reichte.

»Ein sehr schönes Hotel haben Sie sich ausgesucht. Die Aussicht ist wunderbar. Ein Rundumblick auf die Ebene von Villetelle und dieses herrliche alte Schloss.«

Alex Duhamel trank einen Schluck. Sie verschluckte sich, hustete und stellte das Glas auf dem Nachttisch ab.

»Ja, sehr schön. Aber Sie wollen mit mir nicht über die Aussicht reden. Also, bringen wir es hinter uns.« Ihre Stimme war nun klar und fest. »Was wollen Sie wissen?«

»Madame Duhamel, fangen Sie doch ganz einfach von vorne an. Wie kommt es, dass Sie hier sind?« Rachid hatte für sich und Mathilde einen Sessel und einen Stuhl zum Bett geschoben, auf dem Alex Duhamel angespannt saß. Ihre linke Faust umklammerte einen Zipfel der Bettdecke.

»Das ist eigentlich schnell erzählt. Vor zwei Wochen starb meine Mutter. Thérèse Duhamel. Wir leben in Beaune. Ich habe keine Ahnung, warum sie bis zu dem Tag gewartet hat, als sie starb, aber erst auf dem Totenbett hat sie mir gestanden, es existierten Unterlagen, die beweisen, wer mein Vater war. Ich sei berechtigt, mein Erbe einzufordern. Wissen Sie, wir haben gut gelebt, es hat an nichts gefehlt. Maman kam selbst aus gutem Haus, sie hat von ihren Eltern ein kleines Vermögen geerbt. Sie hat es gut angelegt, und es ist noch genügend da. Ich arbeite für meinen Lebensunterhalt, und für die eine oder andere Exklusivität habe ich ein gut gefülltes Konto. Sie sehen, ich bin nicht auf das Erbe angewiesen, doch ich denke, wenn es mir zustehen sollte, möchte ich auch daran partizipieren. Außerdem wollte ich die Familie kennenlernen, die das Erbe meines Vaters verwaltet. Natürlich habe ich umgehend Nachforschungen angestellt, erfahren, dass fast alle, bis auf meine Halbschwester, bei einem fürchterlichen Brand ums Leben gekommen sind. Das war der erste Schock. Der zweite war, als mein Rechtsbeistand mir eröffnet hat, ich hätte rein rechtlich keinen Anspruch auf ein Erbe. Es hinge von den legitimen Erben ab, ob man mir zumindest einen Teil zubilligt. Nun, die letzte legitime Erbin ist tot. Ich kann Ihnen sagen, das war der dritte und vielleicht auch größte Schock. Über zwanzig Jahre wusste ich nichts von der Existenz einer Halbschwester, geschweige denn einer ganzen Familie. Und nun, wo ich hier auftauche … Das ist doch geradezu grotesk, absurd, finden Sie nicht?«

Sie erwartete keine Antwort und fuhr fort. »Dominic Roubais hat mich nett empfangen, im Gegensatz zu seiner Frau, die mich sofort als Schwindlerin hingestellt hat. Ich war so durcheinander, ich weiß kaum noch, was sie genau gesagt hat. Dominic hat sie beruhigt, und wir haben uns dann ganz normal unterhalten können. Wir werden die Sache zu unser aller Zufriedenheit klären, hat er versprochen. Ich muss gestehen, ich hätte nicht mit so viel Verständnis gerechnet. Ich habe eher gedacht, er würde ähnlich wie seine Frau reagieren. Aber mitnichten. Morgen haben wir einen Termin bei seinem Anwalt. Und dann sehen wir weiter. Ich bin allerdings im Moment fast so weit, angesichts der Tragödie um Valerie gar keine Ansprüche mehr erheben zu wollen. Aber das sieht morgen vielleicht schon wieder ganz anders aus.«

»Madame Duhamel, leider müssen wir Ihnen mitteilen, dass Valerie Savigny keines natürlichen Todes gestorben ist. Sie ist Opfer eines Verbrechens geworden.«

Alex Duhamel stieß einen spitzen Schrei aus. »Und jetzt glauben Sie, ich hätte etwas damit zu tun? O nein. Das kann doch alles nicht wahr sein. Warum hat Maman mir nur dieses beschissene Geständnis hinterlassen? Sie wollen doch jetzt garantiert ein Alibi von mir haben. Aber ja, ich bin erst gestern angekommen. Habe hier eingecheckt und bin zu den Roubais. Da war ich doch noch auf der Autobahn. Das reicht Ihnen hoffentlich.«

Sie lachte hysterisch, griff nach dem Wasserglas und warf es um. Rachid sprang auf, holte ein paar Lagen Klopapier, um die Pfütze wegzuwischen, während Alex Duhamel wieder reglos auf dem Bett saß.

»Madame Duhamel, wir beschuldigen Sie nicht. Sie sind also erst gestern aus Beaune gekommen.«

»Ich habe mir ein paar Tage freigenommen. Vom Theater. Ich arbeite als Kostümschneiderin im Theater von Beaune.«

»Sagt Ihnen der Name Francis Fabre etwas?«

Die Frage kam vollkommen überraschend, und die Frau auf dem Bett sah Rachid verständnislos an. »Wer? Francis Fabre? Nein. Nie gehört. Sollte der Name mir etwas sagen?«

»Monsieur Roubais hat nicht mit Ihnen über ihn gesprochen?«

»Aber nein, wenn ich es Ihnen doch sage. Ich habe diesen Namen noch nie gehört.« Erneut kippte die Stimme, wurde schrill. »Was ist mit dem Mann?«

»Francis Fabre ist am Montagabend einem Mord zum Opfer gefallen. Er war der Stiefbruder von Marie-Laurence Savigny.«

»Was habe ich damit zu tun? Am Montagabend war ich im Theater. Die Premiere von *La Belle et la Bête* stand bevor. Können Sie sich vorstellen, was es da an Kostümen zu schneidern, zu ändern, zu verbessern gibt?«

»Bestimmt ein ganz wunderbarer Beruf, Madame Duhamel. Wie sind Sie dazu gekommen?«, versuchte Mathilde, die Frau ein wenig abzulenken, zu beruhigen.

»Wie ich dazu kam? Meine Mutter ist, war Kunsthistorikerin. Es gab kein Museum, keine Gemäldegalerie, in die sie mich nicht geschleppt hätte. Die Liebe zur Kunst, zur Kultur ist mir in die Wiege gelegt worden. Allerdings wollte ich selbst etwas schaffen. Aber dazu fehlte es mir leider an Talent. Mein Traum war, eine besondere, eine außergewöhnliche Theaterschauspielerin zu werden, der ihr Publikum zu Füßen liegt. Aber dazu hat es irgendwie nicht gereicht. Ich hatte jedoch ein Talent, mir die Figuren in ihren Kostümen vorzustellen. Ich war also gar nicht traurig darüber, als es mit der Schauspielerei nicht geklappt hat. Nicht jede kann eine zweite Sarah Bernhardt werden. Aber in meinem Job bin ich eine der besten.«

Alex Duhamel war der Stolz anzusehen. Kerzengerade und ruhig saß sie nun da. »Entschuldigen Sie bitte meine Ausbrüche. Aber man wird schließlich nicht jeden Tag mit so vielen Katastrophenmeldungen konfrontiert. Eine tote Halbschwester, und jetzt auch noch ein toter Mann, von dem ich, ich sage es Ihnen noch einmal, noch nie etwas gehört habe.«

Bei dem Wort Gemäldegalerie hatten Mathilde und Rachid einen bedeutsamen Blick gewechselt.

»Madame Duhamel, hat Ihnen Ihre Mutter auch erzählt, wie sie Ernest Savigny kennengelernt hat?«

Alex Duhamel nickte. »Ja. Ernest, mein Vater«, sie betonte das Wort *Vater*, »und meine Mutter trafen sich zufällig in Lyon. Ernest war wegen seiner Olivenöle auf einer Messe, meine Mutter hat das *Musée des Beaux Arts* besucht. Sie waren im selben Hotel abgestiegen, hatten sich an der Bar unterhalten. Ernest hat Maman gebeten, seine Sammlung einzuschätzen. Wahrscheinlich hatte es in Lyon schon zwischen ihnen gefunkt. Als Maman dann die Sammlung begutachtet hat, war sie in einem Hotel in der Nähe von Sommières, hier in diesem Hotel. Und da muss es wohl passiert sein. Neun Monate später kam ich auf die Welt. Maman hat die Beziehung beendet, als Marie-Laurence Chantal zur Welt brachte. Sie hatte geahnt, dass Ernest seine Familie nie verlassen würde. Und nein, sie hat kein Geld angenommen, sie hat selbst genug verdient, und wie ich schon sagte, sie war auch etwas vermögend. Sie hat mich alleine großgezogen.«

»Und Ihre Mutter hat Ernest Savigny auch nicht als Vater angegeben?«

»Nein, leider nicht. Hätte sie das getan, würde es mein Anliegen sehr vereinfachen. Sie hat nur diese schriftliche Erklärung von ihm verlangt, die mir nicht viel nutzt.«

»Zurück zu dieser Gemäldesammlung. Sammlung, das bedeutet, mehr als ein oder zwei Bilder«, stellte Rachid irritiert fest.

Alex Duhamel zuckte mit den Schultern. »Davon gehe ich aus. Maman sagte, sie war wegen einer Gemäldesammlung zu Ernest gereist … Wollen Sie damit sagen, diese Sammlung gibt es gar nicht?«

»Das wissen wir nicht. Wir hören zum ersten Mal davon«, gestand Mathilde ein. »Hat Ihre Mutter vielleicht Unterlagen dazu aufbewahrt? Fotos, die sie von den Gemälden gemacht hat? Beschreibungen? Werteinschätzungen?«

»Keine Ahnung. Ich bin davon ausgegangen, dass es diese Gemälde immer noch gibt. Im Haus oder vielleicht einem Museum gestiftet. Warum hätte ich nach solchen Informationen suchen sollen? Mir war nach dem Tod meiner Mutter in erster Linie danach, die Anerkennung der Familie zu erlangen. An die Gemälde habe ich daher keinen Gedanken verschwendet.«

»Dann haben Sie wahrscheinlich auch nie davon gehört, dass vor mehr als zwanzig Jahren, noch vor der Brandkatastrophe, ein wertvolles Bild des Malers Henri Edmond Cross aus der Villa verschwunden ist?«

»Nein. Ich habe noch nicht einmal davon erfahren, was dort überhaupt passiert ist, ich meine damit, dass Ernest und seine Familie in den Flammen umgekommen sind. Das hat sie alles für sich behalten, dieses quälende Wissen hat sie ganz allein mit sich herumgeschleppt. Schließlich hat sie Ernest einmal geliebt. Es muss schlimm für sie gewesen sein, als sie von der Tragödie erfahren hat. Es hat sicherlich in allen Zeitungen gestanden. Ich werde, wenn ich wieder in Beaune bin, auf jeden Fall die Papiere, die meine Mutter hinterlassen hat, durchforsten. Sollte ich auf Unterlagen die Sammlung betreffend stoßen, melde ich mich bei Ihnen. Ansonsten denke ich, sollten Sie mit Dominic Roubais sprechen. Wenn die Sammlung noch im Haus ist, sollte er es ja wohl wissen. Und wenn nicht, kann wohl nur er Ihnen sagen, wo sie abgeblieben ist, denken

Sie nicht auch? Hat man den Dieb des Gemäldes von Cross dann gefunden? Ist das Bild wieder aufgetaucht?«

»Das Gemälde ist wieder da, wer es damals gestohlen hat, wissen wir noch nicht«, antwortete Rachid. »Wir haben vorerst alles von Ihnen erfahren, was wir wissen wollten, Madame Duhamel. Wie lange werden Sie noch hierbleiben?«

»Das Theater kann mich nicht lange entbehren. Ich verlasse mich zwar auf meine Assistentin, aber es ist besser, wenn ich vor Ort bin. Das heißt, übermorgen muss ich wieder los.«

»Dann vielen Dank für Ihre Zeit, und viel Glück bei Ihrem Unterfangen.«

Alex Duhamel schob sich vom Bett und verabschiedete sich von Mathilde und Rachid. »Danke, das kann ich gebrauchen.«

»Ein schönes Liebesnest«, konstatierte Mathilde, als sie draußen vor dem Hotel standen.

»Dein Nest gefällt mir besser«, sagte Rachid lächelnd. Er zog Mathilde an sich und küsste sie zärtlich.

»Hmm, davon könnte ich mehr vertragen. Sehen wir uns heute Abend?«

»Wenn uns nicht wieder etwas dazwischenkommt.«

»Und dann werden wir mal nicht über diesen verrückten Fall reden.«

»Mathilde, das möchte ich erleben.« Leiser Spott funkelte in Rachids Augen.

»Nein, du wirst es sehen. Nichts kommt über meine Lippen. Daher sollten wir jetzt schon einmal etwas vorarbeiten. Diese Gemäldesammlung, was hältst du davon?«

»Was meinst du? Ob es sie gibt? Oder noch gibt? Ich schlage vor, wir fahren umgehend zur Villa der Roubais und fragen nach. Und wenn die Bilder im Haus sind, würde ich sie gerne sehen. Allein der Cross ist ein kleines Vermögen wert. Und wenn Ernest Savigny eigens eine Kunsthistorikern hat kommen lassen, um den Wert seiner Sammlung schätzen zu lassen, verfügt sie ganz sicher über ein paar exquisite Stücke. Aber ich finde es gar nicht so merkwürdig, dass sie bisher von niemandem erwähnt worden ist. Ein Stück aus der Sammlung wurde gestohlen, der Cross. Dies wurde auch publik gemacht. Es gibt viele Kunstsammler, die ihre Schätze unter Verschluss halten. Es gibt doch genügend Auktionen, bei denen der Bieter anonym bleibt. Ein Renoir wechselt in die USA, und niemand erfährt mehr, wo er gelandet ist. Bis seine Erben ihn vielleicht wieder anbieten.«

»Da hast du natürlich recht. Also los zu den Roubais. Er wird wohl hoffentlich jetzt zu Hause sein. Und wahrscheinlich nicht sehr amüsiert, wenn wir schon wieder aufkreuzen.«

Rachids Handy klingelte.

»Immer wenn eins unserer Telefone einen Laut von sich gibt, ist irgendetwas passiert. Und selten etwas, das uns freut«, meinte Mathilde mit einem Blick auf Rachids Telefon.

»Felix«, ließ er Mathilde wissen. »Felix, was ist los? Wann? Wo? Wir kommen.«

Mathilde sah Rachid fragend an.

»Albert Fragonard, der Hausmeister. Touristen haben den alten Mann vor einer Stunde auf halber Strecke zwischen Sommières und Nîmes tot auf einem Parkplatz bei Montpezat gefunden. Und weißt du, was in seinem Wagen lag? Ein kleines Gemälde von Cross. Es sieht auf den ersten Blick aus wie ein Raubüberfall. Marius ist mit seinem Team von der Spurensicherung schon vor Ort, sie erwarten jeden Moment Regis.«

Kapitel 27

Der Parkplatz war kein offiziell angelegter Parkplatz, sondern eine geschotterte Fläche am Straßenrand zwischen der D 6110 und dem *Ruisseau de Saint Martin*, der in diesen Tagen nicht viel Wasser führte. Das gelb-schwarze Absperrband flatterte, und Rachid parkte seinen Wagen an der Straße hinter dem Einsatzfahrzeug von Felix und dem Fahrzeug von Alain Regis. Auf dem Parkplatz wuselten bereits die Leute der Spurensicherung herum. Felix winkte Mathilde und Rachid herbei. Er stand mit einem älteren Ehepaar etwas abseits. Der Wagen der Spurensicherung und ein Notarztfahrzeug der SAMU standen rechts vor einem schmalen Weg, der in ein Waldstück führte.

»*Bonjour.* Das sind Commandant Bouraada von der *Police judiciaire* und Madame le Juge de Boncourt, Monsieur und Madame Laurent aus Belgien«, stellte er vor. »Monsieur Laurent musste austreten, hat hier angehalten und gesehen, dass die Wagentür offen stand.« Er zeigte auf einen dunkelblauen Renault-Kastenwagen. »Der Wagen von Albert Fragonard.«

»Ja, zuerst habe ich mir nichts dabei gedacht«, unterbrach der Belgier Felix. Er setzte eine gewichtige Miene auf. »Als ich mich dann erleichtert hatte, bin ich zunächst zurück zu meinem Auto.« Er nickte in Richtung eines weißen Audis älteren Baujahrs. »Doch dann habe ich zu Estelle gesagt, dass es doch merkwürdig ist, dass jemand sein Auto einfach so offen lässt. Wissen Sie, weit und breit war niemand zu sehen.«

»Genau, das hat er gesagt«, bestätigte seine Frau eifrig. »Und dann habe ich gesagt, Georges, ist das nicht ein wenig gefährlich, wenn du da so einfach hingehst? Das hört man doch häufiger hier aus Südfrankreich. Jemand täuscht eine Panne oder einen Unfall vor, man will helfen, und schwupp, ist man selbst ein Opfer geworden. Wird niedergeschlagen und ausgeraubt. Aber mein Georges kennt solche Angst nicht. Er ist einfach hin, und dann …« Der Eifer in ihrer Stimme wich einem Zittern. Madame Laurent schlug sich die Hand vor den Mund und schwieg.

»Und Sie, Monsieur Laurent, haben dann den leblosen Körper eines Mannes entdeckt«, knüpfte Felix nun wieder an seine Befragung an.

»Ja. Ich habe gleich gesehen, dass ihm nicht mehr zu helfen war. Die Wunde an seinem Kopf hat stark geblutet. Ich habe seinen Puls gefühlt, dann einen Krankenwagen und die Polizei alarmiert. Waren alle auch schnell da, muss ich schon sagen. Ging ganz fix. Meinen Sie, wir könnten jetzt weiter?«

»Nur ein, zwei Fragen, Monsieur. Als Sie ankamen, ist Ihnen vielleicht ein Fahrzeug oder auch nur eine Person aufgefallen, die sich von hier wegbewegt hat?«, wollte Rachid wissen.

»Nein, nichts. Kein Mensch weit und breit, sagte ich bereits. Klar sind uns ein paar Autos entgegengekommen, aber ich könnte Ihnen nicht sagen, was das für Fahrzeuge waren, da achtet man doch nicht darauf, wenn es nicht gerade ein roter Lamborghini ist, nicht wahr? Nein, hier war niemand, Gott sei Dank, möchte ich sagen. Sonst lägen meine Frau und ich vielleicht auch hier. Nicht auszudenken. Wir würden jetzt weiterfahren nach La Grande Motte, wir haben ein Ferienappartement gemietet. Ich kann Ihnen meine Nummer dalassen, falls Sie noch Fragen haben.« Schon zückte er seine Brieftasche und entnahm ihr eine Visitenkarte. »Hier finden Sie alles drauf. Allerdings hat Ihr Kollege bereits unsere Personalien aufgenommen. Aber wir sind jederzeit für Sie erreichbar, nicht wahr, Estelle?«

»Auf jeden Fall. Aber was ist das eigentlich, was auf dem Rücksitz des Wagens gelegen hat? Ihr Kollege hat sehr aufgeregt gewirkt«, fragte Madame Laurent neugierig. »Ich habe so was gehört wie ›Da liegt ein Gemälde‹. War der Mann ein Kunstschmuggler?«

»Estelle, jetzt geht deine Fantasie aber mit dir durch. Lass die Leute ihre Arbeit machen. War's das dann?«

Rachid entließ die beiden Touristen, die sich mit einer Mischung aus Bedauern und Erleichterung auf den Weg zu ihrem Wagen machten.

»Felix, wieso sind Sie eigentlich als Erster hier eingetroffen? Normalerweise wäre doch die Gendarmerie vor Ort.« Mathilde ging die Frage bereits die ganze Zeit im Kopf herum.

»Coco hat mich informiert. Madame Fragonard hat sie angerufen. Sie habe so ein merkwürdiges Gefühl, ihr Mann sei unterwegs, und sie habe Angst, ihm könne etwas passieren. Eigentlich wollte er sich bei ihr melden. Es ging ihm heute Morgen nicht so gut, eine Herzgeschichte. Morgen wollte er einen Kardiologen aufsuchen, deswegen sei der Termin, den er wahrnehmen wollte, auch so dringend gewesen. Wo er hinwollte, hat sie nicht gesagt. Und auch nichts von dem Bild. Coco hat versucht, Madame Fragonard zu beruhigen, hat sich dann allerdings erkundigt, wo ihr Mann denn hinwolle. Sie hat behauptet, sie wisse es nicht. Keine halbe Stunde später kam über Funk die Meldung rein, ein Touristenpaar habe einen leblosen Mann entdeckt. Da Coco ihr Glück heute Nachmittag wieder in der Klinik versuchen wollte, bin ich gleich mit Frédéric los.«

Gemeinsam näherten sie sich dem Kastenwagen von Albert Fragonard. Regis gab soeben die Anweisung, die Leiche in einen Leichensack zu packen.

»*Bonjour,* ihr drei. Wo habt ihr denn Mademoiselle Mollard gelassen? Nun, ihr wollt wahrscheinlich wissen, was ich in diesen wenigen Minuten bereits diagnostiziert habe? Warte einen Augenblick«, bat er den Mann, der eben den Reißverschluss des Leichensacks zuziehen wollte.

Sie beugten sich über die sterblichen Überreste von Albert Fragonard.

»Das sieht böse aus«, meinte Mathilde.

»Das ist böse«, erwiderte der Gerichtsmediziner. »Der Kopf des Mannes ist mit unglaublicher Wucht getroffen worden. Zweimal, ein erster, nicht so heftiger Schlag hier ...« Regis zeigte auf das Jochbein. »... und ein zweiter hier.« Er deutete auf den Bereich oberhalb der Schläfe. »Ob dieser zweite, besonders brutale Schlag alleine zum

Tod geführt hat oder ob er einen Herzanfall erlitten hat, an dem er letztendlich starb, kann ich noch nicht sagen. Da müsstet ihr noch ein wenig warten. Der Schlag traf ihn von vorne. Er muss hinten gesessen haben, Oberkörper in Richtung Wald, Beine außerhalb des Fahrzeugs. Vielleicht wollte er gerade aussteigen.«

»Aber warum saß er hinten?« Mathilde wandte den Blick von dem Toten ab, und Regis gab ein Zeichen, den Leichensack nun zu schließen.

»Das weiß ich nicht. Das müsst ihr herausfinden. Fragt mal Marius.«

»Das Gemälde lag hinten. Vielleicht hat er sich dorthin gesetzt, um es auszupacken. Allerdings ist er gar nicht so weit gekommen. Marius hat es in Gewahrsam. Es lag in einer Schicht Zeitungen in einer Tragetasche von Leclerc. Wir machen uns dann mal auf den Weg, Monsieur Fragonard und ich. Morgen Nachmittag habt ihr das Ergebnis.« Mit schweren Schritten stapfte Alain Regis zu seinem Fahrzeug. Das Absperrband wurde kurz gelöst, und der Leichenwagen verließ ebenfalls den Tatort.

»Ah, Regis ist schon weg. Das war kein schöner Anblick.« Marius gesellte sich zu den drei Ermittlern.

»*Bonjour,* Marius. Nein, wahrlich nicht. Seine Frau hat sich mit Recht Sorgen um ihn gemacht. Felix, würden Sie bitte Madame Fragonard aufsuchen und ihr die traurige Nachricht überbringen? Und nehmen Sie jemanden vom psychologischen Dienst mit. Wir können das nicht vor uns herschieben. Und sagen Sie ihr bitte, dass ich noch vorbeikomme. Wir müssen ihr noch ein paar Fragen stellen. Und Coralie soll sich mit den Ärzten in der Klinik kurzschließen. Sie müssen entscheiden, wann der richtige Zeitpunkt ist, Solange Fragonard vom Tod ihres Vater zu unterrichten. Sie hat bereits auf die Nachricht vom Ableben Valerie Savignys äußerst heftig reagiert. Nicht auszudenken, was eine solche Nachricht bei ihr auslöst«, bat Mathilde.

»Wird gemacht, Madame le Juge. Frédéric kann dann mit Ihnen zurückfahren. Ich glaube, das ist einer der kompliziertesten Fälle, mit denen wir es jemals zu tun hatten«, fügte Felix noch hinzu, bevor er zu seinem Wagen ging.

Mathilde wandte sich an den Kriminaltechniker. »Marius, du hast das Gemälde in Sicherheit gebracht. Wir würden es uns gerne anschauen. Und hast du ansonsten schon etwas Brauchbares?«

»Kommt mit.« Marius öffnete den Laderaum seines Fahrzeugs. In einer Metallbox lag gut verstaut das Bild. Vorsichtig nahm er es aus der Papiertasche und wickelte es aus der Zeitung.

»Ah, ein kleiner Bruder des Gemäldes, das bei Madame Armbruster in der Galerie gelandet ist«, rief Mathilde erstaunt. Das Bild zeigte eine ganz ähnliche Landschaft, ein knorriger Olivenbaum in der Mitte.

»Es ist nicht signiert«, stellte Rachid fest.

»Nein, aber sieh mal hier.« Marius drehte das Gemälde um. *Für E. S. In Freundschaft. H. E. Cross.*

»Das kann dann nur Eustache Savigny sein. Er hat das eine Gemälde gekauft, das im größeren Format, und dieses hier hat Cross ihm vielleicht zum Geschenk gemacht«, mutmaßte Mathilde.

»Möglich. Aber wie kommt es dann in den Besitz von Albert Fragonard? Das sollten wir schleunigst klären.« Rachid rieb sich nachdenklich über seinen Dreitagebart.

»Was hat es mit dem anderen Gemälde auf sich?«, wollte Marius wissen. Mathilde klärte ihn auf. Über das Gemälde in der Galerie Armbruster, über das wenige, was sie über Francis Fabre herausgefunden hatten, und über das Auftauchen der unehelichen Tochter von Ernest Savigny, deren Mutter eine Expertise zur Gemäldesammlung im Haus Savigny erstellen sollte.

»Das ist ja eine total vertrackte Geschichte. Fabre taucht auf, stirbt, ein Gemälde vom selben Künstler wie dieses da taucht auf, der Verdacht, Fabre könnte es gestohlen haben, tut sich auf, eine Tochter meldet Erbansprüche an, eine andere stirbt, und jetzt auch noch eine Gemäldesammlung, von der ihr nichts wisst. Dazu ein ermordeter Hausmeister, dessen Tochter mit einer ausgeprägten Schizophrenie in derselben Klinik liegt wie die verstorbene Tochter Savigny. Na herzlichen Glückwunsch, in eurer Haut möchte ich nicht stecken.«

»Danke, aber vielleicht kannst du uns dabei behilflich sein, diesen gordischen Knoten zu durchtrennen«, brummte Rachid. »Also, was hast du für uns, außer Glückwünschen?«

»Nun, es gibt zwei Möglichkeiten. Entweder hat sich unser Opfer hier mit seinem Mörder verabredet. Oder es hat hier haltgemacht, vielleicht ebenfalls, um sich zu erleichtern, und es war eine zufällige Begegnung mit seinem Mörder. Jemand hat die Gunst der Stunde genutzt, einen alten Mann um sein Geld zu erleichtern. Wir haben bei Fragonard weder ein Portemonnaie noch ein Handy gefunden. Allerdings blieb der wertvolle Besitz unberührt. Doch das heißt nichts, wenn der Täter nicht wusste, was auf dem Sitz hinten liegt, hatte er auch keinen Grund, es mitzunehmen. Also, erstes Szenario: Fragonard hält, das zweite Auto, ein Motorrad, ein Fahrrad hält, ein Mensch zu Fuß ist schon da oder kommt gerade an. Ein spontaner Überfall, der tödlich endet.«

»Aber dann hätte Fragonard nicht hinten gesessen und sich an seinem Paket zu schaffen machen wollen«, warf Mathilde ein.

»Auf den ersten Blick nicht. Doch was, wenn der Täter nach weiteren Wertgegenständen gefragt hat? Fragonard in seiner Angst ihm das Bild angeboten hat? Doch er kam nicht mehr dazu, es ihm auszuhändigen, weil der Täter in Panik geraten ist? Der Täter schlägt ein erstes Mal zu, raubt das Geld, Fragonard bangt um sein Leben, will das Gemälde aushändigen, doch der Täter schlägt in seiner Panik ein zweites Mal noch heftiger zu und flüchtet.«

Mathilde und Rachid warteten ab.

»Szenario zwei. Fragonard verabredet sich, will das Gemälde aushändigen, wird erschlagen. Doch was macht das für einen Sinn? Wenn er sich wegen des Bildes hier mit jemandem treffen wollte, hätte die Person doch den Cross mitgenommen, oder? Aber das sind Gedanken, über die ich mir nicht den Kopf zu zerbrechen brauche. Was ich euch anbieten kann, ist wahrscheinlich die Tatwaffe.«

Marius hob eine Filzdecke an, unter der in einer großen Tüte ein Stück Holz lag.

»Es weist Gewebeteile und Blut auf. Dort hinten, wo der Wald beginnt, ist vor Kurzem gefällt worden. Der Täter hat sich sein Mordwerkzeug dort besorgt. Das bedeutet, er hat nicht unbedingt vorgehabt, sein Opfer auch zu töten. Ansonsten haben wir nichts Verwertbares entdeckt. Kein Taschentuch, keinen Zigarettenstummel, keinen Plastikbecher, also all das, was die Leute so aus dem Auto werfen.«

»Reifenspuren?«

»Geben nichts her. Der Boden ist das reinste Geröll, da finden wir nichts Brauchbares. Ich hoffe auf Spuren am Tatwerkzeug. Ihr hört von mir.«

Kapitel 28

»Wir hätten ihr auch die schlimme Nachricht überbringen können«, sagte Mathilde müde auf der Fahrt zum Seniorenheim. »Ich habe überhaupt nicht darüber nachgedacht. So gerät sie zweimal hintereinander in einen Schockzustand.«

»Das würde ich nicht sagen. Felix hat das ganz sicher mit sehr viel Feingefühl überbracht, und ein Arzt hat sich sofort um sie gekümmert. Jetzt hatte Madame Fragonard immerhin ein wenig Zeit, sich zu beruhigen. Felix sagte doch, er hätte mit einer schlimmeren Reaktion gerechnet.«

»Was heißt, mit einer schlimmeren Reaktion gerechnet. Sie hat immerhin einen Schock erlitten. Die Frau war doch schon total aufgelöst vor lauter Angst, ihrem Mann könnte etwas zustoßen. Ich glaube kaum, dass sie sich schon beruhigt hat. Überleg dir mal, die beiden sind schon eine Ewigkeit verheiratet, teilen sich seit so vielen Jahre die Sorge um ihre kranke Tochter. Ich befürchte, wir werden auf eine Frau am Rande eines Nervenzusammenbruchs treffen.«

»Mathilde, das ist doch nicht das erste Mal, dass wir mit einer Angehörigen eines Mordopfers reden. Reden müssen. Du hast recht, wir hätten auch abwarten können und es ihr selbst sagen. Doch ich bleibe dabei, dann hätten wir wahrscheinlich überhaupt nicht mit ihr sprechen können, vielleicht hätten es uns die Ärzte auch ganz verboten. Also, warten wir doch einfach ab.«

»Ja, was sollen wir auch sonst machen. Ich komme mir allerdings vor wie ein Reh auf der Flucht, hin und her gescheucht, ohne ein Ziel vor Augen, das uns Zuversicht, also in unserem Fall, Licht am Ende dieses verdammten Tunnels verheißt.«

Rachid beugte sich zu Mathilde und strich ihr sanft über die Wange. »Vielleicht ist das Licht näher, als du denkst«, versuchte er, sie aufmuntern. »Dieses Hin und Her hat aber auch etwas Gutes. Du hast keine Zeit zu rauchen.« Jetzt grinste er über beide Ohren.

»*Zut*, stimmt. Jetzt, wo du es sagst. Und weißt du was, ich verspüre noch nicht einmal mehr Lust darauf. Da siehst du mal, wie das alles an mir zehrt«, versuchte Mathilde zu scherzen, obwohl ihr nicht danach war.

In der *Maison de retraite des Tournesols* wurden sie von einer resoluten Mitarbeiterin empfangen, die ihnen sogleich, nachdem Rachid und Mathilde ihre Ausweise vorgezeigt hatten, mitteilte, Madame Fragonard stünde, wie sie sich wohl denken könnten, unter Schock. Der Polizist, der vor eineinhalb Stunden da gewesen sei, habe ganze Arbeit geleistet. Der Doktor habe der alten Dame ein Beruhigungsmittel geben müssen.

»Dann fragen Sie doch bitte den Doktor, ob wir Madame Fragonard nicht doch ein paar Fragen stellen dürfen. Es ist wirklich wichtig. Je eher wir wissen, was passiert ist, umso größer die Chance, den Mörder ihres Mannes so schnell wie möglich zu fassen«, bat Mathilde.

Bei dem Wort *Mörder* wurde die Frau ganz bleich und stammelte, sie würde es versuchen, aber sie fände es trotzdem nicht in Ordnung. Fünf Minuten später standen Mathilde und Rachid vor der Tür zum Appartement der Fragonards. Der behandelnde Arzt hatte sie begleitet und ermahnte die beiden, die alte Dame nicht überzustrapazieren. Und beim kleinsten Anzeichen eines Schwächeanfalls oder Ähnlichem die Fragerei bitte abzubrechen. Sie versprachen es, und der Arzt klopfte an die Tür.

»Eloise? Hier sind noch einmal zwei Leute von der Polizei. Fühlen Sie sich in der Lage, mit ihnen zu sprechen?« Er öffnete vorsichtig die Tür und streckte seinen Kopf in das Zimmer. Dann machte er Mathilde und Rachid ein Zeichen, näher zu treten.

»Und wenn es Ihnen nicht gut geht … Sie müssen nicht heute mit den beiden reden. Dann verschieben wir es, Eloise. Ich schau nachher noch einmal bei Ihnen vorbei.« Der Arzt zog sich zurück.

Eloise Fragonard saß zusammengekauert in einem tiefen Sessel vor dem Fenster. Ihre Haut war fahl, die Augen vom Weinen geschwollen und gerötet. Mit der Linken umfasste sie krampfhaft ein Taschentuch. Auf einem kleinen Tisch neben dem Sessel standen eine Flasche Wasser, ein Glas und ein kleiner durchsichtiger Becher mit einer Tablette.

»Die soll ich in einer Stunde nehmen«, sagte die alte Frau. »Es ist so schlimm, es tut so weh, mein geliebter Albert. Aber ich muss jetzt stark bleiben, für Solange. Sie hat doch nur noch mich.« Sie brach in Tränen aus.

Hilflos standen Rachid und Mathilde da. Dann rückte Mathilde einen zweiten Sessel neben den von Madame Fragonard, Rachid schob einen Stuhl dazu. Mathilde nahm die rechte Hand der alten Frau in ihre und hielt sie fest.

»Madame Fragonard, wir fühlen mit Ihnen. Und wir versuchen alles in unserer Macht Stehende, um den Täter zu fassen. Aber Sie müssen uns dabei ein wenig helfen.«

»Wenn ich kann«, schluchzte Eloise Fragonard, entzog Mathilde die Hand, schnäuzte sich und richtete sich auf.

»Als Albert das Bild einpackte und damit losfuhr, war mir schon ganz komisch. Er war noch keine zehn Minuten unterwegs, da ahnte ich, es würde etwas passieren. Irgendwie dachte ich an einen Herzinfarkt, ich weiß auch nicht warum. Vielleicht, weil er das mit dem Gemälde so dringend gemacht hat. Und als diese Frau dann anrief und fragte, wo Albert bleibe, es sei doch hoffentlich alles in Ordnung, da wusste ich, es ist gar nichts in Ordnung. Gestern Abend waren wir noch bei Monsieur Dominic. Wir wollten seinen Rat einholen. Madame Roubais war ganz außer sich, dass wir dieses Gemälde hatten. Und Firmin besaß sogar die Frechheit, uns zu unterstellen, wir hätten es mitgehen lassen.«

Eloise Fragonard wurde puterrot und griff sich ans Herz. Mathilde goss schnell ein Glas Wasser ein und reichte es ihr. Doch die alte Frau stellte es mit einem Knall auf den Tisch. »Ich will jetzt nichts trinken. Behandeln Sie mich nicht wie eine Kranke. Wollen Sie nun hören, was ich zu sagen habe, oder nicht?«

Mathilde und Rachid sahen sich verblüfft an. Madame Fragonard war offenbar stabiler, als es zunächst den Anschein gehabt hatte.

»Also, ich beginne von vorne. Monsieur Ernest hatte doch diese Gemäldesammlung. Ich weiß, wir hätten Ihnen früher davon erzählen sollen. Aber wir sahen keinen Grund dafür. Und natürlich kannten wir auch das entwendete Bild. Aber es sieht unserem so ähnlich. Und da bekamen wir Angst, jemand könnte glauben, wir hätten es gestohlen. Also haben wir den Mund gehalten und so getan, als wüssten wir nicht, um was es sich handelt. Monsieur Ernest hat immer gesagt, er würde unsere treuen Dienste belohnen. Er hat aber nie gesagt wie. Und als es dann gebrannt hatte und alle tot waren, da war es dafür zu spät. Ich war eine der wenigen Personen, die diese Bilder kannte. Ich weiß nicht, warum Monsieur Ernest so ein Geheimnis draus gemacht hat. Vielleicht waren sie ja gestohlen, habe ich mir gesagt, aber das ging mich und Albert nichts an. Oder er war einer dieser merkwürdigen Sammler, die nur ganz allein ihre Gemälde betrachten wollen. So etwas soll es doch geben, nicht wahr? Vielleicht wollte er auch nicht, dass die Finanzbehörden danach greifen, sollte er mal in finanzielle Schwierigkeiten geraten. Aber da kenne ich mich nicht aus. Ich habe die Sammlung auch eher zufällig entdeckt. Im Keller ist ein Raum, der extra für die Gemälde eingerichtet worden ist. Mit besonderen Temperaturen, wenig Licht, all so was. Ich habe Monsieur Ernest einfach danach gefragt, und er sagte mir, das habe schon sein Großvater so gehandhabt, also bei seinem Urgroßvater waren sie wohl noch zu sehen, habe ich mir dann gedacht. Ich habe ihm versprochen, nichts darüber zu sagen. Außer ihm und seiner Familie und mir, und natürlich auch Albert, ich habe gegenüber meinem Mann nie etwas verheimlicht, und vielleicht höchstens noch Solange, hat niemand das Geheimnis gekannt. Ich persönlich fand es schade, es sind so schöne Kunstwerke gewesen. Und angeblich alle von Berühmtheiten. Aber davon habe ich keine Ahnung.«

»Wie viele Bilder waren es, Madame Fragonard? Und was waren es für Motive?«, fragte Rachid, als die alte Frau nun doch zu ihrem Wasserglas griff.

»Nicht viele, vielleicht zehn oder elf, mit unserem. Und wieso Motive? Sie meinen, was drauf war?«

Rachid nickte.

»Pah, Landschaften eben. Eigentlich nichts Besonderes.«

»*Eh bien*! Sie sagten eben, mit Ihrem Bild. Wie wurde es zu Ihrem Bild?«

»Ich habe es genommen, aber erst nach dem Tod der Familie. Er hatte mir doch versprochen, wir würden etwas für unsere Dienste bekommen. Ich habe auch nur das allerkleinste mitgenommen. Und außerdem hatten sie ja noch so eins. Gut, das war gestohlen worden. Trotzdem. Das hat es doppelt gegeben. Doppelt, jawohl«, wiederholte Eloise Fragonard wie ein trotziges Kind.

Mathilde atmete tief ein und aus. Welche Entwicklungen würde dieser vertrackte Fall denn noch bringen?

»Kennt Monsieur Roubais das Geheimnis? Und wo sind die Bilder genau aufbewahrt?«

»Das weiß ich nicht, ob Monsieur Dominic von den Gemälden weiß. Und wo sie jetzt sind, keine Ahnung. Sie sind alle weg.«

»Sie sind weg?« Rachid konnte nicht glauben, was die alte Frau eben sagte.

»Ja, weg. Ein paar Wochen nach dem Brand wollte ich nachsehen, wie es den Bildern geht, ob sie vielleicht, obwohl es eigentlich nicht möglich war, Schaden genommen haben. Und da waren sie weg. Kein einziges mehr da. Ich hab nix dazu gesagt. Sonst wäre noch jemand auf die Idee gekommen, wir hätten sie gestohlen. Und weil Monsieur Roubais nix dazu gesagt hat, haben wir eben geschwiegen. Deswegen glaube ich auch nicht, dass er davon wusste. Die Privatgalerie, so hat Monsieur Ernest das Versteck genannt, war in einem Kellerraum hinter dem Kellerraum, wo eigentlich nur alter Kram aufbewahrt wird. Habe ich doch schon gesagt. Sportsachen, die keiner mehr brauchte, und so Zeug. In die Privatgalerie kommt man auch nur mit einem Spezialschlüssel rein.«

»Moment, eben sagten Sie noch, Sie hätten sie zufällig entdeckt. Hatten Sie den Schlüssel?«

Eloise Fragonard errötete. »Nein, ich habe Monsieur Ernest einmal zufällig beobachtet. Eric hat einen Tennisschläger gesucht. Ich glaubte, es wäre einer von denen, die da im Keller lagen. Ich wusste, wo Monsieur Ernest den Schlüssel aufbewahrt, und hab dann einfach mal reingeschaut. So, jetzt wissen Sie, wie das war.«

»Gut, fassen wir zusammen: Es gab eine wertvolle Gemäldesammlung. Sie haben nach dem Brand ein Bild an sich genommen. Ein paar Wochen später waren alle weg. So weit, so gut. Und dieses Bild wollte ihr Mann heute verkaufen?«

»Ja. Eigentlich wollten wir es Monsieur Dominic verkaufen. Wir haben ihm gesagt, Monsieur Ernest hätte es uns geschenkt, und wir bräuchten das Geld für Solange. Doch er wollte nicht. Er sagte, damit wolle er nichts zu tun haben, es reiche ihm mit den Gemälden. Seine Frau hätte es vielleicht gerne gehabt, wollte aber nicht viel zahlen und meinte, wenn die – wie heißt das noch mal? – also wenn die Provinz nicht geklärt wäre, sei es nichts wert. Was das nun mit der Provinz zu tun hat, weiß ich aber auch nicht. Und Firmin hat dann das Fass zum Überlaufen gebracht und gesagt, wir hätten es gestohlen. Frechheit.«

Was ja auch stimmt, dachte Mathilde, doch sie schwieg.

»Dann sagte mein Mann, es wäre auch egal, er hätte eine gute Adresse. Er würde da anrufen und der Dame das Bild anbieten. Er hatte die Adresse in einem Heft schon vor ein paar Wochen gefunden und sie aufgehoben. Das war in *La Gazette de Nîmes*. Die Dame kennt sich mit solchen Gemälden aus. Sie haben sich verabredet in Nîmes. Als Albert nicht kam, rief sie mich an und fragte, ob etwas passiert sei. Da hatte ich schon lange dieses komische Gefühl.«

»Mit welcher Dame wollte sich Ihr Mann treffen?«

»*Oh, là, là,* sie hat so einen merkwürdigen Namen. Der Vorname geht noch, Rosine oder Renée, aber der Nachname. Da müsste ich die Seite suchen, die Albert aufbewahrt hat.«

»War der Name vielleicht Regine Armbruster?«

»Genau, mit ihr wollte er sich treffen. In ihrer Galerie. Sie war ganz aufgeregt, sagte mein Mann, und hat sich sehr gefreut, als Albert gestern Abend noch anrief wegen des Termins. Morgen hätte es ihm ja nicht gepasst. Er hatte schon seit Wochen den Termin beim Kardiologen. Und da dauert es, bis alle Tests erledigt sind. *Mon Dieu*, ich muss sie informieren, was passiert ist. Und was ist mit unserem Bild? Wer hat es denn jetzt? Bekomme ich es wieder?«

»Sie brauchen also dringend das Geld?«, antwortete Mathilde mit einer Gegenfrage.

»Nein, im Moment nicht wirklich. Aber, nun, wir haben uns das Bild doch einfach genommen, also ich habe es genommen. Und weil jetzt diese ganze Geschichte mit Francis Fabre passiert ist, dieses Gemälde damals verschwunden war und all das, da haben wir ein wenig kalte Füße bekommen, es könnte doch noch irgendjemandem einfallen, wir hätten uns damals bereichert, man weiß schließlich nie, und daher wollten wir es eigentlich so schnell wie möglich loswerden.«

»Wie wollte Ihr Mann denn der Galeristin erklären, wie es in seinen Besitz gekommen ist?«

»Hören Sie, es weiß doch niemand, dass es diese Sammlung gab, daher weiß auch niemand, was da hing. Er hätte gesagt, sein Urgroßvater habe es geschenkt bekommen. Wissen Sie, sein Urgroßvater hieß Emile Sandrou. E. S., verstehen Sie, wie es hinten auf dem Bild steht.«

Rachid schüttelte ungläubig den Kopf, und Mathilde kam nicht umhin, über die Chuzpe, aber auch Naivität der beiden alten Leute fassungslos zu sein.

»Madame Fragonard, Ihr Mann kam also nie in der Galerie in Nîmes an. Wissen Sie, warum er auf dem Parkplatz angehalten hat? Hatte er vielleicht Probleme mit dem Wasserlassen?«

»Commandant, Sie stellen Fragen. Das schon, aber nur in der Nacht. Da musste er manchmal sogar zweimal raus. Nein, ich weiß nicht, warum er da angehalten hat.« Die Stimme der alten Frau zitterte nun verdächtig. »Ich habe ihn noch angerufen. Aber er ist nicht an sein Telefon gegangen.«

»Also hatte er ein Handy dabei.«

»Aber ja doch. Ist es weg?«

Rachid nickte. »Und auch eine Geldbörse?«

»Hat er auch dabeigehabt. Aber nicht viel Bargeld drin. Glauben

Sie, es war ein Raubüberfall? Aber was soll es auch sonst gewesen sein. Ich verstehe das alles einfach nicht. Und zu meiner Tochter soll ich im Moment auch nicht. Ich würde ihr dann doch sagen müssen, dass ihr Papa nicht mehr lebt. Und das wäre nicht gut für sie.« Sie schluchzte laut und begann zu zittern.

»Madame Fragonard, wir lassen Sie jetzt in Ruhe. Wir sagen Ihrem Arzt Bescheid, er wird gleich nach Ihnen schauen. Wenn wir noch Fragen haben, melden wir uns wieder.«

»Entschuldigen Sie, aber ich kann auch einfach nicht mehr. Das alles ist zu viel.«

Mathilde und Rachid ließen die alte Frau mit dem Gefühl zurück, genauso wenig zu verstehen wie Eloise Fragonard.

»Ich habe die Telefonnummer von Regine Armbruster«, sagte Mathilde, als sie die Seniorenresidenz verließen. »Ich werde sie anrufen und informieren.«

»Mach das. Ist dir eigentlich klar, dass wir nun noch ein paar Verdächtige hinzugewonnen haben? Vielleicht dachten die Roubais, sie kämen leicht an einen Cross.«

»Und warum haben sie das Bild dann nicht mitgenommen? Und wer von Ihnen sollte es gewesen sein? Nein, das kann ich mir nicht vorstellen. Aber ich möchte wissen, ob sie etwas von der Sammlung gewusst haben. Vielleicht können sie uns sagen, wo sie abgeblieben ist.«

Mathilde kramte in ihrer Tasche, fischte eine Visitenkarte heraus und gab eine Nummer in ihr Smartphone ein.

»Madame Armbruster, hier Mathilde de Boncourt. Aber nein, natürlich will ich mein Bild nicht zurückgeben, ich werde mich nie von ihm trennen. Aber Sie hatten heute ein Rendezvous mit Monsieur Fragonard vereinbart, wegen eines Cross?«

Sie hielt in Richtung Rachid den Daumen hoch, um das geplante Treffen zwischen Albert Fragonard und der Galeristin zu bestätigen.

»Madame Fragonard wird sich noch bei Ihnen melden. Aber ich muss Ihnen leider mitteilen, dass Albert Fragonard bei einem Überfall auf dem Weg zu Ihnen getötet worden ist. Ja, ganz furchtbar. Das Gemälde ist nicht weggekommen. Wir haben es gesichert. Ich würde gerne morgen bei Ihnen in der Galerie vorbeikommen. Am Vormittag? Zehn Uhr? Das passt. *À bientôt*, Madame Armbruster.«

Mathilde sah auf ihre Uhr. »Ich würde am liebsten Feierabend machen und mich mit dir aufs Sofa setzen, eine schöne Schnulze schauen und etwas von Odiles Vorräten naschen. Meinst du, der Besuch bei den Roubais hat Zeit bis morgen? Immerhin ist Sonntag, der Tag ist fast vorbei. Vielleicht könnten du und Felix das übernehmen. Ich statte der Galerie einen Besuch ab. Ah, Coralie ruft an.«

Mathilde lauschte einen Augenblick.

»Ich habe es mir fast gedacht, der Zustand von Solange Fragonard hat sich noch nicht gebessert. Coralie durfte nicht zu ihr. Sie versucht es morgen wieder. Dann sind wir ja alle mit reichlich Arbeit versorgt.«

Kapitel 29

Ein drittes Mal würde sie sich nicht abwimmeln lassen, hatte sich Coco vorgenommen. Schließlich waren sie inmitten einer Mordermittlung. Und auch wenn Solange Fragonard wohl kaum zum Kreis der Verdächtigen gehörte, so konnte sie unter Umständen zur Aufklärung der Verbrechen beitragen. Sie war Chantals beste Freundin gewesen. Sie hatte Francis Fabre gekannt, hatte für ihn geschwärmt. Vielleicht hatte sie Dinge mitbekommen, die für die aktuellen Ermittlungen von Relevanz waren. Nur welche das sein könnten, davon hatte Coco keinen blassen Schimmer.

Coco hatte sich auf diesen Besuch vorbereitet. Sie hatte sich ihre Fachbücher vorgenommen, die sie im Rahmen ihres Aufbaustudiums der Kriminologie angeschafft und mit Enthusiasmus studiert hatte. Das Thema Schizophrenie war in einem Kapitel abgehandelt worden, und Coco musste feststellen, wie breit gefächert das Erscheinungsbild dieser Erkrankung, ihre Entwicklung, die Therapiemöglichkeiten waren. Docteur Bogdanovic, Solanges behandelnder Arzt, musste ihr vorab erklären, was zu der Erkrankung von Solange Fragonard geführt hatte und wie sich die Schizophrenie bei ihr zeigte. Ansonsten würde sie wahrscheinlich nie den Zugang zu der Frau finden.

Die Sekretärin des Arztes hatte ihr zunächst mitgeteilt, der Doktor stecke dermaßen in Arbeit, er könne wohl kaum die Zeit erübrigen, Laien Fachwissen zu vermitteln. Da war diese Madame allerdings bei Coco genau an die Richtige geraten. Nachdrücklich hatte sie einen Termin eingefordert, ihr klargemacht, obwohl das so nicht ganz korrekt war, sie würde Ermittlungen durch ihr Verhalten behindern. Viel kam allerdings nicht dabei heraus, doch der

Zerberus hatte ihr versprochen, wenn sie denn käme, am besten so gegen neun Uhr am Vormittag, Docteur Bogdanovic zu bitten, ein paar Minuten seiner kostbaren Zeit zu opfern.

Als Coco an die Vorzimmertür zu Docteur Bogdanovics Büro klopfte, rechnete sie fast damit, trotz der Zusage erneut abgewiesen zu werden. Doch die Sekretärin empfing sie mit einer einladenden Handbewegung. »Der Doktor erwartet Sie. Gehen Sie einfach durch.«

Das Zimmer des Arztes erinnerte an einen alten Museumsraum. Dunkles Holz dominierte, in einer Vitrine entdeckte Coco Schädel und Gehirne, eingemacht wie Gewürzgurken in hohen Gläsern. Die gegenüberliegende Wand nahmen Regale ein, voll mit Büchern. Rechts vom Schreibtisch stand ein Skelett. Der Arzt erhob sich, begrüßte Coco und wies ihr den Stuhl gegenüber seines Schreibtischs an. Bogdanovic besaß slawische Gesichtszüge, wie es Coco bei seinem Namen fast schon vermutet hatte. Sie hatte nachgelesen, dass seine Familie nach dem Ersten Weltkrieg aus Russland nach Frankreich gekommen war. Bereits sein Großvater war ein anerkannter Psychologe und zeitweiliger Weggefährte Sigmund Freuds gewesen.

Bogdanovics Haare lagen als weißer Kranz von Löckchen um den ansonsten kahlen Schädel. Nach Cocos Schätzung wog er bei seiner Körpergröße mindestens zwanzig Kilo zu viel. Aus seinem rosigen Gesicht blitzten tiefblaue Augen, über denen sich jetzt fragend seine Brauen hoben.

»*Bonjour,* Docteur Bogdanovic. Vielen Dank, dass Sie mich empfangen, um mir ein paar Fragen zu beantworten. Und vor allem, dass ich Madame Fragonard besuchen darf. Sie weiß noch nichts vom Tod ihres Vaters?«

Der Arzt runzelte die Stirn. »Um Himmels willen, nein. Im Grunde genommen ist Solange ein sanfter, friedfertiger Mensch, aber solche Nachrichten lösen in ihr Ängste aus, die sie mit Aggression gegen Dinge, gegen Menschen, sogar gegen sich selbst bekämpft. Daher war es Ihnen jüngst auch nicht möglich, sie zu sehen. Ich hoffe, Sie stellen mir keine Fragen, die ich Ihnen nicht beantworten darf.«

»Wegen Ihrer Schweigepflicht? Docteur Bogdanovic, wir ermitteln in mehreren Mordfällen. Und wir sorgen uns auch um Solange Fragonard. Es ist immens wichtig, dass ich mit ihr spreche, aber ich brauche Informationen von Ihnen, damit ich zu Ihrer Patientin auch den richtigen Zugang finde. All dies geschieht letztendlich zu ihrem Schutz und dient mit hoher Wahrscheinlichkeit der Aufklärung einer Reihe brutaler Verbrechen. Es liegt also in unser aller Interesse, wenn Sie uns entgegenkommen und darüber nachdenken, was Sie mir, trotz Schweigepflicht, anvertrauen können.« Coco sah dem Arzt offen und ernst ins Gesicht.

Bogdanovic zögerte nur kurz. »In Ordnung. Fragen Sie.«

»Danke. Docteur, Sie haben eben einen der Punkte angesprochen, die mich brennend interessieren. Gibt es diese Phasen von Gewaltbereitschaft öfter?«

»Sie meinen jetzt bei Solange oder grundsätzlich?«

»Grundsätzlich.«

Der Arzt faltete die Hände vor seinem Bauch. »Es ist ein Vorurteil, dass psychisch kranke Menschen gewaltbereiter sind als der Rest der Bevölkerung. Sie sind nicht gefährlicher, gewalttätiger und unberechenbarer als andere. Doch man kann sagen, dass unsere Patienten tatsächlich ein gegenüber der Allgemeinbevölkerung erhöhtes Risiko für Gewalt besitzen. Wie gesagt, ich spreche vom Risiko. Beantwortet das Ihre Frage?«

Coco nickte. »Und Solange?«

»Na, da gilt natürlich dasselbe. Wie ich schon sagte, sie ist friedfertig, doch es gibt Auslöser, die auch bei ihr zu einer gewissen Gewaltbereitschaft führen. Ein Beispiel. Ihre Mutter hatte es gut gemeint und ihr ein Foto rahmen lassen, das Solange mit ihrer Freundin Chantal zeigt. Ein Foto zweier junger Mädchen, die gemeinsam strahlend in die Kamera lachen. Diese Erinnerung an ihre tote Freundin hat Solange sehr mitgenommen. Sie nahm das Foto und wollte es nach ihrer Mutter werfen. Ihr Vater konnte es ihr abnehmen und hat es wieder eingesteckt. Danach war sie sanft wie ein Lamm und froh, ihre Eltern zu sehen.«

»Ich habe etwas von einer Geschichte gehört, sie hätte einen Aschenbecher nach ihrer Mutter geworfen.«

»Tss, Unsinn. Das war dieser Bilderrahmen. Aschenbecher. Solange hat nie geraucht, in ihrem Zimmer gibt es noch nicht einmal einen Aschenbecher.« Der Arzt schaute auf seine Armbanduhr. »Brigadier Mollard, ich habe noch fünf Minuten für Sie. Was also wollen Sie noch wissen?«

»Wenn Sie mir in den fünf Minuten erklären, unter welcher Form von psychischer Störung Solange Fragonard leidet, wie es dazu kam und wie Sie sie therapieren. Damit wäre mir schon geholfen.«

»Ich werde es versuchen. *Alors*. Schizophrenie ist zunächst eine psychische Störung. Die Bezeichnung Schizophrenie wurde Anfang des 20. Jahrhunderts geprägt. *Schizo* bedeutet spalten, *phren* ist der Geist oder die Psyche. Diese Menschen haben im weitesten Sinne den Bezug zur Realität verloren. Solange ist ein ganz und gar klassischer Fall. Denn die Anzeichen einer Schizophrenie beginnen in der Regel im Alter zwischen sechzehn und dreißig Jahren. Bei Solange traten die ersten Symptome plötzlich auf. Zuerst litt sie unter Schlaflosigkeit, dann hörte sie Stimmen. Besser gesagt, eine Stimme, die von Chantal. Oftmals können wir bei unseren Patienten bereits nach den ersten Zeichen einer Erkrankung, sogar mit ausgeprägten Symptomen, die seelische Gesundheit wiederherstellen. Etwa zwanzig Prozent der Betroffenen bleiben stabil und erleiden keinen Rückfall, bei etwa zwei Dritteln treten die Symptome von Zeit zu Zeit auf, klingen immer wieder ab. Bei den restlichen Betroffenen verläuft die Schizophrenie chronisch, und die Beschwerden klingen nie ganz ab. So ist es bei Solange.«

»Von welchen Symptomen sprechen wir«, fragte Coco. Zu Beginn des Gesprächs hatte sie sich Notizen gemacht, doch nun hörte sie einfach nur noch gespannt zu.

»Nun, wir unterscheiden drei Kategorien von Symptomen: positive, negative und kognitive. Positive Symptome sind zum Beispiel Wahnvorstellungen. Unter ihnen leidet, wie gesagt, Solange. Stimmen, die sie hört, später auch Personen, die nur sie sieht. Chantal ist eine von ihnen. Die anderen kann man eigentlich nicht Personen nennen, es sind eher Wesen aus einer anderen Welt. Sie sind grün oder rot, haben vier Augen statt zwei, landen mit einer Kapsel in ihrem Zimmer. Diese Wahnvorstellungen begleiteten Solange lange Zeit, bis wir ein probates Mittel dagegen gefunden hatten. Wir haben sie einigermaßen in den Griff bekommen. Das Neuroleptikum, das wir ihr verabreichen, lindert die Symptome ihrer Psychose und beugt Rückfällen vor. Laienhaft ausgedrückt, hemmt dieses Antipsychotikum die Aktivität bestimmter Nervenzellen im Gehirn. Es wirkt dadurch beruhigend und mildert die Wahnvorstellungen.«

»Solange leidet also unter paranoider Schizophrenie?«

»Genau«, bestätigte Docteur Bogdanovic. »Allerdings ist Solange auch ein negatives Symptom zu eigen, der soziale Rückzug. Sie lehnt es ab, sich an Gruppenveranstaltungen zu beteiligen. Nun, wie kam es überhaupt zu dieser Erkrankung bei Solange? Sie hat sie nicht geerbt, das steht fest, auch keine Umweltfaktoren wie beispielsweise Probleme bei der Geburt sind ein Auslöser gewesen. Bei Solange ist es mit größter Wahrscheinlichkeit dieses traumatisierende Ereignis in ihrer Jugend gewesen, ihre Freundin zu verlieren.«

Coco dachte nach. Nein, diese Frage war noch nie gestellt worden. »Wo befand sich Solange, als das Feuer ausbrach?«

»Das wissen wir nicht. Sie hat es uns nie gesagt. Als es wütete, war sie allerdings in der Küche ihres Elternhauses. Sie saß zusammengekauert unter dem Tisch, eingehüllt in eine Decke. So hat ihre Mutter sie gefunden.«

Coco presste die Lippen zusammen. »Und was tun Sie, um ihr zu helfen? Ich meine, es ist jetzt über zwei Jahrzehnte her, seitdem sie erkrankt ist.«

»Was wir tun? Nun, Solange erhält einmal im Monat ein gut verträgliches Antipsychotikum als Injektion, gleichzeitig haben wir versucht, sie psychosozial zu behandeln. Dabei sollen die Patienten lernen, sich den ganz alltäglichen Herausforderungen zu stellen und sie zu bewältigen. Dies ist bei Solange eigentlich unnötig, denn sie kann das. Doch sie verweigert sich. Im Grunde genommen gibt es erheblich schwerere Fälle als den von Solange Fragonard, doch wir stoßen bei ihr an unsere Grenzen. Sie möchte unsere Einrichtung nicht verlassen, sie möchte nicht in das normale Leben zurückkehren. Auch die Versuche, sie langsam daran zu gewöhnen, haben bei ihr ein aggressives Verhalten zur Folge. Sie empfängt ihre Eltern, und das ist ihr genug. Daher muss ich sie vorwarnen. Wir wissen nicht, wie sie auf Sie reagieren wird, Brigadier Mollard.«

»Docteur, kam Solange eigentlich direkt nach der Brandkatastrophe zu Ihnen?«

»Nein, ihre Erkrankung war ein schleichender Prozess. Es fing mit Konzentrationsstörungen in der Schule an. Natürlich dachten alle, es liegt an dem Drama, das sich vor ihren Augen abgespielt hatte. Dann folgten die ersten Wahnvorstellungen. Sie wollte plötzlich nichts mehr essen, was ihre Mutter gekocht hatte, es sei vergiftet. Dann hörte sie Stimmen. Chantal sprach zu ihr. Auch das erklärbar aus dem, was im Hause Savigny passiert war. Ihre Eltern reagierten erst, als Solange anfing, vollkommen apathisch zu werden. Sie wollte nichts mehr essen, nichts mehr trinken, nicht mehr spazieren gehen, sie wollte einfach gar nichts mehr.«

»Hegte sie damals Selbstmordgedanken?«, unterbrach Coco den Arzt.

»Nein, Gott sei Dank nicht. Nie hat sie offen über einen Suizid nachgedacht. Sie haben natürlich recht mit Ihrer Frage. Es ist nicht eben selten, wenn Menschen mit einer psychischen Störung für sich keinen anderen Ausweg mehr als den Tod sehen. Nun, besorgniserregend war ihr Zustand natürlich trotzdem. Die Eltern kamen zu mir. Madame und Monsieur Fragonard kannten mich ja bereits durch Valerie, die unter der Obhut meiner Frau war. Wir haben herausgefunden, dass Solange schon seit zwei Jahren Drogen konsumierte. Ein nicht zu unterschätzender Faktor bei der Entwicklung ihrer Schizophrenie.«

Drogen? Coco war sprachlos. »Wo hatte sie die her?«

»Von einem Mitschüler«, antwortete der Arzt und hob hilflos die Hände. »Nennen Sie mir eine Schule, an der nicht mit dem Dreckszeug gehandelt wird. Als wir anfingen, Solange zu behandeln, litt das arme Mädchen bereits seit Jahren unter Schizophrenie in einem Vorstadium. Man hätte vieles verhindern können, wenn man sie rechtzeitig zu uns gebracht hätte. Sie könnte heute ein selbstbestimmtes Leben führen.«

»Docteur, was ich mich die ganze Zeit frage. Natürlich ist es ein traumatisches Erlebnis, die beste Freundin unter solch dramatischen Umständen zu verlieren. Aber man erleidet doch nicht automatisch eine so gravierende psychische Störung. Kann es sein, dass sich noch etwas abgespielt hat, vor dem Brand, während oder danach, könnte sie etwas beobachtet haben, was sie vollkommen aus der Bahn geworfen hat?«

Der Arzt nickte bedächtig. »Glauben Sie mir, wir haben uns diese Frage auch gestellt. Wir haben jedoch bis heute keine Antwort darauf gefunden. Aber ich habe auch eine Frage an Sie, Brigadier, bevor wir Solange besuchen. Was genau wollen Sie eigentlich von ihr?«

Coco überlegte, wie sie ihren Verdacht formulieren sollte. »Ihre Frage hängt eng mit meiner letzten Frage zusammen. Francis Fabre, der Mann, den wir ermordet aufgefunden haben, war, wie Sie wissen, der Stiefbruder von Madame Savigny. Solange soll für ihn geschwärmt haben.«

»Das hat doch in diesem Alter nichts zu bedeuten«, unterbrach Docteur Bogdanovic sie.

»Nein. Aber Fabre war, soweit wir mittlerweile wissen, kriminell veranlagt. Er war es wahrscheinlich, der ein Gemälde aus der Villa der Familie gestohlen hat. Ist es möglich, dass Fabre Solange in seine kriminellen Machenschaften in irgendeiner Weise verwickelt hat? Könnte sie daran psychischen Schaden genommen haben? Zum Zweiten besteht der Verdacht, der Brand, bei dem Solange ihre Freundin verloren hat, könnte nicht zufällig ausgebrochen sein. Kann Solange etwas beobachtet haben, was unseren Verdacht im Nachhinein bestätigt? Hat sie diese Beobachtung nicht verkraftet? Das ist es, was ich von ihr erfahren möchte.«

Der Arzt schwieg geraume Zeit. Dann nickte er langsam. »Ich will es nicht ausschließen. Aber glauben Sie wirklich, Sie bringen mit Ihrem Besuch bei Solange etwas in Erfahrung, was sie seit mehr als zwanzig Jahren mit sich herumschleppt und nie auch nur mit einem Sterbenswort ihren Eltern, ihren Ärzten gegenüber erwähnt hat?«

»Ich weiß es nicht«, antwortete Coco ehrlich. »Aber vielleicht haben sie alle auch nie die richtigen Fragen gestellt.«

Kapitel 30

Sie verließen das Klinikgebäude. Mit großen Schritten eilte Docteur Bogdanovic mit Coco im Schlepptau zum gesicherten Trakt. Mittels einer Karte öffnete er die Tür aus schwerem Panzerglas. Sie gelangten in eine Art Schleuse, hinter der sich eine zweite Glastür befand, die, nachdem der Arzt einen Spezialschlüssel in ein Kästchen gesteckt hatte, lautlos aufglitt.

»Solange kann hier nicht raus?«, fragte Coco.

»Doch, natürlich. Sie ist doch nicht unsere Gefangene. Allerdings leben hinter dieser Tür auch Patienten, die nicht so einfach diese vier Wände verlassen dürfen. Bei Solange ist es etwas anderes, wie ich Ihnen sagte. Sie möchte unter keinen Umständen ihr – nun, wie soll ich sagen? – ihr sicheres Nest verlassen.«

Auf dem Weg zu Solange Fragonards »Nest« begegneten sie Männern und Frauen, die sich lediglich durch ein kleines Schild auf ihren Pullovern oder Sweatshirts unterschieden.

»Die mit dem Namensschild sind unsere Mitarbeiter, die ohne sind Patienten. Sie sehen, hinter dieser Schleuse leben alle so frei wie möglich. Einige können auch in den Park, andere sogar in die Stadt, dann jedoch immer in Begleitung. Für zwei Patienten gilt allerdings, dass ihre Türen vorerst verschlossen bleiben.«

»Sie sind zu gefährlich für ihre Mitmenschen?«

Bogdanovic nickte nur.

»So, wir sind da.« Solanges Zimmer lag am Ende des Flurs. »Sie hat eine eigene kleine Terrasse und kann in den Park, wann immer sie möchte. Es kommt allerdings nur ganz selten vor. Wir erhalten ein Signal, wenn sie ihr Zimmer verlässt, und können sie beobachten. Immer in der Hoffnung, einmal zu sehen, dass sie wieder Freude am Leben außerhalb gefunden hat. Doch kaum ist sie draußen, huscht sie wieder wie eine kleine Maus in ihr Refugium.« Bogdanovic seufzte und klopfte an die Tür.

»Solange, ich bin es, Pierre Bogdanovic. Ich habe einen Gast mitgebracht. Dürfen wir reinkommen?«

Von drinnen war ein Schlurfen zu hören, dann wurde vorsichtig die Tür geöffnet. Coco hatte bisher keine Vorstellung davon gehabt, wie Solange aussehen könnte. Aber mit einem solchen koboldhaften Wesen hatte sie ganz sicher nicht gerechnet. Solange Fragonard war höchstens einen Meter sechzig groß und wog vielleicht fünfundvierzig Kilo. Eine winzige Stupsnase prägte ebenso ihr Gesicht wie die großen runden Augen und der breite Mund. Doch vor allem fielen die Sommersprossen auf, die ihr Gesicht geradezu übersäten. Die kurzen dunklen Haare, die wie ein Pelz auf ihrem Kopf lagen, erinnerten Coco an ein Monchichi, eine Art Äffchen, ein Schmusewesen aus ihrer Kindheit, das tatsächlich noch auf ihrem Bücherregal zu Hause saß.

»Pierre, *bonjour*. Ist es heute ein schöner Tag?«

»*Bonjour,* Solange. Ja, ein schöner Tag. Wie geht es Ihnen?«

»Gut.« Sie strubbelte sich durch die Haare. Bis jetzt hatte Solange Fragonard noch keine Notiz von Coco genommen. »Es war nicht gut, doch jetzt geht es besser. Warum haben Sie einen Gast mitgebracht?« Sie fixierte den Arzt mit ihren dunklen runden Knopfaugen.

»Das ist …« Bogdanovic überlegte kurz, wie er Brigadier Mollard am besten vorstellte. »… Coralie. Sie möchte sich gerne ein wenig mit Ihnen unterhalten.«

»Coralie. Sie sind von der Polizei?«

Coco und Bogdanovic sahen sich an.

»Pierre, ich bin nicht dumm.« Die Augen der Frau blitzten für einen Moment listig auf.

Hatte Coco bis eben noch den Eindruck gehabt, Solange Fragonard habe ein Problem damit, ein normales Gespräch zu führen, so stand für sie jetzt fest, dass diese Frau trotz ihrer psychischen Störung wach und aufmerksam war. Zumindest in diesem Moment.

»Sie haben recht. Coralie Mollard ist von der Polizei. Aber sie möchte sich wirklich nur ein wenig unterhalten. Sie brauchen keine Angst zu haben. Und wenn Sie wollen, bleibe ich bei Ihnen.«

Hatte der Arzt nicht vorhin gesagt, er hätte keine Zeit? Coco war nicht davon begeistert, Bogdanovic dabeizuhaben.

»Ich habe weder Angst – wovor denn? –, noch möchte ich, dass Sie hierbleiben, Pierre. Ich werde alleine mit ihr sprechen. Das ist doch mein gutes Recht, nicht wahr?«

»Natürlich. Dann lasse ich sie beide allein. Wenn irgendetwas ist, Sie wissen, es ist sofort jemand für Sie da, Solange.« Mit einem Nicken verabschiedete sich der Arzt.

Solange trat in die Mitte des Zimmers und blieb abwartend stehen. Mit einem Blick überschaute Coco den Raum. Ein Bett, an dem sie auf den ersten Blick keine Möglichkeit entdeckte, diese Patientin zu fixieren. Ein kleiner Schreibtisch, auf dem überhaupt nichts lag, ein Regal, das vollgestopft mit Taschenbüchern war. Ein dünnes Buch lag davor auf dem Boden. *Les femmes savantes – Die gelehrten Frauen* von Molière. Sie hob es auf und wollte es auf den Schreibtisch legen.

»Lassen Sie es liegen. Das mache ich selbst. Und wenn es dort noch liegt, hat es vielleicht einen Grund.«

Coco errötete leicht. »Sie lesen viel?«, fragte sie und legte das Büchlein wieder vor das Regal.

»Erstaunt Sie das?«

Kein guter Anfang. Coco wurde klar, dass sie Solange Fragonard behandeln musste, als besäße diese nicht im Mindesten ein psychisches Problem.

»Nein, sollte es mich in Erstaunen versetzen?«, stellte sie eine Gegenfrage. »Ich lese selbst viel. Ich glaube, Frauen lesen überhaupt viel mehr als Männer. Nicht umsonst hat Molière wahrscheinlich diese Geschichte den gelehrten Frauen gewidmet.«

Solange setzte sich auf ihren Schreibtischstuhl. »Setzen Sie sich, dann unterhält man sich besser. Dieser Stuhl ist gut für Sie.« Sie zeigte auf einen Hocker, der in der Zimmerecke stand. Auf ihm türmten sich Kleidungsstücke. »Ich habe erst gestern meine Injektion erhalten. Ich bin also wach, aufnahmefähig und neige nicht dazu, mir etwas einzubilden. Und ja, es stimmt. Frauen lesen mehr. Ob sie gelehrter sind, weiß ich nicht. Auf jeden Fall musste Philaminte einsehen, dass Trissotin es nur auf das Geld der Familie abgesehen hatte. Immerhin kam die Einsicht. Nun, über was wollen wir reden?«

Coco hatte diese Komödie von Molière noch nie gelesen, weder wusste sie, wer Philaminte war, noch, welches Spiel Trissotin getrieben hatte.

»Darf ich?« Coco hob den Kleiderstapel hoch und legte ihn aufs Bett. Dann schob sie den Hocker näher an den Schreibtischstuhl, sodass sie Solange ins Gesicht blicken konnte, die in angespannter Haltung und mit gefalteten Händen auf ihrem Stuhl saß. Ihre Füße, die in Filzpantoffeln steckten, scharrten unruhig über den Boden.

»Darf ich Sie einfach Solange nennen?«

»Wenn ich Sie einfach Coralie nennen darf.« Das Scharren hörte auf.

»Solange, Sie waren eng mit Chantal Savigny vertraut, sie war Ihre beste Freundin. Ihr Tod hat Sie aus Ihrem normalen Leben herauskatapultiert.«

Das Scharren wurde schneller, die gefalteten Hände wurden zu Fäusten, mit denen sich die Frau auf die Oberschenkel klopfte.

»Ein gutes Wort. Katapultiert. Aber sie hätte nicht da sein sollen. Es war nicht richtig. Chantal fehlt mir.« Das Klopfen wurde geradezu zu einem Hämmern, ein Zucken durchlief ihren Körper, und sie schüttelte wild den Kopf hin und her.

Das Thema Chantal brachte Solange ganz offenbar an den Rand größter Verzweiflung.

»Solange, es tut mir leid. Ich wollte Sie nicht aufregen. Darf ich Ihnen trotzdem noch eine Frage stellen?«

Solange Fragonard atmete hörbar ein und aus. Ganz allmählich ließ das Zittern nach, die Füße standen nun fest auf dem Boden. »Ja. Aber ich bin müde. Eine Frage.«

»Francis Fabre. Sie mochten ihn. War Francis ein guter Mensch?«

Solange schien zu überlegen. Sie ließ sich mit ihrer Antwort Zeit.

Dann lächelte sie. »Das haben Sie gut gemacht, Coralie. Sie haben nicht gefragt, ob ich ihn gemocht habe, nicht wahr? Sie haben es vorausgesetzt. Wäre es eine Frage gewesen, hätte ich nur diese eine beantwortet. So haben Sie noch eine frei. Das war geschickt. Francis war gut, aber nicht zu jedem. Können Sie jetzt bitte gehen?« Solange stand auf und legte sich aufs Bett. Sie drehte Coco den Rücken zu.

Coco blieb nichts anderes übrig, als sich zu verabschieden. Sie hatte sich von dem Besuch mehr erhofft. »Danke, Solange, dass ich mit Ihnen reden durfte. *Au revoir.*«

Leise schloss sie die Tür hinter sich und begab sich zum Büro des Arztes. Die Tür zum Vorzimmer war verschlossen. Coco sah auf die Uhr. Vielleicht war die Sekretärin in einer späten Frühstückspause. An der Anmeldung gab sie Bescheid, dass sie nun wieder gehe, man solle bitte Docteur Bogdanovic ihren Dank ausrichten. Sie stand bereits am Ausgang, als ein Ruf sie zurückhielt. Bogdanovic.

»Sie gehen schon?«, fragte er etwas außer Atem. »Das Gespräch war nicht sehr ergiebig, vermute ich. Darf ich wissen, über was Sie geredet haben?«

»Ah, Docteur Bogdanovic. Ich wollte mich persönlich von Ihnen verabschieden, aber Ihr Büro war zu. Nun, ich vermute, Sie haben es geahnt, dass ich sehr schnell an meine Grenzen stoßen werde. Ich habe Solange auf Chantal angesprochen. Allein die Frage hat sie sehr in Unruhe versetzt. Sie sagte, sie vermisse sie. Dann durfte ich nur noch eine einzige Frage stellen. Ich wollte von ihr wissen, ob Francis Fabre ein guter Mensch war. Ihre Antwort fiel sehr einfach aus. Ja, aber er sei nicht zu jedem gut gewesen.«

»Sie hatten sich mehr erhofft.«

»Ich gebe es zu. Ich weiß nicht genau was, aber mehr, tatsächlich.«

»Nun, das tut mir leid. Ich werde gleich nach ihr schauen.«

»Solange hat sich sofort hingelegt, und es schien mir auch, dass sie sich beruhigt hat. Ihre Patientin ist übrigens eine ganz außergewöhnliche Frau. Ich würde ihr sehr wünschen, dass sie in ein normales Leben zurückfindet.« Mit diesen Worten, die ganz aus ihrem Herzen kamen, verabschiedete sich Coco von dem Arzt.

An ihrem Auto angekommen, hielt direkt daneben ein Taxi, und Solanges Mutter, Eloise Fragonard, stieg aus. Ob sie ihrer Tochter vom Tod des Vaters berichten wollte, fragte sich Coco.

»*Bonjour,* Madame Fragonard, Sie besuchen Ihre Tochter?«, fragte sie, als die alte Frau das Taxi bezahlt hatte, das sofort wieder abfuhr.

»Ah, ich habe Sie gar nicht gesehen. Ja, so wie immer, nur ohne Albert.« Tränen traten ihr in die Augen. »Ach, ich weiß gar nicht, wie ich das dem Kind beibringen soll. Ich muss mit Docteur Bogdanovic sprechen. Ich glaube, es ist besser, er übernimmt das. Ich möchte heute eigentlich nur ein wenig bei ihr sitzen, vielleicht lesen wir etwas zusammen, oder ich kann sie überreden, ein wenig mit mir spazieren zu gehen. Wissen Sie, es ist so schwierig, an sie heranzukommen. Bis ich sie endlich so weit habe, dass sie sich ein Paar Schuhe und eine Jacke angezogen hat, hat es mich schon meine ganze Überredungskunst gekostet. Und nach zwei Minuten an der frischen Luft will sie wieder in ihr Zimmer, legt sich aufs Bett, dreht mir den Rücken zu und sagt kein Wort mehr.«

Coco wusste mittlerweile, wovon Madame Fragonard sprach.

»Was machen Sie eigentlich hier?«, wollte die alte Frau dann wissen.

»Ich habe mit Einverständnis von Docteur Bogdanovic Ihre Tochter besucht, Madame Fragonard. Sie ist ein ganz besonderer Mensch«, fügte sie hinzu, als sie bemerkte, wie Solanges Mutter sich versteifte und ihre Miene eisig wurde. Sofort entspannte sich die Frau wieder.

»Sie haben Sie aber nicht mit Fragen zu damals gequält?«

»Nein, als ich sah, dass es ihr nicht guttut, sich zu erinnern, habe ich nicht weitergefragt, machen Sie sich bitte keine Sorgen. Es ist alles in Ordnung.«

»Danke. Und danke für das, was Sie eben gesagt haben. Dass meine Solange ein besonderer Mensch ist. Das ist sie. Wissen Sie, sie war so fröhlich, hat viel gelesen, war unser Sonnenschein. Und dann, diese furchtbare Krankheit. Dieser Tag hat einfach alles verändert. Die vielen Toten, und jetzt Valerie, die nun ebenfalls gestorben ist.«

Madame Fragonard wusste also noch nicht, dass jemand Valerie Savigny getötet hatte. Coco hoffte, Docteur Bogdanovic würde es ihr beibringen. Es war ihr unmöglich, der alten Frau diese schreckliche Nachricht hier auf dem Parkplatz zu überbringen.

»Ich muss so oft an diesen Abend denken«, fuhr Eloise Fragonard fort, die nichts von der leichten Anspannung Cocos mitbekommen hatte. »Er lässt mich einfach nicht los. Die Familie findet sich zu einem gemütlichen Abendessen ein. Ich weiß sogar noch, was ich gekocht habe. Lammkeule. Madame Savigny bat mich, noch ein weiteres Gedeck aufzulegen, und als ich das Haus verließ, Albert und ich wollten ins Kino, war der Tisch so schön gedeckt. Das Kristall schimmerte, das Silber war geputzt. Madame musste nur noch das Essen auf den Tisch bringen.«

Cocos Brauen zogen sich zusammen. Hatte sie richtig gehört? Sie hakte bei Madame Fragonard nach.

»Sie sagten eben, Sie hätten auf Wunsch von Madame Savigny noch ein Gedeck aufgelegt?«

»Ja.«

»Aber dann war nicht nur die Familie zum Essen da, sondern eine sechste Person.« Coco merkte selbst, wie schrill ihre Stimme plötzlich klang. Das gab's doch nicht. Nirgendwo hatte dieser Punkt Erwähnung gefunden. Das änderte doch alles. Eine sechste Person. Vier Leichen waren gefunden worden. Die Eheleute Savigny, Chantal und ihr jüngerer Bruder. Valerie konnte gerettet werden. Wer zum Henker war die sechste Person gewesen? Wo war sie abgeblieben? Welche Rolle hatte sie in dem Drama gespielt? War es vielleicht Solange Fragonard gewesen? Die beste Freundin von Chantal?

»Madame Fragonard …« Coco versuchte, ruhig zu bleiben. »… wer war diese sechste Person? Solange?«

»Solange? Aber nein. Das hätte ich doch gewusst. Ich kann es Ihnen nicht sagen. Es spielt doch auch keine Rolle. Wenn sie da gewesen wäre, diese sechste Person, wäre sie ja wohl unter den Opfern gewesen, nicht wahr? Ich bin also davon ausgegangen, dass dieser Gast nicht erschienen ist. So einfach ist das. Monsieur und Madame Savigny waren bekannt für ihre Gastfreundschaft. Jedem stand die Tür offen. Sie glauben gar nicht, wie oft zum Essen plötzlich mehr Gäste da waren als erwartet. Oder es hat geklopft, als sie das Abendbrot oder das Mittagessen einnahmen, und da war es selbstverständlich, diese Person mit an den Tisch einzuladen. Ich habe immer größere Portionen gekocht, weil ich wusste, es konnte immer mal jemand unangemeldet auftauchen. Eine Freundin von Valerie, ein Spielkamerad von Eric, eine Tennisfreundin von Madame, dauernd war ein Esser mehr am Tisch.«

»Madame Fragonard, bitte versuchen Sie sich zu erinnern, ob der Name des Gastes nicht doch erwähnt wurde. Ich bitte Sie, es könnte sehr wichtig sein.«

Eloise Fragonard biss sich auf die Unterlippe. »Meinen Sie, ich hätte das damals erwähnen sollen? Aber es war doch nichts Besonderes. Und nein, mir hat man nie gesagt, wer noch kommt. Es sei denn, es war eine offizielle Veranstaltung, dann sagte mir Madame Savigny, ich solle zum Beispiel darauf achten, keinen Fisch einzuplanen, weil Monsieur Dubois, der zu den Gästen zählte, ihn nicht vertrug. Aber sonst, nein. Ich weiß es nicht. Und wie ich bereits sagte, diese Person war auch nicht da. Besser war es für sie. Wenn Sie mich jetzt entschuldigen, ich möchte zu meiner Tochter.«

Eloise Fragonard humpelte davon. Coco registrierte, wie die alte Frau verständnislos den Kopf schüttelte.

Zut. Wer war diese sechste Person gewesen? Tatsächlich ein Gast, der nicht erschienen war? Hätte sich dieser Gast dann nicht nach der Katastrophe gemeldet? Coco konnte sich nicht erinnern, etwas Derartiges in den Akten gelesen zu haben. Oder war dieser verantwortlich für all das Schreckliche, das der Familie Savigny widerfahren war? Ein Gast, der, nachdem er das Leben der Familie ausgelöscht hatte, spurlos verschwunden war? Cocos Bauchgefühl sagte ihr, dass man Francis Fabre ausschließen konnte. Madame Savigny hätte mit Sicherheit gesagt: Eloise, Francis ist zum Essen da. Nicht mehr und nicht weniger. War es vielleicht Dominic Roubais gewesen? Hatte er geschäftlich etwas mit Ernest Savigny zu besprechen gehabt, war aus diesem Grund zu Tisch gebeten worden? Coco spürte, dass dieser *cold case* eine ganz neue Richtung nehmen würde.

Kapitel 31

Das Glöckchen bimmelte, als Mathilde die Galerie Armbruster betrat. Ihr Blick ging sofort zu der Wand, an der das Gemälde von Sandrine Mugler gehangen hatte. Regine Armbruster hatte es durch ein neues Gemälde ersetzt. Yves Brayer. Mathilde erkannte das Motiv sofort. Sie trat näher. Es war eine handsignierte Lithografie. Ihr Großvater hatte ein Ölbild von Yves Brayer im Arbeitszimmer hängen, das er vor vielen Jahren vom Künstler direkt erworben hatte. Das Gemälde von Rémy de Boncourt stellte eine Reiterszene in der Camargue dar. Jahrelang hatte es in Rémys Schlafzimmer gehangen, bis er es vor einem Jahr in sein Arbeitszimmer brachte. Es habe eine beruhigende Wirkung auf ihn, hatte er den Umzug begründet. Mathilde war sofort ein Schrecken in die Glieder gefahren. Sie hatte befürchtet, ihr Großvater sei in irgendeiner Weise schwer erkrankt. Doch weit gefehlt. Rémy war munter wie eh und je, doch er wollte eben dieses Gemälde um sich haben.

»Eine sehr schöne Arbeit.«

Mathilde fuhr herum. Sie hatte Regine Armbruster nicht kommen gehört.

»Er ist ein Kind dieser Region. Yves Brayer hat es wunderbar verstanden, ländliche Szenen und die Landschaft einzufangen. Und diese leichte Farbigkeit. Es ist, wie Sie sehen, eine Lithografie. Allerdings handsigniert.«

Die Galeristin reichte der Untersuchungsrichterin die Hand zur Begrüßung. Spontan erkundigte sich Mathilde nach dem Preis. Das Bild wäre ein wunderbares Geschenk für Rachid zu Weihnachten. Ein Blick über eine Landschaft mit grasenden Pferden bis zum

Mont Sainte-Victoire. Eine Lithografie würde ganz sicher nicht die Welt kosten.

Genau dies bestätigte Regine Armbruster. »Es gehört in eine Reihe mit einer Auflage von vierhundert Stück. Hier, sehen Sie. 117/120. Aber nicht alle sind signiert. Das macht es schon ein wenig wertvoller. Der Preis liegt bei vierhundertfünfzig Euro.«

»Ich nehme es.«

»Eine gute Entscheidung. So ganz allmählich klettern die Preise für Brayers Werke. Er hat zwar ein reichhaltiges Oeuvre hinterlassen, aber man findet nicht an jeder Straßenecke etwas von ihm. Nehmen Sie es nachher mit?«

Mathilde nickte. »Gerne. Und danke, dass Sie die Zeit für mich gefunden haben.«

Die Galeristin, die eben noch Mathilde angestrahlt hatte, wurde mit einem Schlag ernst. »Es ist einfach nicht zu fassen. Und es stimmt mich traurig. Ich habe auf Monsieur Fragonard gewartet, und als er nicht kam, habe ich versucht, ihn zu erreichen. Als er sich nicht meldete, habe ich seine Frau angerufen, die mir sagte, er wäre mit dem Gemälde aufgebrochen. *Mon Dieu*, was ist denn passiert? Aber kommen Sie, setzen wir uns in mein Büro. Ich schließe eben noch ab.«

Sie bot Mathilde einen Kaffee an, der stark und schwarz aus einer hochmodernen Maschine mit Mahlwerk für die Bohnen herauszischte. Die beiden Frauen tranken einen ersten Schluck, und Mathilde berichtete.

»*Alors*, Albert Fragonard hat zwischen Sommières und Nîmes haltgemacht. Es ist kein ausgeschilderter Parkplatz, aber dort halten öfter Autofahrer, sei es, um einen Imbiss einzunehmen oder sich zu erleichtern. Warum Monsieur Fragonard angehalten hat, wissen wir nicht. Das Gemälde, das für Sie bestimmt war, lag auf dem Rücksitz, gut verpackt. Man konnte dem Paket allerdings nicht ansehen, was sich darin befand. Wir tappen noch vollkommen im Dunkeln.«

Die Galeristin nickte. »Daher wurde es auch nicht mitgenommen, meinen Sie?«

»Oder der Täter ist durch irgendetwas gestört worden. Wie

gesagt, wir haben noch nicht viel. Es ist allerdings ein merkwürdiger Zufall, dass sich zurzeit alles um Werke von Henri Edmond Cross dreht. Ein Gemälde wird vor mehr als zwanzig Jahren gestohlen, es ist offensichtlich verkauft worden, dann landet es zum neuerlichen Verkauf bei Ihnen. Nur wenige Zeit später wird Ihnen erneut ein Cross angeboten, um ihn für seine Eigentümer, die Fragonards, zu verkaufen.« Mathilde verschwieg bewusst, dass die Eigentumsverhältnisse letztendlich noch nicht einmal geklärt waren. »Monsieur Fragonard und das Gemälde kommen nie hier an, da er auf halbem Weg erschlagen wird.«

Obwohl Mathilde von Eloise Fragonard erfahren hatte, warum ihr Mann gerade die Galerie von Regine Armbruster ausgewählt hatte, hakte sie noch einmal nach. »Monsieur Fragonard hat Ihnen sicherlich gesagt, warum er den Cross in Ihre Hände geben wollte.«

Regine Armbruster verschränkte ihre Finger ineinander. »Wissen Sie, als Monsieur Fragonard sich bei mir meldete, war ich zunächst verblüfft. Ein weiterer Cross. Natürlich musste ich ihn zuerst begutachten.«

Mathilde unterbrach die Galeristin. »Wenn Sie das Bild als ein Original von Cross identifiziert hätten, hätten Sie sich dann bei uns gemeldet? Es ist schon ein merkwürdiger Zufall.«

Ihr Gegenüber schüttelte den Kopf. »Nein, warum sollte ich? Bei einer eindeutigen Provenienz, das Gemälde von Anbeginn in der Familie. Ich hätte keinen Grund dafür gehabt. Und um auf Ihre erste Frage zurückzukommen. Wie ich schon sagte, man kennt mich als Galeristin, die sich auf einen gewissen Markt spezialisiert hat. Künstler aus der Region, denken Sie an Sandrine Mugler oder Yves Brayer, aber es sind auch die Motive, die ich anbiete, die die Kunden interessieren. Vom Olivenbaum über das Meer bis hin zum Mont Ventoux oder einem Schiffskutter im Hafen von Antibes. Nun, das ist natürlich nur der Schwerpunkt. Wenn mir jemand ein Seerosengemälde von Monet anbietet, sage ich natürlich nicht nein. Und in der Schweiz läuft es ähnlich, auch dort Schwerpunkte, die die Landschaft und ihre Künstler betreffen. Ab und zu schalte ich eine Werbeanzeige, aber das eher selten. Es ist nicht unbedingt nötig. Doch vor etlichen Wochen war dieser Artikel in *La Gazette de Nîmes* zu lesen. Auch Monsieur Fragonard hat ihn zur Kenntnis genommen, wie er mir am Telefon sagte. Er habe sich schon lange mit dem Gedanken getragen, seinen Cross zu veräußern, und wolle nun die Gelegenheit wahrnehmen. Wir hatten uns für elf Uhr hier in der Galerie verabredet. Nun, den Rest der Geschichte kennen Sie. Noch einen Kaffee?«

»Nein danke. Er ist sehr gut, genau so, wie ich ihn mag, aber trotzdem«, winkte Mathilde ab. »Hat Ihnen Monsieur Fragonard schon am Telefon gesagt, um welches Gemälde es sich genau handelt?«

Regine Armbruster stand auf und ließ die Kaffeemaschine einen zweiten *Café serré* produzieren. In Sekundenschnelle war die kleine Tasse gefüllt. Sie nahm wieder Platz.

»Ich hatte ihm ein paar Fragen dazu gestellt, die er mir beantwortet hat, alles andere wollten wir hier besprechen. Es war schon ein seltsames Gefühl, so kurz nachdem Sie meinen Cross, entschuldigen Sie, ich sage immer mein Cross, natürlich den von Madame Nestor, mitgenommen haben. Gibt es eigentlich mittlerweile einen Kontakt zu ihr?«

»Nein, leider noch nicht.«

»Nun, wo war ich stehen geblieben. Ich hatte das eine oder andere zu dem Gemälde wissen wollen. Welcher Art es ist, Öl, ein Aquarell? Ob es signiert ist, datiert? Und dann natürlich ganz wichtig, die Frage nach der Provenienz. Monsieur Fragonard sagte, es sei schon sehr lange in der Familie, sein Urgroßvater habe Cross persönlich gekannt und es von ihm gekauft, es sei sogar eine Widmung darauf. Solch ein Umstand erleichtert die Sache natürlich ungemein. Widmung und immerzu in Familienbesitz, da kann eigentlich nichts schiefgehen.« Regine Armbruster lächelte. »Darf ich fragen, wer das Gemälde an sich genommen hat?«

»Unsere Spurensicherung hat es mitgenommen. Es war zwar verpackt, aber vielleicht hat der Täter es herausgenommen und wieder eingepackt.«

»Und dann liegen lassen? Warum? Hat er es sich nicht zugetraut, ein Gemälde zu veräußern? Das könnte natürlich sein«, mutmaßte die Galeristin.

Mathilde hob die Hände. »Alles ist möglich, wie gesagt, wir stecken mitten in den Ermittlungen.«

»Und später geht das Gemälde zurück an die Witwe, vermute ich?«

»Ja, wenn alles seine Richtigkeit hat.« Diese Antwort bedeutete alles und nichts.

»Nun, vielleicht meldet sich Madame Fragonard bei mir. Aber ich werde sie natürlich nicht bedrängen.«

Die beiden Frauen schwiegen einen Moment.

»Madame Armbruster, Sie sprachen eben von der Provenienz des Gemäldes. Ich nehme an, das ist immer Ihre erste Frage, wenn man Ihnen etwas anbietet.«

»Ja, das ist unerlässlich. Meist handelt es sich um Erbstücke. Viele Kunden, die mir ein Kunstobjekt vorbeibringen, besitzen einen Kaufbeleg, ein Echtheitszertifikat oder Ähnliches. Meist ist der Weg lückenlos zurückzuverfolgen. Kritischer wird es, wenn man mir einen Flohmarktfund vorbeibringt. Dann gehen die Recherchen los. Wer hat es geschaffen? Ist es echt? Falls das der Fall ist, schalte ich sämtliche Suchmaschinen ein. Ist es als gestohlen gelistet? Das ist die wichtigste aller Fragen. Wenn das der Fall ist, muss ich mich von ihm trennen und die Behörden benachrichtigen. Allerdings kommt dies selten vor. Und wie man sieht, muss es auch nicht gemeldet sein und ist trotzdem Diebesgut. Man bewegt sich als Kunsthändler immer auf sehr dünnem Eis.«

Mathilde überlegte kurz, was sie über das Gemälde der Fragonards noch preisgeben konnte.

»Der Cross, den man Ihnen bringen wollte, hatte keine wirkliche, oder sagen wir lieber, aussagekräftige Widmung«, sagte sie schließlich.

Regine Armbruster zog erstaunt die Brauen hoch. »Wie meinen Sie das?«

»Auf der Rückseite der Leinwand steht lediglich ›Für E. S. In Freundschaft. H. E. Cross‹.«

»Aber ja, ich weiß, Emile Sandrou, er war der Urgroßvater von Albert Fragonard«, gab die Galeristin erleichtert zurück.

»Nun, so einfach ist das leider nicht. Emile Sandrou hat dieses Gemälde wohl nie besessen.«

Mit einem leisen Aufschrei setzte die Galeristin ihre Tasse, die sie eben zum Mund führen wollte, wieder ab. »Sie wollen damit sagen, es handelt sich um Diebesgut? Genau wie der erste Cross? Das kann doch jetzt nicht wahr sein. Wie finden diese Leute nur den Weg gerade zu mir? Ich befürchte, sage ich Ihnen ganz ehrlich, ich hätte dieses Bild wahrscheinlich, ohne mit der Wimper zu zucken, verkauft. Oder ist es irgendwo als gestohlen gelistet?«

Mathilde schüttelte den Kopf. »Nein.«

»Puh, da ist der Kelch wohl gerade noch einmal an mir vorübergegangen. Nicht auszudenken, wenn ich dieses Gemälde gutgläubig verkauft hätte. Mein Ruf wäre ruiniert, ich könnte beide Galerien schließen.«

Sie nahm ihre Tasse, nippte am Kaffee und verzog das Gesicht. »Kalt schmeckt er scheußlich. Aber ich muss Ihnen sehr für Ihre Offenheit danken. Natürlich tut es mir leid, was mit Monsieur Fragonard geschehen ist. Glauben Sie, er hat gewusst, dass der Cross nicht seinem Urgroßvater, sondern einer anderen Person gehört hat?«

»Dazu kann ich Ihnen leider nichts sagen, Madame Armbruster. Eine letzte Frage noch. Oder eher zwei. Kam Ihnen Monsieur Fragonard irgendwie merkwürdig vor? Gehetzt? Verängstigt? Und hat er Ihnen gesagt, warum er sich überhaupt von dem Cross trennen möchte?«

Regine Armbruster überlegte einen Moment. »Nun, da Sie mich danach fragen. Er hat es sehr dringlich gemacht, mir das Bild zu bringen. Lieber gestern als heute wollte er es, es hört sich vielleicht merkwürdig an, loswerden. Doch das ist nicht so selten. Ich meine, diese Eile. Wenn man sich dazu entschlossen hat, soll es auch schnell gehen. Wie bei einem Zahnarztbesuch. Nun, der Vergleich hinkt wahrscheinlich. Aber es ist so, die Menschen, die einen Kunstgegenstand verkaufen wollen, sind meist froh, wenn er ihnen, nun, wenn er ihnen aus den Füßen ist und sie sich keine Sorgen mehr darüber machen müssen, er könnte ihnen womöglich noch abhandenkommen. Vor zwei Jahren hatte ich einen jungen Mann als Kunden, der hatte eine kleine Figur von Giacometti. Ein Nachguss, sehr schön, sehr wertig. Und er hat ihn in seiner Tasche im Zug liegen lassen. Können Sie sich das vorstellen? Zum Glück ist sie wieder aufgetaucht. Ein ehrlicher Finder hat sie abgegeben. Und er hat mir den Giacometti auf den Tisch gelegt, als würde er sich die Finger daran verbrennen. ›Nur weg mit ihm‹, hat er gesagt. Und zu Ihrer zweiten Frage. Ja, Monsieur Fragonard sagte, er habe eine kranke Tochter, die Behandlung sei sehr teuer, verschlinge geradezu ein Vermögen. Ich habe nicht weiter gefragt. Ich dachte mir, wenn er etwas darüber erzählen möchte, wird er das vielleicht hier vor Ort tun. Aber das entspricht doch wohl der Wahrheit? So etwas erfindet man doch nicht?«

»Es tut mir leid, auch dazu kann ich leider nichts sagen. Aber ich danke Ihnen für Ihre Zeit.« Mathilde erhob sich.

»*De rien*, Madame le Juge. Ich verpacke Ihnen noch den Brayer. Sie wollen ihn sicherlich jetzt mitnehmen? Ich kann Ihnen auch versichern, dass es sich nicht um Diebesbeute handelt.« Regine Armbruster lächelte. »Sie erhalten natürlich auch zu diesem Werk eine Expertise und einen Nachweis, wo es herstammt.«

Eine Viertelstunde später hatte Mathilde die Lithografie bezahlt und hielt sie gut verpackt in den Händen.

»Was hängen Sie als Nächstes an diese Stelle?«, fragte sie und deutete auf den leeren Fleck an der Wand.

»Nichts mehr. Ich denke so langsam ans Einpacken. Es geht zurück nach Lausanne. Ich hoffe im nächsten Jahr auf ein ähnlich schönes Stück wie das Gemälde von Sandrine Mugler. Wie macht es sich an der Wand bei Ihnen? Erfreuen Sie sich jeden Tag daran?«

Tatsächlich hatte Mathilde zunächst daran gedacht, das Gemälde mit ins Schloss zu nehmen, um es dort in ihrer Wohnung aufzuhängen. Sie hatte in ihrem Appartement keinerlei Sicherung für das Bild, und es war noch nicht versichert. Im Château de Boncourt würde es eher vor einem Diebstahl geschützt hängen. Doch im Moment zierte es noch eine Wand in ihrem Appartement in Nîmes.

»Kommen Sie doch einfach, bevor Sie abreisen, auf einen Kaffee vorbei. Dann sehen Sie selbst, wo ich Madame Mugler untergebracht habe«, sprach sie spontan eine Einladung aus.

»Wie nett, sehr gerne.« Regine Armbruster strahlte übers ganze Gesicht. »Dann werde ich mich von *L'Infinité* verabschieden und es in guten Händen wissen. *Au revoir*, Madame le Juge.«

Beschwingt machte sich Mathilde auf den Weg. Rachid würde Augen machen, wenn er das Bild auspackte. Es würde ihm ganz sicherlich gefallen.

Kapitel 32

Kurz bevor Rachid und Felix das Anwesen der Familie Roubais erreichten, erhielt Rachid einen Anruf von Coralie. Sie teilte ihm mit, man habe am Abend der Brandkatastrophe offenbar einen Gast im Hause Savigny erwartet. Madame Fragonard habe dem Umstand nie eine Bedeutung beigemessen, da regelmäßig sogar unangemeldet Besuch kam, der auch zu den Mahlzeiten blieb. Ihrer Meinung nach sei allerdings niemand gekommen. Beim Besuch der Familie Roubais sollte man diese Frage vielleicht stellen, es könne sich schließlich um Dominic Roubais gehandelt haben.

»Was hältst du davon, Felix?«, fragte Rachid, als er in die lange Einfahrt bog.

»Wenn es so ein offenes Haus war, wie Madame Fragonard sagte, kann es jeder gewesen sein. Ein Freund der Kinder, eine Freundin von Madame, ein Geschäftspartner von Savigny. Wie sollen wir das heute noch herausfinden? Aber klar, wir müssen Roubais fragen. Wenn er es nicht war, vielleicht hat er eine Vermutung, wer der Sechste am Tisch gewesen sein könnte. Du glaubst, das heißt, auch Coco schließt es nicht aus, dass diese Person verantwortlich für den Brand und die vielen Toten gewesen sein könnte?«

Rachid hielt auf dem Parkplatz am Haus und schaltete den Motor aus. »Es würde ein komplett neues Licht auf das Drama von damals werfen. Eine sechste Person. Ist sie der Katastrophe entkommen? Warum hat sie sich nicht gemeldet? Trägt sie die Verantwortung? Valerie war die Einzige, die lebend davongekommen ist. Warum? Wir werden es von ihr niemals mehr erfahren. Wenn wir wissen wollen, was damals passiert ist, bleibt uns höchstens noch der geheimnisvolle Gast.« Rachid hielt inne, überlegte einen Moment und bat

Felix dann: »Bevor wir hineingehen, ruf bitte Hugo Worms, den Feuerwehrmann, an. Frag ihn, wo genau die Leichen lagen.«

Felix zog umständlich sein Smartphone aus der Hosentasche und gab die Nummer von Worms von der Visitenkarte, die er von ihm erhalten hatte, ein. Er stellte das Handy umgehend auf laut.

»*Bonjour,* Monsieur Worms. Hier Lieutenant Tourrain. Ich habe noch eine Frage zu dem Brand im Haus der Familie Savigny. Wo genau lagen die Leichen? Sie können sich sicher noch daran erinnern.«

Zunächst hörten die beiden Polizisten nur ein Schnaufen, dann ein gepresstes *merde.* »Lieutenant, seitdem Sie von hier weg sind, denke ich die ganze Zeit darüber nach, was mir damals rätselhaft vorgekommen ist. Nun, rätselhaft ist vielleicht das falsche Wort. Es hatte mich für einen Moment stutzig gemacht, mehr aber auch nicht. Es steht auch nicht explizit im Bericht.« Worms machte eine Pause, und Felix wollte schon ungeduldig nachhaken, als der Mann weiterredete.

»Nun, zu Ihrer Frage. Valerie Savigny lag in der Diele, Francis Fabre hat sie aus dem Haus gebracht. Als wir anrückten, war die Tür zum Esszimmer geschlossen. Als wir sie endlich aufmachen konnten, lag am Kopfende des Tischs Monsieur Savigny, in seiner Nähe, zwischen Tisch und Kamin, seine Frau. Direkt vor der Tür der Junge, seitlich über ihm lag seine Schwester. Es war furchtbar. Da die Esszimmertür sich nach innen öffnet, mussten wir zum Öffnen ziemlichen Druck ausüben, wegen der Leichen hinter der Tür. Wir mussten sie ein ganzes Stück wegschieben. Man hätte zunächst den Eindruck gewinnen können, die Schwester habe den Bruder schützen wollen, indem sie ihn unter sich barg. Aber wahrscheinlich ist sie bei dem Versuch, das Zimmer noch zu verlassen, über ihm zusammengebrochen. Die beiden jungen Savignys lagen in Richtung zur Tür ausgerichtet. Der Junge muss wohl auch versucht haben, die Tür zu erreichen. Ich habe in diesem Moment nur gedacht: *Mon Dieu*, es fehlten doch nur noch ein paar Zentimeter, und ihr hättet es in die Diele schaffen können. Ob sie dann trotzdem überlebt hätten, man weiß es nicht. Der Brand hatte sich im kompletten Esszimmer ausgebreitet, hat allerdings nicht ein einziges der angrenzenden Zimmer oder die Diele erreicht. Ich habe ganz kurz, wirklich nur einen Moment, überlegt, ob diese Tür vielleicht abgeschlossen war. Aber das war nicht der Fall. Es steckte auch kein Schlüssel darin. Sie hatten es einfach nur nicht geschafft, die beiden Geschwister. Aber jetzt, wo diese alte Geschichte wieder hochkocht und Sie mir Ihre Fragen stellen, Lieutenant, ist dieser winzige Zweifel wieder da. Er ist allerdings durch nichts zu untermauern. Wir haben nichts übersehen.« Erneut schwieg der alte Feuerwehrmann.

Rachid machte Felix ein Zeichen, abzuwarten, ihm Zeit zu geben, seine Gedanken zu sammeln. Ein Räuspern war zu vernehmen.

»Lieutenant, ich kann und möchte es mir nicht vorstellen. Die jüngere Tochter konnte mehr tot als lebendig gerettet werden. Wie sie aus dem Zimmer gekommen ist, wissen wir nicht, doch die Tür war geschlossen. Wir vermuteten damals, mehr als eine Vermutung war es nicht, dass sie den Speiseraum verlassen hat. Ob vor dem Qualm flüchtend oder aus sonst einem Grund. Der Junge und die andere Schwester sind beim Versuch, ebenfalls noch hinauszukommen, bewusstlos geworden und zusammengebrochen, wobei ihre Körper die Tür zugedrückt haben.« Wieder verfiel er in Schweigen.

»Was möchten Sie sich nicht vorstellen, Monsieur Worms?«

»Dass Mademoiselle Valerie Savigny ihre Familie eingeschlossen hat. Sie daran gehindert hat, den Raum zu verlassen.«

»Haben Sie nach einem Zimmerschlüssel gesucht?«

»Ja, aber es gab keinen. Es sei denn, Mademoiselle Savigny hätte ihn eingesteckt. Aber danach hat niemand gefragt.« Worms seufzte tief. »Es ist das einzige Rätsel, wenn es denn überhaupt eins ist, das mir damals kurz durch den Kopf gegangen ist. Wie hat sie es nach draußen geschafft? Warum die beiden anderen nicht? Konnte ich Ihnen damit überhaupt weiterhelfen?«

»Monsieur Worms, das werden wir sehen. Aber vielen Dank. Sie sagten, als ich bei Ihnen war, Sie lesen keine Zeitung.« Felix räusperte sich. »Dann wissen Sie womöglich noch nicht, dass Valere Savigny verstorben ist?«

Am anderen Ende der Leitung war erneut ein tiefes Schnaufen

zu hören. »Nein, das wusste ich nicht. So plötzlich? Ist doch merkwürdig, oder? Ist sie etwa ebenfalls einem Verbrechen zum Opfer gefallen?«

Felix sah Rachid fragend an. Der nickte.

»Ja, Valerie Savigny ist getötet worden.«

»Nun, ist damit meine Vermutung nichtig geworden?« Worms wartete die Antwort von Felix nicht ab. »Egal. Sollte mir noch etwas einfallen, melde ich mich bei Ihnen. *Au revoir.*« Worms beendete das Gespräch.

Felix betrachtete noch einen kurzen Augenblick nachdenklich sein Telefon, dann steckte er es weg. »Wieso sollte ich gerade die Frage nach der Stelle, an der die Brandopfer lagen, stellen, Rachid? Du konntest doch nicht ahnen, dass Worms genau dieser Punkt zumindest kurzfristig Kopfzerbrechen bereitet hat.«

»Nein, aber es bestätigt das, was bei mir im Moment Fragen aufwirft. Was, wenn diese sechste Person der Familie den Fluchtweg abgeschnitten hat? Doch warum hat sie dann Valerie davonkommen lassen?«

»Weil sie erkannt hat, dass ihr wahrscheinlich nicht mehr zu helfen ist? Weil sie mit ihr unter einer Decke gesteckt hat? Was, wenn es diese sechste Person doch nicht gibt, wenn Valerie Savigny hinter allem gesteckt hat? Den Schlüssel kann sie einfach weggeworfen haben, an ein Schlüsselbrett gehängt haben. Oder, was wenn Valerie mit Francis gemeinsame Sache gemacht hat? Er hat den Schlüssel, als er sie aus dem Haus zog, an sich genommen?«, ließ Felix seinen Gedanken freien Lauf.

Rachid schüttelte den Kopf. »Valerie Savigny war damals dreizehn Jahre alt. Ich kann es mir nicht vorstellen. Ich weiß, was du jetzt sagen willst, Felix, vielleicht war sie ein frühreifes Mädchen, Francis verfallen, er hat sie zu dieser Tat überredet. Aber die Frage ist doch, warum? Warum hat jemand die Familie getötet? Es bleibt doch eigentlich nur eine Antwort. Aus Geldgier. Hätte Dominic Roubais so viel dazugewonnen, dass es sich in seinen Augen lohnte, die Familie seines Cousins auszulöschen? Oder war es diese unbekannte sechste Person? Was hat sie gewollt? Auf diese Frage gibt es nur eine Antwort: Sie hat von den wertvollen Gemälden gewusst und sie an sich genommen.«

»Dann würde es naheliegen, Francis Fabre als die sechste Person zu identifizieren«, spann Felix Rachids Überlegungen weiter. »Und als er sah, was er angerichtet hat, tat ihm die kleine Valerie leid, er hat sie gerettet. Sie hätte nicht gegen ihn aussagen können, weil sie schließlich auch nichts gewusst hat. Es war also leicht, den Helden zu spielen.«

Rachid nickte. »So könnte es gewesen sein. Die zweite Alternative ist Dominic Roubais. Entweder hat er von den Gemälden gewusst und sie gestohlen, nicht ohne vorher seinen Cousin samt Frau und Kindern umzubringen. Oder es ist doch etwas geschehen, weswegen Ernest Savigny ihn aus dem Unternehmen werfen wollte. Auch wenn Roubais es strikt von sich gewiesen hat. Wenn er nun doch Gelder veruntreut hat? Savigny hat es bemerkt und seinem Cousin gekündigt? Wollte es öffentlich machen? Felix, wir haben eine Menge Fragen zu stellen.«

Rachid klingelte.

»Ich habe mich schon gewundert, wo Sie bleiben«, sagte Dominic Roubais statt einer Begrüßung. »Ihr Wagen steht doch schon seit mindestens zehn Minuten vor der Tür. Aber kommen Sie rein. Wir sind immer noch total schockiert. Zuerst Francis, dann Valerie und jetzt auch noch der alte Albert. Wer hat sie alle auf dem Gewissen? Sind Sie auch nur ein Stück weitergekommen?«, fragte er mit unüberhörbarem Zweifel an der Effektivität der Polizei in der Stimme.

Er führte Rachid und Felix in das Wohnzimmer, das sie bereits kannten. Ein Feuer prasselte im Kamin. Von den restlichen Familienmitgliedern war nichts zu sehen.

»Meine Frau ist zu Eloise Fragonard gefahren. Es tut uns so leid. Jetzt steht sie ganz alleine da mit Solange. Wir werden natürlich versuchen, sie mit besten Kräften zu unterstützen.«

Roubais zeigte auf das Sofa, er selbst setzte sich in den Sessel vor dem Fenster.

»Monsieur Roubais, das ehrt Sie und Ihre Familie. Wir kommen heute mit einer Menge Fragen, die sich erst in der letzten Zeit ergeben haben.« Rachid zückte sein Notizbuch und legte es auf dem Couchtisch ab.

Der Hausherr schlug die Beine übereinander und beugte sich ein wenig vor. »Schießen Sie los. Wenn ich, wenn wir, etwas zur Aufklärung dieser brutalen Verbrechen beisteuern können …«

»Monsieur Roubais, wussten Sie von einer Kunstsammlung mit zahlreichen wertvollen Gemälden im Besitz Ihres Cousins?«

Roubais riss erstaunt die Augen auf. »Aber nein, ich wusste nur von dem gestohlenen Cross. Soll es etwa noch mehr Kunstgegenstände gegeben haben? Nein, keine Ahnung. Wo sollen die denn gewesen sein? Doch nicht hier im Haus?«

»Hier im Haus. Es gibt einen geschützten Raum im Keller.«

»Halt, stopp! Diesen Raum kenne ich natürlich. Doch der war komplett leer, als wir hier eingezogen sind. Ich dachte immer, es sei ein Schutzraum, warum auch immer er notwendig gewesen sein könnte.«

»Madame Fragonard wusste davon.«

Roubais, der eben noch verkrampft in seinem Sessel saß, entspannte sich ein wenig. »Das wundert mich nicht. Schließlich hat sie hier gearbeitet. Der gute Geist des Hauses, wenn man so will. Sie ging hier ein und aus. Auch nach dem Tod von Ernest und seiner Familie.«

Rachid nickte. »Dann wussten Sie auch nicht, dass das Ehepaar Fragonard ebenfalls im Besitz eines Cross war? Auf jeden Fall nicht bis vor Kurzem.«

Roubais schüttelte vehement den Kopf. »Das hat uns alle überrascht. Albert war wegen des Bildes ja hier. Er hätte es von Ernest geschenkt bekommen und wollte es nun verkaufen. Daher war er auch unterwegs nach Nîmes, um es dort einer interessierten Galeristin anzubieten.«

»Regine Armbruster«, präzisierte Felix. »Kernen Sie die Dame?«

»Aber nein, natürlich nicht. Wissen Sie, mit Kunst haben wir alle nichts am Hut. Ich weiß, dass hier im Haus ein paar außergewöhnliche Stücke hängen und stehen. Aber fragen Sie mich bloß nicht, von wem sie stammen oder wie viel sie wert sind.«

»Apropos Wert. Dann wussten Sie also auch nicht, dass Ernest noch zu Lebzeiten seine Sammlung hat schätzen lassen?«

»Sie stellen Fragen, deren Antworten Sie doch längst kennen.« Roubais sah nun ungeduldig auf seine Armbanduhr. »Ich muss in einer Stunde los. Wir, also Alex Duhamel und ich, haben einen Termin bei meinem Anwalt.«

Rachid nickte, fuhr jedoch mit seinen Fragen fort. »Monsieur Roubais, Ihr Sohn hat infrage gestellt, ob die Eheleute Fragonard den Cross rechtmäßig erhalten haben.«

Roubais machte eine wegwerfende Handbewegung. »Firmin hat dummes Zeug geredet. Er kann manchmal ziemlich arrogant sein. Daher kann er sich auch nicht vorstellen, dass jemand einem Angestellten ein so kostbares Geschenk macht. Doch das war ganz einfach Ernest. Er hatte ein großes Herz.«

»Monsieur Roubais, wo waren Sie gestern am frühen Vormittag?« Die Frage kam plötzlich und für Dominic Roubais vollkommen unerwartet.

»Wie bitte? Sie fragen mich doch jetzt nicht ernsthaft nach einem Alibi? Sind Sie denn von allen guten Geistern verlassen? Glauben Sie, ich lauere einem alten Mann auf wegen eines beschissenen Bildes?« Er war aufgesprungen, fuchtelte mit den Händen herum. Dann beruhigte er sich ganz plötzlich und ließ sich in seinen Sessel fallen.

»Aber das Gemälde ist doch noch da. Und welchen Grund für die Ermordung von Albert soll es denn gegeben haben, außer das Bild zu rauben? Wissen Sie, das ist doch alles vollkommen absurd. Der arme Alte wird getötet, doch das Bild wird nicht mitgenommen. Weil der Täter nichts von seiner Existenz wusste! Können Sie mir so weit folgen, meine Herren *policiers*? Und wir, die es wussten, hätten es niemals an uns nehmen können. Der Verdacht, wer Albert getötet hat, wäre doch sofort auf uns gefallen. Messieurs, Sie sollten besser Ihre Arbeit machen und meine Familie und mich aus dem Spiel lassen. Darüber hinaus waren Sie bei mir, gut, das betraf den späteren Vormittag, davor kann mein Mitarbeiter Gaston Brun bezeugen, dass ich in der Mühle war. Danach, als ich wieder zu Hause war, hat meine Frau mich auf den Friedhof geschleppt. Schließlich haben wir zwei Beerdigungen auszurichten. Diane war den ganzen Tag bei einer Freundin, und Firmin hat dringende Büroarbeit erledigt. Hier im Haus. Wir haben Probleme, sind auf der Suche nach einem neuen Flaschenlieferanten. Ist Ihnen das Alibi genug?«

Insgeheim gab Rachid dem Mann recht. Der Mord an Albert Fragonard durch ein Mitglied der Familie Roubais ergab auf den ersten Blick keinen Sinn, es gab einfach kein erdrückendes Motiv. Am ehesten wäre der Sohn infrage gekommen, sein Alibi war am dünnsten. Doch der hätte das Gemälde ganz sicher mitgenommen – und wäre als Erster unter Verdacht geraten. Rachid hakte trotzdem nach.

»Monsieur Roubais, so viel Arbeit am Sonntag? Gibt es da keinen Ärger mit Ihrem Sohn, wenn er sich sonntags um Probleme im Unternehmen kümmern muss?«

Roubais schüttelte unwillig den Kopf. »Guter Mann, wir sind doch letztlich nichts als gewöhnliche Bauern. Kennt ein Bauer einen Sonntag, einen Feiertag? Nein. Es muss getan werden, was getan werden muss, und sei es am Sonntag. Also, wie ich eben schon sagte, machen Sie Ihre Arbeit und wir unsere.«

»Keine Sorge, wir machen unsere Arbeit. Daher mussten wir Ihnen auch diese Frage stellen, wo Sie beziehungsweise Ihre Frau und Ihre Kinder sich zur Tatzeit aufhielten.«

Roubais brummte zufrieden. Doch schon die nächste Frage von Rachid brachte ihn erneut in Wallung.

»Madame Fragonard hat uns gesagt, sie hätte an dem Abend, als Ihr Cousin und seine Familie ums Leben kamen, ein sechstes Gedeck auflegen sollen. Es wurde also ein Gast erwartet. Waren Sie dieser Gast?«

»Hören Sie mal, sind Sie jetzt vollkommen verrückt geworden? Wollen Sie damit sagen, ich sei hier gewesen und hätte Ernest, Marie-Laurence und zwei ihrer Kinder ermordet?« Roubais' Gesicht war vor Zorn rot angelaufen.

»Monsieur Roubais, bitte beruhigen Sie sich. Wir wollten lediglich wissen, ob Ihr Cousin Sie erwartet hat. Wenn nicht, muss es jemand anderes gewesen sein, nicht wahr?«

Wie vorhin bereits fing sich Dominic Roubais sofort wieder. Seine Züge glätteten sich, sein Gesicht nahm wieder eine normale Farbe an.

»Ich war es nicht, und ja, wenn man einen Gast erwartet hat, war es jemand anderes. Hier gingen die Menschen ein und aus. Freunde der Familie, sogar Geschäftspartner kamen oft unangemeldet und fanden hier immer wieder einen Platz am gedeckten Tisch. Auch in dieser Beziehung hatte Ernest ein großes Herz.«

»Ein letzte Frage, Monsieur Roubais. Das Verhältnis zu Ihrem Cousin als Geschäftspartner gab keinen Grund zur Beanstandung, weder von Ihrer noch von seiner Seite?«

Jetzt hatte sich Dominic Roubais tadellos im Griff. Er atmete lediglich einmal hörbar ein und aus. »Commandant, hatten wir dieses Katz-und-Maus-Spiel nicht schon einmal? Ich sage es Ihnen zum letzten Mal. Wenn Sie glauben, ich hätte aus einem Grund, der in unserer Geschäftsbeziehung lag, meinen Cousin getötet und auch dabei noch den Tod seiner Frau und der Kinder in Kauf genommen, dann ist Ihnen wirklich nicht mehr zu helfen. Es gab nichts, über das wir gestritten hätten, die Bücher, das können Sie gerne jederzeit nachprüfen, sind von mir untadelig geführt. Keinen Cent habe ich jemals aus dem Unternehmen in meine private Tasche abgeführt, wenn Sie an ein solches Szenario denken. Nein, nein und nochmals nein. Ich, Dominic Roubais, habe mit keinem dieser abscheulichen Verbrechen etwas zu tun.« Wie zu einem Schwur bereit, legte der Mann seine rechte Hand auf die linke Brust. »Wenn dies nun alle Fragen waren. Dann würde ich Sie gerne verabschieden.«

Als Rachid und Felix Dominic vor der Tür die Hand reichten, war dem Mann seine Erleichterung, dass die beiden Polizisten endlich sein Haus verließen, deutlich anzumerken. Mit einem tiefen Seufzer zog er die schwere Eingangstür hinter sich zu.

»Gut geschauspielert oder tatsächlich absolut nichts auf dem Kerbholz?«, fragte Felix, als er sich auf den Beifahrersitz fallen ließ.

»Wir haben schon so manche Überraschung erlebt. Aber, um es mal mit Mathildes Worten auszudrücken, mein Bauchgefühl sagt mir, wir müssen an einer anderen Stelle suchen. Es ist nur die Frage, an welcher.« Rachid startete den Wagen.

»Dann heißt es wohl in Abwandlung der alten Redensart *Cher-cher la femme* diesmal *Chercher le numéro six*«, sinnierte Felix und schnallte sich an.

Kapitel 33

Als Mathilde in ihrer Wohnung in der Rue Dorée angekommen war, verstaute sie zuallererst den Yves Brayer vorsichtig in ihrem Schlafzimmerschrank. Dann öffnete sie eine Flasche Weißwein, legte ein Stück Schinken und eine Handvoll kleiner Tomaten zusammen mit einem letzten, schon angetrockneten Stück Baguette auf einen Teller und machte es sich auf dem Sofa bequem. An der gegenüberliegenden Wand hing das Gemälde von Sandrine Mugler. Das Taschenbuch, das sie vor den aktuellen Mordermittlungen zu lesen angefangen hatte, lag noch genauso da, wie sie es vor ein paar Tagen auf den niedrigen Couchtisch gelegt hatte. Wenn es hoch kam, las sie vielleicht vier oder fünf Romane in einem Jahr. Und das bei der Flut von Neuerscheinungen, über die sie gelesen oder von denen sie gehört hatte und die sie selbst unbedingt einmal durchschmökern wollte.

Mathilde pickte das letzte Fitzelchen Schinken mit dem Finger auf und goss sich einen Schluck Wein nach. Dann suchte sie die Stelle in ihrem Roman, an der sie zuletzt hängen geblieben war. Am besten fing sie wieder von vorne an. Die Namen der Protagonisten kamen ihr schon jetzt nicht mehr bekannt vor, und sie hätte nicht sagen können, ob die Geschichte nun im Sommer oder im Herbst spielte.

Mathilde kuschelte sich aufs Sofa und begann zu lesen, als die Türklingel sie bereits aus den ersten Sätzen wieder herausriss. Sie legte den silbernen Brieföffner, der auf dem Couchtisch lag, als Lesezeichen zwischen die Seiten, stand auf, trat ans Fenster und schaute nach unten.

»*Salut,* Martin, so eine nette Überraschung. Warte, ich mache dir auf.«

Beladen mit einer Tüte, aus der zumindest schon mal ein Baguette herauslugte, stand ihr Freund einen Augenblick später in Mathildes Küche.

»Kommt Rachid noch? Ich habe Abendessen für uns drei mitgebracht. Oh, ich sehe, du hast schon gegessen.« Martin zeigte auf den leeren Teller, den Mathilde neben der Spüle abgestellt hatte. »Hast du überhaupt noch Hunger?«

Sie umarmte Martin, der nun die Hände frei hatte und sie fest an sich drückte. »Kommt drauf an, was du dabei hast«, meinte sie und begann, den Inhalt der Tüte auf dem Tisch zu verteilen. »Ja, ich habe definitiv noch Hunger. Leider ist Rachid nicht da, er kommt auch heute nicht mehr vorbei. Honoré, ein Kollege, ist Vater geworden. Er gibt heute Abend einen aus. Stell dir vor, Drillinge. Ein Junge und zwei Mädchen. Da wird das Leben so richtig turbulent. Die Zwillinge von Philippe und Lucette sind schon eine Herausforderung, aber dann gleich drei solcher Minimonster … Hm, diese ganzen Köstlichkeiten. Auf was hast du denn Lust? Ich habe eine Flasche Weißwein aufgemacht. Wollen wir die *Tielles sêtois* und die kleinen Häppchen mit der *Brandade de morue* essen? Ich habe Lust auf etwas mit Meerestieren. Und Tintenfisch und Schwertfisch gehen immer.«

»Gute Idee. Dann hast du noch etwas für morgen übrig. Und ich kann Odile berichten, dass du erstens nicht verhungerst und dich zweitens nicht nur von Fertigpizza ernährst«, scherzte Martin.

»Ach nein, dann hat dich also Odile als Spion auf mich angesetzt. Sehr raffiniert.« Mathilde lachte schallend und packte die Leckerbissen auf eine Servierplatte. Dazu legte sie zwei Servietten. »Solche *amuses bouches* sind doch etwas Herrliches.« Schon auf dem Weg ins Wohnzimmer schob sie sich einen *petit pâté nîmois* in den Mund.

»Jetzt bekomme ich auch deine Neuerwerbung zu sehen. *Ouahou*, das ist ein wirklich tolles Bild. Und es ist wie ein kleiner Zwilling unseres Gemäldes im Museum.« Martin trat an das Bild heran, inspizierte es mit Kennermiene. »Sehr schön. Und die Farbigkeit gefällt mir fast noch besser.« Er setzte sich und nahm das Glas entgegen, das Mathilde ihm eingeschenkt hatte.

»Und du bist nur wegen des Bildes gekommen? Oder um mich mit Köstlichkeiten vollzustopfen?« Ein Happen der Tintenfischpastete verschwand in Mathildes Mund.

»Ja und nein. Natürlich wollte ich das Gemälde sehen. Aber ich brauch auch deinen Rat, den Rat einer Frau.« Martin wurde ein wenig rot.

»Aha. Und welche Art von Rat kann ich dir geben?«

»Mélisande hat in drei Wochen Geburtstag. Sie wird ein Fest geben, eure Einladungen kommen noch. Ich möchte ihr etwas Besonderes schenken. Ich weiß, welche Farben sie bevorzugt, und sie liebt Tiere. Ihr Zuhause ist etwas chaotisch. Sie geht gerne ins Theater, vor allem ins Ballett. So weit, so gut. Nun, Tiere hat sie genug, Karten fürs Theater, ich weiß nicht so recht. Ein Buch, Musik, das ist mir alles zu unpersönlich. Ein neuer Staubsauger wäre verdammt frech, und Parfum wage ich nicht, sonst denkt sie noch, ich finde, sie riecht unangenehm.«

Mathilde musste laut lachen und verschluckte sich fast an einem Stückchen des knusprigen Teigs. »Martin, wie kommst du denn auf die Idee. Jede Frau freut sich über einen Duft, der zu ihr passt. Aber ich weiß, was du meinst. Auch ein exquisites im Laden gekauftes Parfum ist dir letztendlich etwas zu unpersönlich. Das heißt, du solltest vielleicht einen intimeren Duft wählen. Du könntest einen Duft für sie kreieren lassen. *Exalis*, hier in Nîmes. Dort gibt es alles, verschiedene Duftkomponenten, aus denen man zusammenstellt, was für die Person, die man beschenkt, passt. Wenn du ihre Lieblingsfarbe kennst, finde heraus, welches Obst sie liebt, oder frage direkt bei *Exalis* nach, auf was du achten musst. Und dann kreierst du einen Duft, der nur ihr gehört.«

»Meinst du wirklich?«

»Aber ja. Und das Etikett auf dem Flacon, ich sehe es vor mir. Mélisande. Ein Name wie ein Geheimnis.«

»Mathilde, du bist ein Genie. Wir sitzen noch keine zehn Minuten hier, und schon hast du *die* Idee. Wunderbar. Ich werde gleich morgen dort vorbeischauen. Wie lange das wohl dauert? Nun, ich brauche das Geschenk erst in drei Wochen.« Er zog

Mathilde an sich und küsste sie auf die Wangen. Er strahlte vor Glück.

»Aber ich bin noch aus einem anderen Grund hier. Wir haben doch erst jüngst über dieses Gemälde von Henri Edmond Cross gesprochen. Gibt es dazu irgendwelche Neuigkeiten?«

»Ach, Martin, haben wir uns so lange schon nicht mehr gesehen. Es ist so viel passiert.« Mathilde seufzte und fasste für Martin zusammen, was sich nach dem Mord an Fabre bis heute ereignet hatte.

»Das ist ja furchtbar. Wie ist es möglich, dass jemand unbemerkt bis zu einer schwerstkranken Frau vordringen kann, sie ermordet und dann wie ein Spuk wieder verschwindet? Wie ist sie denn getötet worden?«

Mathilde hatte am Morgen das endgültige Obduktionsergebnis von Alain Regis erhalten. »Ich kann dir natürlich keine Einzelheiten nennen, das verstehst du. Aber sie ist erstickt worden. So wehrlos, wie Valerie Savigny dalag, war das ein Kinderspiel.«

»Und Monsieur Fragonard war im Besitz eines weiteren Cross. Das ist doch unglaublich. Und den wollte er in der Galerie Armbruster abliefern. Ich hab mich mal umgehört. Regine Armbruster hat einen hervorragenden Ruf. Sie hat eine zweite Galerie in Lausanne, aber das weißt du wahrscheinlich.«

Mathilde nickte. »Ich war heute bei ihr. Wegen des Cross der Eheleute Fragonard. Noch wissen wir nicht genau, wie die beiden tatsächlich an das Bild gelangt sind und ob seine Ermordung wirklich mit diesem Gemälde in Zusammenhang steht. Je länger wir ermitteln, desto mehr passiert und desto undurchsichtiger wird die ganze Chose. Ich habe übrigens bei Madame Armbruster eine Lithografie von Yves Brayer gekauft, für Rachid.« Plötzlich überkamen Mathilde Zweifel. »Sag mal, du gibst dir solche Mühe, ein total persönliches Geschenk zu finden. Und ich kaufe einfach eine Lithografie. Ist das nicht vielleicht zu unpersönlich?«

»Aber nein, Mathilde, wenn du weißt, dass sie ihm gefallen wird, ist es nicht unpersönlich, sondern genau das Richtige. Kann ich sie mal sehen?«

»Warte, ich zeig sie dir. Sie ist wunderschön.«

Eine Minute später war Mathilde mit ihrem Paket im Wohnzimmer und packte das Kunstwerk aus. Sie legte es auf den Couchtisch.

»Es ist sehr stimmungsvoll. Das wird Rachid ganz sicher gefallen. Ich habe vor einiger Zeit auf einem *Marché aux puces* ein großes Plakat gesehen, das Brayer gestaltet hat. Es war mir zu sperrig, um es die ganze Zeit über mitzuschleppen, und als ich zurückkam, war es weg. Ich hab mich ganz schön geärgert. Aber wir sind ganz vom Thema abgekommen. Du sagtest, die Familie Savigny besaß eine ganze Reihe von Kunstwerken. Und die bislang unbekannte Tochter kann keine Auskunft geben?«

»Nein, aber sie wird in den Unterlagen ihrer Mutter nachsehen. Wir warten schon gespannt darauf.«

»Was meinst du, ob es etwas zu bedeuten hat, dass beide Male Olivenbäume das beherrschende Thema der Gemälde sind? Vielleicht hat Savigny, der sie gekauft oder vielleicht sogar in Auftrag gegeben hat, nur solche Motive gesammelt. Es gibt Leute, die sammeln nur Pferdemotive, andere Hunde, warum nicht auch Olivenbäume. Bei dem Beruf wäre das doch denkbar«, meinte Martin.

Mathilde sah ihren Freund mit großen Augen an. »Martin, das ist eine ganz und gar tolle Idee. Rachid hat Madame Fragonard danach gefragt, was auf den Gemälden abgebildet war. Sie sagte, es wären Landschaften gewesen. Aber ein Olivenhain oder ein einzelner Baum inmitten einer Felsformation ist doch eine Landschaft. Die drängende Frage ist tatsächlich: Wo sind diese Kunstwerke abgeblieben? Irgendwann waren sie einfach weg. Doch was macht man mit gestohlenen Gemälden? Vor allem, wenn sie nie offiziell gestohlen worden sind und kaum jemand von ihrer Existenz wusste? Man versucht, sie zu verkaufen. Sind Olivenbaumbilder nach dem Brand im Handel aufgetaucht? Das ist die Frage. Martin, wie konnten wir nur so blind sein. Natürlich. Es gab diese sechste Person.«

»Was meinst du damit?«

Mathilde erklärte Martin, soweit es ihr erlaubt war, auf welchem Stand zurzeit die Ermittlungen waren und dass es wohl am Abend der Brandkatastrophe eine sechste Person im Hause der Savigyns gegeben hatte.

»Und diese Person wusste um die Sammlung. Das Motiv für den Brand«, schloss Mathilde. »Warte mal einen Augenblick. Ich muss etwas überprüfen.« Sie schnappte sich ihr Smartphone.

»*Bonsoir,* Madame Armbruster. Bitte entschuldigen Sie die späte Störung. Ich habe nur eine Frage. Haben Sie je davon gehört, dass vor etwas mehr als zwanzig Jahren eine Reihe von Gemälden, die Olivenbäume als Motiv zeigen, in den Kunsthandel gelangt sind? Gemälde ausschließlich von sehr namhaften Künstlern?«

Mathilde hörte einen Moment zu, dann bedankte sie sich und beendete das Gespräch.

»Ich hätte es mir denken können«, seufzte sie. »Regine Armbruster betreibt ihre beiden Galerien erst seit etwas mehr als dreizehn Jahren. Und seitdem ist ihr mal ab und zu natürlich auch ein Olivenbaummotiv angeboten worden, was in unserer Region natürlich nicht so selten vorkäme, meinte sie. Aber bis auf den Cross waren keine namhaften Künstler, wie ein Cézanne oder van Gogh, darunter. Schade, es wäre zu schön gewesen.«

Martin hatte derweil auf seinem Smartphone herumgedrückt.

»Mathilde, ich glaube, ich hab da was, was euch interessieren könnte. Hier, vor dreizehn Jahren war in Aix-en-Provence eine Ausstellung unter dem Titel *L'or du Midi*, Das Gold des Südens. Der Titel ist vielleicht etwas irreführend, aber es ging tatsächlich um die Olive und die Auseinandersetzung von Künstlern mit diesem Motiv. Im Moment läuft dort eine sehr schöne Cézanne-Ausstellung. Weißt du was? Die werde ich mir ansehen, und wenn du erlaubst, werde ich mich wegen der Olivenbaumgemälde dort erkundigen.«

Martin schaute auf seine Uhr. »Ich muss jetzt los. Ich wollte Mélisande vom Theater abholen. Also, ist das mit meinen Recherchen in Ordnung?«

»Natürlich, vielen Dank, Martin. Solltest du dabei auf etwas stoßen, kommen wir vielleicht so langsam auf eine brauchbare Spur.«

Kapitel 34

Als Mathilde am nächsten Morgen in ihrem Büro erschien, lag eine Benachrichtigung von Christine auf ihrem Schreibtisch. Mathilde hatte nach Martins Besuch noch mit Rachid telefoniert und ihm ihre Überlegungen zu dieser geheimnisvollen Person, die angeblich zum Essen erwartet worden war, mitgeteilt. Rachid äußerte sich nicht ganz so überzeugt.

»Du gehst also davon aus, jemand hat den Keller ausgeräumt, während im Esszimmer die Menschen um ihr Leben kämpften?«

»Nein, das natürlich nicht. Die Gemälde sind nach dem Brand geraubt worden, alles andere macht keinen Sinn. Es sei denn, Madame Fragonard hat doch in diesem Punkt gelogen, aber ich glaube es nicht.«

»Und du hegst den Verdacht, es könnte Francis Fabre gewesen sein«, mutmaßte Rachid.

Mathilde musste zugeben, dass es im Moment die einzig plausible Erklärung war. Doch sie befriedigte sie einfach nicht. Ihr Bauchgefühl verbat sich eine solch einfache Lösung.

Sie nahm Christines Botschaft zur Hand und las: »Madame Duhamel bittet um Rückruf. Sie hat Ihre Visitenkarte verlegt. Hier die Nummer.«

Es klopfte kurz an Mathildes Bürotür. »Ah, *bonjour,* Madame le Juge. Sie haben ihn schon entdeckt. Ich wusste nicht, wie dringend es ist, und da ich noch kurz im Archiv etwas zu erledigen hatte, habe ich Ihnen den Zettel hingelegt.«

Christine legte zwei dicke Akten auf Mathildes Ablageschrank. »Die sollen bitte im Laufe der nächsten Woche durchgearbeitet sein. Der Staatsanwalt erwartet Ihre, wie er sagt, werte Einschätzung.«

»Danke, Christine. Gut, dass Valerien mir diesmal einen zeitlichen Spielraum lässt. Keine Ahnung, wann wir diesen verrückten Fall gelöst haben.«

Christine zog sich in ihr Büro zurück, und Mathilde wählte die angegebene Nummer.

»Danke, Madame le Juge, dass Sie gleich zurückrufen. Es gibt zwei Neuigkeiten. Erstens: Ich war gestern Nachmittag noch mit Dominic …« Mathilde musste lächeln, als sie hörte, wie Alex Duhamel bereits die vertraute Form von Roubais' Vornamen wählte. »… bei seinem Anwalt. Er erkennt an, dass ich Ernest Savignys Tochter bin. Ich konnte es kaum glauben, es gab keinerlei Einwände. Nun, damit ist noch nicht alles erledigt, es wird noch eine Menge Papierkram geben. Doch die erste und höchste Hürde ist geschafft.«

Mathilde konnte das strahlende Gesicht direkt vor sich sehen.

»Wenn meine Halbschwester noch hätte erleben können, dass sie nun nicht mehr alleine ist, ich jetzt da bin, um mich um sie zu kümmern.« Die Freude in der Stimme wich Trauer.

»Aber für Sie nun das Wichtigste. Als ich gestern Abend nach Hause gekommen bin, habe ich mich sofort auf die Suche nach den Unterlagen meiner Mutter gemacht diese Gemäldesammlung meiner Familie betreffend. Ich habe sie gefunden. Wenn Sie sie sehen, werden Sie Augen machen, Madame le Juge. Es ist unvorstellbar, was dort gehangen haben muss. Ich schicke Ihnen ein Foto der Liste. Zu schade, dass nichts mehr da ist, aber vielleicht taucht das eine oder andere Stück ja wieder auf, jetzt, wo wir wissen, nach was Sie suchen müssen. Solche Bilder verschwinden nicht einfach so. Soll ich sie an Ihre Mailadresse senden?«

»Ja, ich gebe Ihnen die Adresse durch, dann landet die Liste direkt bei mir. Und ich beglückwünsche Sie. Sie haben eine neue Familie, möge sich alles so fügen, wie Sie es sich vorstellen, Madame Duhamel. Und danke für die Liste!«

Mathilde verabschiedete sich und starrte gebannt auf ihren Computerbildschirm. Und da war sie, die Aufzählung der Gemälde, ehemals im Besitz der Familie Savigny und seit mehr als zwanzig Jahren verschwunden.

Mathilde hielt den Atem an. Ein Gemälde von Vincent van Gogh, ein Pierre Bonnard, zwei Werke von Henri Edmond Cross, wahrscheinlich das gestohlene und unlängst wieder aufgetauchte sowie das, das sich Eloise Fragonard angeeignet hatte, ein kleinformatiges Werk von Henri Matisse, ein Aquarell von Paul Cézanne, ein etwas mehr als postkartengroßes Gemälde von Paul Signac, Henri Mauguin war mit einem großformatigen Gemälde vertreten und zu guter Letzt eine Zeichnung von Pierre Auguste Renoir. Mathilde konnte es nicht fassen. Die Crème de la Crème war hier versammelt, alle hatten über einen kürzeren oder auch sehr langen Zeitraum in Südfrankreich gelebt und gearbeitet, und alle hatten ein Kunstwerk geschaffen, dessen Sujet der Olivenbaum war.

Aus den Aufzeichnungen von Thérèse Duhamel ging nicht hervor, ob es Auftragsarbeiten für Eustache Savigny waren oder ob er sie auf dem Kunstmarkt erstanden hatte. Wann hatte Eustache noch mal gelebt? Mathilde durchforstete ihre Unterlagen. Der Urgroßvater von Ernest lebte von 1860 bis 1928. Und die Künstler? Das Internet gab Auskunft. Van Gogh 1853 bis 1890, Bonnard 1867 bis 1947, Cross 1856 bis 1910, Matisse 1869 bis 1954, Cézanne 1839 bis 1906, Signac 1863 bis 1935, Mauguin 1874 bis 1949, Renoir 1841 bis 1919. Mathilde musste sich eingestehen, sie wäre niemals auf die Idee gekommen, dass all diese berühmten Maler mehr oder weniger zur gleichen Zeit gelebt und gewirkt hatten, und alle waren Zeitgenossen von Eustache Savigny gewesen.

Sie rief im Internet Werke der Maler auf, gab zugleich die Suchbegriffe Olive und Olivenbaum ein. Fast bei jedem Künstler landete sie einen Treffer, doch kein Werk entsprach zu hundert Prozent der Beschreibung und dem angegebenen Format in Madame Duhamels Aufzeichnungen. Und Fotos gab es aus unerklärlichen Gründen nicht. Alle Kunstwerke hingen entweder in renommierten Museen oder auch in nicht namentlich genannten Privatsammlungen. Dann gab Mathilde die Namen der einzelnen Maler und den von Eustache Savigny ein. Sie hoffte, vielleicht auf eine Biografie zu einem der Maler zu stoßen, in der auch erwähnt wurde, wer zu den Abnehmern der Gemälde gehört hatte. Doch es gab null

Suchergebnisse. Mathilde sah ein, dass sie so nicht weiterkommen würde.

Vielleicht hatte Martin ja Glück. Sie würde ihm die Liste geben, und eine Nachfrage im *Musée Granet* in Aix-en-Provence nach einem dieser Gemälde wäre zumindest ein Anfang. Gleichzeitig schickte sie die Aufzeichnungen der Kunsthistorikerin nach Paris. Mathilde hatte zwar keine große Hoffnung, aber vielleicht war eines dieser Bilder, nachdem sie in den Handel gelangt waren … wenn sie überhaupt jemals in den Handel gelangt waren, irgendwann Diebesgut geworden und so beim OCBC gelistet. Ein verschwindend kleiner Hoffnungsschimmer, aber sie durfte nichts unversucht lassen.

Martin meldete sich sofort zurück, nachdem sie ihm ein Foto der Liste zugeschickt hatte. Er war genauso fassungslos wie sie darüber, welche Genies der Malerei die verschwundenen Kunstwerke geschaffen hatten. Hinter die Gesamtsumme, die diese Gemälde wert waren, schrieb er lediglich: *Oh, là, là.*

Ja, *oh, là, là*, dachte Mathilde. Heute wären sie wahrscheinlich noch mehr wert als die damals noch in Francs angegebene Summe im dreistelligen Millionenbereich. Und Thérèse Duhamel hatte gewusst, wo die Sammlung sich verbarg und welchen Wert sie hatte.

Mathilde wählte Rachids Nummer.

»Was hältst du von der Überlegung, die Kunsthistorikerin, die den Wert der Sammlung geschätzt hat, könnte etwas mit der Tat zu tun gehabt haben?«, fiel sie gleich mit der Tür ins Haus.

»Thérèse Duhamel?«

»Ja, natürlich. Vielleicht wollte sie das Erbe für ihre Tochter an Land ziehen. Die Familie ist tot, sie konnte die Bilder als Frau vom Fach vielleicht am ehesten veräußern.«

»Ich weiß nicht, Mathilde. Wie soll sie das alleine bewerkstelligt haben?«

»Nicht alleine, zusammen mit Fabre.«

»Fabre, ihr Komplize?«

»Aber ja doch. Sie hat sich mit ihm in Verbindung gesetzt, der Mann hat es mit den Gesetzen wohl nicht so genau genommen, hat ihn überredet mitzumachen. Vielleicht war er ihr verfallen.« Mathilde war geradezu beseelt von ihrer Theorie.

»Darf ich dich daran erinnern, dass dir der Gedanke, Fabre stecke hinter der ganzen Geschichte, zu schnöde war?«

»Stimmt«, gab Mathilde etwas kleinlaut zu. »Aber, es war eben nicht Fabre die treibende Kraft, sondern Madame Duhamel.«

Rachid schwieg einen Augenblick. Mathilde hörte geradezu, wie sich in seinem Kopf die Gedanken überschlugen und dann ordneten.

»Gut, es ist nicht von der Hand zu weisen. Aber nenne mir einen vernünftigen Grund, warum Thérèse Duhamel dann an diesem Abend im Haus Savigny erwartet worden sein soll? Nein, Mathilde, das passt nicht. Richte deinem Bauchgefühl, sosehr ich es auch schätze, aus, es hat sich in diesem Fall geirrt.«

Mathilde seufzte. Ein gutes Argument.

»Gut, wir geben uns geschlagen. Dann bis um elf zur Besprechung bei mir im Büro.«

Kapitel 35

Felix und seine Freundin Sabine saßen beim Frühstück. Sabine sah auf die Uhr. »Ich muss mich sputen. Ralf fährt heute wieder zurück nach Münster. Er meint, die Chancen stehen gut für eine Kooperation zwischen Münster und Montpellier, je nachdem, wie viel Gelder lockergemacht werden. Das wäre wirklich ein Traum. In Doliche weiter zu graben und zu arbeiten.«

Felix wollte schon erwidern, wie schade er es finden würde, so lange von ihr getrennt zu sein. Doch das Leuchten in Sabines Augen ließ ihn schweigen. Auch sein Beruf brachte es immer wieder mit sich, tagelang auf ein Privatleben verzichten zu müssen, und er hatte nicht selten Verabredungen platzen lassen. Da war er wirklich nicht der Richtige, der sich darüber beklagen sollte, wenn Sabine für ein paar Wochen ihrer Arbeit als Archäologin und Restauratorin nachging.

»Du wärst dann traurig, nicht wahr?« Zärtlich strich sie ihm über den Arm.

»Ein wenig, aber nur ein ganz klein wenig. Hör mal, Sabine, das ist dein Job, den du liebst. Wir haben eben beide Berufe gewählt, die nicht wirklich familienfreundlich sind, so ist das eben. Denk nur an diesen verzwickten Fall. Nicht nur, dass wir nicht richtig weiterkommen, ich nehme ihn sogar mit nach Hause, wie du gesehen beziehungsweise gehört hast.«

Sabine lachte. »Allerdings. Ich bin zu Tode erschrocken, als du heute Nacht plötzlich geschrien hast. ›Fort mit dir, Marat, du Ungeheuer!‹ Und du hast senkrecht im Bett gesessen. Es war wirklich zu komisch. Aber mit Marat seid ihr immer noch nicht weiter?«

»Nein, mit ihm nicht und mit allem anderen auch nicht.«

»Warum dieser Fabre wohl den *Jardin Mont Margarot* aufgesucht hat? Dazu habt ihr auch keine neuen Erkenntnisse? Immerhin ist er ja eine gute Ecke vom Bahnhof weg. Also, er kam mit dem Flugzeug in Marseille an und ist dann mit dem Zug nach Nîmes. Und geht mehr oder weniger schnurstracks in diesen kleinen unscheinbaren Park, in dem er getötet wird. Meinst du nicht, dieser Garten könnte eine Bedeutung für ihn gehabt haben? Es gibt so viele bekanntere Treffpunkte. Sei es bei der Arena, an der *Maison Carrée*, in den *Jardins de la Fontaine.*«

»Ja, da hast du natürlich recht. Gut, wir hatten bereits vor nicht allzu langer Zeit einen Mord in den *Jardins de la Fontaine.* Aber es ist doch eher ungewöhnlich, an einem Ort zu morden, wo sich bekanntlich viele Menschen aufhalten. Der kleine Park ist gar nicht so schlecht gewählt, Publikum kannst du bei einem Mord nicht gebrauchen.«

»Nein, das ist mir klar. Aber wenn Fabre nicht damit gerechnet hat, dass er bedroht sein könnte, macht doch das, was du eben gesagt hast, keinen Sinn.«

Felix runzelte die Stirn. »Wie meinst du das?«

»Nun, die Möglichkeit eines puren Zufalls, eines schnöden Raubüberfalls habt ihr doch ausgeschlossen. Dann denk mal weiter. Entweder hat der Täter diesen Treffpunkt vorgeschlagen oder Fabre selbst. Auch wenn er nicht so prominent ist wie andere Plätze, birgt er, weil in Uninähe, doch die Gefahr, dass jemand durch den Park geht. Also ist der Platz ganz sicher nicht ausgesucht worden, um dort ungestört einen Mord zu begehen. Es war eine spontane Tat. Kannst du mir folgen?«

Felix nickte. »Ja, aber das haben wir nicht unbedingt ausgeschlossen. Allerdings hatte der Täter eine Waffe dabei, hat also von Anfang an ins Auge gefasst, Fabre zu töten.«

»Das mag sein, aber es erklärt nicht die Wahl des Ortes. Nicht stark besucht, aber auch nicht im Verborgenen. Ich glaube, es ist ein Ort, der Fabre etwas bedeutet hat oder dem Täter, falls der ihn vorgeschlagen hat, oder vielleicht auch beiden.«

Felix überlegte. »Nun, das mag sein. Aber welche Bedeutung könnte er haben, dieser Ort?«

Sabine zuckte mit den Achseln. »Keine Ahnung. Es war auch nur so eine spontane Idee von mir. Meine Eltern zum Beispiel. Sie haben sich in der Lobby eines Hotels in Singapur kennengelernt. Seitdem waren sie bereits viermal wieder in Singapur, und sie buchen immer nach Möglichkeit dasselbe Zimmer in diesem Hotel. Es hat für sie einen enormen Erinnerungswert. Und vielleicht hat einen solchen Wert auch dieser Park. Oder vielleicht auch die Uni, die direkt danebenliegt. Hat Fabre vielleicht dort jemanden kennengelernt, haben die beiden sich in Vorlesungspausen dort getroffen?«

»Ich will das nicht ausschließen«, sagte Felix und tunkte das letzte Stück Croissant in seinen Kaffee. »Aber es gibt keinen Hinweis darauf, dass Fabre irgendetwas mit der Universität zu tun hatte. Beruflich nicht, und die kurze Zeit, die er studiert hat, verbrachte er an der Uni von Bordeaux.«

»Okay. Dann lass ich dich jetzt alleine weitergrübeln. Ich muss los. Das schmutzige Geschirr überlasse ich dir.« Sabine drückte Felix einen Kuss auf den Mund, packte ihre Tasche und machte sich auf den Weg ins Archäologische Institut der Uni von Montpellier.

Felix saß noch einen Augenblick am Tisch und goss sich einen Schluck lauwarmen Kaffee nach. Nachdenklich rührte er einen Löffel Zucker hinein. Sabine hatte recht. Ein Hotel. Die Befragung im Hotel in der Nähe des Parks hatte nichts gebracht. Niemand dort hatte Francis Fabre gekannt. Aber was war mit einem Francis Fabre vor vierundzwanzig Jahren?

Felix sprang wie von der Tarantel gestochen auf. *Zut.* Ein absolutes Versäumnis, das er nachholen musste. Er suchte die Telefonnummer des Hotels heraus.

»*Bonjour,* Lieutenant Felix Tourrain, *Police judiciaire.* Es geht um den Mord im *Jardin Mont Margarot,* wir waren vor einigen Tagen deswegen bei Ihnen. Ja, ich weiß, dass er nicht bei Ihnen abgestiegen war und Sie ihn nicht kannten. Doch wir überprüfen nun den Zeitraum von vor zweiundzwanzig bis vierundzwanzig Jahren. Da waren Sie noch nicht dort? Und die alten Buchungsunterlagen sind bei der letzten Renovierung entsorgt worden? Wer könnte mir dann weiterhelfen?«

Felix erhielt nach wenigen Minuten den Namen und die Adresse einer Angestellten, die in der fraglichen Zeit an der Hotelrezeption tätig gewesen war. Er hatte Glück, die Frau wohnte immer noch in Nîmes. Hoffentlich konnte sie mit dem Foto, das sie von Fabre hatten, etwas anfangen. Das Foto auf seinem Ausweis, der 2004 ausgestellt worden war, zeigte den Mann in den späten Zwanzigern. Wenn er Glück hatte, konnte sich Madame Berthau, so der Name der Angestellten, an ihn erinnern.

Er wählte die Nummer, die man ihm gegeben hatte, Madame Berthau meldete sich umgehend, und Felix erläuterte sein Anliegen.

»Kommen Sie gerne vorbei. Der Name Fabre sagt mir jetzt zwar nichts, aber ich habe natürlich von dem Mord im *Jardin* in der Zeitung gelesen. So etwas Furchtbares ist in der Nähe des Hotels noch nie passiert. Was muss das für eine Aufregung gewesen sein. Bis Sie kommen, werde ich versuchen, meinen Grips anzustrengen. Vielleicht fällt mir ja etwas zu Ihrem Monsieur Fabre ein«, sagte Madame Berthau eifrig.

Die Dame wohnte in einem Mehrparteienhaus hinter dem *Musée de la Romanité*. Als Felix klingelte, sprang sofort die Eingangstür auf. Madame Berthaus Appartement lag im dritten Stock, und sie empfing ihn an ihrer Wohnungstür. Die ehemalige Hotelangestellte war so hoch wie breit, und ihr gutmütiges Gesicht strahlte, als sie Felix empfing wie einen lange verschollenen liebsten Verwandten.

»Nur herein mit Ihnen. Haben Sie schon gefrühstückt? Ich habe noch schnell was Frisches in der *Boulangerie* besorgt. Dazu ein schöner starker Kaffee. Das hält die Gehirnzellen fit.«

In der Wohnung roch es bereits nach dem angepriesenen Kaffee, und zu einem zweiten Frühstück würde Felix niemals Nein sagen.

»Gerne, das ist sehr nett von Ihnen«, nahm er das Angebot der alten Dame, Felix schätzte sie auf Mitte siebzig, an.

»Kommen Sie mit in die Küche. Da ist es gemütlicher.«

Felix setzte sich an den Holztisch, den Madame Berthau mit Tellern, auf denen blaue Veilchen prangten, und großen *bols* eingedeckt hatte. Sie goss ihm eine Porzellanschale voll, stellte Zucker und Milch bereit und zeigte auf das Körbchen, in dem große butterduftende Croissants lagen. Felix griff beherzt zu.

»Nach Ihrem Anruf habe ich mir den Kopf zerbrochen.« Sie strich einen Klecks Butter auf die Spitze ihres Croissants, tunkte es in ihren Kaffee und biss ein Stück davon ab.

Felix musste insgeheim schmunzeln. Er liebte es, genau so sein Croissant zu essen, doch Sabine bekam immer einen Anfall, wenn sie die Teigbröckchen und die Fettaugen der Butter auf dem Kaffee schwimmen sah. Er tat es Madame Berthau nach, und eine Weile aßen sie schweigend ihr Hörnchen auf.

»Nun, jetzt sind wir fürs Erste gestärkt«, meinte die alte Dame. »Aber greifen Sie nur weiter zu. Allerdings muss ich Sie leider enttäuschen. Der Name Francis Fabre sagt mir so gar nichts. Gibt es denn im Hotel keine Unterlagen mehr, die Ihnen weiterhelfen?«

Felix schüttelte den Kopf. »Nein, die sind bei der letzten Renovierung vor zwei Jahren entsorgt worden. Alles, was älter als zwanzig Jahre war, ist auf dem Papiermüll gelandet. Aber ich habe ein Foto des Mannes dabei. Wenn Sie da mal einen Blick drauf werfen würden.«

»Nun, schade, dann hoffen wir auf mein Gesichtergedächtnis. Das war eigentlich immer sehr gut. Hat aber auch etwas nachgelassen«, fügte Madame Berthau mit einem tiefen Seufzer hinzu.

Felix kramte das Foto aus seiner Jacke und legte es vor sie auf den Tisch. Die alte Frau griff nach der Lesebrille, die neben ihrem Teller lag, und setzte sie auf. Dann nickte sie.

»Ja, ich kenne den Mann. Das ist also der Tote, der in dem kleinen Park ermordet wurde. Weiß man schon warum? Ich gehe davon aus, Sie haben den Täter noch nicht? Erstens wären Sie dann nicht hier, und zweitens hätte ich es wahrscheinlich gelesen oder gehört.« Sie wartete ab.

»Nein, wir sind noch am Ermitteln. Und ein Motiv haben wir noch nicht.«

»Aber Sie glauben, es könnte etwas mit seiner Vergangenheit zu tun haben? Sonst würden Sie nicht danach fragen, ob ich mich daran erinnern kann, ob der Mann vor zig Jahren bei uns im Hotel

Gast war.« Madame Berthau tippte sich mit dem Zeigfinger an die Stirn, um zu unterstreichen, dass sie mitdachte.

»So ist es. Nur welchen Zusammenhang es zu der Tat von heute und Geschehnissen von vor über zwanzig Jahren gibt, das gilt es noch herauszufinden. Madame Berthau, was genau sagt Ihnen das Gesicht?«

Sie legte die Brille wieder zur Seite und biss sich auf die Unterlippe. »Ihr Monsieur Fabre war Gast bei uns. Aber ganz sicher nicht unter diesem Namen, der sagt mir wirklich gar nichts. Er war nie länger als eine Nacht da. Ich kann mich nicht erinnern, ob er aus Nîmes war oder aus der Nähe, aber er war kein Urlauber, auch kein Handelsreisender oder Ähnliches. Er war jemand, der sich für eine Nacht eingemietet hat und am nächsten Tag wieder verschwand. Ich kann Ihnen nicht mehr genau sagen, wie oft das vorgekommen ist. Dreimal, viermal, siebenmal? Ich weiß es nicht. Aber ich bin sicher, er war nie alleine, war immer in Begleitung einer Frau. Vielleicht war sie verheiratet, und deswegen die Treffen in unserem Haus? Das Ganze ging über ein halbes oder vielleicht auch Dreivierteljahr.«

Felix war sprachlos. Fabre war vor mehr als zwanzig Jahren mehrfach mit einer Frau in einem Hotel in der Nähe des *Jardin Mont Margarot* gewesen. Vielleicht hatte es gar nichts zu bedeuten, vielleicht war es aber auch eine erste Spur in Fabres Vergangenheit, die ganz sicher mit seinem Tod zusammenhing.

»An den Namen der Frau können Sie sich nicht erinnern?«

Madame Berthau schüttelte den Kopf. »Nein, beim besten Willen nicht. Ich könnte mir noch tagelang den Kopf zerbrechen und zwanzig Liter Kaffee trinken, ich würde nicht draufkommen. Aber wissen Sie, was mir damals aufgefallen ist?« Madame Berthau machte eine Kunstpause, und Felix rutschte unruhig auf seinem Stuhl herum.

»Sie sehen es ja selbst. Monsieur Fabre war ein sehr gut aussehender Mann. Er erinnerte mich von Anfang an an den Schauspieler Alain Delon. Und Madame war das genaue Gegenteil.« Madame Berthau sah Felix listig an. Sie kostete die Spannung, die sie erzeugte hatte, gnadenlos aus. Irgendwie kam dieses Verhalten Felix bekannt vor.

»Sie meinen, sie erinnerte Sie nicht an eine Schauspielerin?«

»Nein, ganz und gar nicht. Es ist mir auch nicht direkt aufgefallen. Sie können sich doch sicher vorstellen, was man mit einem perfekten Make-up alles erreichen kann. Aber einmal hat Monsieur Fabre, das ist mir wieder eingefallen, eine Flasche Champagner bestellt. Der Zimmerservice hatte aus irgendwelchen Gründen alle Hände voll zu tun, also bin ich rasch nach oben, um den beiden den Champagner zu bringen. Ich habe nur einen kurzen Blick auf Madame erhascht, und ich fand sie verdammt mutig.«

»Was meinen Sie damit?« Felix konnte seine Ungeduld kaum noch zügeln, als die alte Dame erneut in kurzes gewichtiges Schweigen verfiel.

»Nun, sie war eben mutig. War ungeschminkt mit diesem schönen Mann zusammen. Sie hat mir leidgetan. Wahrscheinlich Akne, würde ich im Nachhinein sagen. Pocken sind doch ausgerottet, oder? Auf jeden Fall war ihr Gesicht schon etwas gezeichnet. An was man sich so alles erinnert, wenn man sich nur ein wenig anstrengt, nicht wahr, Lieutenant Tourrain? Vielleicht hätte ich auch auf noch andere Details geachtet. Aber ich schätze mal, dieses Gesicht hat von allem anderen abgelenkt.«

Marat!, wollte Felix eben schon ausrufen, doch er beherrschte sich. Konnte es sein, dass Marat eine Frau war? Madame Berthau und er sahen sich schweigend an. Felix hatte nun, was er wollte, eine Verbindung Fabres von seiner Vergangenheit in die Gegenwart. Schon wollte er sich verabschieden, als Madame Berthau ihn mit einer Frage überraschte.

»Lieutenant Tourrain, stimmt es, was ich gehört habe? Nicht nur Monsieur Fabre ist ermordet worden, sondern auch Roland?«

Felix musste eine Sekunde überlegen. Sprach Madame Berthau von Titi? »Sie meinen Roland Dauphin? Kannten Sie ihn? Und woher wissen Sie das?« In der Zeitung war der Name des Clochards nie genannt worden.

Die alte Dame nickte mit betroffener Miene. »Also ist es wahr. Unser Kleiner Prinz ist ebenfalls ermordet worden. Kennen Sie seinen Spitznamen. Titi? Das kommt von *petit petit*, Titi, Sie verstehen? Er war ja nicht groß und dachte immer, er sei ein Mann von Adel. Es schien vielen Leuten, als sei Titi nicht der Hellste, bitte entschuldigen Sie, wenn ich das so sage. In der Zeit, in der ich im Hotel gearbeitet habe, hat er so manchen kleinen Job dort angenommen. Etwas Gartenarbeit, er war auch handwerklich nicht ungeschickt, und er war bei Weitem nicht so dumm, wie manche glaubten. Allerdings hat er stark getrunken, und so peu à peu wurden seine kleinen grauen Zellen immer weniger, befürchte ich. Nun, als das Hotel an einen neuen Besitzer ging, habe ich noch ein wenig dort gearbeitet, aber für Titi war dann Schluss. Tragisch. Wie kann ein Mensch nur so gemein sein, den armen Kerl umzubringen. Können Sie mir das erklären?«

Felix konnte nicht. Aber er sah nun ein wenig klarer. Kein Wunder, dass weder Fabre noch Roland Dauphin von irgendjemandem im Hotel erkannt worden waren.

»Glauben Sie, auch Titi hat einmal einen Blick auf Francis Fabre und seine Gefährtin werfen können?«

Madame Berthau zuckte mit den Schultern. »Das kann ich nicht mit Bestimmtheit sagen. Aber er hat in dieser Zeit, wie ich schon sagte, Handlangerdienste im Hotel übernommen. Warum also nicht. Das ist sicher auch die Erklärung, warum er sich noch in der Nähe, also im *Jardin* herumgetrieben hat. Vielleicht hatte er gehofft, man erinnert sich an ihn, lässt ihm etwas zukommen. Aber, Lieutenant, die Welt hat sich verändert. Wer schaut heute nach einem Clochard. Man sieht doch eher weg, als Hilfe anzubieten. So ist es doch.«

Felix nickte. Madame Berthau hatte recht. Und Titi hatte Marat erkannt. Nur, wer verbarg sich hinter diesem Gesicht?

Kapitel 36

Coco klappte entnervt ihren Laptop zu. Wie sollte man nur mit dem Namen des Künstlers und dem Titel eines Gemäldes, entweder Landschaft mit Olive oder auch Landschaft mit Olivenbäumen, mehr Spielraum gab es nicht, ein Kunstwerk wiederfinden, das vor Jahrzehnten geraubt worden war und von dem niemand wusste, wie das Motiv nun genau aussah. Und es gab noch nicht einmal Fotos von diesen wertvollen Stücken. Eigentlich unglaublich. Ob Madame le Juge daran gedacht hatte, Alex Duhamel auch auf die Suche nach Fotografien zu schicken? Sie würde sie darauf ansprechen.

Die Besprechung im Büro der Richterin hatte letztendlich ein ratloses Ermittlerteam zurückgelassen. Vier Tote, zwei ganz sicher vom selben Täter ermordet. Täterin. Es war, wie es aussah, eine Frau gewesen. Eine Frau, deren Gesicht durch Narben oder eine sonstige Hautveränderung auffiel. Ein weiblicher Marat. Ein Mann erschlagen, eine Frau im Wachkoma erstickt. Ebenfalls die Taten dieser Frau?

Und dann dieser sechste Gast. Doch Fabre? Roubais? Das hätte die Haushälterin doch ganz sicher gewusst. Coco versuchte, sich die Situation vorzustellen: Der Tisch ist für fünf Personen gedeckt. Dann erfährt die Hausherrin, es wird noch jemand beim Essen dabei sein. Würde sie nicht zu Madame Fragonard gesagt haben: Eloise, bitte legen Sie noch ein sechstes Gedeck auf, Francis ist zum Essen da. Bei Dominic Roubais doch wohl dasselbe. Bei allen, die der Familie nahestanden, würde doch wie beiläufig der Name genannt werden, überlegte Coco und kam zum Schluss, dass es sich um jemanden gehandelt haben musste, der den Savignys nicht nahestand, kein enger Freund, kein Verwandter, ja, noch nicht einmal ein Geschäftsfreund.

Coco knabberte an ihrem Stift. Und wenn dieser Gast ein ganz und gar Fremder gewesen war? Doch irgendeinen Bezug musste er ja zu einem Mitglied der Familie Savigny gehabt haben. Es war zum Verrücktwerden. Plötzlich schoss Coco ein vollkommen abwegiger Gedanke durch den Kopf. Sie hatte schon beim letzten Fall, den Morden an einem Eliteinternat, mit einer Theorie für Verblüffung gesorgt. Letztendlich war sie nicht haltbar gewesen. Sie hatte damals als begeisterte Leserin von Agatha Christies Romanen vorgeschlagen, ob nicht mehrere Täter für die Morde verantwortlich sein könnten. Ähnlich wie in *Mord im Orientexpress.*

Die Worte »unbekannter Gast« hatten von Anfang an ein merkwürdiges Gefühl bei ihr hinterlassen. Das de Boncourt'sche Bauchgefühl war offenbar ansteckend. Sie hatte eine Geschichte der berühmten Krimiautorin gelesen, die diesen Titel trug. Oder war es eher der »ungebetene Gast«? Coco gab die Begriffe bei Google ein. Da hatte sie es. Aha, es war *Ein unerwarteter Gast.* Das kam doch auf dasselbe raus. Was war passiert? Ein Mann verunglückt im dichten Nebel mit seinem Auto. Auf der Suche nach Hilfe gelangt er zu einem Haus, in dem offenbar gerade ein Mord geschehen ist. Er überrascht eine Frau, sie hält eine Pistole in der Hand. Ist sie tatsächlich die Mörderin? Welche Rolle spielt der unerwartete Gast?

Gut, es passte nicht alles. Trotzdem. Coco griff zum Hörer. Es war eine total verrückte Idee, aber bei einem derart verrückten Fall …

»Madame Fragonard, *bonjour,* hier Brigadier Mollard. Ich habe eine Frage. Sie erwähnten, dass am Abend der Brandkatastrophe ein sechstes Gedeck aufgelegt werden sollte.«

»Ja, aber das habe ich doch schon dem Commandant und seinem Kollegen gesagt. Ich weiß nicht, wer erwartet wurde, und ich glaube auch nicht, dass die Person gekommen ist. Wo sollte sie denn abgeblieben sein? Ich habe auch gesagt, es war ein ständiges Kommen und Gehen bei den Savignys. Spielkameraden von Eric, Freundinnen von Valerie, die sich so benahmen, als wären sie hier zu Hause, Freundinnen von Chantal, die hier übernachteten. Es ging zu wie in einem Taubenschlag.« Die Stimme der Frau klang ungeduldig, geradezu unwirsch.

»Madame Fragonard, das wissen wir. Aber überlegen Sie bitte noch einmal ganz genau. Kam vielleicht eine vollkommen fremde Person vorbei, nicht unbedingt ins Haus. Vielleicht jemand, dessen Auto liegen geblieben ist, der telefonieren wollte, um einen Abschleppwagen zu organisieren. Genauer gesagt, eine Frau, die eine solche Bitte aussprach, eine Frau mit problematischer Gesichtshaut? Und gastfreundlich, wie die Savignys waren, bat man sie zu bleiben?« *Mon Dieu.* Was faselte sie denn da zusammen? Problematische Gesichtshaut. Autopanne.

»Hören Sie mal, Brigadier, was ist das denn für ein Blödsinn! An so etwas könnte ich mich doch erinnern. Nein. Ganz sicher nicht. Die einzige Frau, die nicht zur Familie gehörte, die im Haus gewesen ist, war eine Freundin von Mademoiselle Chantal. Aber die zählt nicht. Und außerdem war das zwei Tage zuvor.«

Coco saß wie elektrisiert auf ihrem Stuhl. Eine Freundin, die bei Chantal Savigny übernachtet hatte? Von ihr war nie die Rede gewesen. Noch bevor sie ihre Fragen stellen konnte, echauffierte sich Eloise Fragonard.

»War es das jetzt? Meinen Sie nicht, es wäre besser, Sie wenden sich endlich den Toten zu, über die wir heute trauern? Mademoiselle Valerie? Mein geliebter Mann? Haben Sie denn da endlich eine Spur? Und was ist mit dem Gemälde? Wann darf ich das wiederhaben? Und noch etwas, jetzt, wo ich Sie am Telefon habe. Ihr Besuch hat meiner Tochter nicht gutgetan. Überhaupt nicht. Sie hat sich nicht gerührt, als ich bei ihr war. Sie hat sich in ihre eigene vergangene Welt verkrochen und wollte den ganzen Tag über nicht mehr zum Vorschein kommen. Das ist Ihnen zu verdanken.«

»Madame Fragonard, es tut mir leid, wenn mein Besuch Solange so mitgenommen hat. Doch es sind gewiss auch die Dramen, die um sie herum geschehen, der Grund, warum sie sich abkapselt. Aber was meinten Sie mit ›in ihre eigene vergangene Welt‹?«

»Nun, wie ich es sagte. Das hat sie öfter. Dann verwechselt sie Gegenwart und Vergangenheit. Ist wieder ein junges Mädchen, das sich mit Chantal verabredet. In dieser Art eben.«

»Madame Fragonard, über was hat Solange geredet?«

»Brigadier, es war wirres Zeug. Ich bin es gewohnt, so etwas zu hören. Es ist immer dasselbe. Hören Sie mir nicht zu? Sie ist dann wieder die Solange von vor über zwanzig Jahren. Sie verabredet sich mit Chantal. Manchmal macht sie sich sogar zurecht. Aber natürlich wartet sie vergebens. Es zerreißt mir dann fast das Herz.«

Coco sah ein, dass es keinen Sinn machte, auf diesem Thema länger herumzureiten. Stattdessen fragte sie: »Hat Ihre Tochter mittlerweile Kenntnis vom Tod ihres Vaters?«

Madame Fragonard schluchzte. »Nein, wir müssen noch etwas damit warten. Der Tod von Valerie hat sie zu sehr mitgenommen. Entschuldigen Sie, ich wollte Sie auch nicht beschuldigen. Ich kenne es ja, Solange ist oft so abwesend, wenn ich komme. Und ich weiß, Sie machen nur Ihre Arbeit. Es ist nur so vollkommen unfassbar, was in den letzten Tagen geschehen ist. Ich werde noch verrückt darüber. Gott sei Dank kann ich mit dem Doktor über alles reden.«

»Madame Fragonard, wir werden alles in unserer Macht Stehende tun, um den Täter zu stellen.«

»Sie schienen mir vorhin ziemlich aufgeregt, als ich die Freundin von Mademoiselle Chantal erwähnte.« Die Stimme von Madame Fragonard hatte plötzlich einen lauernden Unterton.

Coco biss sich auf die Lippen. War ihre Aufregung tatsächlich durchs Telefon zu hören gewesen? Sie antwortete nicht darauf, fragte stattdessen: »Darf ich noch einmal nachhaken? Wer war diese Freundin von Chantal Savigny? Wann ist sie gekommen, wie lange ist sie geblieben? Wie hieß sie, und wie sah sie aus?« Und warum haben Sie nicht schon früher von ihr erzählt, hätte sie gerne hinzugefügt. Doch Madame Fragonard hätte sich wahrscheinlich nur wieder aufgeregt und womöglich das Gespräch sogar beendet.

»Wenn das so wichtig für Sie ist. Ich muss nachdenken. Also, wie das Mädchen hieß, weiß ich beim besten Willen nicht mehr. Und wie sah sie aus? Wie alle Mädchen in dem Alter aussehen. Die Pubertät hat doch ihre eigenen Gesetze. Lange Haare, dünn, Pickel im Gesicht. Genau, daran kann ich mich noch erinnern. Was einem so alles einfällt, wenn man genau überlegt. Ich habe noch gedacht, Mädchen, wenn deine Haare nicht so fettig wären, wäre deine Haut auch in einem besseren Zustand. Mademoiselle Chantal hat sie halt einfach mitgebracht. Sie hatte, glaube ich, nur einen Rucksack dabei. Blieb dann ein oder zwei Nächte. An dem Tag, als alle starben, war sie noch mit Chantal unterwegs. Bummeln. Stimmt, wie konnte ich das vergessen? Sie wollten ins Kino. Ich dachte hinterher noch, Mädchen, also Chantal, wärst du doch nur in die Spätvorstellung gegangen. Überhaupt sind Albert und ich ja nur auf die Idee, ins Kino zu gehen, gekommen, weil Mademoiselle Chantal sich einen Film anschauen wollte. Eigentlich wollte sie dann das Mädchen zum Bahnhof bringen. Genau, so war der Plan. Aber vielleicht ist sie ja dann doch wieder mitgekommen. Brigadier, ich weiß es einfach nicht mehr. Wir waren doch nicht da.« Verzweiflung hatte sich jetzt in die Stimme der alten Frau geschlichen. »Ich habe sie nie wieder gesehen, die Freundin. Vielleicht war sie eine Ferienbekanntschaft. Auf jeden Fall habe ich keine Ahnung, wo Chantal sie aufgegabelt hat. Mehr kann ich Ihnen nicht erzählen. Es tut mir leid.«

»Danke, das ist doch schon sehr viel. Also könnte dieses Mädchen der sechste Gast gewesen sein?«

»Ja«, antwortete Madame Fragonard kleinlaut.

Coco bedankte und verabschiedete sich. Aufgegabelt. Das war ihr Stichwort. Und so leid es ihr tat, sie würde Solange Fragonard noch einmal einen Besuch abstatten müssen.

Kapitel 37

Ein Notfall. Martin musste sich wohl daran gewöhnen. Normalerweise hatte Mélisande diesen einen Nachmittag in der Woche frei. Doch eine äußerst seltene Zwillingsgeburt bei einer Stute hatte sie kurzfristig die Fahrt nach Aix-en-Provence mit Martin absagen lassen.

»Es tut mir leid. Aber mit einer Landtierärztin befreundet zu sein, bedeutet, quasi Tag und Nacht an jedem Tag der Woche einsatzbereit zu sein«, hatte sie ihm gesagt, Martin einen entschuldigenden Kuss gegeben und war schon wieder mit ihrem Kastenwagen, in dem Arzneien und medizinisches Gerät verstaut waren, verschwunden. Eigentlich hatte Martin den Besuch im *Musée Granet* verschieben wollen, doch er hatte Mathilde versprochen, nach diesen geraubten Gemälden Ausschau zu halten, und feststellen müssen, dass die Ausstellung *Cézanne – Die lyrische Periode* nur noch bis zum Ende der Woche zu sehen war.

Cézannes lyrische Periode. Allein der Titel war ein Gedicht, und Martin wandelte von einem Werk zum nächsten. Zuvor hatte er sich den Ausstellungskatalog gekauft und an der Information nachgefragt, ob der Leiter des Museums zu sprechen sei. Er hatte Glück. Elian Bley war im Haus, hatte jedoch zurzeit eine Besprechung. Martin köderte die Dame an der Information damit, er wolle in einem seiner nächsten Blogs ein Portrait des Museums veröffentlichen. Martins Blog sagte der Dame nichts. Da sie im Moment jedoch nichts Besseres zu tun hatte, rief sie ihn auf Martins Bitten auf und zeigte sich beeindruckt von dem, was dort zu sehen und zu lesen war. Sie werde sehen, was sich machen ließe.

Martin war beim dritten Exponat angelangt, als die Museumsangestellte auf ihn zueilte. Directeur Bley sei in einer Stunde mit der Besprechung fertig, und er würde sich freuen, Monsieur Endress' Bekanntschaft zu machen.

Martin hatte es natürlich mit dem Blogbeitrag ernst gemeint, und beim Flanieren und Studieren der Werke von Paul Cézanne sah er bereits seinen Beitrag vor sich.

Das *Musée Granet* hatte eine ganze Reihe von Leihgaben erhalten, denn das Museum in Aix-en-Provence, der Stadt, in der Cézanne geboren und gestorben war, besaß erstaunlicherweise lediglich neun Ölgemälde des Künstlers. Die Ausstellung umfasste die Jahre von 1896 bis 1906, in denen sich Cézanne intensiv »zufälligen« Figuren in der Landschaft, allen voran Badenden, widmete. Es entstanden in dieser Schaffensphase rund hundertvierzig Gemälde und Skizzen zu diesem Thema, in denen der Künstler der Harmonie zwischen Mensch und Natur huldigte. Was Martin nicht geahnt hatte, Cézanne nutzte als Vorlage seiner Zeichnungen und Gemälde meist Fotografien, da ihm die Gegenwart nackter Modelle nicht behagte.

Martin schaute auf seine Uhr. Die Stunde war längst um, er hatte nicht auf die Zeit geachtet. Es blieb noch ein kleines Kabinett zu besichtigen, in dem drei Aquarelle hingen, geschützt vor zu großem Lichteinfall. Erneut Badende, ein Stillleben mit Glaskaraffe und Äpfeln und ein Blick über Bäume zum Mont Sainte-Victoire. Das waren eindeutig Olivenbäume. Verblüfft fragte Martin sich, ob es sich hier vielleicht um das vermisste Aquarell aus der Sammlung Savigny handelte. Er spurtete zurück an die Information. Hoffentlich war der Museumsleiter nicht einfach verschwunden.

Berenice, Martin hatte vorhin nicht auf ihren Namen geachtet, der auf einem kleinen Schild stand, das auf ihrer Bluse prangte, lächelte und versicherte ihm, Monsieur Bley sei natürlich noch im Haus, und man würde sich freuen, dass er der Ausstellung so große Aufmerksamkeit gewidmet habe. In einer halben Stunde würde das Museum schließen, gerne wäre der Direktor aber bereit, ihn noch ein wenig herumzuführen. Ein Angebot, das Martin gerne annahm.

»Gehen Sie einfach diesen langen Flur entlang, direkt hinter der Tür. Dann auf der linken Seite die zweite Tür.«

Martin trat auf die Tür zu. *Accès réservé au personnel.* Der Zugang nur für das Personal öffnete sich wie von Geisterhand bewegt. Die zweite Tür links. Martin klopfte, und sofort ertönte ein fröhliches »Herein mit Ihnen«.

Elian Bley war ein Mann in den Sechzigern. Mit federnden Schritten ging er auf Martin zu und drückte ihm die Hand.

»Monsieur Endress, ich freue mich, Ihre Bekanntschaft zu machen. Wir sind sozusagen Kollegen, habe ich festgestellt. Natürlich hat das Internet mir allerlei Informationen über Sie gegeben. Und Sie betreiben einen wunderbaren Blog. Es ist nicht so, dass es unserem herrlichen Museum an Werbung fehlen würde, aber wenn Sie es mit Ihren Augen Ihrem deutschen Publikum präsentieren möchten, wer hätte da etwas dagegen. Aber setzen wir uns doch.«

Martin bedankte sich herzlich. Der Mann gefiel ihm. Offen und gut gelaunt. Sie plauderten noch ein wenig über die Kunstszene im Allgemeinen. Bley verwies auf die geplanten Aktivitäten seines Museums und bedauerte zugleich, dass Martin es verpasst hatte, die Schau *Pharaon, Osiris et la momie* zur Kunst und Kultur der Alten Ägypter zu besuchen. Schätze aus dem Louvre und ganz Europa hätten die Besucher in die faszinierende Welt der Pharaonen eintauchen lassen.

»Ausstellungen, die das Alte Ägypten präsentieren, gehören zu den meistbesuchten und ziehen ein enorm breites Publikum an.«

Martin konnte dies nur bestätigen. Er hatte stundenlang mit seinem Vater und seinen Schwestern angestanden, als die Tut-ench-Amun-Ausstellung durch Deutschland tourte. Damals war er noch ein Grundschulkind gewesen, beseelt von dem Gedanken, Ägyptologe zu werden. Martin hätte sich noch stundenlang mit Elian Bley unterhalten können, doch er hatte eine Mission zu erfüllen.

»Monsieur Bley, ich habe auch noch einen anderen Grund, warum ich hier bin«, begann er.

Der Museumsdirektor hob fragend die Brauen und beugte sich interessiert vor. »Nur zu, wenn ich helfen kann.«

Martin zog das Blatt mit der Gemäldeliste aus seiner Jackentasche und schob es Bley hinüber. Der setzte sich eine Lesebrille auf und warf einen ersten Blick auf die Liste. Dann sah er Martin erwartungsvoll an. »Ich vermute, Sie haben auch eine Geschichte dazu?«

Martin hatte Bley genau beobachtet, doch der hatte beim Lesen kaum eine Miene verzogen. Ganz kurz nur hatte er die Augen zusammengekniffen, und Martin schien es, als hätte der Mann genau in diesem Augenblick den Namen Savigny wahrgenommen.

»Es geht um Folgendes, Monsieur Bley. Diese Liste enthält Gemälde, die vor mehr als zwanzig Jahren aus einer Villa in Beauvoisin gestohlen worden sind. Sie gehörten der Familie Savigny, die bei einem Brand in ihrem Haus ums Leben kam. Alle, bis auf eine Tochter, die vor wenigen Tagen starb. Ein weiterer Mann, der im Besitz eines Cross gewesen ist«, Martin zog die Liste zu sich und tippte mit dem Finger auf eines der angegebenen Werke, »es dürfte sich um dieses Gemälde handeln, ist ebenfalls vor Kurzem verstorben. Beide wurden Opfer einer Gewalttat.«

Bley pfiff durch die Zähne. »Sagen Sie mal, Monsieur Endress, sind Sie nun Kulturhistoriker und Blogger, oder sind Sie so etwas wie ein Privatdetektiv?«

»Nein, ich habe Sie unabsichtlich wohl etwas im Unklaren gelassen. Eine Freundin von mir, Madame de Boncourt, ist *juge d'instruction* in Nîmes. Sie ist mit den Fällen betraut. Niemand weiß, wann genau die Gemälde verschwunden sind, wer sie gestohlen hat und wo sie abgeblieben sind. Sie sind niemals versichert worden, es gibt keine Fotos von ihnen, sie waren sicher unter Verschluss in einem klimatisierten Kellerraum der Villa. Warum auch immer. Auch diese Frage konnte bisher nicht beantwortet werden. Nachdem sie gestohlen worden sind, sind sie, auch das weiß man nicht mit Sicherheit, vermutlich zu Geld gemacht worden. Da niemand sie mehr als vermisst oder gestohlen melden konnte, dürfte dies ein Leichtes gewesen sein. Stellen Sie sich vor, ich käme mit einem kleinen Signac hier an, der angeblich seit Generationen in unserem Familienbesitz ist. Es gibt keinen Hinweis darauf, ob er geraubt oder gestohlen worden ist. Er ist weder in Paris beim OCBC noch in London beim *Art Loss*-Register gelistet. Ich habe zwar keinen Nachweis, dass er tatsächlich so lange bei uns im Wohnzimmer hing, aber Sie werden auch nie den Beweis finden, dass es nicht so ist. Sie prüfen das Bild auf Herz und Nieren auf seine Echtheit, kontrollieren ein letztes Mal, ob es nicht doch als gestohlen gemeldet worden oder als Raubkunst verzeichnet ist. Also kommen Sie zu dem Schluss: Ich habe die Wahrheit gesagt. Würden Sie ihn für einen angemessenen Preis kaufen?«

Bley hatte gespannt zugehört. Er biss sich auf die Unterlippe und wiegte den Kopf hin und her. »Ich fasse zusammen. *Ihr* Signac ist ohne Zweifel echt, er ist nie als gestohlen deklamiert worden, ganz sicher keine Raubkunst. Allerdings taucht er auch in keinem Werksverzeichnis auf, nehme ich an.«

Martin schüttelte den Kopf. »Nein. Aus dem einfachen Grund, weil der erste Besitzer entweder die Bilder bei den Künstlern in Auftrag gegeben oder sie direkt von Ihnen gekauft hat, vielleicht auch noch über eine Galerie. Derjenige, der ein Werksverzeichnis erstellt, weiß ja nichts von der Existenz des Gemäldes. Und als der Besitzer vielleicht Kenntnis von dem Werk erhielt, interessierte es ihn auch nicht, ob sein Bild dort aufgenommen worden ist.«

»Nun, das ist der einzige Punkt, der mir zu denken gibt. Man tut sich heute sehr schwer, ein Bild anzuerkennen, wenn es nicht in einem Werksverzeichnis mit lückenloser Provenienz steht. Aber Sie haben natürlich recht. Und ja, wenn Sie ihn mir bringen, und das Museum verfügt über die Mittel, denke ich über einen Ankauf nach.« Bley schmunzelte. »Haben Sie?«

»Nein, leider nicht«, lachte Martin. »Würden Sie sich bitte die Liste nun ganz genau anschauen? Ich weiß, es wäre der Zufallstreffer des Jahrhunderts, aber ist Ihnen vielleicht eines dieser Gemälde in den letzten Jahren angeboten worden?« Martins innere Anspannung wuchs. Er dachte an das Aquarell im Kabinett. »Ich denke vor allem an den Zeitraum, als Sie die Ausstellung *L'or du Midi* vorbereitet haben. Ihnen ist natürlich aufgefallen, dass alle hier aufgeführten Kunstwerke einen Bezug zur Olive haben. Der Besitzer, der die Gemälde vor vielen Jahren erworben hat, war Eustache Savigny.«

»Savigny. Der Olivenölbaron?« Bley hob die Brauen. »Also ist was dran an der Geschichte.«

Martin konnte es kaum glauben. Er war hier an die richtige Adresse geraten. Andererseits war es so abwegig nicht. Aix als Anlaufpunkt vieler Künstler, Cézanne war hier geboren, hatte hier gelebt. Vielleicht hatte Eustache Savigny sogar über einen der Vorgänger von Bley Kontakt zu den Künstlern erhalten, von denen er die Gemälde kaufte.

»Sie wissen also von diesem Kunstsammler?«, fragte Martin gespannt.

»Nicht nur das. Wir haben ein Bild von dieser Liste tatsächlich erworben.«

Bingo! Martin stieß pfeifend die Luft aus. Dieser Besuch hatte sich mehr als gelohnt.

»Ich kann nur hoffen, dass es nicht zu Problemen für mein Haus und mich führt«, fuhr der Museumsleiter fort. »Wo fange ich am besten an? Im Jahre 1900 ist der dritte Flügel unseres Museums eröffnet worden. Es erschien eine Art kleine Festschrift, in der auch den Geldgebern gedankt worden ist, unter anderem Eustache Savigny. Es ist nur eine kleine Notiz, in der steht, er sei dem Hause sehr verbunden und hege ein großes Interesse für die Künstler. Allerdings ist nicht die Rede davon, dass er selbst Sammler ist. Mehr kann ich Ihnen dazu leider nicht sagen. Als ich hier anfing, habe ich mich natürlich auch durch die Geschichte des Hauses gewühlt und bin dabei unter anderem auf diese Festschrift gestoßen. 2001 sollte eine groß angelegte Renovierung des Museums beginnen. Ich habe mich Monate zuvor des Namens Savigny erinnert. Wissen Sie, wir brauchen natürlich für solche Projekte unsere Sponsoren. Und Savigny stand auf meiner Liste. Dann ist die Familie ums Leben gekommen. Der Nachfolger, Monsieur Roubais, war leider nicht so spendabel. Er hat unsere Bitte abschlägig beschieden, hat allerdings den Druck eines Kataloges, der Jahre später erschien, mitfinanziert. Nun, ich schweife ab. Das ist das, was ich Ihnen zu Savigny erzählen kann. Und nun zu einem Gemälde auf der Liste. Es handelt sich um dieses hier.« Bley tippte mit dem Zeigefinger auf den Namen

Cézanne. »Dieses Aquarell. Es hängt in der Ausstellung, in einem Kabinett. Sie haben es vielleicht gesehen.«

Martin nickte.

»Nun, der genaue Titel, der auch hier verzeichnet ist, steht auf der Rückseite. Es ist eigentlich ein Ausschnitt aus einem größeren Gemälde in Öl, ein Blick auf den Mont Sainte-Victoire. Er hat genau den Ausschnitt für das Aquarell gewählt, das den Olivenhain darstellt. Wer weiß, vielleicht sogar auf Wunsch des Auftraggebers hin. Soweit ich weiß, ist es einmalig. Als uns das Aquarell angeboten wurde, haben wir natürlich das Bild und seine Provenienz auf Herz und Nieren geprüft. Es ist uns von einer Galerie angeboten worden. Das ist jetzt, lassen Sie mich überlegen, dreizehn Jahre her. Die Galeristin kam, als die Ausstellung *L'or du Midi* anlief. Ein merkwürdiger Zufall, nicht wahr. Wir haben die Ausstellung den Olivenbäumen und ihren Früchten gewidmet. Wenn ich diese ...« Bley wedelte mit der Rechten in Richtung Liste. »... Gemälde dazu hätte zeigen können, es wäre mir und unseren Besuchern ein Fest gewesen.«

In Martins Magen kribbelte es. Mathilde würde Augen machen. Zumindest die Spur eines der Gemälde hatte er zurückverfolgen können. »Verraten Sie mir bitte noch, wer Ihnen das Aquarell verkauft hat?«

Bley zögerte. »Ich glaube, es ist besser, ich informiere unsere Rechtsabteilung über das, was hier gerade vor sich geht. Die Galeristin konnte zweifelsohne die Provenienz des Gemäldes nachweisen. Es war ihr selbst erst zwei Wochen zuvor angeboten worden. Und bei einem Cézanne sagt niemand Nein. Es war ein Notverkauf gewesen, wie sie mir erklärte. Der Mann, dem das Aquarell gehörte, ging aus familiären Gründen ins Ausland und musste das Bild zu Geld machen. Madame Armbruster führt eine der renommiertesten Galerien unserer Region. Damals allerdings hatte sie erst angefangen. Ich glaube, ihre Galerie in Nîmes war noch gar nicht eröffnet. Und die in Lausanne vielleicht seit ein paar Monaten. Es kommt sicherlich oft genug vor, dass reiche Männer ihren Frauen, die vor Langeweile fast umkommen, eine Boutique oder Galerie einrichten und finanzieren, aber zu denen gehört Madame Armbruster nicht.«

Regine Armbruster. Martin traute seinen Ohren kaum. Wenn der Typ, der ins Ausland wollte, mal nicht Fabre gewesen war. Ob er, als er Regine Armbruster den Cézanne verkaufte, einen falschen Namen angegeben hatte? Wahrscheinlich, denn sonst hätte sich die Galeristin ganz sicher an diesen Namen erinnert. Martin nickte zufrieden. Er würde mit vollen Händen nach Nîmes zurückkehren.

»Sie müssen die Provenienz eines Kunstwerkes doch so lückenlos wie möglich darstellen können. Darf ich fragen, ob es zu dem Verkäufer auch einen Namen gibt?«

»Moment, da muss ich nachsehen. Steht alles hier drin.« Bley klopfte mit der Hand fast liebevoll auf seinen Computer. Er fuhr ihn hoch, tippte ein wenig auf der Tastatur herum.

»Hier haben wir es. Madame Armbruster hat uns das Aquarell im Mai verkauft. Sie hatte es vierzehn Tage in der Galerie in Lausanne. Es dauert normalerweise seine Zeit, bis man alles geprüft hat. Sie hatte es auch nicht in Kommission genommen, sondern den Besitzer bezahlt. Nun, das ist ihr bei dem Ehemann auch nicht sonderlich schwergefallen. Und hier haben wir den Verkäufer, den es so dringend ins Ausland gezogen hat. Edmé Soisson. Ausgewiesen durch seine *Carte d'identité.*«

»Das darf ich mir notieren?«

Bley hob die Schultern. »Ich kann Sie ja schlecht daran hindern, nicht wahr.« Er grinste.

»Was macht denn der Mann von Madame Armbruster beruflich?«, fragte Martin dann neugierig.

»Silvan Armbruster? Noch nie von ihm gehört? Er besitzt mehrere Kliniken. Er ist einer der führenden ästhetischen Chirurgen Europas. Silvan Armbruster ist selbst Sammler. Er besitzt eine der größten privaten Neo-Rauch-Sammlungen auf der Welt.«

Nein, davon hatte Martin in der Tat noch nichts gehört. Da konnte man mal sehen, was man alles in diesem Beruf verdienen konnte, denn ein Neo Rauch ging auch im kleinen Format in Öl oder Acryl im Minimum fünfstellig über die Ladentheke.

Bevor er nach Nîmes zurückfuhr, rief er bei Mathilde an, um ihr die Neuigkeiten mitzuteilen. Mathilde war nicht zu erreichen. Wie Christine ihm mitteilte, wohnte sie einer Anhörung bei, die frühestens in einer Stunde endete. Ob sie Madame le Juge Bescheid geben solle? Martin bedankte sich, doch er würde sich selbst nochmals bei Madame de Boncourt melden.

Kapitel 38

Coco entschloss sich, die Gunst der Stunde zu nutzen. Wenn Solange Fragonard im Moment der Vergangenheit näher war als der Gegenwart, vielleicht gab es dann doch eine Erinnerung an damals, die etwas Licht in diesen dunklen Fall, diese dunklen Fälle, bringen würde.

Noch immer war ihr nicht richtig klar, warum Solange in diesen so dramatischen psychischen Zustand geraten war. War es tatsächlich »nur« der Tod der besten Freundin gewesen? Coco hatte von Anfang an daran ihre Zweifel gehabt. Und wenn die Erkrankung etwas mit der geheimnisvollen Person zu tun hatte? Solanges Mutter hatte sie als etwa gleichaltriges Mädchen beschrieben, dünn, auffällig offenbar ihre pickelige Gesichtshaut. Natürlich hatte Coco bei dieser Beschreibung sofort an Marat gedacht, die Frau, die ganz offensichtlich Fabre und Titi auf dem Gewissen hatte und wahrscheinlich auch die Morde an Valerie und Albert Fragonard zu verantworten hatte. War der sechste Gast tatsächlich diese Frau gewesen? Doch in welchem Verhältnis hatte sie zu den Savignys, zumindest zu Chantal, gestanden? Verworrener ging es kaum noch. Ein Knäuel, das nicht zu entwirren war.

Coco versuchte, sich auf dem Weg in die Klinik noch einmal ihr Treffen mit Solange in Erinnerung zu rufen. Sie hatte sich zwar ein paar Notizen gemacht, doch letztlich war bei dem Gespräch nicht wirklich etwas herausgekommen. Abrupt bremste sie ab und fuhr an den rechten Seitenstreifen. Diesen Worten hatte sie keine Bedeutung beigemessen, doch jetzt, wo gewiss war, dass es eine bis jetzt unbekannte junge Frau im Haus der Savignys gegeben hatte …

Coco kramte ihren Notizblock aus ihrem Rucksack und überflog die wenigen Zeilen. Hier, das war es. Sie hatte zu Solange gesagt, der Tod der Freundin habe sie aus dem Leben katapultiert. Solange hatte das Wort gut gefallen. Und dann hatte sie gesagt: »Sie hätte nicht da sein sollen. Es war nicht richtig.« Coco war bis jetzt davon ausgegangen, damit wäre Chantal gemeint gewesen, die Freundin zur falschen Zeit am falschen Ort. Und wenn es nicht Chantal war, von der Solange gesprochen hatte, sondern das fremde Mädchen? Hatte Solange die Anwesenheit dieser Frau nicht behagt? War sie gar eifersüchtig auf sie gewesen?

Coco seufzte, startete den Wagen und erreichte nach einer Viertelstunde die Klinik. Sie meldete sich am Tor an, das Tor glitt auf, und sie fuhr auf den Parkplatz. Den Weg kannte sie mittlerweile, und selbstbewusst stand sie zwei Minuten später vor der Anmeldung, hinter der heute ein junger Mann seinen Dienst versah. Sein muskulöser Oberkörper steckte in einem weißen, eng anliegenden Poloshirt, auf seinem rechten Arm wand sich eine Schlange bis zum Handgelenk.

»*Bonjour*, Brigadier Mollard, *Police judiciaire* Nîmes. Ich möchte Solange Fragonard besuchen.«

Der Mitarbeiter war offensichtlich vorgewarnt. »Es tut mir leid, Madame Fragonard muss zur Ruhe kommen.«

»Ich weiß, ich habe mit ihrer Mutter gesprochen. Aber es ist immens wichtig. Es kann sogar sein, dass ich heute mit meinen Fragen Solanges Tor zur Vergangenheit endgültig aufstoße, vielleicht hilft ihr das bei ihrer Genesung.«

Puh, das hörte sich geradezu bombastisch an. Aber vielleicht konnte sie den Typen damit überzeugen. Und schließlich war es auch ihr Ziel, Solanges Erinnerungen wachzurütteln.

Der Mann stand etwas ratlos hinter der Anmeldung. Dann fasste er einen Entschluss. »Ich werde versuchen, Docteur Bogdanovic zu erreichen. Wenn er sein Okay gibt, können Sie zu ihr.«

Coco nickte ergeben. »Gut, aber sollte er Zweifel anmelden, lassen Sie mich bitte mit ihm reden. Ist das in Ordnung für Sie?«

Der Schlangenbeschwörer nickte, griff sich das Telefon und

drückte einen Knopf. Offenbar erreichte er den Arzt sofort. Mit wenigen Worten erklärte er Cocos Anliegen. Mit einem erstaunten Hochziehen seiner Brauen legte er wieder auf. »Sie kennen ja den Weg zum Trakt S. Docteur Bogdanovic erwartet Sie.«

Coco lächelte dem Mann dankend zu. Der Arzt wartete bereits vor der gesicherten Tür auf sie. Zusammen betraten sie hinter der Sicherheitsschleuse den Flur.

»Brigadier Mollard, Sie haben meine Neugierde geweckt. Was genau haben Sie vor?«

»Ich habe mit Solanges Mutter gesprochen. Ihre Tochter war sehr aufgewühlt, nachdem ich bei ihr war. Aber das wissen Sie natürlich am besten. Madame Fragonard sagte mir, Solange sei vollkommen in der Vergangenheit verhaftet gewesen. Ich bin ganz offen, ich möchte versuchen, mir das zunutze zu machen. Ich kann mir einfach nicht vorstellen, dass Chantal Savignys Tod *der* Auslöser für eine derart dramatische Psychose gewesen ist. Das heißt, auf jeden Fall nicht der alleinige Auslöser. Es muss da noch etwas anderes passiert sein vor zweiundzwanzig Jahren, etwas, das Solange Fragonard vollkommen verstört hat. Ich möchte herausfinden, was das gewesen ist. Vielleicht können wir, Sie, Solange dann auch dabei behilflich werden, wieder in ein normales Leben zurückzufinden, wenn sie sich dem stellt, was vielleicht Ängste hervorgerufen und sie damit in diesen Zustand katapultiert hat. Der Ausdruck *katapultieren* hat Solange übrigens sehr gefallen.«

Der Arzt hatte gespannt und zugleich besorgt zugehört. Dann nickte er zustimmend. »Gut, ich erlaube Ihnen, mit Solange zu sprechen. Aber nur unter der Bedingung, dass ich dabeibleibe. Ich werde mich zunächst in die Rolle eines reinen Zuhörers fügen, doch wenn Solange zusammenzubrechen droht, bin ich da. Falls Solange meine Anwesenheit wieder ablehnt, gibt es auch kein Gespräch. Ebenso natürlich nicht, wenn Solange nicht zustimmt, mit Ihnen zu reden. Es wird keinerlei Überredungskunst eingesetzt. Klar?«

»Natürlich. Wollen wir?«

Bogdanovic klopfte an die Zimmertür. »Solange, ich bin es. Ich habe Ihnen wieder Coralie Mollard mitgebracht. Dürfen wir eintreten?«

Ein zustimmendes Murmeln war zu hören, und noch ehe der Arzt die Tür öffnen konnte, hatte Solange Fragonard sie bereits selbst aufgemacht.

»Coralie Mollard. Ich habe mich gerne mit Ihnen unterhalten. Kommen Sie rein. Und Sie, wollen Sie auch mit mir reden?« Sie zeigte mit einem Finger auf den Arzt. »Ich weiß nicht, ob ich das möchte.«

»Ich höre heute einfach nur zu, Solange. Sehen Sie, ich setze mich da hinten in die Ecke. Tun Sie einfach so, als wäre ich nicht da.«

»Behandeln Sie mich nicht wie ein Kleinkind«, schnauzte Solange den Arzt an. »Wie soll ich so tun, als wären Sie nicht da, wenn Sie da sitzen. Aber gut, wenn es Ihnen gefällt, dazusitzen und zuzuhören.«

Der Arzt schob einen Stuhl in die Zimmerecke und setzte sich. Solange hockte sich auf ihr Bett und klopfte einladend auf die Decke. »Setzen Sie sich zu mir. Das ist wie in alten Zeiten. Chantal und ich haben immer zusammen auf dem Bett gesessen. Was hatten wir einen Spaß.«

Coco hatte nicht zu hoffen gewagt, dass die Rede so schnell auf Chantal und die Freundschaft der beiden Mädchen kam.

»Es muss eine schöne Zeit gewesen sein«, begann sie vorsichtig. Solange gab keine Antwort, sondern streichelte nur zärtlich über die Bettdecke.

»Gab es noch andere Freundinnen, mit denen Sie und Chantal oder auch nur Chantal sich so gut verstanden haben?«

Solange zuckte mit den Schultern. »Wir haben auch mit anderen Mädchen etwas unternommen, aber es war nie wie mit Chantal und mir, das war eine ganz besondere Freundschaft.«

»Solange, in den Tagen vor dem Brand, war da eine Freundin von Chantal zu Besuch?« Coco spähte zum Arzt hinüber, der sichtlich gespannt auf seinem Stuhl hockte.

Die Frau hatte sich auf ihrem Bett nicht gerührt. Coco dachte schon, Solange Fragonard hätte die Frage nicht richtig verstanden, als diese plötzlich ihre Bettdecke ergriff und einen Zipfel in ihren Händen knetete. »Sie hätte nicht da sein sollen.«

Es waren fast dieselben Worte wie beim letzten Gespräch.

»Warum? Waren Sie nicht damit einverstanden, dass das Mädchen da war? Wer war sie? Wo kam sie her?« Viele Fragen auf einmal. Hoffentlich nicht zu viele.

»Chantal hat sie mitgebracht. Effi.«

»Und Effi hätte nicht da sein sollen. Warum?«

Solanges Körper versteifte sich. Sie antwortete nicht. Aus dem Kneten der Decke war ein Zerren geworden, und plötzlich hörte man laut und deutlich, wie das Gewebe zwischen Solanges Händen riss. Es war das Zeichen für den Arzt, einzuschreiten. Er erhob sich.

»Coralie, ich glaube, es ist Zeit zu gehen. Solange braucht Ruhe, nicht wahr, meine Liebe?«

Solange nickte, die Augen auf das zerrissene Tuch gerichtet. Welche Kräfte müssen in ihr gewaltet haben?, fuhr es Coco durch den Kopf. Es blieb ihr nichts anderes übrig, als zu gehen. Doch sie hatte zumindest die Bestätigung erhalten, dass es einen Gast im Haus gegeben hatte. Eine junge Frau mit Namen Effi.

»Danke, Solange, es war sehr wichtig und gut, dass ich mit Ihnen reden durfte«, verabschiedete sie sich etwas hilflos angesichts der wie erstarrt auf ihrem Bett sitzenden Frau.

Der Arzt öffnete ihr die Tür und machte ein Zeichen, noch bei seiner Patientin bleiben zu wollen. Coco drehte sich noch einmal um. In diesem Augenblick fiel sämtliche Starre von Solange Fragonard ab. Wie Coco es schon einmal erlebt hatte, legte sie sich hin, rollte sich zusammen, ihr den Rücken zugewandt.

»Docteur, gehen Sie jetzt auch, bitte. Ich möchte allein sein. Mit Chantal. Sie sind dumm, alle sind dumm. Chantal würde mich nie verlassen.«

Die Frau tat Coco unendlich leid.

Auf dem Parkplatz nahm sie ihr Handy aus dem Rucksack, sie hatte es vor dem Gespräch mit Solange auf stumm gestellt. Es war mittlerweile fast dunkel und empfindlich kühl geworden. Eine Nachricht des Commandant war auf ihrem Anrufbeantworter. Es hatte sich etwas getan. Martin war in Aix-en-Provence auf eine Spur gestoßen. Madame le Juge habe vorhin davon erfahren. Eines der gestohlenen Gemälde war über die Galerie Armbruster an das *Musée Granet* verkauft worden, von einem gewissen Edmé Soisson, der Frankreich mit unbekanntem Ziel verlassen hatte.

Coco hörte die Nachricht ein zweites Mal ab. Unbekanntes Ziel? Frankreich verlassen? Und wenn Edmé Soisson nun Francis Fabre gewesen war? Der hatte vielleicht Nerven gehabt. Benutzte dieselben Initialen wie der tatsächliche Besitzer des Gemäldes. Das unbekannte Ziel im Ausland konnte nur Chile gewesen sein.

Obwohl sie damit vielleicht eine Spur hatten, konnte sich Coco im Augenblick nicht erklären, wie diese ihnen weiterhelfen konnte. Ihre Spur war Effi.

Kapitel 39

Als Mathilde endlich das Gericht verließ, war bereits die Dämmerung hereingebrochen. Den Anruf von Martin hatte sie natürlich verpasst. Gespannt lauschte sie seiner Stimme und wählte im Anschluss seine Nummer, um Details zu erfahren.

»Schon ein merkwürdiger Zufall, dass Madame Armbruster und ihre Galerie immer wieder auftauchen«, meinte Martin letztendlich.

»Nun, wie man es nimmt. Man kommt, wenn man mit Kunstwerken dieser Art hier in der Region handelt, ganz offensichtlich nicht an ihr vorbei. Allerdings ist mir natürlich neu, dass sie so reich verheiratet ist. Sie erwähnte nur, sie lebe mit ihrem Mann in Lausanne. Ästhetische Chirurgie also. Ja, damit kann man jede Menge Geld machen.«

»Ich habe ihn mal gegoogelt«, sagte Martin. »Er ist auch ein Genie, wenn es darum geht, Unfallopfern wieder ein Gesicht zu geben. Und er ist ein Kunstsammler. Was meinst du, könnte Edmé Soisson identisch mit eurem Francis Fabre sein?«

Mathilde seufzte. »Mich wundert überhaupt nichts mehr. Ich bin gerade auf dem Weg nach Hause. Ich informiere Rachid, dann wissen wir bald Genaueres. Einstweilen vielen Dank, Martin. Deine Expedition nach Aix hat sich auf jeden Fall gelohnt. Wie ist das Aquarell von Cézanne eigentlich?«

»Sehr schön, wie eigentlich alles von ihm. Im Vordergrund die Olivenbäume, dahinter in diffusem Licht der Mont Sainte-Victoire. Ich würde es mir auf jeden Fall sofort aufhängen. Allerdings reicht es bei mir nur für ein Poster. Aber du hast mich angestachelt. Meine Jagd gilt in nächster Zeit einem Original von Yves Brayer. Ich habe dir übrigens noch eine Kleinigkeit aus Aix mitgebracht. Eigentlich wollte ich sie dir zu Weihnachten schenken, aber ich weiß nicht, ob ich so lange warten kann.«

Mathilde lachte. »Und ich weiß nicht, ob ich so lange warten will. Was ist es denn?«

»Das ist eine Überraschung. Mal schauen, vielleicht bringe ich es dir in den nächsten Tagen vorbei. Und du meldest dich, wenn es Neuigkeiten gibt? Ist ja schließlich jetzt auch ein Stück weit mein Fall.«

»Versprochen. Dann *salut,* Martin. Und Grüße an Mélisande. Gar nicht so einfach mit einer Frau, die rund um die Uhr beschäftigt ist, nicht wahr?«

»Nein. Ich glaube, ich werde mit Rachid und Felix einen Club gründen. *À bientôt,* Mathilde.«

Auf dem Weg zu ihrer Wohnung rief Mathilde Rachid an. Wie sie, war auch er nicht wenig überrascht und zufrieden, dass Martins Besuch in Aix zumindest zu einem Teilerfolg geführt hatte.

»Ich ruf dich gleich zurück, sobald ich nähere Informationen zu diesem Edmé Soisson habe.«

Zwei Minuten später hatte Mathilde ihn wieder am Apparat.

»Es gibt keinen Edmé Soisson, weder unter der Ausweisnummer, die sich Martin notiert hatte, noch überhaupt irgendwo. Fabre ist mit gefälschten Ausweispapieren und einem echten Cézanne bei Regine Armbruster aufgetaucht. Und dann wird er sich mit dem Geld nach Chile oder vielleicht auch zunächst woandershin abgesetzt haben. Du weißt nicht, was sie ihm für das Aquarell bezahlt hat?«

»Nein, das hat Martin nicht gefragt. Ich glaube auch kaum, dass der Museumsleiter es gewusst hätte. Sobald ich zu Hause bin, werde ich in der Galerie anrufen. Das heißt, ich weiß nicht, ob Madame Armbruster noch in der Galerie ist. Sie schließt um sechs. Nun, egal, ich rufe sie auf dem Handy an. Ich schätze, sie wird sich noch an den Ankauf erinnern. Hätten wir ihr die Liste gezeigt, wären wir dem Cézanne wahrscheinlich schon eher auf die Spur gekommen. Anhand des Titels und der angegebenen Größe und dass es sich um ein Aquarell handelt, hätten bei ihr wahrscheinlich gleich die Alarmglocken geschrillt. Ich werde am besten mit ihr die Liste durchgehen, vielleicht fällt ihr zu einem der Stücke noch etwas ein. Wir sehen uns dann morgen Vormittag zu unserer Besprechung. Eine Frage noch? Wann darf ich dich denn mal wieder für mich alleine haben?«

Mathilde war mittlerweile in der Rue Dorée vor ihrem Haus angekommen. In ihrer Wohnung war es kühl. Sie drehte den Elektroheizkörper im Wohnzimmer auf eine höhere Stufe.

»Hier ist es nämlich empfindlich kalt, und ich brauche etwas zum Wärmen.«

»Etwas oder jemanden?«

»Jemanden. Dich.«

»Ich weiß nicht, wie lange es heute Abend noch dauert. Aber wenn wir früher fertig werden, komme ich vorbei. Ich bringe noch eine warme Wolldecke für dich mit. *D'accord*?«

»Einverstanden. Dann vielleicht bis später?« Mathilde schmatzte einen Abschiedskuss in ihr Handy.

Mit einem Glas Wein und ein paar Oliven, mehr Appetit hatte sie noch nicht, rollte sie sich mit einer flauschigen Decke auf ihrer Couch zusammen. Vorher hatte sie sich die Liste mit den gestohlenen Savigny-Gemälden zurechtgelegt.

Regine Armbruster nahm das Gespräch nach nur zweimaligem Klingeln an.

»Ah, Madame de Boncourt, schön, von Ihnen zu hören. Ich bin noch in der Galerie am Zusammenpacken. Übermorgen geht es zurück in die Schweiz. Ich weiß nicht, ob ich es noch schaffen werde, mir ihre Sandrine Mugler an der Wand anzuschauen. Dann wird es wohl das nächste Frühjahr werden.«

»Deswegen rufe ich auch nicht an, Madame Armbruster. Es gibt Entwicklungen in unserem Fall, die ab einem bestimmten Punkt auch Sie betreffen.«

Die Galeristin stieß ein erstauntes »Oh« aus. »Der da wäre?«

»Können Sie sich an den Verkauf eines Aquarells von Cézanne an das *Musée Granet* erinnern? Im Rahmen der bevorstehenden Ausstellung *L'or du Midi*?«

»Aber natürlich. Es war einer meiner ersten Hochkaräter, die ich vermittelt habe. Das heißt, ich habe weniger vermittelt als verkauft. Und der Gewinn war nicht sonderlich hoch. Ein Blick auf den Mont Sainte-Victoire.«

»Wollen Sie mir ein wenig darüber erzählen?«, bat Mathilde und stopfte sich eine Olive in den Mund.

»Nun, das war eine etwas abenteuerliche Geschichte. Ich hatte die Galerie in Lausanne noch gar nicht so lange, war aber schon in den Planungen für die Niederlassung hier in Nîmes. Ich habe meinen Augen nicht getraut, als eines Tages ein Mann in der Galerie stand und zwischen zwei Blättern von *Le Monde* ein Aquarell vorbeibrachte. Stellen Sie sich das mal vor. Nicht daran zu denken, wenn die Zeitung feucht geworden wäre. Es stammte aus dem Besitz seiner Familie. Das Aquarell war nirgendwo registriert. Sein Großvater habe es vor mehr als, ich weiß nicht mehr wie viel, Jahren gekauft. Ich habe es an mich genommen, alles überprüft. Es war nicht als gestohlen gemeldet, nirgendwo gelistet, es war ein Aquarell aus einem Privatbesitz. Der Mann wollte es schnell zu Geld machen, da er sich ins Ausland begeben wollte. Ich erinnere mich noch gut daran, ich hatte natürlich gleich nachgefragt, ob es noch mehr Schätze gebe. Aber es war nur dieses eine Bild. Er hat sich ausgewiesen, ich habe seine Daten notiert und das Bild bezahlt. Die Summe hatte mir mein Mann geliehen. Ich wusste, dass drei Monate später eine Ausstellung in Aix stattfinden sollte, in die das Aquarell hervorragend passen würde. Dank einiger Spenden konnte das Museum das Werk ankaufen. Das ist die Geschichte. Was ist mit dem Bild?«

Mathilde antwortete nicht direkt. »Darf ich etwas indiskret fragen, wie hoch Ihr Gewinn war?«, fragte sie stattdessen.

Regine Armbruster lachte hell auf. »Wenn man bedenkt, was es wert ist, war er nicht sehr hoch. Aber ich wollte es einfach haben. Nur so begründet sich auch das Renommee einer Galerie, verstehen Sie. Ich hatte immerhin schon einen Cézanne verkauft. Nun, es waren fünfundvierzigtausend Euro. Ich hatte neunzigtausend Euro bezahlt und hundertfünfunddreißigtausend Euro dafür bekommen.«

»Oh, ich dachte, so ein Bild wäre teurer.« Mathilde war erstaunt.

»Nun, es kommt tatsächlich auch auf die Größe und die Ausführung an. Das Blatt ist kleinformatig. Eigentlich handelt es sich um eine Skizze zu einem großen Ölgemälde. Nun, was ist mit dem Cézanne?«, wiederholte die Galeristin ihre Frage.

»Es scheint eines der Kunstwerke zu sein, die aus dem Hause Savigny verschwunden sind. Wir haben mittlerweile eine Liste mit den Bildern. Madame Armbruster, ich würde Ihnen gerne diese Liste schicken. Wenn Sie einen Blick darauf werfen würden? Vielleicht ist Ihnen eines der Werke ebenfalls begegnet. Immerhin sind die beiden Cross und der Cézanne Ihnen über den Weg gelaufen.«

Regine Armbruster seufzte. »So wie es aussieht, waren das keine guten Begegnungen. Aber ich schaue mir gerne diese Aufstellung an. Wer hat sie gemacht? Und wann?«

»Eine Kunsthistorikerin, Ernest Savigny hatte sie zu Lebzeiten um Expertisen gebeten. Die Liste ist nach dem Tod der Frau aufgetaucht.«

Regine Armbruster schwieg einen Moment. »Wissen Sie was? Ich mache Ihnen einen Vorschlag. Es ist jetzt gleich sieben Uhr. Zeit, mit der Arbeit aufzuhören. Es ist auch nicht mehr viel zu tun. Ich komme bei Ihnen vorbei, bewundere die Mugler an Ihrer Wand, und wir gehen zusammen die Liste durch. Auch wenn ich wahrscheinlich keines der Werke jemals in Händen gehalten habe, es wäre tatsächlich ein Riesenzufall, so weiß ich doch, was sich auf dem Kunstmarkt tut. Was meinen Sie?«

Mathilde überlegte nicht lange. Rachid hatte dienstlich zu tun, und ein wenig nette Gesellschaft und Plauderei über die Kunst wären nicht die schlechteste Alternative.

Kapitel 40

Felix war nicht an seinem Platz. Zusammen mit dem Commandant hatte er am Nachmittag ein Treffen mit Ermittlern aus Narbonne. Eine Bande, die Raubüberfälle entlang beliebter Touristenrouten verübte, schien ihren Radius in Richtung Nîmes erweitern zu wollen.

Coco versuchte, die Richterin zu erreichen, doch deren Handy war permanent besetzt. Nun, dann würde sie sich zunächst auf die Suche nach Effi begeben und dann hoffentlich Schlüsse ziehen können, die sie endlich weiterbrachten. Ihr war jetzt nach einem heißen Tee, und als ihr der Duft von Pfefferminze in die Nase stieg, machte Coco es sich vor ihrem Arbeitscomputer bequem.

Effi. Was wollte sie von Effi? Sie wollte herausfinden, wer Effi war und was sie vor mehr als zwanzig Jahren bei den Savignys gesucht hatte. Warum hatte sich Effi nach dem Brand nicht gemeldet? Hatte sie etwas damit zu tun? War sie untergetaucht? Madame Fragonard hatte gesagt, Chantal hätte sie aufgegabelt? Also keine enge Freundin? Wo aufgegabelt? Am Bahnhof? Auf der Straße? War Effi eine Reisende? Eine Touristin? Eine Rumtreiberin? Eine Ausreißerin? Wenn sie untergetaucht war, war sie dann von jemandem vermisst worden? Coco notierte sich all ihre Fragen handschriftlich. Irgendwo musste sie schließlich anfangen. Okay. War in dieser Zeit eine Effi in irgendeiner Art und Weise in der Gegend auffällig geworden?

Effi. Wie es wohl korrekt geschrieben wurde? Als sie den Namen in eine Suchmaschine eingab, tauchte zuallererst der Name Effi Briest auf. Das sagte Coco rein gar nichts. Es war eine Romanfigur eines deutschen Dichters, der einen fast französischen Namen hatte. Theodor Fontane. Ansonsten war der Name unter dieser Schreibweise nicht sehr häufig. Hatte sie sich verhört? Doch genauso hatte Solange den Namen ausgesprochen. Effi war auf jeden Fall kein französischer Vorname. Gab es denn weibliche Namen, die anders geschrieben wurden und sich wie Effi anhörten? Coco wurde schnell fündig. Ein gängiger Name, der sich ausgesprochen genauso anhörte, war Evi, eine Form von Eva.

Mittlerweile hatte Coco ihr Notizblatt vollgekritzelt. Fazit war, sie suchte nach einer Person, die verschwunden war und auf den Namen Effi oder eher noch Evi hörte. Wie vom Erdboden verschluckt nach dem Brand. Also würde sie als Erstes nach einer vermissten Effi/Evi suchen, vermisst ab diesem Zeitpunkt.

Nach einer Stunde qualmte Coco der Kopf. Nichts. Auf einer Internetseite, die im Jahre 2000 ins Leben gerufen worden war, aber auch länger zurückliegende Fälle beinhaltete, las sie, dass in Frankreich jährlich fünfzigtausend Personen verschwanden. Manche freiwillig, manche nicht, manche kamen von alleine wieder nach Hause, manch andere suchte man vergeblich. Doch keine Suchanzeige war für eine Effi/Evi aufgegeben worden.

Und wenn die junge Frau nicht aus Frankreich stammte? Ähnliche Seiten gab es in Deutschland, Holland, Belgien, in ganz Skandinavien. Coco klickte sich durch, und als sie schon die Hoffnung aufgegeben hatte, blickte sie plötzlich in das Gesicht von Evi. Eva-Marie Dupont, genannt Evi, aus Charleroi in Belgien, genauer aus der Region Wallonie. Geboren am 7. März 1983, vermisst gemeldet zwölf Tage nach dem Brand in Beauvoisin. Die Eltern hatten die Suche eingeleitet. Evi war in Charleroi in den Zug gestiegen, wollte nach Paris und im Anschluss nach Nizza. Das letzte Lebenszeichen hatten die Eltern erhalten, als Evi auf einem Campingplatz in Lyon Station gemacht hatte. Ab da nichts mehr. Das war vier Tage vor dem Brand gewesen. Das Mädchen war mit einem Interrail-Pass unterwegs gewesen. Also mit dem Zug. Chantal hatte Evi also am ehesten am Bahnhof kennengelernt. Eine zufällige Begegnung?

Evis Eltern hatten mehrere Fotos ihrer Tochter ins Netz gestellt. Bis heute hatten sie die Hoffnung nicht aufgegeben, ihre Tochter wiederzufinden. Merkwürdig. Coco kramte in ihren Unterlagen. Es gab ein Foto der Familie Savigny im *Midi Libre.* Ein Familienbild aus glücklichen Tagen. Mutter und Vater links und rechts vor einer Berghütte, links neben Ernest Savigny die beiden Töchter, rechts neben Marie-Laurence der Sohn Eric. Es war das letzte gemeinsame Foto der Familie, stand darunter. Alle strahlten in die Kamera, trugen bis zum Hals geschlossene Skianzüge und Mützen auf dem Kopf. Chantal hatte die Arme in die Hüften gestemmt, reckte den Kopf nach vorne und grinste breit in die Kamera.

Coco legte sich eine Lupe bereit. Wenn die nichts nutzte, musste sie so schnell wie möglich an ein besseres Foto kommen. Sie druckte sich das Bild von Evi Dupont aus, auf dem sie in einer langen Hose und mit einem Rollkragenpullover bekleidet eine ähnliche Pose auf der Terrasse eines Hauses vor einem bergigen Hintergrund einnahm. Langes blondes Haar, sehr schmales Gesicht, superschlank, überlange Beine, soweit man es erkennen konnte, eine ausgeprägte, aber schöne Nase.

Wie groß war Chantal gewesen? Coco nahm sich den Bericht des damaligen Gerichtsmediziners vor. Chantal maß einen Meter dreiundsiebzig, Evi Dupont einen Meter fünfundsiebzig. Das Gewicht der beiden unterschied sich kaum.

Coco kratzte sich am Kopf. Der Gedanke, der darin kreiste, war schier unglaublich. Und doch konnte es sein. War etwa Evi Dupont anstelle von Chantal Savigny gestorben? *Chantal ist immer noch bei mir.* Wusste Solange Fragonard, dass Chantal nicht tot war? Wenn das nicht der Grund für Solanges psychische Erkrankung gewesen war, was dann?

Coco trommelte mit ihrem Stift auf dem Schreibtisch herum. Es gab nur eine vernünftige Erklärung dafür. Einen Schock. Solange hatte geglaubt, Chantal sei tot. Und dann hatte sie die Totgeglaubte gesehen. Wann, wo? Und wenn Chantal noch lebte, war sie die Mörderin von heute? War sie die Mörderin, die ihre Familie und eine ihr fremde Frau getötet hatte? Warum? Und wo verbarg sie sich?

Coco konnte selbst kaum glauben, was sie sich in aller Eile notierte. Das war verrückt, vollkommen verrückt. Der Commandant, Felix, Madame le Juge würden sie in die Klinik von Docteur Bogdanovic einweisen lassen.

Wie sehr veränderte man sich in mehr als zwanzig Jahren? Es gab Menschen, die veränderten sich kaum, andere erkannte man nach zwanzig Jahren nicht wieder. Was war mit dem Hinweis auf Marat? Wenn Titi die Person wiedererkannt hatte, dann musste sie doch heute noch unter ihrem gezeichneten Gesicht leiden. Oder hatte er sie an etwas anderem erkannt?

Coco vergrößerte das Familienfoto und druckte es aus. Millimeter für Millimeter scannte sie mit ihrer Lupe Chantal Savignys Gesicht ab. Auch wenn das Foto nicht das beste war, so war doch zu erkennen, dass das Mädchen ein ziemliches Hautproblem gehabt haben musste.

Merde. Und wenn Chantal Savigny noch lebte? Wenn sie Titis Marat war? Für Chantal war eine andere gestorben, Evi Dupont aus Charleroi. Hatte Chantal zusammen mit Fabre die Gemälde gestohlen? Musste Fabre sterben, weil er es ausplaudern wollte? Titi, weil er zur falschen Zeit am falschen Ort war? Oder war Titi Fabre vom Bahnhof aus neugierig gefolgt, nachdem er in ihm den betuchten Gast des Hotels von damals wiedererkannt hatte? Starb Valerie Savigny, weil Chantal sich davor fürchtete, ihre Schwester könnte doch eines Tages wieder erwachen? Und Albert Fragonard? Fragen über Fragen. Nochmals *merde.*

Coco schloss die Augen. Wo war der berühmte rote Faden, der alles miteinander verbinden würde? Ganz einfach. Es waren die Gemälde. Von Anfang an drehte sich alles nur um sie. Und es gab nur eine Person, die in diesem ganzen Gemäldewirwarr immer wieder auftauchte.

Kapitel 41

Sie betrachtete von der gegenüberliegenden Straßenseite die Galerie Armbruster. Die letzten Lichter waren erloschen. Der gesicherte Transporter einer Schweizer Firma für Werttransporte war vor einer Stunde abgefahren. Ob die Galerie jemals wieder mit Leben und Kunstschätzen erfüllt sein würde?

Der Nieselregen, der bereits den ganzen Tag begleitet hatte, war zu einem Dauerregen geworden, der eine Kälte mit sich brachte, die sich bis in ihre Knochen bemerkbar machte. Oder hatte ihr Frösteln einen anderen Grund? Ein Wagen fuhr mit überhöhter Geschwindigkeit an ihr vorbei, Regenwasser spritzte hoch, landete auf ihrem hellgrauen Mantel. »*Conard*«, rief sie dem Wagen, von dem sie nur die roten Rückleuchten sah, hinterher.

Auf dem Weg zur Richterin hatte sie Zeit genug zu überlegen, wie sie weiter vorgehen würde. Eigentlich war ihr dieser Besuch selbst nicht willkommen. Doch sie brauchte Gewissheit darüber, was die Ermittlungen bisher gebracht hatten. Morgen wäre sie in der Schweiz und von da … Sie hatte einen Plan, wie es für sie weitergehen sollte. Ob darin Platz für Silvan war, wusste sie noch nicht.

Mathilde de Boncourt war ihr sympathisch. Unter anderen Umständen hätten sie Freundinnen werden können. Vielleicht wäre es nur fair, ihr reinen Wein einzuschenken. Doch die Konsequenzen, die sie dann ziehen musste, wären für Madame le Juge nicht sonderlich erfreulich.

Als der Anruf von Francis kam, war sie aus allen Wolken gefallen. Nie und nimmer hätte sie damit gerechnet, ihn noch einmal in diesem Leben zu sehen. Francis war Vergangenheit und sollte es auch bleiben.

Sie erinnerte sich an ihre erste Begegnung mit ihm, als wäre es gestern gewesen. Sie hatte den Stiefbruder von Marie-Laurence nur von Fotos gekannt, ein hübscher Junge. Allerdings eine Art schwarzes Schaf der Familie. Ernest war nicht begeistert gewesen, als ihn seine Frau bat, Francis einen Job zu besorgen. Mit Spannung hatte sie das *enfant terrible* der Familie Fabre erwartet. Es war ein heißer Sommertag gewesen, und sie sollte die Kübel auf der vorderen Terrasse gießen. Ein dunkelblauer Renault Alpine raste die Einfahrt auf das Haus zu und bremste scharf ab. Der Kies flog nur so durch die Gegend, und ein Stein traf sie schmerzhaft im Gesicht. Sie wollte eben losbrüllen und sich beschweren, als Francis elegant aus dem Auto stieg und strahlend auf sie zukam. Ab dieser Sekunde war es um sie geschehen. Der Beginn einer ebenso leidenschaftlichen wie verhängnisvollen *amour fou*.

Sie hätte, sie hatte alles für diesen Mann getan. Er hatte sie in seine Arme gezogen und mit Küsschen auf die geschundenen Wangen begrüßt. Ihr Gesicht war von Aknenarben gezeichnet, sie selbst fand sich widerlich. Doch Francis hatte keine Abscheu gezeigt. Wie oft in den nächsten Wochen und Monaten hatte er ihr gesagt, wie schön sie sei. Und sie hatte es ihm glauben wollen.

Eric war dahintergekommen, dass zwischen ihr und Francis mehr war als nur eine freundschaftliche Beziehung unter Verwandten. Wäre es rausgekommen, ihr Vater hätte sie umgehend in ein Internat gesteckt. Eric hatte sie schamlos erpresst. Ihr kleiner Bruder, ein verzogener, verhätschelter Bengel, der Erbe der Savignys.

Sie hatten sich dann in ein Hotel zurückgezogen. Monsieur und Madame Duval. Einfallsreich. Niemand hatte kontrolliert. Francis war ein großzügiger Trinkgeldgeber. Zu großzügig. Er lebte über seine Verhältnisse. Der Cross hatte die Finanzierung seines Lebensstils dann ungemein erleichtert. Und als Francis mit dem Plan ankam, die ganze Sammlung zu Geld zu machen, hatte sie nicht einen Augenblick gezögert. Der Plan wurde immer wieder modifiziert, verbessert bis hin zur Perfektion.

Die Idee mit dem Dohlennest war von Francis gewesen. Er hatte es aus einer Baumkrone, unter Einsatz seines Lebens, wie er damals gesagt hatte, herausgehoben und in den Schornstein gedrückt. Für den Fall, dass es nicht herunterstürzen und einen Brand entfachen würde, hatte er vorgesorgt. Das müsse dann sie erledigen, wenn alle ohnmächtig seien oder schon tot im Esszimmer lägen. Als er das gesagt hatte, waren ihr Gewissensbisse gekommen, aber nur ganz kurz. Sie selbst wäre für Francis gestorben. Doch diese Aufgabe hatte Evi übernommen, eine junge Frau in ihrem Alter.

Sie hatte tagelang am Bahnhof auf ein passendes Opfer gelauert, wie eine Spinne im Netz. Evi war perfekt gewesen. Alles stimmte. Und Evi hatte sich so geschmeichelt gefühlt, sofort als Gast in diesem herrschaftlichen Haus begrüßt zu werden. Arme Evi. Der einzige Punkt, der den Plan fast zum Scheitern gebracht hatte, war Valerie gewesen. Sie hatte es irgendwie nach draußen geschafft, lag bewusstlos in der Diele, als Francis ankam. Heldenhaft hatte er ihre Schwester gerettet. Was für eine Erleichterung, als sehr schnell klar war, dass sie wohl für immer in einem komatösen Zustand leben würde. Ansonsten hätte Francis nachhelfen müssen.

Sie hatte ein paar Tage in einem schäbigen Hotelzimmer ausgeharrt. Als das Haus von den Brandermittlern wieder freigegeben worden war, hatten sie und Francis den Schatzkeller aufgesucht und die Gemälde aus der Villa geschafft. Pech war nur gewesen, dass Solange sie gesehen hatte. Ihre Freundin Solange, die sie wie eine Stalkerin auf Schritt und Tritt verfolgt hatte. Unglücklich über den Tod der geliebten Freundin und schon da vollkommen aus der Bahn geworfen, stand der nächste Schock für sie bereit.

Sie hatten lange überlegt, ob Solange ein Problem für sie darstellen könnte. Doch das arme Mädchen war durch diese Begegnung so außer sich gewesen, dass sie vollends verrückt geworden war. Wer hätte dieser armen Irren geglaubt? Niemand. Zumal sich die Fragonards besser bedeckt hielten, denn ein Gemälde hatte sich das saubere Hausmeisterpaar unter den Nagel gerissen.

Es folgten herrliche gemeinsame Jahre mit Francis in der Schweiz. Er hatte seine Finger überall, er kannte Hehler und Fälscher. Pässe auf andere Namen waren kein Problem gewesen. Nie hätte sie sich vorstellen können, diese Liebe könnte einmal erlöschen. Aber Francis war immer merkwürdiger geworden, ganz allmählich fing sein schlechtes Gewissen an, an ihm zu nagen. Was blieb, war der Scherbenhaufen einer großen Liebe. Francis machte seinen Anteil zu Geld und verschwand nach Chile. Sie lebte unter dem Namen Regine Dutronc in der Schweiz.

Bereits ein paar Jahre zuvor hatte sie einen Arzt aufgesucht, um ihre Gesichtsnarben glätten zu lassen. Doch das Ergebnis hatte sie nicht wirklich befriedigt. Nach dem Verschwinden von Francis war es Zeit, ein neues Leben zu beginnen. Und so war sie in der Klinik von Silvan Armbruster gelandet. Sie hatte es nicht geplant, aber schon bald wurden sie und Silvan ein Paar, heirateten.

Nachdem sie den Cézanne verkauft hatte, es war das letzte Mal, dass Francis sie um Geld angebettelt hatte, besaß sie nur noch zwei Bilder aus der Familiensammlung, eine Zeichnung von Renoir und den Signac. Sie hatte beide Bilder heute noch. Silvan ermöglichte ihr ein Leben mit jeglichem Komfort und zuletzt die Erfüllung eines Traums, ihre beiden Galerien. So hätte es bis zu ihrem seligen Ende weitergehen können. Doch dann meldete sich die Vergangenheit in Gestalt von Francis Fabre zurück, und sie konnte es immer noch nicht fassen, wie viele beschissene Zufälle zusammengekommen waren. Oder hatte eine höhere Macht ihr diese Steine in den Weg gelegt?

Schon am Telefon hatte Francis keinen Zweifel darüber aufkommen lassen, dass er Geld wollte, ansonsten würde Regine Armbruster bald eine Gefängniszelle von innen kennenlernen. Hätte sie geahnt, dass Francis nicht mehr lange zu leben hatte, wäre sie darauf eingegangen. Und dann hatte sich dieser Clochard im Park herumgetrieben. Sie hatte keine Ahnung, wie er sie erkannt hatte, aber es war so. Zufall Nummer eins.

Sie hatte ihn verfolgt bis zu seinem Drecksloch am Bahnhof. Halt, stopp, nein! Zufall Nummer eins war der Cross gewesen, den Madame Nestor über sie verkaufen wollte. Sie hatte nach Luft geschnappt, als sie das Bild, das damals Francis hatte mitgehen lassen, auspackte. Unter normalen Umständen hätte sie ihn verkauft, aber die Umstände waren alles andere als normal. Francis tot, die

Polizei suchte den Täter, der gestohlene Cross tauchte in den Ermittlungsakten auf. Da hieß es, sich kooperativ zu zeigen. Also zwei beschissene Zufälle innerhalb kurzer Zeit.

Der Tod von Valerie war weniger zufällig. Sie hatte schlicht und ergreifend Panik bekommen. Vor Jahren hatte sie Silvan einmal gefragt, welche Chancen ein Komapatient, der eine starke Rauchvergiftung erlitten hatte, auf ein Erwachen oder eine Heilung habe. Ihr Mann hatte nur den Kopf geschüttelt, sich an die Stirn getippt und gesagt, in solch einem Fall sei das Hirn zweifellos irreparabel geschädigt. Davon war sie zwar all die Jahre ausgegangen, aber es hatte sie dann doch beruhigt. Bis vor ein paar Tagen. Es war so leicht gewesen, in ihr Zimmer zu gelangen und ihr ein Kissen aufs Gesicht zu drücken. Es war doch seit zweiundzwanzig Jahren kein Leben mehr gewesen. Doch wenn sie aufgewacht wäre … Immer wieder hatte sie in letzter Zeit in Fachzeitschriften, daran mangelte es in Lausanne in ihrem Haus nicht, über das eine oder andere Wunder gelesen, Komapatienten waren erwacht, oder Fortschritte in der Medizin ließen darauf hoffen, solche Patienten wieder zurückzuholen. Und dann war sie auf den Fachbeitrag von Docteur Tailleur gestoßen. Müßig, jetzt noch daran zu denken.

Und dann dieser unglaubliche Zufall Nummer drei. Fragonard und sein Cross. Warum musste er gerade ihre Galerie auswählen? Sie hatte zunächst die Galerie als Treffpunkt vorgeschlagen, um ihm dann zu sagen, sie sei zu einem wichtigen Termin unterwegs und treffe sich mit ihm auf dem Parkplatz. Zu weit waren zu diesem Zeitpunkt die Ermittlungen der Polizei. Und es hätte ihr gerade noch gefehlt, wenn Madame le Juge dann plötzlich hereingeschneit wäre. Bei so vielen Zufällen nicht auszuschließen. Allerdings hatte sie nicht damit gerechnet, dass auch der alte Albert sie erkennen könnte. Sie war sich sicher gewesen, dank Silvans Kunst ihr Aussehen mit den Jahren vollkommen verändert zu haben. Sogar das prägnante Muttermal, das auch ihr Vater besessen hatte, war verschwunden. Doch es waren ihre Augen gewesen, die sie verraten hatten. Das musste auch dieser Titi bemerkt haben. Ihre Augen und vielleicht sogar noch die Erinnerung an ihre geschundene Haut.

Silvan hatte ihr gesagt, die Augen blieben immer dieselben. Es sei denn, man trug Kontaktlinsen, die sie farbig veränderten. Allerdings war es nicht eine außergewöhnliche Augenfarbe, die ihre Augen einzigartig machte, sondern ihr leichter Silberblick. Im Gegensatz zu ihren Aknenarben hatte der sie nie gestört. Mit ihrer etwas ausgeprägteren, aristokratischen Nase und den Augen verglich sie ihr Mann gerne mit Barbra Streisand. Ein Vergleich, den sie, trotz des Altersunterschiedes zwischen ihr und der Schauspielerin, als Kompliment empfand. Doch bei Albert war ihr dieser Blick fast zum Verhängnis geworden. *Solange hatte recht*, hatte er fassungslos gemurmelt. Er hatte das Wiedererkennen mit dem Leben bezahlt.

Und nun war diese Liste mit den Gemälden aus der Sammlung aufgetaucht. Sie hatte nicht gewusst, dass ihr Vater eine Kunsthistorikerin die Gemälde hatte schätzen lassen. Mit dieser Aufstellung war es möglich, allen oder zumindest den meisten Kunstwerken nach und nach auf die Spur zu kommen. Wie im Fall des Cézannes, den sie nach Aix verkauft hatte. Beschissener Zufall Nummer vier.

Mittlerweile war sie am Haus der Richterin angelangt. Regine Armbruster drückte auf den Klingelknopf.

Kapitel 42

Mathilde war sich unschlüssig gewesen, ob sie noch etwas zu essen auf den Tisch bringen sollte. Dann entschied sie sich, lediglich die Schale mit den Oliven aufzufüllen und ein paar Cracker zusammen mit frisch aufgeschnittenen Scheiben einer Salami mit Feigen anzubieten. Eigentlich liebte sie es, von Freunden »überfallen« zu werden, spontan mit ihnen den Kühlschrank und den Weinvorrat zu plündern. Aber im Grunde kannte sie Regine Armbruster ja gar nicht. Sie fand sie nett und entgegenkommend und verdankte ihr dieses wundervolle Gemälde an der Wand. Sie legte eine Kopie der Liste der gestohlenen Savigny-Kunstwerke auf den Tisch. Die konnte Regine Armbruster mitnehmen und darüber brüten. Mathilde konnte sich gut vorstellen, dass Galeristen untereinander auch vernetzt waren. Für sie war es also einfacher, den Werken, die nirgendwo verzeichnet gewesen waren, vielleicht auf die Spur zu kommen.

Es klingelte. Wie immer schaute Mathilde aus dem Fenster. Unten stand die Galeristin und winkte ihr zu.

»Es passt doch hoffentlich wirklich. Ich möchte nicht ungelegen kommen.«

»Aber nein, ich habe Sie erwartet. Einen Augenblick, ich öffne die Tür. Achtung, sie klemmt manchmal etwas.«

Eine Minute später reichte Regine Armbruster Mathilde die Hand. »Es ist sehr ungemütlich geworden. Mein Mantel hat etwas abbekommen, hängen Sie ihn mit der schmutzigen Seite besser nicht an die Wand.«

Mathilde stellte den Regenschirm in die Gästetoilette und bat Regine Armbruster ins Wohnzimmer.

»Schön haben Sie es hier. Oh, wunderbar, an dieser Wand macht sich Sandrine Mugler sehr schön.«

Stolz gab Mathilde der Galeristin den Weg frei, das Gemälde ausgiebig zu bewundern.

»Ich gestehe, ich hatte auch in der Schweiz einen Interessenten für das Bild. Aber es hat auf Sie gewartet, Madame de Boncourt. Dass ich es nicht schon verpackt hatte, ist einer dieser verrückten Zufälle auf dieser Welt.« Sie schwieg und sah sich weiter im Zimmer um.

»Ich weiß nicht so genau, ob ich tatsächlich an Zufälle glaube. Eher an so etwas wie Vorsehung«, sagte Mathilde, um die plötzliche Stille zu unterbrechen. »Aber setzen Sie sich doch. Ein Glas Weißwein?«

»Gerne.« Die Galeristin nahm auf einem Sessel Platz, stellte ihre Handtasche daneben ab. Sie schlug ihre langen Beine übereinander. »De Boncourt. Darf ich fragen, ob es sich dabei um ein hiesiges Geschlecht handelt?«

Mathilde musste lachen. »Das dürfen Sie, aber *hiesiges Geschlecht* hört sich großartiger an, als es ist. In der Tat ist es alter Adel, aber unsere Familie verdient ihr Geld mit dem Anbau von Spitzenweinen. Allerdings habe ich das Privileg, wenn ich zu Hause bin, in einem Schloss, nun es ist nicht sehr groß, wohnen zu dürfen.«

»Ein Traum. In Nîmes lebe ich bescheiden über der Galerie. In Lausanne ist es schon etwas größer, mein Zuhause. Zwar kein Schloss, aber ein sehr schönes, großzügiges Haus mit Blick auf den Genfer See.«

»Nicht übel, eine sehr bevorzugte Wohnlage, würde ich meinen.« Mathilde goss zwei Gläser voll und legte Regine Armbruster eine Serviette bereit.

»Nun, der Beruf meines Mannes erlaubt eine solch exklusive Lage. Er besitzt mehrere Kliniken für ästhetische Chirurgie. Er selbst ist ein begnadeter Arzt. Viele meiner Freundinnen meinen daher, meine Galerien seien ein netter Hausfrauenzeitvertreib. Aber ich könnte auch ganz gut davon leben.« Stolz klang in der Stimme der Galeristin mit. Sie hob ihr Glas und prostete Mathilde zu. »*Santé.* Ich nehme an, es ist ein Wein vom Familienweingut?«

»Was anderes käme mir nicht auf den eigenen Tisch.«

Die beiden Frauen prosteten sich zu und tranken einen Schluck.

»Bitte, greifen Sie zu, diese Salami ist hervorragend.«

Die Galeristin tupfte sich die Lippen ab und pikste mit einem Zahnstocher, den sie aus einem Schnapsglas angelte, ein Stück der würzigen Wurst auf. Ihr Blick war bereits ein paarmal auf die Liste gefallen, wie Mathilde bemerkt hatte. Nun, deswegen war Regine Armbruster schließlich hier. Sie war gespannt, ob die Galeristin vielleicht jetzt schon etwas dazu sagen konnte.

»Darf ich? Ich bin schon neugierig, was die Familie Savigny neben den beiden Cross und dem Cézanne besessen hat. Diese drei Kunstwerke lassen ganz sicher noch weitere Schätze vermuten.«

»Natürlich. Diese Liste ist für Sie. Vielleicht können Sie befreundete Galeristen danach befragen oder haben sonst eine Idee, wie wir diese vermissten Gemälde ausfindig machen könnten.«

Regine Armbruster beugte sich über ihre Tasche und zog eine Brille heraus, die sie aufsetzte. Mathilde hatte bisher nicht den leichten Silberblick der Frau bemerkt. Sie kannte sie nur mit ihrer großen Brille, die diesen wahrscheinlich unsichtbar werden ließ.

»*Oh, là, là.* Das kann sich sehen lassen.« Verblüfft ließ Regine Armbruster den Zettel sinken. »Die Crème de la Crème der französischen Maler ist ja hier versammelt.« Erneut studierte sie die Aufstellung. Dann schüttelte sie den Kopf. »Außer den beiden Cross und dem Cézanne sagen mir die Titel nichts. Es sind tatsächlich ausschließlich Motive mit Olivenbäumen. Das ist schon interessant. Eustache Savigny hat sich wirklich die besten ihres Metiers, die in dieser Region tätig waren, herausgesucht.«

Mathilde fuhr innerlich zusammen. Eustache Savigny? Woher kannte Regine Armbruster den Namen des Mannes, der diese Gemälde erworben hatte? Doch ehe sie noch nachfragen konnte, stieß die Galeristin einen kleinen Schrei aus. »Doch, dieses Gemälde hier, ich glaube, ich kann Ihnen weiterhelfen.«

Mathilde beugte sich gespannt nach vorne, hakte wegen des Namens aber nicht mehr nach. Endlich eine weitere Spur.

»Welches Gemälde?«

»Der van Gogh. Natürlich. Es ist schon etliche Jahre her. Das Bild ist kurz auf dem Kunstmarkt aufgetaucht, war dann aber sofort wieder verschwunden. Ein van Gogh kommt selten genug auf den Markt. Er war nicht in einer Auktion, dessen bin ich mir sicher. Ein Privatsammler hat ihn ohne großes Wenn und Aber gekauft. Zu einem sehr hohen Preis.«

Mathilde starrte ihr Gegenüber an. »Wann? Wer? Wo?«

Die Galeristin faltete die Hände über Mund und Nase und überlegte. »Ich weiß es nicht. Es gab keine Namen, keinen Kaufpreis. Ich weiß nur, das Motiv war ein Olivenhain. Ähnlich dem im *Metropolitan Museum* in New York. Aber nur halb so groß. Mehr kann ich Ihnen nicht sagen. Ich werde aber gerne ein paar Recherchen anstellen.«

»Tun Sie das, das wäre sehr hilfreich.« Enttäuscht ließ sich Mathilde zurück auf ihre Couch fallen. Viel war das ja nicht. Auch ihr war klar, dass diese Gemälde irgendwann irgendwie einen Käufer gefunden haben konnten. Allerdings gab die Reaktion der Galeristin ihr einige Rätsel auf. Zuerst hatte es den Anschein gehabt, als wüsste sie genau, was aus dem Gemälde geworden war, dann mehr oder weniger doch nichts. *Zut.* Aber woher wusste sie, dass es nur halb so groß war wie das Bild in New York? Natürlich. Die Maße standen auf der Liste. Und als Galeristin hatte man ein solches Topgemälde wahrscheinlich auch genau vor Augen. Trotzdem. Ein Gefühl der Unruhe beschlich Mathilde. Eustache Savigny. Woher kannte sie den Namen? In diesem Augenblick klingelte ihr Handy, die Marseillaise erfüllte das Wohnzimmer.

»Sie erlauben?«

»Aber natürlich.« Regine Armbruster gönnte sich noch einen Schluck Wein, während Mathilde mit ihrem Smartphone in die angrenzende Küche ging.

»Ja?«

»Madame le Juge, ich bin es, Coralie. Ich versuche schon geraume Zeit, Felix, den Commandant oder Sie zu erreichen. Ich glaube, ich habe etwas schier Unglaubliches entdeckt.« Und schon sprudelte es aus Coralie nur so heraus. Mathilde antwortete im ersten Moment nicht. Sie hatte also allen Grund gehabt, unruhig zu werden.

»Madame le Juge?«

»Ja. Das heißt nein, Martin. Es passt heute Abend leider nicht. Ich habe Besuch. Madame Armbruster bewundert meine Sandrine Mugler, die ich bei ihr gekauft habe. Ich melde mich wieder bei dir. *Bonsoir.*«

Mathilde schloss die Augen. Das konnte doch jetzt nicht wahr sein. Wo war all die Zeit, wenn sie auf Regine Armbruster getroffen war, ihr Bauchgefühl geblieben? Die Galeristin war aller Wahrscheinlichkeit nach ihr gesuchter Marat. Eine Vierfachmörderin, damals und heute. Coralie würde alles Notwendige veranlassen. Hoffentlich schnell, sehr schnell.

Mathilde, reiß dich zusammen.

»Madame de Boncourt?« Mathilde erschrak zu Tode, als die Galeristin plötzlich in der Küche stand. »Wenn ich bitte ein Glas Wasser haben könnte?«

»Aber gerne. Einen Augenblick.« Langsam nahm Mathilde ein Glas aus dem Küchenschrank und füllte es mit Leitungswasser. Sie drehte sich um. »Ich habe nur dieses hier.«

»Danke. Ist bei Ihnen alles in Ordnung? Sie wirken plötzlich so blass. Hoffentlich keine schlechten Nachrichten.« Sie zeigte auf Mathildes Handy, das diese auf dem Küchentisch abgelegt hatte.

»Nein, nein, alles in Ordnung. Martin, ein Freund, wollte mich jetzt noch ins Kino einladen. Ich musste ihn vertrösten.« Mathilde versuchte ein Lächeln und hoffte, es gelänge ihr.

Die beiden Frauen kehrten ins Wohnzimmer zurück.

»Wo waren wir stehen geblieben?« Regine Armbruster stellte das leere Wasserglas auf den Tisch und faltete die Liste zusammen.

Mathilde überlegte krampfhaft. Verdammt, worüber hatten sie sich zuletzt unterhalten? Der van Gogh. Und sie hatte sich gefragt, woher die Galeristin den Namen Eustache Savigny kannte. Sie musste die Frau hinhalten, aber dabei bloß keinen Verdacht erwecken. Also keine Frage nach Eustache. Regine Armbruster würde sofort erkennen, dass die Erwähnung dieses Namens Mathilde hatte misstrauisch werden lassen.

»Ähm, wir hatten uns noch gar nicht über die Urheberin der Liste unterhalten. Sind Sie da nicht ein wenig neugierig geworden?«

Die Galeristin lehnte sich entspannt in ihrem Sessel zurück. »Aber ja doch. Ich dachte nur, dies wäre – wie heißt es immer in den Krimis? – aus ermittlungstaktischen Gründen nicht möglich.«

»Nun, dann will ich mal eine Ausnahme machen. Sagt Ihnen der Name Thérèse Duhamel etwas? Sie war eine Kunsthistorikerin. Ernest Savigny hat sie kommen lassen und sie um eine Einschätzung der Sammlung gebeten. Von ihr stammt die Liste.«

»Duhamel? Der Name sagt mir nichts. Sie sagten, *war* eine Kunsthistorikerin. Sie ist also tot?«

»Sie ist vor ein paar Wochen verstorben. Ihre Tochter hat uns die Aufstellung gegeben. Aber das ist nicht allein das Spannende an der Geschichte.« Mathilde machte eine kleine Pause. Wie beiläufig zog sie den Roman, den sie gerade las, zu sich heran. »Das Spannende ist, Ernest Savigny hatte ein Verhältnis mit Madame Duhamel.« Gespannt verfolgte sie die Reaktion von Regine Armbruster. Diese zuckte noch nicht einmal mit der Wimper. Mathilde musste noch eine Schippe drauflegen, um die Frau aus der Reserve zu locken. Doch Regine Armbruster kam ihr zuvor.

»Das heißt, diese Tochter könnte ein uneheliches Kind von Ernest Savigny sein?« Die Galeristin saß nun kerzengerade, die einzige leichte Anspannung, die ihr anzumerken war.

Mathilde schaute unauffällig auf die Uhr an ihrem Handgelenk. Wie lange brauchte denn das Einsatzkommando? Und hoffentlich kamen sie nicht mit Blaulicht und Sirene vor die Tür gefahren.

»*Könnte* trifft es nicht so ganz.«

Regine Armbruster entspannte sich sichtlich. »Nun, es hätte ja sein können.«

»Dieses *könnte*, dieser Konjunktiv, trifft eben nicht zu. Sie *ist* die Tochter von Ernest Savigny, und Dominic Roubais, der Cousin und jetzige Geschäftsführer des Unternehmens, hat dies offiziell anerkannt. Madame Duhamel ist Teil der Familie Savigny geworden, mit allen Rechten, die damit verbunden sind.«

Die Katze war aus dem Sack.

»Das glaube ich nicht. Einfach so? Aber das ist doch wunderbar. Eine sehr großzügige Familie, finden Sie nicht auch?« Regine Armbruster griff nach ihrer Handtasche. »Seit wann wissen Sie es, Madame le Juge? Seit dem Telefonat von eben? Martin? Ein Freund? Dass ich nicht lache!«

»Was meinen Sie?«

»Stellen Sie sich nicht dümmer, als Sie sind. Erzählen Sie mir, was Sie wissen.« Mit einer fließenden Bewegung entnahm die Galeristin ihrer Handtasche eine Pistole und legte sie vor sich auf den Tisch.

»Und wenn ich es Ihnen gesagt habe? Was dann?«

Die Galeristin zuckte mit den Schultern und schwieg. Mathilde überlegte. Wenn sie schnell genug wäre, könnte sie vielleicht die Pistole an sich nehmen. Als einzige Verteidigung hatte sie den Brieföffner zwischen den Seiten ihres Romans. Sie war so leichtsinnig gewesen. Warum hatte sie sich nicht in der Küche verbarrikadiert? Ganz einfach, auch sie wollte die ganze Geschichte zu Ende hören. Wahrscheinlich hätte Regine Armbruster, noch immer nannte sie die Frau so, die Flucht ergriffen.

Als könnte sie Mathildes Gedanken lesen, nahm die Galeristin die Pistole wieder an sich, legte sie auf ihren Schoß. »Geben Sie mir das Buch, bitte.«

Mathilde schob den Roman über den Tisch. Die Galeristin lächelte, als sie den kleinen, eleganten Brieföffner herauszog. »Ein schönes Stück. Nun, ich warte.«

Die Minuten krochen dahin. Draußen war nichts zu hören. Es war doch nicht so weit zu ihrer Wohnung.

»Ich darf Sie also ganz offiziell Chantal Savigny nennen?« Mathilde erwartete keine Antwort. »Wir sind Ihnen auf die Spur gekommen durch die junge Frau, die sie mit Ihrer Familie in den Tod geschickt haben. Eva-Marie Dupont aus Charleroi.«

»Evi.«

»Ja, Evi. Sie sieht Ihnen ähnlich, das heißt, sie glich der jungen Frau, die einmal Chantal Savigny war. Dazu kam, dass etwas, das Solange Fragonard gesagt hatte, uns vermuten ließ, Chantal Savigny könnte noch am Leben sein. Nun, wir haben eins und eins zusammengezählt, dazu diese vielen schier unglaublichen Zufälle addiert, und unter dem Strich kam heraus, dass Chantal Savigny tatsächlich noch unter uns weilt.«

Natürlich waren es reine Spekulationen von Coralie Mollard gewesen, doch alles, was hier in diesen vier Wänden an Reaktionen erfolgt war, ließ für Mathilde keine Zweifel mehr offen, wer hier vor ihr saß.

Endlich. Draußen war ein leises Rumoren zu hören. Die Kavallerie rückte an. Auch Chantal Savigny hatte die Geräusche gehört, war für einen winzigen Moment abgelenkt, den Mathilde nutzte, um aufzuspringen und an die Tür zu rennen, die sie mit einem Ruck aufriss.

Martin, mit einem Paket in buntem Papier in der Hand. »Unten war offen, die Tür klemmt.« Entgeistert starrte Mathilde den Freund an. Gleichzeitig waren laute Stimmen zu hören. Rachid und Felix, endlich. Dann geschah alles wie in Zeitlupe. Ein lauter Knall ertönte, Martin zog Mathilde schützend an sich, Rachid, Felix und vier Männer des Einsatzkommandos stürmten die Treppe hoch. Rachid warf nur einen kurzen Blick auf Mathilde, die nickte. Alles gut. Dann rannte er mit den Kollegen in die Wohnung.

»Madame le Juge, ist alles in Ordnung?« Coralie.

Martin ließ Mathilde los. »Was ist denn hier los? Wer ist in deiner Wohnung? *Mon Dieu*, Mathilde, du bist ja leichenblass.«

»So sieht man aus, wenn man feststellt, dass eine Leiche gar keine Leiche ist, und befürchten muss, die nächste Leiche zu sein, Martin«, antwortete Mathilde trocken. Eine unbändige Wut überkam sie.

Kapitel 43

Die Tage bis Weihnachten waren wie im Flug vergangen. Mathilde war überglücklich, wie sehr sich Rachid über seine Lithografie gefreut hatte. Den Heiligen Abend hatte er mit seinem Vater und Carla verbracht, am folgenden Weihnachtstag war er zum traditionellen Weihnachtsessen bei Mathilde und ihrer Familie eingeladen.

Odile hatte sich selbst übertroffen. Sieben Gänge, Vorbereitungen über Tage, und niemand durfte dem Kühlschrank oder dem Herd zu nahe kommen. Winzige Windbeutel mit einer Füllung aus geräucherter Makrele und getrockneten Feigen, gefolgt von einer leichten Hühnerconsommé mit hauchdünn geschnittenem Trüffel, ein *trou normand*, ein Sorbet aus Calvados aufgefüllt mit Champagner, machte Appetit auf mehr.

Während sie sich noch die gebratene Geflügelleber mit einem Confit aus roten Zwiebeln auf der Zunge zergehen ließen, breitete sich bereits der Duft der mit Knoblauch gespickten Lammkeule seit Stunden aus. Doch der krönende Abschluss war wie immer das Dessert gewesen, die dreizehn Köstlichkeiten, *les treizes desserts*, eine Tradition, die dank Odile vor Jahren Einzug in die de Boncourt'sche Küche gehalten hatte.

Les Calenos, wie Odile sie nannte, waren ihr ganzer Stolz. Alle mussten das Esszimmer verlassen, genehmigten sich am Kamin noch ein Glas Wein, während Odile den Tisch vorbereitete. Sie schmückte ihn mit geschnitzten Figuren, den *Santons*, Hirten, Tieren, Marktfrauen und all den Personen und Wesen, die ein altes Dorf bevölkerten. Mitten auf dem Tisch thronte ein riesiger runder Teller, auf dem die dreizehn Desserts, die nach Odile für Jesus und seine Jünger Pate standen, verteilt waren.

Sie hatte ihre ganz eigene Zusammenstellung der Häppchen und Gebäckstücke, die in der Provence von Ort zu Ort ganz verschieden sein konnte. Äpfel und Birnen, in mundgerechte Stücke geschnitten, Odiles berühmte *pompe à l'huile d'olive*, ein süßes Hefebrot, dessen Duft nach Orangenblütenwasser in die Nasen stieg. Dazu dunkler und heller Nougat, *fruits confits*, bei Odile waren dies kandierte Melonenstücke, Calissons aus Aix-en-Provence, Quittenkonfekt, das an Zähnen und Gaumen klebte und unendlich köstlich war, knusprige *oreillettes*, ein üppiges Schmalzgebäck und zu guter Letzt Datteln.

Komplett wurden die dreizehn Desserts durch die *quatre mendiants,* die vier Bettler, die vier Orden, die sich ursprünglich der Armut verschrieben hatten. Walnüsse und Haselnüsse für die Augustiner, Feigen für die Franziskaner, Mandeln für die Karmeliter und Rosinen für die Dominikaner. Den *vin cuit*, der dazu gereicht wurde, stellten sie selbst speziell für die Weihnachtstage her, ein durch Erhitzen eingedickter Traubenmost, den Odile in kleinen, funkelnden Kristallgläsern servierte.

Odile bat alle wieder zurück an den Tisch und mahnte: »Dass mir auch bloß kein Krümel davon übrig bleibt«, denn der Aberglaube besagte, es zöge für das folgende Jahr Unglück nach sich, wenn nicht alles restlos weggegessen würde.

Nach dem Essen zogen Mathilde und Rachid ihre dicken Jacken an. Es war empfindlich kalt geworden, schon seit Tagen fielen die Nachttemperaturen unter den Gefrierpunkt. Henri und Babou tobten um sie herum und jagten gemeinsam einem Nachtfalter hinterher.

»Glaubst du, Chantal Savigny wird tatsächlich in einem Prozess als unzurechnungsfähig erklärt?«, fragte Rachid und umschloss Mathildes Hand.

»Ich kann es dir nicht sagen. Die Anwälte setzen auf diese Karte. In meinen Augen ist sie für ihre Taten voll verantwortlich. Sie hat sie allesamt geplant und eiskalt ausgeführt. Das Morden ging ihr so leicht von der Hand wie Odile das Schälen einer Kartoffel.«

Rachid musste wider Willen lachen. Doch er wurde gleich wieder ernst, als er daran dachte, in welcher Gefahr Mathilde geschwebt hatte.

»Als ich den Schuss hörte, war ich in diesem Moment so wütend. Ich dachte, sie hätte sich erschossen und so der Justiz entzogen«, erinnerte sich Mathilde an den Abend. »Und ich war gleichzeitig wütend auf mich. Ich falle einfach so auf diese Frau herein. Wo war denn da mein Bauchgefühl?« Sie pikste Rachid in den Magen. »Sag mir, wo war es? Es hat mich verlassen.«

»Mathilde, das kommt vor. Ich habe sie ja auch kennengelernt. Sie wirkte kultiviert, elegant, distinguiert. Wer traut so jemandem einen Mord, mehrere Morde zu? So, wie ich sie kennengelernt hatte, habe ich nach dem Schuss auch mit dem Schlimmsten gerechnet. Aber sie saß auf deiner Couch wie paralysiert. Die Waffe lag auf dem Boden. Ich möchte mir nicht vorstellen, was hätte passieren können.« Er zog Mathilde in seine Arme, was Babou dazu veranlasste, an der Umarmung teilhaben zu wollen. Vergnügt sprang er an den beiden hoch.

Sie gingen für eine Minute schweigend weiter, jeder in seine eigenen Gedanken versunken.

»Nach allem, was wir über sie wissen, hätte ich sie nicht so eingeschätzt, dass sie in letzter Sekunde der Mut verlässt, sich selbst zu richten. Fast hätte es noch deine Sandrine Mugler erwischt. Vielleicht hat sie auch mit Absicht doch noch danebengezielt.«

»Das will ich ihr aber auch geraten haben. Chantal Savigny wird auf jeden Fall bis zum Prozess in der Psychiatrischen Abteilung der Klinik in Montpellier bleiben. Das ist doch vollkommen verrückt. Sie hat tatsächlich darum gebeten, zu Docteur Bogdanovic verlegt zu werden. Unfassbar. Nicht auszudenken, was passiert wäre, wenn sie dort auf Solange Fragonard getroffen wäre. Diese Frau ist eindeutig von allen guten Geistern verlassen.«

»Also doch unzurechnungsfähig?«, fragte Rachid mit einem leisen Lächeln.

»Nein, natürlich nicht. Schon verrückt auf eine ganz bestimmte Weise, aber für ihre Taten voll und ganz verantwortlich.«

»Was ist mit der Anfrage ihrer Anwälte nach einer Überstellung in die Schweiz, falls sie verurteilt wird?«

Mathilde hielt an, bückte sich, hob ein dickes, kurzes Stück Holz auf und warf es in Richtung Gartenpavillon. Henri stürmte hinterher, während Babou gemächlich seinem Kumpel folgte. Dann stieß sie schnaubend die Luft durch ihre Nase.

»Ich weiß es nicht. Das Europäische Übereinkommen zur Überstellung verurteilter Personen ermöglicht es, Personen, die außerhalb ihres Heimatstaates zu einer Haftstrafe verurteilt worden sind, unter gewissen Voraussetzungen für die Verbüßung zurückkehren zu lassen. Sie hat die Schweizer Staatsangehörigkeit. Allerdings müssen wir einem solchen Ersuchen nicht unbedingt nachkommen. Ich weiß nicht, welchen Einfluss Silvan Armbruster auch politisch hat. Das wird sich zeigen. Sollte sie in der Psychiatrie landen, weil doch nicht verantwortlich für ihre Taten, steht einem Umzug in die Schweiz nichts im Wege. Und die Klinik, in die sie dann kommt, wird eine Art Viersternehotel sein. Dafür wird ihr Mann schon sorgen. Es sieht ganz so aus, als würde er zu ihr stehen, trotz allem. Falls sie verurteilt wird, muss sie wohl eine verdammt lange Haftstrafe verbüßen. Sollte man von unserer Seite allerdings tatsächlich einer Überstellung zustimmen, kann es immer noch passieren, dass die bei uns verhängte Strafe als nicht mit dem Schweizer Recht vereinbar angesehen wird, weil sie vielleicht höher ist als die nach Schweizer Recht. Das heißt, ein Gericht in der Schweiz würde die Strafe dann anpassen wollen, und das heißt wiederum, man käme für Chantal Savigny im besten Fall zu dem Urteil, sie wäre doch ein Fall für eine psychiatrische Unterbringung.«

Mathilde blies ihren Atem in den Nachthimmel. »Ich glaube, wenn ich irgendwann in Pension gehe und an meine Fälle zurückdenken werde, gehört dieser mit zu den schlimmsten. Ihre eigene Familie auszurotten, nur weil sie diesem Mann verfallen war. Das erinnert mich an Violette Nozière. Sie hat ihre Eltern vergiftet, weil sie einem Liebhaber hörig war und ihm Geld besorgt hat. Die Mutter hat damals überlebt. Ob dieses Drama um die Familie Savigny auch einmal verfilmt werden wird? Wundern würde es mich nicht. Eine *amour fou* der furchtbarsten Art. Als ich mit Père Joseph über Titi geredet habe, hat er das Wort auch benutzt, bezogen auf Marat und seine *amour fou* zum französischen Volk. Diese verrückte Liebe hat allerdings Hunderttausende das Leben gekostet.«

Rachid nickte nur stumm. Dann sagte er unvermittelt mit weicher Stimme: »Es war eine schöne Beerdigung, die von Titi. Ich vermute, Père Joseph hat die Kirche noch nie so voll gesehen. Unsere ganze Abteilung war dabei, was mich sehr gefreut hat. Und sie haben auch fleißig für den Grabstein gespendet. Ich fand es ergreifend, als ich die kleine bourbonische Lilie entdeckt habe, die Père Joseph in die Ecke hat meißeln lassen. Eine Beerdigung, eines kleinen Prinzen würdig.«

Mathilde seufzte tief. »Da hast du recht. Aber Titi wäre noch viel lieber weiter durch die Stadt gelaufen und hätte jedem seine Geschichte erzählt.« Dann blickte sie zum nachtschwarzen Himmel empor und schnupperte wie ein Hund, der Witterung aufgenommen hatte. Vorsichtig fuhr sie mit ihrer Hand über ihren schmerzenden Oberschenkel. Sie war wetterfühlig geworden, seitdem eine Kugel sie dort getroffen hatte, das Ergebnis eines Attentats vor einigen Jahren, das Mathilde fast das Leben gekostet hätte.

»Riechst du es auch? Ich rieche und ich spüre es. Es wird heute Nacht noch schneien.«

Während sie ins Schloss zurückgingen, fielen in den Cevennen bereits die ersten Flocken.

FIN